ハヤカワ・ミステリ文庫

〈HM491-1〉

紅いオレンジ

ハリエット・タイス

服部京子訳

早川書房

8717

日本語版翻訳権独占
早　川　書　房

© 2021 Hayakawa Publishing, Inc.

BLOOD ORANGE
by
Harriet Tyce

Copyright © 2019 by
Harriet Tyce
The right of Harriet Tyce to be identified as the Author of the Work has been asserted by him in accordance with the Copyright, Designs and Patents Act 1988.

First published in 2019 by WILDFIRE
an imprint of HEADLINE PUBLISHING GROUP
First published in paperback in 2019 by WILDFIRE
an imprint of HEADLINE PUBLISHING GROUP
Translated by
Kyoko Hattori
First published 2021 in Japan by
HAYAKAWA PUBLISHING, INC.
This book is published in Japan by
arrangement with
HEADLINE PUBLISHING GROUP LIMITED
through THE ENGLISH AGENCY (JAPAN) LTD.

家族へ捧ぐ

紅(あか)いオレンジ

登場人物

アリソン……………………………法廷弁護士（バリスタ）

カール………………………………アリソンの夫。心理療法士

マチルダ（ティリー）……………アリソンとカールの娘。六歳

パトリック…………………………事務弁護士（ソリシタ）。アリソンの不倫相手

クロエ………………………………パトリックの補佐役

マデリーン・スミス………………夫殺害事件の被告

エドウィン…………………………マデリーンの夫。故人

ジェイムズ…………………………マデリーンとエドウィンの息子。十四歳

フランシーン………………………マデリーンの姉

プロローグ

まず煙草(たばこ)に火をつける。煙が渦を巻いて天井へ立ちのぼっていく。一服すると煙は喉の奥へ届き、ひりひりした感触とともにゆっくりと肺へ、血管へと入っていく。煙草を灰皿に置き、舞台のセッティングをはじめる。ソファの背に膝をつき、ロープを棚に結びつける。煙が顔へのぼってきて、目をちくちくと刺す。

次にシルクのスカーフをロープに巻いていき、表面をなめらかにする。一度、二度と引っぱり、はずれないことを確認する。これはまえにもためしたことがある。実際にテストした。完璧な具合を測った。ぎりぎりまで近づき、だがそれ以上は行かない。絶対に落ちないように。ここで必要とされるのはほんのわずかな死。

ディスプレイを設置し、選んだ動画の再生の準備をする。

そして最後に、皿にオレンジを置く。ナイフを手に取る。よく研がれ、柄が木製で、縞模様の入った鋼（はがね）の刃のナイフを。それでオレンジを切る。半分に。四つに。八つに。皮はオレンジ色、中心部は白、切り口は鮮血のような赤、夕日の残像。

これで必要なものはすべてそろう。空気中にただよい目を刺す煙、目の前の画面でうごめく人影。ざらざらしたロープに巻かれたシルクの肌ざわり。近づいていくにつれて耳のなかで血が脈打ち、舌に広がるシトラスの甘いほとばしりが、後戻りできなくなる寸前で意識を引きもどす。

いかなるときもうまくいく。安全なのはわかっている。ひとりきりなのも。

施錠された扉の向こうには、もうすぐ行き着くまばゆいばかりの絶頂が待っている。

あとひとつ、ふたつの拍動の果てに。

1

頭上の十月の空は灰色でキャリーバッグは重いけれど、わたしは自分の幸運を嚙みしめつつバスを待つ。不充分な証拠に対して弁護士としての立場から異を唱えたあと、審理は予定の半分の時間で終了。訴追側を相手に一歩リードするのはつねによろこばしいことだし、クライアントも大満足だ。そして何よりも今日は金曜日。週末のはじまり。家族とともに過ごす時間。つねづねそう考えているが、今夜は少しだけ寄り道しよう。一杯、飲む。多くても二杯、そのあと帰宅する。バスは走りだし、わたしはテムズを渡って自分の巣へ戻る。

数名の法廷弁護士(バリスタ)で共用している共同事務所へ帰り着いたあと、まっすぐ事務職員の部屋へ行き、彼らが電話に応対したり書類のコピーをとったりするあいだにこちらに気づいてくれるのを待つ。そのうちにマークが顔をあげる。

「こんばんは、先生。事務弁護士（ソリシタ）から電話がありました。例の強盗事件、たいへんよい仕事をしてくださったとよろこんでいましたよ」

「ありがとう、マーク。身元を裏づける証拠が不充分だったの。でも無事にすんでよかった」

「お疲れさまでした。月曜日の予定は何もありませんが、先生宛てにこちらが届いています」マークが机の上のピンクのひもでくくられたうすい書類の束を指し示す。ぱっと見たかぎりではそれほど重大な事案には思えない。

「依頼が来て何よりだわ。ありがとう。それでこの書類の内容は？」

「殺人事件。あなたが担当ですよ」マークがウインクをしながら書類を渡してくる。「待ちに待った案件ですね、先生」

こちらが何か答えるまえにマークは部屋から出ていく。書類を手にしたまま立っていると、いつもの金曜日と同じく事務職員や研修生が次から次へと事務所をあとにしていく。殺人事件。わたしが弁護を担当するはじめての殺人事件。弁護士としての実績を積みながら待ちこがれていた事案。

「アリソン。アリソン！」

呼びかけてくる声に無理やり意識を向ける。

「いっしょに飲みにいかないか？　いまから出かけるんだけど」サンカルとロバート。どちらも三十代のバリスタで、研修生たちを引き連れている。「〈ザ・ドック〉でパトリックと待ちあわせているんだ」

彼らの言葉がじわじわとしみこんでくる。「パトリック？　どのパトリックかしら。ブライアーズ？」

「いや、ソーンダースだよ。エディの案件がひとつ片づいたんで、みんなで祝おうかと思ってね。例の詐欺事件。やっと結審した」

「そう。先にこれをオフィスに置いてくるわね。あとから顔を出す」訴訟事件摘要書を握りしめ、顔を伏せながら部屋をあとにする。首のあたりが熱い。赤く染まった顔を誰にも見られたくない。

自分のオフィスへ入ってほっとし、ドアを閉じて鏡で顔を見る。口紅を引き、顔の赤みを隠すためにファンデーションを塗る。アイラインを引くのもたいへんなほど手が震えるけれど、なんとか髪をとかして香水を振りかける。細胞レベルから発するいやなにおいを運ぶなんて論外。

デスクの端に書類をまとめ、手があたって斜めになった写真立てをまっすぐに直す。金曜日の夜の飲み会。でもわたしが飲むのは一杯だけ。

今夜は一杯だけ飲んで帰るつもり。

うす暗い〈ザ・ドック〉の地下の半分のスペースがわたしたちのグループに占領されている。ここは刑事専門の弁護士がクライアントとの打ち合わせによく使う店。階段をおりていくとロバートがグラスを掲げて振り、わたしは彼のとなりに腰をおろす。

「ワイン？」

「ワイン。当然。でも一杯だけ。今夜は早めに家に帰りたいの」

誰からもコメントはなし。パトリックは挨拶さえしてこない。テーブルの反対側にすわり、赤ワイン入りのグラスを手にした研修生のひとり、アレクシアとの会話に夢中になっている。人の目を引かずにはおけない、整った顔立ちの男。わたしは無理やり視線をそらす。

「やけにめかしこんでるな、アリソン。髪、切った？」サンカルが軽い調子で言う。「彼女、きれいだと思わないか、ロバート、パトリック」しつこく食いさがる。パトリックはこちらを見もしない。若い事務職員のひとりと話しこんでいるロバートは会話を中断して振り向き、軽く会釈をしてパイントグラスを掲げる。

「殺人事件、おめでとう！　ついに殺人事件を担当するんだよなあ。あれよあれよという間に勅選弁護士（QC）（十年以上の実績のあるバリスタのなかから大法官の助言に基づいて女王が任命する。複雑な事件の法廷弁論のみをおこなう）になっちゃうんじゃないかな。去年きみが控訴院でみごとな働きをしたときも、ぼくはおんなじことを言ったような気がするけど」

「そんなに浮かれないで。でもありがとう。あなた、ずいぶんとご機嫌なようね」明るい声で言う。わたしが来たことにパトリックが気づこうが気づくまいがどうだっていい。

「今日は金曜日で、ぼくはこれからの一週間、休暇でサフォークへ行くんだ。きみも休暇をとったほうがいいよ」

笑みを浮かべてうなずく。もちろんとりますとも。海辺での一週間の休暇を。少しのあいだ、波を蹴って散歩している自分の姿を頭に描く。海岸沿いのコテージに飾られている写真のなかの人みたいに楽しげに。浜辺でフィッシュ・アンド・チップスを食べ、北海からの十月の冷たい風に吹かれたあと、設備が完璧に整った宿で薪ストーブに火をつける。そこでふと、デスクに置いてある何冊ものファイルを思いだす。いまは休暇どころじゃない。

ロバートがわたしのグラスにおかわりのワインを注ぐ。わたしはそれを飲む。まわりで会話が飛び交う。ロバートがサンカルとパトリックに、それからわたしに大声で話しかける。くだらないジョークで盛りあがったりしらけたりしたかと思うと、だしぬけにみんなで声を立てて笑う。さらにワインを飲む。もう一杯。ほかのバリスタたちも輪に加わり、煙草のパックがまわされる。みんな喫煙所で煙草を喫う。もう一本、あと一本。〝だめだめ、あなたのをもらってばかりだから、わたしに買わせて〟小銭を探し、階段をあがってバーテンダーから煙草を買おうとする。〝マールボロ・ライトはなくてキャメルになっちゃうのか。でも誰も気にしないからいいかな、それで。あともっとワインをちょうだい〟グラスに注がれたワインを次々に飲んでいくうちにグラスの中身はリキュールに変わり、ますます店のなかは暗くなり、会話とジョークがますます高速で飛び交う。

「きみは早めに帰ると言ってたと思うけど」目の焦点があう。パトリックが目の前にいる。どの角度から見ても銀髪にしたクライヴ・オーウェンに似ている。わたしは右に左に首をかしげ、いろいろな角度から彼を見る。

「まったく、完全に酔っぱらってるな」

彼の手を握ろうとすると、彼はさっと手を引っこめてまわりを見やる。わたしはすわりなおし、顔から髪を払う。みんなどこかへ行ってしまった。どうして気づかなかったのだろう。

「みんなどこへ行ったの？」

「クラブ。〈スウィッシュ〉とかいう店。行きたいかい」

「あなたはアレクシアとばっかりしゃべってた」

「ということは、きみがここへ来たとき、ぼくがいることに気づいていたんだな。ぼくはてっきり……」

「そっちがわたしを無視したんでしょ。挨拶はおろか、こっちを見もしなかった」無視された怒りを隠そうとしてもうまくいかない。

「おいおい、そんなにカッカするなよ。アレクシアにキャリアについていくつかアドバイスをしていただけなんだから」

「ええ、そうでしょうとも」取り繕うには遅すぎる。嫉妬心がこぼれでてしまっている。どうしてこの人はいつもわたしにこんな仕打ちをするのだろう。

ふたりでみんなが行ったというクラブへ向かう。何度かパトリックと腕を組もうとするけれど、そのたびに彼は腕を引く。店の入口までもう少しのところで彼はオフィスが建ち並ぶふたつのブロックにはさまれた暗い路地にわたしを押しこみ、こちらのあごをつかんできつい調子で言う。「店に入ったらぼくにさわろうとするなよ」

「人前であなたにさわったことなんかない」

「嘘を言うんじゃないよ、アリソン。このまえここへ来たとき、きみはぼくの身体をまさぐろうとした。おおっぴらに。ぼくはきみを守ろうとしているんでしょ。あなたはわたしといっしょにいるところを見られたくないのよ。わたしはうんとおばさんで……」言葉が尻すぼみになる。

「そんなことを言うんなら、きみは家に帰ったほうがいい。ぼくが守ろうとしているのはきみの評判だ。きみの同僚がみんなここにいるんだよ」

「あなたはアレクシアと寝たくて、わたしを邪険に扱うんでしょ」涙が目からこぼれでて、もう威厳もなにもあったもんじゃない。

「くだらないことを言うのはやめてくれ」こちらの耳に口を寄せ、小さな声で言う。「くだらないことばっかり言うんなら、きみとは二度と口をきかない。ひとりで行け」

パトリックはわたしを突き飛ばし、角を曲がっていく。わたしはヒールの足でよろめき、壁に手をついて身体を支える。手に触れたのは、セメントやレンガといったざらざらした材質のものではなく、壁になすりつけられたべとついたもの。しっかり立って手のにおいを嗅いだとたんに悪臭が鼻を突く。糞。どこかの馬鹿者がいたずらのつもりで路地の壁一面に糞を塗りたくったらしい。パトリックに非難されたことよりもこのにおいで酔いがさめる。

もう帰れというサインと受けとるべきだろうか。いや、だめだ。あのナイトクラブでパトリックが好き勝手にふるまうのを許すわけにはいかない。彼は共同事務所のバリスタに仕事を依頼してくるソリシタのなかでも、もっとも影響力のある人間だ。その男になんとしても好印象を植えつけようと目論む若い女性たちがいまあの店にはひしめいているのだから。わたしは汚れていない壁に手についた糞をこすりつけ、堂々とした態度で〈スウィッシュ〉まで歩を進めてドアマンに笑みを向ける。時間をかけてしっかりと手を洗えばにおいは消えるだろう。それで誰にも気づかれないはず。

テキーラ？　いいわね、テキーラ。そしてもう一杯。飲むわ、と三杯目。ズンズンと鳴る音楽。ロバートとサンカルと踊って、事務職員たちと踊って、研修生たちに踊る姿を見せて、笑いかけ、彼らの手を取りくるくるまわって、またひとりで踊って、頭の上で両腕を振って、二十代に戻った気分で人の目なんか気にしない。もう一杯飲む。今度はジントニック。ビートにあわせて頭を振りながら反りかえる。髪が顔にかかる。

パトリックがどこかにいるはずだが、気にしないし探しもしない。アレクシアとべったりくっついて、わたしに向けられるはずの笑みを顔に張りつけて踊っているにちがいない。わたしだってゲームに参戦できる。腰を振りながらバーのほうへ歩く。なかなかいい眺めのはず。もうすぐ四十代の女らしく髪をきれいに後ろへなびかせて。この場にいる二十代の女の子にだって引けはとらない。アレクシアにも。とくにアレクシアには。パトリックもきっと見ている。そして残念がるはず。とっても。せっかくのチャンスを台無しにしてしまうなんて……

さらに重いビートの曲に変わり、ふたりの男がわたしを押しのけてダンスフロアへ出ていく。そのとき身体がぐらりと揺れてこらえきれずに転び、ポケットに入っていた携帯電話が派手な音を立てて落ちる。倒れる寸前に赤ワインが入ったグラスを持っている女性にぶつかり、ワインはあちこちに飛び散り、彼女の黄色いドレスやわたしの靴にもかかる。女性は憎々しげな一瞥をくれ、立ち去る。膝はこぼれた酒で濡れているが、わたしは立ちあがろうと気力をかき集める。

「立てよ」

顔をあげ、また下を向く。「ほっといて」

「こんな状態のままほっとけないだろ。さあ」

パトリック。わたしは泣きたくなる。「わたしを見て笑うのはやめて」

「きみを見て笑ってなんかいないよ。きみを立たせて、ここから連れ去りたいだけだ。今夜はもう充分だろう」

「なぜ手を貸してくれるの？」

「誰かがしなきゃならない。きみの事務所の連中はみんな、テーブルを見つけてプロセッコをがぶ飲みしてる。ぼくらが消えても気づかないだろうよ」

「わたしを連れてってくれるの？」

「さっさと立ちあがるならね」パトリックが手をのばし、わたしを引っぱりあげる。「いますぐ店を出るんだ。外で落ちあおう」

「携帯……」フロアを見まわす。

「どうした？」

「携帯を落としたの」ダンスフロアの隅のテーブルの下に落ちている携帯を見つける。画面は割れ、ビールでべとべとしている。わたしはスカートで汚れを拭きとり、クラブをあとにする。

事務所へ向かって歩いている途中、パトリックは触れてこない。どちらもしゃべらず、口を開こうともしない。わたしはドアを解錠し、三度目でようやく正しいコードを打ちこんで防犯アラームを解除する。自分のオフィスにパトリックを迎え入れるなり、キスもなしに力ずくで服を脱がされ、デスクに顔を押しつけられる。わたしはその恰好のまま振りかえって彼を見る。

「こんなことすべきじゃない」

「きみはいつもそう言う」

「本気で言ってるの」

「そのセリフもいつも言うね」パトリックは笑い、わたしを引き寄せてキスをする。顔をそむけるけれど、彼はわたしの顔をつかんで自分のほうを向かせる。唇を押しつけられて口もとが一瞬こわばるけれど、すぐに彼のにおいを嗅ぎ、彼の唇を味わい、夢中になる。パトリックが後ろからわたしを突き、一瞬とまり、また動きはじめる。より激しく、より速く。わたしの頭はデスク上のファイルにごつごつとあたる。

「言ってない……」わたしが口を開くと、パトリックは声にならない声で笑う。片方の手でわたしの髪を引っぱり、もう一方の手で身体をデスクに押さえつける。わたしの言葉は涙ながらの喘ぎに変わる。何度も何度もデスクに押しつけられ、ファイルが床に落ち、それにつられて写真立ても落ちてガラスが割れる。もうたくさんなのに彼をとめられないしとめたくない。でもやめてと言う。何度も何度も。今度はやめないでと言う。何度も何度も。お願いだからやめないでと。しばらくして彼は果ててうめき、身体を離して拭う。

「パトリック、わたしたち、もうこんなことはやめなくちゃ」わたしはデスクから離れ、膝のあたりまでずり落ちていたスカートをはきなおしてからパンティとタイツを引っぱりあげる。パトリックもズボンをあげてシャツをたくしこむ。わたしはブラウスを着はじめる。

「あなた、ボタンを引きちぎってる」指を震わせながら言う。

「糸と針でつけなおせばいい」

「いまここには糸も針もないわ」

「誰も気づかないさ。それに事務所には誰もいない。みんな眠っている。もう朝の三時だ」

わたしは床を見まわしてボタンを見つける。靴に足を突っこみ、デスクにすがる。部屋がまわりはじめ、ふたたび頭に霧がかかる。

「本気よ。こんなことやめなきゃ」涙をこらえて言う。

「さっきも言ったけど、きみはいつも同じことを言う」パトリックはこっちを見もせずに上着を着る。

「わたしはやめる。こんなこと、もう耐えられない」とうとうこらえきれずに泣きだす。

パトリックが近づいてきて、両のてのひらでわたしの顔を包む。

「アリソン、きみは酔っぱらっている。それに疲れている。やめたくないって自分でもわかっているはずだ。ぼくもやめたくない」

「今回は本気だから」本気に見えるよう、後ずさりする。

「また会おう」パトリックが顔を寄せてきて額にキスをする。「もう行くよ。来週、話をしよう」

こちらが何かを言うまえにパトリックは去っていく。わたしは隅にある肘掛け椅子に身体を投げだす。これほど酔っていなければよかったのに。上着の袖で鼻水を拭き、顔から涙を払い、肩に頭をもたせかけて眠りに落ちる。

2

「ママ、ママ、ママー！」

わたしは温かい自分のベッドのなかで目を閉じている。うれしいことに、マチルダがベッドまで来て朝の挨拶をしてくれる。

「ママ！　椅子で寝てるよ。なんで椅子で寝てるの？」

椅子。ベッドじゃない。椅子。

「目をあけて、ママ。わたしとパパにおはようって言って」

夢ではない。目をあけて、また閉じる。「まぶしい。まぶしいの。明かりを消して」

「明かりはついてないよ、ばかだなあ、ママは。もう朝だよ」

目をあける。ここはわたしのオフィスで、仕事場。訴訟事件摘要書の山、判例集、昨夜の残骸。わたしの娘がわたしの膝に手をのせて、目の前に立っているなんて。この子は自宅のベッドで丸くなって眠っているか、キッチンのテーブルについて朝食をとっているべきなのに。でもマチルダはここにいる。頭のなかを整理するまえに手をのばして娘の手を握る。

わたしは肘掛け椅子のなかで横を向いて丸くなっていたようで、身体をまっすぐにすると左脚がすっかり痺れていることに気づく。脚を動かすと末端まで血がめぐりはじめ、思わずうめき声が出る。けれども痛みはすぐにおさまる。昨晩の情景が一気に頭のなかによみがえる。マチルダの頭の向こうにデスクが見え、娘が身を寄せてハグをしてくるとパトリックの影まで見えるようで、鼓動が速くなる。娘を抱きしめ髪のにおいを吸いこむ。鼓動が少しだけ穏やかになる。何も不安に思うことはない。ちょっとばかり酒を飲みすぎて、事務所で眠ってしまっただけ。ただそれだけのこと。パトリックとは終わった。これからは何もかもうまくいく。たぶん。

ようやくカールを見るだけの気力が湧いた気がする。彼はドアにもたれかかり、顔に落胆の色を浮かべ、鼻から口もとにかけてはとくに失望をあらわにしている。いつものようにジーンズにパーカーという恰好だが、銀髪といかめしい顔つきのせいでわたしより十歳以上、年上に見える雰囲気をかもしている。

やけに口が乾いている。わたしはひとつ咳払いし、ぎこちない空気を追い払う言葉を見つけようとする。

「新しい訴訟事件摘要書を持って帰ろうと思って、クラブからここへ戻ってきたんだけど、ちょっとすわって休みたくなって、気がついたら……」

カールはにこりともしない。「そんなことだろうと思った」

「ごめんなさい。すぐに帰るつもりだったの」

「言い訳はよしてくれ。きみがどんな人間かはわかっている。でも今回ばかりは大人らしくふるまってくれると思っていたよ」

「ごめんなさい。ほんとにこんなつもりじゃ……」

「きみはここにいると思った。だからマチルダとふたりで訪ねて、きみを連れて帰ることにしたんだ」

マチルダがオフィスのなかをうろうろしはじめる。何をしているのかこちらが気づく間もなく、デスクの下に入りこんでいく。すぐに泣きながらデスクの下から這いだしてきて、わたしのもとへ走ってくる。

「ママ、見て、わたしの手。わたしの手、痛いの、痛い……」泣き声で言葉が途切れる。カールがわたしを押しのけてマチルダの手を取り、ティッシュで拭きながらその手をわたしに見せる。血があふれでている。

「どうして床にガラスの破片が落ちているんだ」マチルダをなだめつつも、カールの声はこわばっている。

わたしはゆっくりと立ちあがり、デスクの下にもぐって昨日の晩に払い落とした写真立てを拾いあげる。ひびが入ったガラスの向こうからマチルダが笑いかけてくる。

「わたしの写真が床に落ちてた。どうして床に落ちてるの？」マチルダがさらに声をあげて泣きだす。

「ママがうっかり落としてしまったみたい。ごめんね、スウィーティー」

「もっと気をつけなきゃだめじゃないか」カールがいらだった声で言う。

「ふたりが来るなんて知らなかったから」

カールが首を振る。「マチルダをきみのオフィスへ連れてきたってべつにかまわないはずだ」そこで間をおく。「いや、言いたいのはそういうことじゃない。マチルダをきみのオフィスへ連れてこなくてもすむようにすべきだったんだ。昨晩、きみは家へ帰ってくるべきだった。ふつうの母親のようにね」

返す言葉もない。わたしはガラスの破片を集め、古新聞に包んでゴミ箱に捨てる。マチルダの写真自体はどこも傷ついていないので、壊れた写真立てから取りだし、パソコンにもたせかける。ブラウスをスカートのなかにたくしこむ。カールの顔は怒りに満ち、眉間に皺が寄っているものの、少しずつ腹立ちはおさまってきているらしく、悲しげな表情に変わっていく。わたしは喉が締めつけられ、口のなかに広がる二日酔いの酸っぱい味がうすれていくほど強烈に後ろめたさと後悔の念に襲われる。

「ごめんなさい。わざとじゃないの」

少しのあいだカールは顔に疲労の色を浮かべたまま、沈黙する。

「あなた、疲れているようね。ほんとうにごめんなさい、カール」

「ああ、もうくたくただよ。ずいぶん遅くまできみを待って起きていたから。きみが帰ってくると思ったぼくがばかだった」

「電話してくれればよかったのに」

「した。きみは出なかった」

カールの口調にハッとして、バッグのなかから携帯電話を引っぱりだす。不在着信が十二件。テキストメッセージが十五通。すべて消去する。いまさら読んでも遅すぎる。「ごめんなさい。こんなことは二度としない」

カールが深いため息をつく。「ティリーの前で言い争うのはよそう。きみはここにいて、ぼくらは三人そろっている」カールが近づいてきて肩に手を置き、わたしは彼の手に手を重ねる。カールが手をぎゅっと握ってきて、わたしはどきっとする。「さあ、家に帰ろう」

そう言うと同時に、カールはわたしの携帯にちらりと目を向ける。手に取ってひびが走る画面をじっくり眺める。「またかい、アリソン。数カ月前に修理したばかりじゃないか」そこでため息。「またきみのためになんとかしなくちゃならない」

口答えはせず、彼のあとにつづいておとなしく事務所を出る。

アーチウェイまでの帰路、車やバスがすいている道を流れていく。わたしは車の窓に頭をもたせかけ、夜が明けて荒れた姿をさらす街を見やる。ハンバーガーの包み紙や瓶があちこちに捨てられ、そこかしこで清掃員が小さなキャスターつきのゴミ容器を押し、容器についたブラシが回転して金曜の夜の痕跡を消していく。

グレイス・イン・ロード。鋳鉄製の手すりが広々とした芝地の景観を覆い隠している。ローズベリー・アヴェニューのサドラーズ・ウェルズ劇場――ずっとまえに読んだ本がふいに頭に浮かぶ。『ノー・カスタネット・アット・ザ・ウェルズ』『ヴェロニカ・アット・ザ・ウェルズ』もうひとつはなんだっけ？　そうだ、『マスカレード・アット・ザ・ウェルズ』わたしはすべて知っている。仮面のことも、ひとり二役をつとめることも。関節が白くなるまで拳を握りしめる。あのあとの夜をパトリックがどんなふうに過ごしたかを考えないようにする。もうおしまいにすると言ったわたしの言葉をパトリックは本気だと思っただろうか。彼は家へ帰った？　それともわたしのかわりを探しにまた街へ出た？

カールがハンドルを握っていた手をこちらへのばし、わたしの手の上に重ねる。

「なんだかそわそわしているようだけど。もうすぐ家に着くよ」

「ほんとにごめんなさい、カール。わたし、疲れちゃって。それを言うなら、わたしたちみんな疲れているわね」

わたしは彼から顔をそむけ、後ろめたさを追いやろうとして窓の外に目を向ける。エンジェルを過ぎ、アッパー・ストリートに入る。この通りには多くのレストランが建ち並び、すてきな店ではじまって最後はハイバリー・コーナーにあるパブチェーンの〈ウェザースプーン〉で終わる。ホロウェイ・ロード沿いには草花が植えられた鉢が吊るされ、学生たちが飛びこむ多くのカレー料理店が軒を連ねて、いかにもパトリックが好みそうなラテックスのアダルトコスチュームを売る店が並んでいる。

「裁判はうまくいったのかい」家へ向かって坂をのぼりはじめたときにカールが沈黙を破る。彼の声がまえよりも親しげな調子を帯びていることに気づき、驚く。おそらく怒りは鎮まりつつあるのだろう。

「裁判？」

「今週、弁護を担当していた強盗の一件」

「それなら予定していた半分の時間でかたをつけた……」頭がひどく重くて何も考えられず、自分の声が水の底から聞こえてくるような気がする。

「じゃあ来週はとくに予定はないんだね。よかったじゃないか、ティリーと過ごせる時間ができて」

いつまでも水のなかに沈んではいられない。水面に勢いよく顔を出してなんとか息をし、しゃべろうとする。カールはまだ怒っている。

「何が言いたいの?」

「このごろきみは働きすぎだ」

「仕事がわたしにとってどれだけ大切か、わかってるでしょう。わたしたちにとって。おかしなことを言わないで」

「べつにおかしなことは言っていない。時間に余裕があるのはいいことだと言っただけじゃないか。他意はないよ」

ホロウェイ・ロードをゆっくりとのぼっていき、アーチウェイに入る手前で曲がる。わが家。生活の中心となる場所。わたしはポケットに手を入れ、携帯電話がそこにあることをたしかめたが、パトリックからのメッセージが届いているかチェックするのはやめておく。車を降りてマチルダににっこりと微笑む。マチルダはわたしの手を取り、ふたりいっしょに家のなかへ入っていく。

シャワーを浴び、パトリックの痕跡をすべて洗い流す。彼に乗りかかられてデスクに顔を押しつけられ、突かれるたびに全身が総毛立ったことは考えないようにする。キッチンの調理台に置かれてかたくなったカールお手製のベーコンサンドイッチを食べ、庭で遊ぶマチルダの声に聞き入る。マチルダは落ち葉を蹴散らして芝地を走り、行ったり来たりしながら〝パパ、こっち〟と声をあげている。わが子の声が耳に聞こえているあいだは目の前の現実にひたり、まだ来ないメッセージのことを考えていると娘の声は聞こえなくなっている。携帯を確認してはいけないと自分に言い聞かせているので、考えたところでむだなのだけれど。殺人事件のファイルを開き、閉じる。訴訟事件摘要書のなかに隠れてしまいたい、陳述書や概要書の裏側へ逃げこみたいという気持ちは抑えがたく、みずからが原因をつくり、もはや泥沼とも言える現実的な問題に直面する気にはなれない。ばれたらカールとティリーの怒りを買うだろうと考えただけで憂鬱になる。しかしいざ仕事をはじめても手につかないのは目に見えている。ひとまず仕事はあとまわしだ。

今日は友人を招いてカールが料理を担当するランチパーティーが予定されている——招くのはカールの大学時代からの知り合いで、彼らのために最高のおもてなしが用意されている。ラムのもも肉がオーブンのなかで焼かれ、ローズマリーの独特な香りがただよってくる。キッチンは記念に写真におさめておきたいくらいぴかぴかに磨かれている。カールはテーブルのセッティングも終えていて、きちんとたたまれたナプキンがナイフとフォークとともに皿の上に置かれている。隅にある黒板は一週間の予定がきれいに消され、まっさらになっている——水泳教室も買い物リストもカールが主催する男性だけのグループセッションの開始時間もなし。マチルダが入念に書きあげた〝週末を楽しもう！〟というメッセージと、背の高い棒人間と低い棒人間が手をつないでいるお絵描きがあるだけ。

キッチンはきちんと掃除され、一列ぶんの食器が取りだされたあとの食器棚の扉も閉じられている。カールが花瓶に活けた白いユリの花を整えようとしたとき、まん丸くて黄色い花粉がテーブルに落ちてしまった。わたしは袖で花粉を拭きとり、そそくさとその場をあとにする。

庭で遊んでいるマチルダのもとへ行き、クロフサスグリの茂みに張られたクモの巣と、ヒイラギの枝が密集しているところにつくられた鳥の巣に目を見張る。「ママ、あれを見て。うちにコマドリが住んでるの？」と言うマチルダの声がする。たぶんね、と答える。

「食べ物を見つけてこなくちゃね、ママ。鳥に食べ物をあげれば、その鳥は自分の子どもたちにも食べ物をあげられる」

「そうね、スウィーティー。ピーナッツを買いにいきましょう」

「ピーナッツじゃだめだよ。学校で先生が言ってた。鳥はなかに何かが詰まった丸いものが好きなんだって」

「見当がつかないなあ。どんな感じのものなの？」

「わかんない。タネとかムシとかかな」

「パパに訊いてみましょうよ、スウィーティー。パパならきっと知ってる。それか、ふたりで調べてみよっか」

カールがなかに入れと呼びかけてくる。ゲストが到着していて、カールはオーブンからラムを取りだしている。わたしは料理に感心し、冷蔵庫へ行って飲み物を取りだす。ふたりともデイヴとルイーザが来るときのいつもの役割を自然とこなしている。わたしたちは子どもができるまえから週末のランチパーティーを開いていて、外が暗くなるとテーブルについて酒を飲み、カールの料理を食べるのがいつものパターン。わたしは彼らの娘のフローラにジュースの入ったグラスを渡し、ワインの栓を抜く。

「デイヴは運転するから。でもわたしは少しいただくわ」ルイーザがワインを注いだグラスに手をのばす。

「きみも飲むのかい、アリソン」カールはアルミホイルでラムを包んだあと、ボウルにチップスを入れる。

「飲むわよ。あたりまえじゃない。土曜日だもの」

「昨日あんなことがあったから……」最後まで言う必要はないとばかりに語尾をぼやかす。

「あんなことって？」

「充分に飲んだんだろう？　まあ、ちょっとそう思っただけだ。気にしないでくれ」

「気になんかしないわよ」思ったよりも勢いよく自分用にワインを注ぐと、グラスの両脇にソーヴィニヨン・ブランが飛び散る。ルイーザが興味津々といったふうに首をかしげる。

「昨日の晩、何があったの？」

ルイーザの顔を見る。なんだか声に棘(とげ)があるような気がする。「なんにもないわよ。金曜の夜だったから……」

「ママはすごく疲れていて、事務所の椅子で寝ちゃったの！　今朝パパと事務所まで行って、ママを家に連れてこなくちゃならなかったんだよ。ママの面倒をみなきゃねって、パパが言ってた」マチルダが甲高い声でしゃべる。わたしは両手で顔を覆い、目をこする。

「ママったら事務所で寝ちゃったの？　きっとすごく疲れていたのね。さあ、マチルダもフローラもチップスはいかが？　お腹がへっちゃったわよね」ルイーザがそう言ってマチルダの手にチップスの入ったボウルを持たせ、子どもたちをドアのほうへ連れていく。

そう、疲れていた、それだけ。骨の髄まで疲れていた。

「ついに殺人事件がまわってきたんだってね。すごいな。その案件を振ってきた事務職員のために何か途轍もないお願いごとを叶えてやるはめになったんじゃないかな」ディヴがにやにや笑う。

「彼女が一生懸命に努力した結果よ、ディヴ。殺人事件をまかせてもらって当然の働きをしてきたんだと思うけど」ルイーザはディヴを睨みつけ、わたしに向けてグラスを掲げる。

「どういう事件なんだい。血まみれの凄惨なやつ？　興味が湧くなあ、詳しい話を聞かせてくれよ」

「ディヴ、子どもたちがいるところでそんな話は……」とルイーザ。

「ほんと言うと、時間がなくてまだ詳細は読んでいないの。明日から取りかかって、おいおい事件全体を把握していくつもり」わたしはルイーザに向けてグラスを掲げ、中身を一気に飲みほす。

「明日は出かけるものと思っていたけど」カールが顔をうつむけて言う。「ティリー、明日はみんなでお出かけするってパパは言ったよね？」

「言った。わたしは迷路があるあのお城へ行ってみたい。みんなで行くって約束したよ、パパ」マチルダが下唇を突きだす。楽しげな様子はすっかり消えている。

「まずこっちの予定を確認してほしかった……」わたしは言葉を呑みこむ。仕事なら帰宅してマチルダが寝たあとにできるだろう。娘との外出は楽しいに決まっている。迷路のなかを駆けていくマチルダを追い、右へ左へと曲がり、しまいには迷子になったふりをして〝助けて〜〟と叫び、笑う。「もちろんお城へ行くわよ、ダーリン」幸せな家族を演じれば演じるほど、ほんとうのことになっていく。

デイヴが仕事の話をする。ルイーザが仕事の話をする。カールが心理療法を受けにきたクライアントの話をする——名前は出さず、セックス中毒の男性を対象にした週に一度の新たなグループセッションについて漠然とした内容を話すだけで、デイヴとルイーザはどぎまぎした様子で笑う。わたしは聞き流している——セックスがらみの事案を仕事で充分すぎるほど扱っているからそれほど興味は湧かない。殺人事件についての話はもう出ない。わたしはグラスの脚のところを持ってひと口飲み、もうひと口飲み、殺人事件の裁判ってどんなものなんだろう、準備にどれほどの時間がかかるんだろうと耳にささやきかけてくる不安げな声をかき消せればいいのにと思う。

わたしは提案する。「カラオケをしない？」

「チーズを食べよう。ポートワインを買ってきたから」ホスト役を完璧にこなすカール。家の手入れもわたしなんかは足もとにも及ばないほどうまい。

「ブリーチーズ？」わたしは自分が切ると申しでて、かたまりを切りはじめる。

「アリソン、自分が何をしたか見てごらん。ブリーチーズをまっぷたつに切るなんて」とカールが言う。

わたしはカッティングボードにのったブリーチーズを見て、次にナイフにくっついているチーズに目を向ける。喉が詰まり、ナイフについたチーズをカッティングボードに戻し、ふたつに切ったチーズをぎゅっとくっつける。カールのため息が聞こえるが、疲れていて反論する気にもならない。

「冗談抜きで、カラオケしたい人、いない？」歌えば気分も上向くだろう。アデルの曲がいいかも。

「そろそろ帰らなきゃならないから。それにカラオケにはちょっと時間が早すぎやしないかい？」とデイヴが言う。

「あなたっていっつも分別くさいわよね。それならけっこうよ。ひとりでやるから」

「そんなぷりぷりしないでよ。あら、もうすぐ七時じゃない。ずいぶん長いことお邪魔してるわね」とルイーザが言う。

もうすぐ七時？　またしてもいつの間にか時間が過ぎ去っている。いままでに交わした会話の半分も覚えていない。わたしは椅子から立ちあがり、グラスの中身を飲む。グラスを口のほうにぐっと傾けると、二本の赤い筋が口の端から垂れ、白いトップスを染める。グラスを勢いよくテーブルに戻し、ドアのほうへ歩く。

「わたし、いまからカラオケをするから。どうぞお好きに退屈してて。ほんと、すてきな週末だこと」

今夜のわたしは絶好調だ。ケイト・ブッシュの〈嵐が丘〉を高い声で歌いはじめると、子どもたちが目をまん丸にして見つめてくる。ふたりとも魅了されている。ヒースクリフだってきっといっしょに歌いたいと思うだろう。アデルの〈ローリング・イン・ザ・ディープ〉へなだれこみ、プリンスの〈リトル・レッド・コルヴェット〉を軽くこなし、いよいよショーは佳境を迎える。ザ・スミスの〈ゼア・イズ・ア・ライト〉。歌うときのわたしの声はなんとなく人間ばなれした感じがすると言われたことがあり、わたしとしてはそれを賞賛ととらえている。〈マイ・ウェイ〉なんか歌わない。最後に歌うのはすばらしい才能を持ったモリッシーの歌。そこは譲れない。最後の音をできるだけ長く引きのばし、息を使いきってソファに倒れこむ。驚いたことに拍手喝采が湧き起こらない。カールとデイヴとルイーザはわたしの歌に熱心に耳を傾け、魅了されているとばかり思っていたのに。

「……よく我慢できるわね」歌のあとにとつぜん訪れた沈黙のなかでルイーザの声がくっきりと響く。次に〝しーっ〟という声。この人たちはわたしのことを話しているのだろうか。それほど悪くはなかったはず……。わたしはクリーム色の革張りのソファにもたれかかり、目を閉じる。ドアがバタンと閉まり跳び起きるけれど、すぐにクッションに身を沈め、目をかたく閉じる。

少したってから、ハッとして目覚める。家のなかは物音ひとつしない。キッチンへ行き、汚れた皿やグラスをテーブルからシンクへ運んで洗いはじめる。カールは上等なグラスを出していた。重くてがっしりしているけれど、互いに触れあうとチーンとかわいい音が鳴る。一回ぶんの汚れものを洗いおえ、次のぶんを取りにいく。

今日の午後の幕切れに困惑せずにはいられない。わたしはみんながカラオケに参加すると思いこんでいた。頭が酒のせいでぼんやりし、空気を読み違えて判断を誤ってしまったという不安が心の片隅にくすぶる。昔と同じようにはいかない。グラスを運びながらキッチンのドアの前を通りすぎるとき、廊下に飾ってあるテンプル教会の風景画が目に入る――わたしがはじめて共同事務所にオフィスをかまえた記念にカールがプレゼントしてくれたもので、彼のやさしい心遣いにとても感動した。わたしはもっと彼に気を遣うべきだろう。カウンセリングの研修は成績がよかったとはいえ、失業してからというもの彼の自信は揺らぎ、心理療法士としてパートタイムのセラピーをはじめたばかりだ。カールは専業主夫になる気などまったくない。

「そんなふうに運んじゃだめだよ。まえに言っただろう」カールの声にわたしはびっくりして跳びあがり、もう少しでグラスを落とすところだった。グラスが互いにカチカチ鳴っている。

「少しでもお手伝いしたかったの」

「けっこうだよ。すわっててくれ。何かを壊されたらたまらない」

反論してもむだだ。目にかかった前髪をカーテンがわりにして彼をのぞき見る。こめかみの血管が脈打ち、頬は紅潮している。ほんのりと朱に染まったせいでカールは若く見え、ふいに一瞬だけ目の前に立っている男性が少年に思えた。黒髪がはね、目を細めて笑う少年に。生え際に目をやったとたんに少年の姿は消えて現実に戻り、痩身で白髪まじりの髪の、顔にもどかしげな表情を浮かべた四十代の不機嫌な男がふたたびあらわれる。けれども大人の男と少年が重なりあった姿が頭から消えず、ほんの少しだけ愛しいと思う気持ちが胸に湧き起こる。

「マチルダに本を読み聞かせてくる」

「あの子を動揺させないでほしい」

「動揺なんてさせないわよ。物語を読んであげるだけだもの」意識して哀れっぽい声にならないようにする。さっき胸に湧いた気持ちはいつの間にか消えていた。

「きみが酔っぱらっていることをあの子は知っている。マチルダは酔っぱらったママは嫌いだ」

「そんなに飲んでない。だいじょうぶよ」

「だいじょうぶだって？　じゃあ訊くが、ぼくの友人の気分を害したときもだいじょうぶだったのか？　彼らはきまりが悪くなって早々に帰ったんだぞ。今朝、事務所の床からぼくがきみをすくいあげなきゃならなかったときはどうだった？」

「わたしは椅子で寝ていた。それに彼らが帰ったのはそれほど早い時間じゃない」

「こっちの言いたいことはわかっているはずだ」

わかっている。でも承服できない。「そんなの言いがかりだわ。彼らが帰ったのはわたしのせいじゃない。カラオケにだって誘ってあげたのに」

「まったく、アリソン、きみって人は……。どう説明すればいいかわからないよ」

「だから、言いがかりはやめて」

「大声を出さないでくれ。こういう状態のきみとは話しあうつもりはない」

「あなたを怒らせたことはわかってる、ごめんなさい。昔はいつだってみんないっしょに楽しくやってたのに。わたし、みんながうんざりしていることに気づかなかった。それはともかく、ティリーに本を読み聞かせてくる」カールが口を開くまえにわたしはキッチンをあとにする。

マチルダはベッドに腰かけて〈クラリス・ビーン・シリーズ〉の本を読んでいる。六歳だけれど、まだ赤ちゃんみたい。ハグをしてきて、つぶやく。「おやすみなさい、ママ。愛してる」

「わたしも愛してる」マチルダに花柄のベッドカバーをかけてやる。明かりを消そうとしたときにカールがやってきて、わたしたちはしばらく立ったまま自分たちの子どもを見つめる。カールのほうを向いて手をさしだすと、彼はこちらの手を取ろうとしたところで動きをとめる。なかばのばしたままの手はぎゅっと握りしめられている。

「お茶を淹れておいた。リビングルームに」

「ありがとう」こちらがつづきを言わないうちに彼は行ってしまったけれど、これは新たなスタートであり、ささやかな前進だ。もしかしたらカールはわたしのほうへ少しずつ戻ってきているのかもしれない。わたしが贅沢を言える立場でないことはわかっている。一杯だけ飲んで家に帰ると誓ったのはまだほんの二十四時間前なのだ。一瞬、ひどく自暴自棄な気分に襲われる。一杯だけという誓いさえ守れず、そうするべきなのに家族のもとへも帰れないなんて。長いあいだ宙を見つめるうちに自責の念がはらわたをえぐり、しばらくしてから頭を振ってその思いを払う。お茶を飲んでからベッドに入る。心も身体も疲れきってへとへとだ。長い一週間だった。カールが洗いものをしている一方で、食器やグラスがカチャカチャ鳴る音や水が跳ねる音で気持ちが落ち着き、わたしは眠りに落ちる。少なくとも片づけを手伝うと申しでたのだからもう眠ってもいいだろう。

3

わたしが目覚めるのを待たずにふたりはお城へ出かけたらしい。カールが残した短いメモにそう記されている。〃きみを起こすのはなんだか悪い気がした。もう出かけるよ。いずれにしろきみには仕事がある。洗いものはぼくがやっておいた〃メモの終わりにキスマークはなし。裏切られた思いがする。わたしはいっしょに行くと約束した。ふたりはわたしを連れていくべきだった。置き去りにされたと気づいて電話をかけるが、電源が切られている。〃ただいま電話に出ることはできません。ただいま電話に出ることはできません〃

そんなはずはない。

ようやく、つながる。「どうして起こしてくれなかったの？」

「起こしたよ。きみはもぞもぞ動いて〃うるさい〃と言った。だから寝かせておいたほうがいいと思った」

ぜんぜん記憶にない。「十一時まで寝っぱなしだなんて。わたしとしたことが」

「一昨日(おととい)の晩の疲れでへとへとだったんだよ」

「もうちょっとしつこく起こしてくれればよかったのに。それか、待っていてくれるか」

「起こしたし、待ったよ、アリソン。でもきみは目覚める気配さえ見せなかった。ぼくたちは九時に家を出た。それより遅かったら、出かける意味さえなかっただろうよ」

「わかった。えっと、ほんとにごめんなさい。わざとじゃないの。マチルダと話せる？」

「いまは遊んでいる。中断させてあの子を動揺させたくない。きみがいっしょじゃなくてマチルダはひどく悲しんだけど、少し機嫌を直している。そっとしておいてほしい」

「どうしてこんなことになっちゃったんだろう——いつもは遅くまで寝てることなんてないのに。ほんとにわざとじゃないの。お願いだから、せめてあの子にごめんねって伝えて」

「ほんとに〝ごめんね〟だよな」そこで間をおき、カールが唐突に話題を変える。その話はおしまいという決然とした雰囲気に異を唱えることもできない。「仕事、少しは進んだのかい」

「これからはじめるところ。夕食用にシチューをつくっておくわ」

「さて、そろそろきみに仕事をさせてあげなくちゃね」さよならを言う間も与えずに彼が電話を切る。通話アイコンの上に指を浮かせ、もう一度カールに電話をかけようかと思ったが、いまはひとまずやめておく。あとで夕食の食卓を囲んで話せばいい。ティリーには〝ごめんね、いっしょに行きたかった〟と言って納得してもらおう。わたしは首を振っていったん気持ちを落ち着かせ、ベッドから出て急いでパジャマを着てから仕事をしに階下へ行く。

コーヒーを二杯飲んだあと訴訟事件摘要書を開き、右目の裏にしつこく残る頭痛を瞬(まばた)きをして払おうとする。女王対マデリーン・スミス。中央刑事裁判所。犯罪現場にいちばん近い裁判所であるキャンバーウェル・グリーンの治安判事裁判所から送られてきた刑事事件。キャンバーウェル・グリーンはロンドン南部の金持ちが住む住宅地。

携帯電話が鳴ってメッセージの着信を知らせる。カールが仲直りのために送ってきたのだと思い、すぐに見る。

〝事件についてどう思う？〟

パトリック。喜びが身体を突き抜けたあと、怒りが湧く。いったいどういうつもりで週末にテキストメッセージを寄こすのだろう。それに関係はもう終わったというのに。そう考えたあと、ようやく内容を理解する。

〝どの事件？〟と返す。

〝マデリーン・スミス。きみのはじめての殺人事件だろ？〟

パトリックには殺人事件がまわってきたことは言っていなかったはず。その事実をゆっくりと思いだしながら訴訟事件摘要書を読んでいく。いちばん最後のページにわたしのはじめての殺人事件を担当するソリシタ事務所の名称が記されている。ソーンダース＆Ｃｏ。パトリックの事務所。少しのあいだ、いままで手がけた事件、バリスタとしてのみずからのキャリア、何度法廷に立ったかを考える。いくつもの事案を懸命にこなしてきたことを。だからわたしにはわかっている。パトリックが公私混同するはずがない。彼はわたしを見こんで仕事を依頼してきたのだ。

またメッセージの着信。

〝お礼を言ってくれてもいいと思うが〟パトリックは不機嫌になりつつある。

〝あなたとは金曜日に終わった〟自分が十五歳に戻った気がする。

〝わかってるって。でもこれは仕事の話だ。次の仕事の相談。クライアントがなるべく早くきみと会いたがっている。事務職員と予定を詰めておく〟

やりとりは終了。ふたりの関係についてのやりとりじゃない。金曜日についての言及はなし。何も心配することはない。パトリックが誰かほかの女と寝ていたらわたしにそう言ってきたはず。わたしが気にとめるべきなのはそんなことじゃない。こちらから送ったメッセージをもう一度見る。〝あなたとは金曜日に終わった〟消去。すべてのやりとりを消去する。結婚生活を維持するためにパトリックとの仕事を辞退すべきかもしれないが、わたしは重大な事件を手がけるのを目標にしてキャリアを積んできた。パトリックのことは頭から消し、ファイルを開いて読みはじめる。わたしは自分の仕事をする。それだけだ。

仕事を中断し、訴訟事件摘要書を脇に置いて料理をはじめる。ゆっくりタマネギをスライスする。包丁の刃に本日最後の日の光があたる。包丁を掲げ持って裏、表と返すと、反射した光が壁や天井で躍る。これは結婚祝いとしてプレゼントされた大きいサイズの包丁のひとつ。贈り主は学生時代からの友人のサンドラで、わたしはお返しにコインを一枚、手渡した。「長いあいだ親しくしているあなたとの縁が切れませんように」とわたしが言うと、彼女は笑みを浮かべて銀貨をポケットに入れた。

マデリーン・スミスは縁を切るだけではなく、めった切りにして何度も突き刺し、クラパムにある自宅のベッドルームに横たわる夫の身体に十五カ所の傷を残した。致命傷になったと思われる深い傷がいくつかあるが、訴追側の事件内容説明書によると、病理学者は頸静脈(けいじょうみゃく)をほぼ切断している頸部への刺創を致命傷と考えてほぼ間違いないと結論づけている。殺人現場に急行した警察官により撮影された写真を見ると、死体が発見されたベッドの上の白いシーツにおびただしい血痕が付着している。

わたしはもうひとつタマネギを手に取り、適当な厚さにスライスしていく。

カールとマチルダが帰宅するころにタイミングよくシチューはできあがったが、マチルダは料理を見るなり、お腹はすいているけれど肉は食べたくないと言う。

「昨日ラムを食べたばかりだものね」とわたしは言う。

「今日パパと話してるときに訊いたの、ニワトリはどうやって殺されるのかって。それを聞いたらお肉はもう食べたくなくなっちゃった」

「ティリーはほとんどの野菜も嫌いじゃない」

「そうだけど、動物には死んでほしくない」

助けを求めてカールを見るが、彼は肩をすくめるだけ。

「わかったわ、スウィーティー。ママがオムレツをつくってあげる。でもティリーはもう少し食べ物について考えたほうがいいと思うわよ」そう言うと、マチルダはうなずく。わたしはシチューをかきまわし、カールに向けてレードルを掲げる。「あなたは食べる?」

カールがレードルを手に取り、じっと見てからにおいを嗅ぐ。それから口をゆがめてレードルをこっちの手に押しつける。「いや、いらない。腹はすいていないわよね？」いらだちが声にまじらないように言う。

「いや、そんなんじゃない。ちょっとにおいが……」

「においが、何？」わたしは怒りを抑える。

「ちょっとね……。まあ、気にしないでくれ。きみは努力した、その事実が大切だ。それと、ティリーがベジタリアンを目指す件については、ぼくはこの子がどんな選択をしようと協力は惜しまない。楽しそうだしね。ティリー好みの新しい食べ物をいっしょに見つけよう」カールはマチルダに笑みを見せたあと、ガス台まで来てシチューをかきまわす。「がんばりは認めるよ、アリソン。でも料理はぼくにまかせてくれないか？　マチルダの食べ物の好みも知っているし。さてと、この子のためにオムレツをつくろうかな」

わたしは答えずにカールの言葉を受け流し、シチュー鍋をガス台から持ちあげて脇に置いたあと、中身を冷ますために蓋をずらす。こうしておいてあとで冷凍すればいい。ランチのためにとっておいてせっせと食べよう。うんざりするような肉のにおいが何週間も身体にまとわりつくかもしれないけれど。ていねいに形よく切ったニンジンが濃厚なグレイビーソースのなかから頭を突きだしている。なんだかひどくまずそうに見える。気分が悪い。せっかくつくった料理は口をつけてもらえず、拒まれた。

マチルダが近づいてきて、わたしは膝をついて娘をハグする。「ごめんね、今日はいっしょに行けなくて、スウィーティー」マチルダだけに向けて静かに話しかける。手で頬をなで、引き寄せてハグする。マチルダもきつくハグを返してくる。小さな身体をそっと引き離して娘の肩に手を置き、目と目をあわせる。「近いうちにお外へ遊びにいこうね。かならず。約束する。ママとふたりだけで。ティリーの好きなところへ。どこでもいいわよ。かならず。それでいい？」

マチルダがうなずく。

「約束する」娘を引き寄せて、もう一度ハグする。マチルダがわたしに抱かれて身体の力を抜き、肩に頭をあずけてくる。胸にわだかまっていたしこりが消える。

わたしがマチルダを風呂に入れるところをカールがじっと見ている。娘の髪をとかして乾かし、お話を読んで聞かせ、子守歌をうたって寝かしつける。マチルダのベッドルームのドアを閉じたところでカールが言う。「子どもとの約束を守るのはとても大切なことなんだよ」

「約束を破るつもりはないから」

「絶対だな」

「カール、念を押さなくてもいいから。わたしは精いっぱいやってる。そっちこそ、もうちょっと協力してくれてもいいんじゃない？」

「こっちのせいにしないでくれ、アリソン。非難がましいことを言える立場じゃないだろう」

怒りが燃えあがり、消える。「わかってる。ごめんなさい。ごめん……」

カールが手をのばしてきてわたしの顔に指を走らせる。わたしは彼の手をつかんでそこにキスし、もう一方の手を彼の首にまわして顔を引き寄せる。唇にキスしようとしたところでカールが顔をそむける。

「ごめん。できない」カールはリビングルームへ入り、ドアを閉める。わたしは彼の気が変わるのを期待して待つが、待ってもむだだと悟り、書斎へ戻ってドアを閉める。拒絶された痛みをやわらげるために陳述書や法令を読んで仕事をしようとするなか、シチューのいやなにおいがただよってくる。

夜遅くに小さなタッパーウェアに冷めたシチューを移していると、カールがキッチンにあらわれてドアを閉める。

「一日じゅう考えていた、これをきみに見せるべきかどうか」

「見せるって、何を?」彼の口調の何かにどきりとしてわたしは手を震わせ、シチューを移しているタッパーウェアの横にグレイビーをこぼしてしまう。

「きみには自分がどんなふうになっているか、なぜぼくたちまわりの人間が気分を害するのかを理解してほしい」

「わたしに理解してほしいって、何を?」レードルを鍋に戻し、タッパーウェアの蓋を閉める。

カールは答えない。ただ携帯電話をいじっているだけ。わたしはシチューを詰めおえたタッパーウェアをいくつか冷凍庫に入れ、まだ半分残っている冷凍豆の袋を片側に寄せてすべてがきっちりおさまるように整理する。両脇の霜を落としていると、アデルの〈ローリング・イン・ザ・ディープ〉の最初の一節が聞こえてきたので、笑みを浮かべて心のなかで自分も歌おうとする。ふうっと息を吸いこんだと同時に、聞こえてくる歌声が自分の声だと気づく。これを〝歌〟と呼べるならだけど。冷凍庫を勢いよく閉めてカールに向きなおる。彼は無言で携帯電話をさしだし、目には憐れみの色を浮かべている。

昨日の晩、わたしはとても愉快な気分で、何を気にすることもなく歌っていた。誰もいっしょに歌ってくれなくても〝この人たち、こんな楽しいことをやらずにいるのはもったいない〟と思うだけだった。わたしはスターで、音楽の波に乗り、午後の終わりを支配していたつまらない会話から遠いところへ運ばれていた。今日、わたしは彼らが見ていたものを見ている。ブラが服からはみだして垂れさがり、顔から化粧がなかば崩れ落ちている、酔っぱらいの女。わたしは呆然として女を見る。女の声が身体を突き抜ける——自分だったらうまく歌えるはずなのに、女は音痴そのもの。リズムはずれ、ダンスは見るも無残。最悪なのは、女が子どもたちを誘い、いっしょに踊らせようとしたときに彼女らの顔に浮かんだ表情。ちがう、最悪なのはそれじゃない——ほんとうに最悪なのは録音されたくぐもった声。あざ笑う声もまじっている。デイヴ、ルイーザ、それにカールまでも笑っている？

「どうしてとめてくれなかったの？」

「とめたさ。でもきみは聞く耳を持たなかった」

「だから動画を撮って本人に恥ずかしい思いをさせてやれって思ったわけ？」

「意地悪で動画を撮ったわけじゃない。ときたまきみはこんなふうになって、そういうきみと暮らさなきゃならない人間はどんな気持ちになるか知ってほしかったからだ。いつもじゃないけれど、きみがこんなふうになるとき、ぼくは家族でいるのがいやになる」

もう一度携帯に目をやる。画面上の女——画面上のわたし——は恥ずかしげもなくはしゃぎまくっている。女はおぼつかない足取りでソファへ行き、どすんとすわりこんでプリンスの曲を歌っている。そして最後に、拍手喝采を浴びられると思いこんでいたザ・スミスの曲。見るに堪えない姿。携帯電話を持つ手が冷たくなり、震えだす。顔がカッと熱くなり、恥ずかしさで鳩尾（みぞおち）がよじれる。目を閉じても、歌詞が不明瞭な金切り声がまだ聞こえる。昨日の夜は歯切れよく歌っていると思っていたのに。どうにかこうにか手を押さえて震えをとめ、削除ボタンを押そうとすると、カールがこちらの手から携帯を奪いとる。

「楽しんでいただけなの」

「まわりの人の気分を害した時点で、もう楽しいとは言えないんだよ」カールはうつむいて言う。

「みんながいやな気分になっていたなんて気づかなかった」

「そこが問題なんだよ、アリソン。きみはいつだって気づかない」

カールはキッチンを出ていき、わたしはまたタッパーウェアにシチューを詰めかえはじめる。それを終えてから調理台をさっと拭いて、食器洗い機をスタートさせる。明かりを消して長いこと暗闇のなかに立ちつくし、電気器具が立てる静かな音を聞きながら、その音が心を落ち着かせ、自分自身の声をかき消してくれればと願う。自分の声がグラスが砕けるときのような音となってまだ耳の奥で鳴っている。

4

朝、カールがマチルダのために朝食をつくり、学校へ行く用意をさせる。わたしは公判の予定がないのでマチルダを送っていくつもりでいたが、カールがてきぱきと準備を進めているのを見て、余計なことは言いださないでおこうと思いなおす。コーヒーを飲みにキッチンへ行く。

「携帯を渡してくれれば、修理に出してくるよ。セラピーセンターの近くに携帯電話の店があるから」

心のなかでは注意信号が点滅しているが、無関心を装う。わたしはつねに用心している。注意の上にも注意を。テキストメッセージ、メール——読んですぐにすべて消去してある。パトリックに警告するのが間にあえばいいが。わたしは肩をすくめる。「面倒じゃなかったら。それほどダメージは受けていないんだけど」

「もっとひどくなるまえにひび割れは直しておいたほうがいい。新しいのを買うはめになるのはいやだろうから」

カールが正しいとわかっていても、彼の小言めいた口調が癇に障る。それでもその感情を呑みこむ――彼はわたしのことを思って言ってくれているのだから。

「バックアップはとってあるだろうな。何かまずいことが起きた場合にそなえて」わたしがワイヤレスでバックアップをとっているあいだ、カールは椅子に腰かけてじっと待つ。バックアップが終わり、画面を拭いて携帯を手渡す。

「ありがとう――とても助かるわ」カールは携帯を受けとって出かけていき、マチルダは少しのあいだわたしに抱きついてから、カールを追って小走りで出ていく。

カールが玄関から出ていくとすぐにパトリックのオフィスに電話を入れる。わたしの携帯に電話をかけてくるまえに彼をつかまえなくては。事務所でパトリックの補佐役をつとめるクロエ・サミーが電話を受け、彼にまわしてくれる。こちらがしゃべりだすまえにパトリックが言う。「明日、打ち合わせの予定を入れた」

「訴訟事件摘要書は読んだ。訴追側からのほかの書類はまだ来ていないの？」こちらの声は冷静そのもの。仕事についてパトリックと話すときはいつもこういう具合。

「来ていない。でも先方はきみと会って、チームとしての信頼関係を築きたがっている」

「オーケー」

「ぼくはきみがこの事案にうってつけの人材だと思っている」パトリックがつづける。「きみなら彼女の視点から事件を見るよう陪審にはたらきかけることができる——陪審はかならずきみに信をおくようになる。法的にかなり込みいった案件だ。きみはそういうのに強い」パトリックがプロフェッショナルな面を見せつけてくる。彼の言葉は単なる客観的評価であって、わたしを褒めているわけではないが、それでも喜びで身体が小さく震える。「じゃあ、打ち合わせは明日の二時。十二時半にメリルボーン駅の前で落ちあおう。マデリーンは現在、ビーコンズフィールドの姉の家に住んでいる」

「金曜日に会ったときに、わたしにこの事件を担当させるってことを教えてくれればよかったのに」

「きみにとってすてきなサプライズになると思ったんだよ。それじゃあ、ぼくは出かけなきゃならないんで」

「ちょっと待って、パトリック。悪いんだけど、今日はわたしの携帯には電話しないでくれる？　メッセージもだめ。手もとにないから」

「必要なことはいま話した。どうしてさらに連絡をとらなきゃならないんだい？」そこで電話が切れる。辛辣な物言いに文句のひとつも返したいが、かけなおしたくはない。頭を切りかえて仕事をしなくては。

月曜の残りは過ぎていき、二日酔いの残滓も、それにまつわる不安も消えていく。大部分は。右目の奥がまだ少し痛み、自分が原因でみずからに、そしてカールとティリーにいやな思いをさせてしまったことが思いだされる。もう二度としない。声に出すと嘘っぽく聞こえるが、心からそう思っている。書類を読み、下線を引き、メモをとる。パジャマ姿で家に引きこもり、事件に没頭しているうちにカールがティリーを連れて帰ってくる。一日の終わりに新品同様になって戻ってきた携帯をカールから受けとる。

火曜日の朝。わたしはスーツを着てブーツをはいている。となりではマチルダが跳びはねている。娘を連れて学校のなかへ入っていく途中、ジムに行くときのような恰好をしたママたちの一団に行く手をはばまれる。わたしは頭を振って、考えすぎの妄想を振り払おうとする。ひとりに微笑みかけ、ほかのママたちに手を振り、こちらを追い越していくパパたちふたりにこんにちはと言う。ようやく女性たちが笑みを返してきたものの、また仲間うちで頭をくっつけあって話しはじめる。〝あら、今日はママがお見送りみたい。よかったじゃない。彼女も努力してるのよ、きっと。ご主人ばかりにお見送りをさせて、さすがに気がとがめたのかも〟わたしはふたたび頭を振る。彼女たちが話しているのはそういう内容ではない。考えすぎだ。マチルダに手を引っぱられて、わたしたちは階段をおりて教室へ入っていく。

「じゃあね、ダーリン。すてきな一日を」身をかがめて娘とハグする。

「お迎えにも来てくれる？」

「今日はパパが来るはずよ。ママは打ち合わせがあるから」

「わかった。じゃあね」

マチルダはコートをフックにかけ、友人たちのほうへ歩いていく。わたしは少しのあいだ娘を見つめる。友だちがマチルダに笑いかけ、輪のなかで動いてうちの子のためのスペースをあけてくれる。こちらが手を振ると、マチルダが手を振りかえしてくる。そのあとわたしはうつむいてすばやく教室を出て、校庭を通り抜けていく。

「いいかい、アリソン、マチルダは学校ではほんとうに楽しそうにしている。大切なのはその点なんだ」わたしがほかの親たちとはなじめないともらすと、カールはいつもそう言う。そして「彼女たちはぼくにはいつでも親切だよ」とつづく。口に出して言ったことはないものの〝そりゃあそうでしょうよ〟とわたしは思う。おしまいに「きみはもっと努力すべきだ、言いたいのはそれだけ」今朝もマチルダのかばんの中身をチェックして読書ノートにサインしながら、カールは同じことを言っていた。わたしは反論しなかった――おそらく彼が正しいから。

「今日はぼくがマチルダを迎えにいく。最後のクライアントとの面談は二時からだから」カールはそう締めくくった。少なくともそれで心配ごとはひとつ減る。

ちょうど来たバスに乗って、ベビーカーに囲まれた席にすわる。黒いキャリーバッグを足もとに置く。なかには訴訟事件摘要書が入っている。残虐行為のあらましを要約している写真と証拠品のリストが載っている書類が。その事件はこれから数ヵ月のあいだわたしの仕事となり、ほかのものをそっちのけにしてでも完全に内容を把握しなくてはならない。〝ほかのもの〟とはつまり、わたしの心情、結婚生活、母親としての失敗の数々。逸る気持ちを抑えきれない。

事務所に着き、事務職員たちに挨拶をし、キャリーバッグをあけて訴訟事件摘要書をデスクに置く。わたしは椅子にすわり、窓の外を見るとはなしに眺める。はじめての殺人事件にたどりつくまでに十五年間、実績を積んできた。バリスタになりたてのころに担当していたのは飲酒運転のドライバーやヘロイン常用者の万引き犯、それにバラムの少年裁判所での強盗の常習犯の弁護。子どもたちのみだらな姿を想像して汗をかいた手を握りしめていた小児性愛者もいたし、ちょっとしたはずみで犯罪に手を染め、そこからどうしようもなくずぶずぶと悪の道にはまりこんでしまった放蕩者もいた。そのなかには、さっさと刑務所送りにして、牢屋の鍵を永遠に捨て去ってしまえばいいのにと思う者もいた。共通しているのは、子どものころに虐待された経験がアルコールやドラッグの濫用につながり、喪失感や絶望感が激しい物欲となって表面化することもあるという点。〝おれはこの携帯電話がほしい。この携帯電話を寄こせ。寄こさなければおまえを刺してやる／おまえを殴ってやる／列車が通るタイミングで跨線橋から突き落としてやる〟というわけだ。

わたしのお気に入りの公判のひとつが、十年以上前の強盗事件の裁判。ノッティンガムで開廷された複数の共同被告がいる裁判で、すべての被告人が脅しをかけあっては互いを責め、結果としてそれぞれが五年の禁固刑を言い渡された。それでも弁護団のチームワークは抜群で、わたしたちは毎晩トラベロッジにいちばん近いパブで酒を飲んだ。

そして、マデリーン・スミス。〝審理中〟という制約もあり、無難にまとめられている新聞の切り抜きを見つける。ファイルのページをめくり、事件について報じている新聞の切り抜きを見つける。目を引くのはマデリーンの写真で、ふたりの警官に左右の腕をとられ、身体の前であわせられた両手には手錠がかけられている。細身のブロンド、顔には疲れた表情を浮かべている。

マデリーン・スミス、四十四歳は、夫のエドウィンが刃物で刺され、自宅のベッドで死体となって発見されたのちに警察に逮捕された。エドウィン・スミスはアメリカ資本の資産運用会社アセラ・ホールディングスの共同経営者。家政婦がロンドンのクラパムにある時価三百五十万ポンドの邸宅へ赴き、事件現場の惨状を目撃したあと、警察に通報した。情報筋によると、容疑者は夫の遺体の横の床にすわりこんでいるところを発見され、抵抗することもなく逮捕されたという。近隣の住人はこの出来事に驚きを隠せない様子だった。「マデリーンはほんとうにやさしい人で、毎年開かれている地区の野外パーティーにもボランティアとして参加していました。もう、ほんとに信じられない」と情報提供者のひとりが匿名を条件に語ってくれた。

わたしはいったん休憩することにし、一昨年のクリスマスにカールのために買ったエスプレッソマシンでコーヒーを淹れる。彼はカプセルは地球にやさしくないと言って一度も使わなかった。

事件内容説明書に提示されている、訴追側が主張する事実は以下のとおり。九月十七日月曜日に、エドウィン・スミスは家政婦によってベッドで死亡しているのを発見され、彼の妻であるマデリーンは遺体の横の床にすわりこんでいた。死亡からおおよそのところ十二時間が経過しており、死因は首や胴体に見られる十五カ所の刺創からの出血による失血死。身体には防御創はなく、争ったり攻撃をとめようとした形跡もないことから、眠っているあいだに刺されたと考えられる。刃渡り十二インチの包丁がベッド上の遺体のすぐ横で発見され、刃と前述の刺創が一致。出血量はおびただしく、血はベッドと床板に染みこみ、階下のリビングルームの天井を濡らした。マデリーンの服もまた、血にまみれていた。警察と救急車が急行するも、被害者は手当てもむなしく死亡。マデリーンは抵抗もせず粛々と逮捕される。その時点からずっと黙秘を貫いている。当初はダウンビュー刑務所に拘置されるが、二週間前に保釈申請が通り、いまは厳しい制限が課されるなかでビーコンズフィールドにある姉の家に住んでいる。

事件内容説明書を読みながら、関係者からの陳述書が入手できそうだと考える。家政婦、警察と救急車のスタッフ、病理学者、それと隣人。隣人はエドウィン・スミスが死亡したと推定されている晩にスミス宅から叫び声や絶叫が聞こえてきたと話している。間違いなく訴追側も供述をとりに動きはじめるだろう。わたしは三週間前の日曜の夜に自分が何をしていただろうかと考える。

わたしたち三人は部分的には楽しいビーチでの休暇から戻ってきたところだった――少なくともマチルダは楽しかったようだが、カールとわたしは口論のすえベッドのなかでお互い触れあうこともなく眠った。約束がちがうと睨みあうよりも、不快な週末をひたすらやりすごそうとしたわけだ。思いださないほうが気持ちが楽なので、思考を事件へと引きもどす。

パトリックはその週のマデリーンの行動を記したメモを付け加えていた。彼女の話によると、十四歳になる息子のジェイムズが全寮制の学校から週末を家で過ごすために戻ってきていたという。そして日曜日に、夕べの礼拝の時刻までに学校へ戻るのにちょうどいい列車に乗せるため、夫妻は息子をロンドン・ブリッジ駅で降ろした。ジェイムズの名は訴追側の証人リストに載っているが、供述書はまだ提出されていない。

マデリーンは自分の経歴についての短い陳述書をソリシタにすでに提出している。彼女は四十代なかば、サリー出身、幼少期は外交官である家族とともにあちらこちらを旅してまわった。会計士補だったが、そう長くは働いていない。三十歳で母親になった。彼女とエドウィンは約二十年間、幸せな結婚生活を送っていた。なお、問題の夜についてはいっさい発言していない。ひと言も。

駅に着き、パトリックがこちらに気づくまえにわたしは彼を見つける。彼は壁に寄りかかって携帯電話に目を向けている。彼の姿を見て胸を揺さぶられ、わたしはバッグのキャスターに足をとられてよろめく。パトリックが顔をあげて微笑む。目もとまで広がるまぎれもない笑顔にわたしも笑みを返し、こちらを見てうれしそうな表情を浮かべる人を目にしてほっと安心し、彼との関係が終わったことを一瞬忘れる。パトリックのもとへ行き、事件についての考えを共有しようとしたところで彼が頬に触れてきたが、そこでパトリックの携帯が鳴り、電話に出るためにこちらに背を向ける。マデリーンに会いにいくために乗りこんだ列車のなかでは互いにほとんどしゃべらないものの、メールを確認する合間に彼はわたしの脚をぽんぽんとたたく。わたしは身じろぎをして少しでも彼から離れ、ふたりの関係は終わったのだ、この人はいまはやさしいかもしれないけれど、金曜日にはぜんぜんやさしくなかったし、ほかの日もたいていは冷たかったと自分自身に言い聞かせる。この人にはひとつもよいところがないと。

ビーコンズフィールドは美しいベッドタウンで、ブティックや食事を楽しめそうなパブが散見される。わたしたちは駅前からタクシーに乗り、クライアントが滞在している家まで行き、いまは閉じている電動式の門の前で待つ。その先に敷地が見える。広い庭が小さく見えてしまうほどの大邸宅。まわりには同じくらい大きな屋敷がぐるりと並び、どれも最近建てられたらしき輝きを放っている。

女性が家の玄関ドアから顔を突きだして少しのあいだこちらに視線を送る。目にしたものに安心したのか、奥に引っこむ。直後に門がゆっくりと開く。わたしたちは門を通り抜け、砂利を踏みしだいて玄関ドアへ向かう。ふいにドアが開く。パトリックが前に進みでて女性と握手する。

「またお会いできてうれしいです、フランシーン。アリソン、こちらはフランシーン、マデリーンのお姉さんだ」パトリックが少し脇によけたのでわたしはフランシーンと握手する。彼女の骨ばった指とわたしの指が触れあう。彼女の案内で屋敷のなかに入り、リビングルームのソファでお尻の下に両脚を折り曲げてすわっているマデリーンと顔をあわせる。彼女は背筋をのばして会釈する。

マデリーンは細身で背は高く、豊かな髪はなめらかだが、染めていない地毛の部分が一インチくらいのびてしまっている。首の腱は浮きあがり、こめかみの血管が脈打っている。フランシーンもほっそりしているけれど、マデリーンより少しだけ肉づきがよく、髪や肌につやがある。だいぶ緊張しているらしく、左右の脚に交互に体重をかけ、指先でカーディガンの袖口を引っぱっている。ふたりを見ていると、自分がちっぽけでありふれた存在に感じられる。エレガントなサラブレッドに相対する馬車馬といったところか。ふたりともベージュ色っぽいパンツに同じような色あいの手ざわりのよさそうなカシミアのニットをあわせている。マデリーンが身に着けているアクセサリーはひかえめで、ダイヤモンドのイヤリングに指輪をいくつか。左手の薬指にはゆるくなった結婚指輪をはめている。わたしは薬指にはめているホワイトゴールドの婚約指輪をくるりとまわし、ひとつだけついている小さなダイヤモンドを内側に隠す。おかげでダイヤモンドがてのひらに食いこむ。

「刑務所のことは思いだしたくないわ。あれは悪夢だった」マデリーンは爪のあたりの皮膚をつまむ。

「われわれはできるかぎり迅速にあなたをあそこからお出ししました」パトリックがやさしげな声で言う。マデリーンには脆(もろ)さが感じられ、やさしげな声と慎重な言葉遣いが必要なのだとわかる。パトリックのこんな調子の声はいままで聞いたことがない。

「お茶はいかがですか」とフランシーンが訊いてくる。

わたしはうなずく。「ありがとうございます。ミルクだけで。お砂糖はけっこうです」やるべきことができて気持ちが落ち着いたのか、フランシーンの緊張はやわらいだようで、これでいよいよマデリーンへの質問を開始できそうだ。

フランシーンが足早にリビングを出ていき、マデリーンは少し脚をくずす。

「あちこちから叫び声が聞こえてきて。眠ろうとしたけれど、あんな状況のなかでどうやったら眠れるのかしら……もう、ひどいところだった。警察署では眠れたけれど、刑務所では無理。あんな場所で五日も過ごしたなんて……」

マデリーンは間をおき、リビングへ戻ってきた姉に微笑みかける。フランシーンが運んできたトレイにはお茶が入ったマグカップとミルクに砂糖、それに三種類のビスケットがのっている。

「ほかに何か召しあがる？」フランシーンが訊いてくる。

「いいえ、こちらで充分です」わたしは答え、パトリックと声をあわせて礼を言う。

「わたしはだいじょうぶよ、フランシーン。三人で話をするから、ちょっと席をはずしてくれる？」マデリーンが姉に微笑みかける。少ししてからフランシーンはリビングを出て、ドアを閉める。

「さて、はじめましょうか」パトリックはお茶のトレイを片側に寄せ、かばんからファイルを取りだしてコーヒーテーブルの上に置く。わたしはバッグのなかから訴訟事件摘要書とノートを引っぱりだす。「きちんとご紹介しましょう。こちらはアリソン・ウッド、今回の件であなたの代理人をつとめます」

わたしはマデリーンに軽く会釈する。

「アリソンはバリスタとして十五年以上も活動しています。刑事法院でも控訴院でも多くの込みいった案件を手がけてきました」パトリックは話しながら、手振りでこちらを指し示す。彼に紹介されているのは自分ではないみたいな気がする。「今回の案件でも手腕を発揮して、最良の結果に導いてくれるはずです。安心してわれわれにおまかせください」

マデリーンは自分の手を見つめている。「でも、何かすべきことがあるとは思えません。わたしが殺しました。その事実があるだけです」

「結論を急がないでください。そういった話はまだなさらなくてけっこうです。まずは前段階についてご説明しましょう」ぶっきらぼうで人をいらつかせる、わたしが知っているパトリックの口調がようやく戻ってくる。それに彼がマデリーンの話をとめてくれてよかった――はじめから自分の罪について語るクライアントほど手に負えないものはない。クライアントにはこちらが適切な質問をするのを待っていてもらいたい。「アリソン、次にどのような段階を踏んでいくか、マデリーンに説明してくれないかな」

「わかりました。ではマデリーン、現状をお話ししましょう。本件は治安判事裁判所からオールド・ベイリー、つまり刑事法院のひとつである中央刑事裁判所へ送られています。次の出廷は〝答弁及び審理前審問（プリー・アンド・トライアル・プレパレイション・ヒアリング）〟略してＰＴＰＨです。そこであなたは正式起訴状に対する有罪または無罪の申し立てをおこないます」

「でもそれは二、三週間のうちにはおこなわれないんでしょ？」

「はい、おこなわれるのは十一月中旬です。いまから五週間後になります。現時点で訴追側から証拠はほとんど渡されていませんが、そのうちに送られてくると思います。そう期待しています」話をしながらマデリーンを見るが、彼女はわたしとは目をあわせようとせず、自分の手ばかりを見つめている。指の爪には噛んだあとがあり、完璧に手入れされている表面にひびが走っている。マデリーンはうなずき、わたしは話をつづける。

「審問のまえにすべての証拠に目を通さなければなりません。さきほど申しあげたとおり、審問であなたは有罪か無罪の申し立てをする必要があります。無罪を申し立てた場合、そのあとに公判の日程が決められます」

「有罪を申し立てたら？」

「そのときはただちに量刑を定める手続きへ移行されます」

「わたしが望んでいるのはそちらです」彼女は顔をあげ、わたしの視線をとらえて目をあわせる。決然とした表情を浮かべ、瞬きすらしない。あまりにも迷いがなさすぎる。これでは逆に何かを隠していると勘ぐりたくなる。

「マデリーン、ひとつ忠告させてください。まずはすべての証拠をひとつひとつ確認し、そのあとでどうするか決めるべきです。現段階で先のことをきっちり決めてしまうのは、かならずしもよい方法とは言えません」マデリーンは気持ちは変わらないとでもいうようにあごをこわばらせているが、少なくともこちらの話には耳を傾けているようだ。

「わたしがやったんです、それはたしかです」

「でもわたしにはたしかなことはわかっていません。法的側面から見ても考えるべき余地は残っています。ですからお願いです、チームとして一歩一歩、いっしょに進んでいただけませんか？」視界の隅にパトリックが同意とばかりにうなずいているのが見える。

マデリーンは立ちあがり、いったん窓のところまで行って、またゆっくりと戻ってくる。一瞬、弾力のある革張りのソファにすわるわたしのとなりに腰をおろすのかと思ったが、彼女はあと一歩のところでさっと背を向け、また窓のほうへ歩いていく。「わざわざわたしを保釈させなくてもよかったのに。わたしは閉じこめられているべきなの」

パトリックは一瞬の間をおいてから答える。「あなたには前科はない。いままでいかなるトラブルに巻きこまれたこともない。だからあなたが保釈されることで危険にさらされる人物はひとりもいないと裁判所は判断したわけです。それに、弁護の準備を進めるという観点から見ても保釈はありがたいことなんです」

マデリーンはため息をつくが反論はしない。ソファに戻って腰をおろす。

わたしはひとつ咳払いをする。「われわれ、つまりあなたの弁護士とあなたが交わした会話は絶対に外部には明かされません。完全に他言無用とされ、あなたが話した内容をわれわれから無理やり聞きだすことは誰にもできません。ですが難点があることもたしかです。もしあなたが打ち合わせの席でわれわれに何ごとかを話し、そのあと審理中の公判でそれとは反対のことを話したくなったとします。われわれはあなたから事前に聞かされたことについて嘘をつけません。そうなると弁護士としての立場上、われわれは困惑せざるをえなくなり、ひいてはあなたの代理人をつづけられなくなる事態に発展しかねません。これまでのところをご理解いただけますか？」

「はい、わかります」とマデリーン。

わたしはペンとノートを手に取った。「それでは、事件が起きた週末に何があったか話してください。まずは土曜日から」

「週末にジェイムズは家に戻っていました。金曜日の晩の列車でロンドンに着いたんです。わたしは土曜日のランチにチーズトーストをつくり、夜は外食しました。クラパム・コモンのステーキレストランで。ジェイムズは学校のお友だちが開いたパーティーに参加するためバラムへ行き、エドウィンとわたしはタクシーで家に帰りました」マデリーンは間をおいて息を継ぐ。わたしはマデリーンの言葉を書きとり、うなずいて先をうながす。

「ふたりで映画を観て、そのあとベッドへ行きました」

「なんの映画ですか」

「そんなことが重要なんですか？」マデリーンが肩をすくめる。「〈グッドフェローズ〉（NYマフィア界を舞台にした犯罪伝記映画）です。エドウィンはそういう種類の映画が好きなので」

マデリーンは自分が発した言葉に気づいたのか、頭を振る。「好きでした」それから少しのあいだ両手で頭をかかえ、息を吸い、吐く。「映画を観おわったあとベッドへ行きました。ジェイムズは十一時ごろに帰宅したと思います。けれどもあの子が家に入ってくる物音は聞きませんでした——わたしはとても疲れていたので」

わたしは口を開き、ジェイムズくらいの年齢の子が夜遅くにひとりでロンドンの街をぶらつくのはいかがなものかと言おうとしたところで、思いとどまる。おそらくそれはごくふつうのことなのだろう。「ジェイムズは夜遅くに開かれるパーティーへよく行くのですか？」

「どうかしら。なんとも言えないわね。行ったり、行かなかったりだから。いちいち息子の行動を見張っているわけではないし」

マチルダのことが頭に浮かぶ。たとえ将来の話でも、あの子を夜遅くのパーティーにひとりで行かせるなんてありえない。絶対に。

マデリーンがつづける。「日曜日の朝は遅くに起きました。わたしはローストチキンを焼き、そのあとでエドウィンといっしょにジェイムズをロンドン・ブリッジ駅まで車で送りました。帰宅後にエドウィンから話があると言われたんです。離婚したいとのことでした」

ペンがノート上のあらぬ方向へ走る。離婚話を聞くことになるとは思いもしなかった。

口を開いて質問しようとしたところで、マデリーンが先を話しはじめる。

「わたしはジンをボトル一本ほとんどぜんぶ飲んで、知らぬ間に眠ってしまいました。気づくと、家政婦が叫んでいました。顔をあげると、エドウィンは死んでいて、わたしの足もとに包丁が落ちているのが見えました」マデリーンの声はとても小さく、聞きとるのもやっと。「殺すつもりなんてなかった。刺したときのことを覚えていないんです。ごめんなさい……」

マデリーンの顔色はもともと青白いが、話が終わりに近づくにつれて頰にうっすらと赤みがさす。

「ジェイムズのことを教えてください」やさしげな口調を心がけて言う――エドウィンとの関係を聞きだすまではとにかくやさしく、穏やかな口調でいこう。

頰の赤みが引き、顔に落ち着きが戻る。「何を知りたいの？」

「ジェイムズはどんなお子さんですか。たとえば、彼は学校が好きですか。全寮制の学校に入ってどれくらいたつんですか」

「今年で二年目。十三歳になるまえに入学したから。学校がとても好きだと言っています」

「息子さんと離れ離れになってつらくないですか」

「はじめはつらかった。でも人って慣れるものなのね。毎日学校へ行って帰ってくるのは、あの子にとっては時間のむだだろうし。そんなことをしたら帰宅時間がとても遅くなる。スポーツもたくさんしているし……。べつに息子を家においておきたくないわけじゃなかった。エドウィンは……」マデリーンの言葉が尻すぼみになる。

「エドウィンが、なんですか？」わたしは彼女を怯えさせないよう、小さな声で尋ねる。

「エドウィンは全寮制の学校へやるのが息子にとってはとてもよいことだと思っていた。自分の足で立つことを学ぶだろうって。わたしがなんでもかんでもやってあげるから、息子には少しでも自分で自分の面倒をみるすべを学ばせるべきだとも思っていた」

「あなたはエドウィンの意見に賛成したんですか」

その質問を聞いてマデリーンは肩を後ろへ引き、あごを前へ突きだす。「もちろん賛成したわ。エドウィンは正しかった。男の子についてはよく知っているし……知っていたし」

「わかりました。ジェイムズは学校生活が気に入っているんですね。とくにどんな点が好きなんですか」

「そうね、スポーツ、かしら。それと日課がたくさんある点。ジェイムズは一日の日課がきっちり決まっているのが好きなの。家にいるときも朝から晩まで物ごとが順番どおりにきちんと進んでいくと、あの子はとてもうれしそうだった。わたしが穏やかにしているとか、夕食が時間どおりに用意されるとか、そういったこと」

わたしはメモをとる。「あなたが穏やかではないときがあったんですか」

「誰だっていつでも穏やかではいられない。やらなきゃならないことがたくさんあって、押しつぶされそうなときには……」マデリーンの両手の指の爪がそれぞれの手に食いこむ。

「それも理由のひとつだった。エドウィンがジェイムズを全寮制の学校へ入れたほうがいいと考える理由の。そうすればすべてをきっちりこなす時間がわたしにできて、夫婦いっしょに生活を楽しむ余裕ができるだろうと」

彼女の返答を書きとめる。「その点についてはあなたはどう思ったんですか？」

「その点でも、エドウィンはたぶん正しかったんでしょうね。わたしはいつも忙しくしているから――すべてをこなすのはほんとうにたいへんで」彼女の声が震えだす。

「どうしてあなたはそんなにお忙しいんですか。何をおやりになっているのかしら」わたしは穏やかな口調を保つ。

「ジムへ行ったり、ピラティスをやったり、その合間に画廊のための資金集めをしたり……。わたし、だらだらして時間を過ごしたくないの。エドウィンも……」再度、言葉が尻すぼみになる。

スカートのウエストバンドが脇腹に食いこんでいるのがふいにたまらなくいやになり、バンドを引っぱる。わたしにはピラティスに励む時間がない。結婚生活の問題点のひとつだ。

もう一度メモにざっと目を通す。そろそろ核心を衝く質問に移る頃合いだろう。「マデリーン、エドウィンが亡くなる週末以前の彼との関係がどんなふうだったか教えてもらえませんか」

「関係って、どんな?」

「エドウィンとの生活はどういったものでしたか。いっしょに多くの時間を過ごしたんですか? エドウィンはたくさん旅行をしていましたか? そういったことです」

「もちろんエドウィンはよく出かけていたわよ。毎週ニューヨークへ行っていた」

「毎週ですか? それはずいぶんと頻繁ですね」

「あなたはシティの人間をそれほど多くはご存じないみたいね。金融関係の職業に就いている人にとってはごくふつうのことよ」マデリーンは背筋をまっすぐにのばし、冷たい声で言う。

いきなり冷淡な言葉を浴びせられ、わたしはホッブスのスーツの襟をかきあわせる。オーダーメイドではないにしろ、それなりに値が張ったスーツだ。マデリーンの鋼を思わせる冷たい一面を見るのははじめてで、彼女が包丁を手に夫の死体を見おろし、立ちつくしている姿が頭に浮かんでくる。マデリーンがため息をつき肩を落とすと、そのイメージが消える。

「ご主人が出張しているとき、あなたは何をなさっていたんですか」

「おんなじよ。さっき言ったとおり。画廊のためにディナーパーティーを開いたり——そういうのって、けっこうやることがたくさんあるの」

「どちらの画廊ですか？」

「チェルシーの〈フィッツハーバート〉。このごろは政府からの資金援助もあてにできないから、画廊はどこも個人の寄付に頼っているの。とても重要な仕事よ」マデリーンがふたたび頬を紅潮させる。

「慈善事業にはご興味はないんですか？」わたしはつい口を滑らせる。

そこにパトリックが割って入る。「関係のない質問だと思うよ」

わたしはパトリックに、次にマデリーンに微笑みかける。「細かいところまでもらさずに訊いておきたくて、それ以上の意味はありません。マデリーン、事件が起きるまえは、あなたとエドウィンは良好な関係だったんですよね？」

「そう思っていました。だから離婚したいと言われて、わたし、ショックを受けたんです」マデリーンはふたたび膝の上の手を見つめ、もみあわせる。

「エドウィンが離婚したがったのはなぜだと思いますか」

「ほんとうにわからないの」マデリーンは顔をうつむけて両手で覆い、泣きはじめる。

エドウィンが浮気をしていたかどうか訊きたいのにマデリーンは泣きやまず、嗚咽は大きくなって腹の底から絞りだすような声に変わる。

「夫は死んでしまって、本気で離婚したかったのか、わたしが態度をあらためればそれでよかったのか、もう永遠にわからない。ぜんぶわたしのせい、わたしが悪いんです、わたしが……」

パトリックも困り顔で椅子のなかで身じろぎを繰りかえしている。彼ならマデリーンの肩を抱いて慰めるだろうと期待したが、パトリックはファイルから出した書類を整理しだし、けっして顔をあげずにポストイットを貼りなおしはじめる。フランシーンがノックもせずにリビングに飛びこんでくる。

「もうお帰りください。今日はもう充分でしょう」

「あといくつか質問をしたいのですが……」頼むというよりも独り言のようにつぶやく。帰ってくれと返されるのを確信しながら。

「質問はもうけっこうです。またべつの機会にしてください。妹はもう充分に答えたんですから」

ノートをバッグに戻し、立ちあがる。パトリックもそれにならう。

彼が咳払いをする。「近いうちに、来週にでもまた、こちらにうかがわなければなりません。マデリーンの弁護のためには、何が起きたのか、その全体像を描くことが非常に重要なんです。そこには過去に何があったのかも含まれます」

「わかりました。おっしゃるとおりなんでしょうね。でも今日はやめてください。この状態では質問をお受けできません。妹を落ち着かせるには何時間もかかるでしょう。わたしにはそんなに時間はないのに……」フランシーンはマデリーンの肩に手を置き、やさしく揺すった。「マデリーン、もう泣くのはやめて。もうすぐ子どもたちが帰ってくるから」

ふたりをその場に残し、わたしはパトリックとともに帰途につく。屋敷の前でタクシーを呼び、車中では何も語らず駅まで戻り、ほんの二、三分待っただけでロンドン行きの列車に乗りこむ。

5

「一杯飲もうかな。きみもどう？　ジンは？」

わたしはうなずき、パトリックは食堂車を探しにいく。なんだかやけに疲れていて、マデリーンの嗚咽がまだ頭のなかで響いている。滞在時間はほんの一時間半だったのに、もっと長くいたように感じられる。いまごろティリーは学校の授業を終え、ほかのママたちとしゃべっているカールを見つけてパパに駆け寄っているだろう。もしかしたらホットチョコレートを飲みにふたりでカフェへ行くかもしれない。あるいは、ティリーの友だちのひとりがいっしょに遊ぼうと誘って、カールはお友だちの家にティリーを連れていき、子どもたちが着せ替えごっこをして遊ぶ一方で、その家のママとお茶を飲んでいるかもしれない。一瞬、マチルダの髪のにおいが鼻をかすめる。互いに頭と頭を寄せたときにわたしの顔に触れたあの子のシルクのようにやわらかい髪のにおいが。ふいにマチルダが消えていくような不安に駆られて心臓がびくりとするが、タイミングよくパトリックがジンを手に戻ってきて、わたしは酒で不安を追い払う。今日の午後はたいへんだった。ただそれだけ。パトリックが身を寄せてきて、わたしの脚のあいだに手を突っこみ、耳もとでささやく。「ちょうどあそこにトイレがある。この車両には誰も乗っていない」

きっぱりと断り、ふたりの関係が終わったことを彼に思いださせるべきなのはわかっている。しかしそうはせず、わたしは少しのあいだ彼を見つめる。彼の手のぬくもりが執拗にからみついてくる。ジンの最後のひと口を飲みほし、ハンドバッグをつかんで彼についていく。

パトリックがトイレの鍵を閉めてこちらを向く。わたしは息をとめてキスを待ち、彼のほうに顔を寄せる。今日駅で顔をあわせたときに見せたのと同じやさしさで、彼はこちらの頬に触れてくるかもしれない。マデリーンの感情をあらわにした姿に感化されたのか、わたしの気持ちはかき乱され、ぴんと張りつめているけれど、これで落ち着くだろう。わたしたちはしばらくお互いの顔を見つめあう。次の瞬間にパトリックがキスしてきて、スカートのウエストバンドからパンティのなかへと手を押し入れ、わたしは気分がほぐれていく……

吐息をもらすわたしからパトリックはゆっくりと身体を離し、わたしをひざまずかせてからズボンのジッパーをおろす。お互いに楽しむような行為ではない。尿のたまりを避けようとしてわたしはひざまずいたまま彼のほうへ寄り、片方の手で彼をつかみ、バランスをとるためにもう一方の手でパトリックが寄りかかっている手洗いに手をつく。パトリックはわたしの頭をつかんでもっと近くへ引き寄せ、わたしは目を閉じる。

ことがすんだあと、わたしは水で口のなかをすすぎ、鏡に向かって水を吐きかける。疲れた顔を見てみると、マスカラが目もとでにじみ、口紅がにじんではみだしている。余韻がうすれるにつれ、不安で胸がざわつく感覚が戻ってくる。トイレから出ると、幼い子の手を握って待っている女性の不満げな顔が目に入り、パトリックとともに座席に戻るために彼女の前を通りすぎるときに小さな舌打ちの音が聞こえてくる。急いでいたためにハンドバッグをなかに置き忘れてきたことに気づいたのと同時に、女性が呼びかけてきて、こちらにバッグを突きつけてくる。できるだけ相手との距離をあけて、触れてしまう可能性を低くしようとするみたいに腕を目いっぱいのばして。

わたしが顔をうつむけて女性と目をあわせないようにしながらバッグを受けとる一方で、パトリックはさっさと座席にすわり、ブラックベリーを手に取る。彼がキーを打つたびにふたりの距離があいていく気がする。わたしは近くの何かからただよってくる饐えた尿のにおいを無視しながら、窓の外を眺める。床にたまっていた小便は避けたはず。こらえきれずにバッグを手に取って底の角のにおいを嗅ぎ、さわってみたあとで顔から離す。湿っている。わたしは膝は守ったが、最初に手がけた大きな裁判のときに得た報酬で買ったマルベリーのバッグはほったらかしにしていた。パトリックはこちらの様子を見て厭わしげに顔をしかめ、メールに戻る。

汚れたハンドバッグからキャリーバッグへもう少しで中身をぜんぶ移しおえるところで携帯電話が鳴る。画面にマチルダの学校名があらわれた瞬間に心が沈み、応答するまえに背筋をぴんとのばして、パトリックから家庭の問題に気持ちを切りかえる。教師はこちらからの挨拶も待たずに、マチルダを迎えにくるのが遅すぎると切りだす。

「今日はカールが迎えにいくはずなんですが。そういう話になっていまして」電話の向こうにいる教師のビジネスライクな口調に負けじと、こちらも淡々と話す。

「ご主人の話とは食い違っています。あちらはあなたがマチルダを迎えにいくと思っていたようですよ」

「今日最後のクライアントとの面談は二時からだとカールは言っていました」少しずつ頭が混乱していく。

「率直に申しあげるとですね、ミセス・ベイリー、誰が誰になんと言ったかは問題ではありません。もう四時五分過ぎで、マチルダにはまだお迎えが来ていません。こちらでは四時四十五分までマチルダを放課後の預かり教室に参加させておくことはできますが、彼女のお迎えの手配はどうなっているのか知っておく必要があります」

列車の窓の外に目をやる。メリルボーンの近くまでは来ているけれど、駅からハイゲートへ行くまでにはさらに時間がかかる。

「夫に連絡していただけませんか？」

「ご主人の携帯電話は電源が切られています」

「できるだけ早くそちらへ行きます。いま列車のなかなので」

「では四時四十五分に」こちらの意向を訊かれることなく、電話は切れる。

心拍数が上昇しはじめ、パニックで喉が締めつけられる。かわいそうなティリー。待ちぼうけを食らうなんて。それにしてもたしか……考えるだけむだだ。迎えにいくしかない。わたしはハンドバッグから鏡を取りだして顔をチェックし、パトリックのものが付着していないことをたしかめる。

ようやくパトリックが画面から顔をあげる。「何かあったのかい」

「マチルダにはもうお迎えが行ったとばかり思っていた。でもそうじゃなかったの。わたしは時間に間にあいそうにない」

「ああ、それならあっちでなんとかしてくれるだろうよ」パトリックはふたたび顔を伏せる。明らかにこの話題にはなんの興味もないようだ。お迎えの件についてさらに言おうとしたところで、わたしは舌を嚙む——言ってなんになる？　パトリックがふいにまた顔をあげる。

「ということはつまり、駅に着いたあとで事件についての打ち合わせはできないってことかい」

「えっと、そう、悪いけど今日は無理。わたしはティリーを迎えにいかなきゃならないから」

「ほかに迎えにいける人はいないのか？」声にいらだちがまじる。

「いないわ。学校側ではパパをつかまえられないから、わたしが行かなきゃならないの」

「旦那に電話したのか？」トイレから戻ってきてからはじめてパトリックはまともに会話に応じている。

わたしは首を振り、カールの番号にかける。すぐに留守番電話につながる。

「電源が切れている。教師もそう言っていた。かけてもむだなの——彼はクライアントとの面談中は絶対に電話に出ないから」わたしは尿のにおいのするハンドバッグから中身を回収する作業に戻る。

「事件について話しあう必要があるんだ。それのほうが子守より重要だ。旦那に行ってもらえよ。彼をつかまえればいいだけの話だ。もう一度、電話しろ」

カールへの二度目の電話をかける。またしてもすぐに留守番電話につながる。「やっぱりつながらない。それと〝子守より重要〟とか言わないで。娘の面倒をみるのは何よりも大切なの。わたしは娘を迎えにいかなきゃならない」ハンドバッグの中身を移しおえ、バッグを丸めて頭上の網棚に置く。誰かほしい人がいたら、どうぞ持っていってくださいという気分。列車が駅へ近づいていき、わたしはコートを着て、パディントン駅への到着にそなえてドアに向かっていく。「あとで電話する」

パトリックはもう異を唱えない。顔をゆがめ、手をのばしてこちらに触れようとする。わたしは彼の手から身をかわす。マチルダのことで頭がいっぱいで、パトリックの手など眼中にない。

「こちらとしては罰金を課さねばなりません。二十ポンドになります」教師――アダムス先生、彼女の名前はミセス・アダムスだったと思う――はノートに書きこみをしてぴしゃりと閉じる。赤いマニキュアを塗った爪がかたい表紙にこすれる。わたしは唇を噛む。パトリックの小さな黒いノートに仕事を依頼するバリスタとして自分の名前を載せてもらおうとがんばらなかったら、いまわたしの名前は目の前のノートに書かれなかったかもしれない。

わたしは謝罪する。「申しわけありません。重要な打ち合わせのためにロンドン郊外へ行っていたものですから。それに夫が時間どおりに迎えにくると思っていました」

「昨日、ご主人からはあなたが迎えにくると聞かされました。マチルダはとてもよろこんでいましたよ。あなたが学校まで迎えにくると言って」ミセス・アダムスは〝今回は〟とは言わない。言う必要もない。わたしはそのことを考えないようにする。

「どちらが迎えにいくか、混乱してしまったんだと思います。ほんとうに申しわけありません。遅れはしましたけれど、ちゃんと迎えにきました。保護者が迎えにくるのが遅れるなんてよくあることだと思いますけど。さあ、マチルダ、帰りましょう」娘のかばんを持ってやろうと思って手をのばす。

「罰金の二十ポンドはいまいただきます」教師はさっと動き、マチルダとわたしのあいだに立ちはだかる。こげ茶色のニット姿の、梃子でも動かなそうな障害物がマチルダの行く手をさえぎる。自分にもっと人間としての魅力があって、相手の気持ちをやわらげることができればとつくづく思う。

「ミセス・アダムス、遅れたことを深くお詫びします。申しわけないんですが、いま二十ポンドの持ち合わせがありません。駅からここまでタクシーに乗り、持っていた現金をぜんぶ使ってしまいました。あなたが指定した時間までに来るようにと言ったからです。二十ポンドは明日の朝、持ってきます。それでご容赦してくださるとほんとうにありがたいんですが、ミセス……」

「〝ミス〟です。〝ミセス〟ではありません」つっけんどんにさえぎられる。

「ミス・アダムス、ですね、すみません。明日、かならず。さあ、マチルダ」わたしは横に動いて娘に手をさしのべる。障害物もいっしょになって同じ方向へ驚くほどのすばやさで動く。

「アンダーソンです。わたしの名前はアンダーソン。わたしにはお迎えを待つ生徒たちの世話をする責任があり、保護者の方には時間厳守をお願いしています。罰金を明日お支払いになるなら、金額は三十ポンドになります」彼女はあごをあげ、顔を紅潮させている。いまが彼女にとって一日のうちでいちばんのお楽しみの時間のようだ。

時計を見る。このやりとりにかかった時間は十分――そのうえ料金までふんだくられるとは。「明日いちばんで二十ポンドをお持ちします。ミス・アンダーソン。ご迷惑をおかけしたことをお詫びします。あなたのお名前を書き記して、ミス・アンダーソン。現金で。封筒に入れて。でもいまは娘を家へ連れて帰ります」

すばやく動き、ミス・アンダーソンと壁のあいだの隙間からマチルダを引っぱりだす。教師が横に動いて娘をとめようとするのとほぼ同時に、マチルダは顔を伏せて隙間をするりと走り抜ける。わたしは教師をじっと見つめ、相手はまっすぐにこちらの視線をとらえる。それからわたしはマチルダを引き寄せ、娘を連れてキャリーバッグを転がしながら校舎の外へ向かう。ミス・アンダーソンは明日はどうとかこうとかとつぶやいているが、彼女の言葉はもう聞き飽きた。わたしはできるだけ速足で校舎を出て校門を抜ける。ここまで来れば、ミス・アンダーソンが殺気を飛ばしてきても、敵意に満ちたひと睨みで凄んでみせても、もうだいじょうぶだろう。わたしたちは角を曲がったところで立ちどまる。わたしはマチルダを引き寄せてハグをする。「ごめんね、ダーリン。ママね、二度とあそこから出られないと思った」

「先生、すっごく怒ってたね」マチルダがわたしの肩に顔をうずめたまま言う。怖がっている反面、興奮してわくわくしてもいるようだ。

「ほんとうにごめんね。お詫びにお菓子を買ってあげる。ショックをやわらげるものが必要でしょ」マチルダが笑う。ふたりで目についた店に入り、わたしは娘のためにガムのミリオンズとチュッパチャップスを買う。

アーチウェイへ向かって坂をゆっくりと下っていくと、目の前にはロンドンのビル群がぼんやりと広がり、認めたくはないけれどザ・シャードが涙でかすんで見える。少なくともマチルダはお菓子を食べてハッピーな気分でいる。わたしは袖で涙を拭う。キャリーバッグを転がすのはもううんざりで、いちばん近いゴミ箱に捨ててしまいたい衝動と闘う。ハンバーガーの包み紙や犬の糞が入った袋のあいだに押しこめば、もうバッグを目にしなくてもすむ。このバッグはわたしの足についた現代版の足枷であり、サウス・イーストじゅうの刑事裁判所をまわって歩くすべてのバリスタの目印でもある。もう一度、袖で顔を拭うと涙はようやく消える。

「二度とこんなまねをしないと誓う」わたしはひざまずいて娘に言う。

マチルダはしばらく考えてから笑みを浮かべる。「でも、ママはわざとやったわけじゃないでしょ。それならオーケー」

わたしは笑みを返して娘をハグする。立ちあがり、何もしゃべらずにマチルダとわたしは残りの道を歩いていく。家までの道のりで聞こえてくるのは、バッグのキャスターが軋る音とマチルダがキャンディーをなめる音だけ。

「もう怒る気にもなれないよ。ふざけるのはやめてくれ。きちんと考えて行動してくれないと困る」カールは声を荒らげない。そうする必要はない。

「頭が混乱していたんだと思う。わたしはてっきりあなたが……」

「いつも火曜日には遅い時間にクライアントとの面談が入っていることはきみも知ってい

るはずだ」カールは首を振り、ガス台のトマトソースに向きなおる。

「わたし、勘違いをしていたみたい」ほかに返すべき言葉がない。

「まあ、勘違いしていたんだろうな。そのあげく、ティリーにお菓子を買ってやり、食欲を満たしてやったというわけだ。あの子はもう夕食は食べないよ、たぶん」

カールがほかに何か言うのを待つが、彼は沸騰したやかんからソース鍋にお湯を注ぎ、二人ぶんのパスタを加えるだけ。パルメザンチーズをおろしはじめるカールを残し、わたしは黙ってキッチンをあとにする。沈黙が非難よりも重くのしかかってくる。もっとしっかり行動しなくては。

6

一週間後、十月もなかばになり、わたしはバジルドンの刑事法院に出廷し、子どもに対して違法な性的行為をおこなったとして起訴された中堅のサッカー選手の弁護をしている。被告席でのしおらしい態度やサッカー選手としてのキャリアをもってしても、公判で無罪を勝ちとるのは難しいというのが正直なところ。案の定、有罪判決が下されても、気の毒だという気持ちは湧いてこない。禁固五年と宣告された彼に接見するため、わたしは被告が一時的に拘置されている独房へ向かう。

拘置区画のドアの前で待たされているあいだ、携帯のメールをチェックする。スパム、スパム、さまざまな公判の進展具合、パトリック。パトリック、パ、ト、リ、ッ、ク。胸を高鳴らせながらすばやくメールを開く。先週プライベートで彼に会ったのは一度だけで、それは木曜日の午後遅く、彼のフラットでのことだった。時間があるなら自分のフラットに来ないか、というテキストメッセージをパトリックから受けとった。着いたときには部屋はうす暗く、ベッドルームのブラインドの外が暗くなっていくのを眺めながら、静かにパトリックのとなりで横になり、ボブ・ディランが〝振りかえるな〟と歌うのを聞いていた。これでいいのだと。ふたりでいっしょにいる。これでいいのだ。

〝マデリーン・スミスとの次回の打ち合わせは水曜日。二時に落ちあい、そのあと先方宅へ。子どもの世話問題を解決しておいてくれ〟

携帯電話に向かって顔をしかめる。あの午後のひとときはなかったとでもいうように、わたしたちはいつもの素っ気ない感じに戻っている。あのときパトリックはわたしの髪に唇を押しつけ、ふたりの鼓動は重なりあって少しずつペースを落としていき、ふつうに戻った。どちらからともなくわたしたちはキスをした。最高の午後、彼はそう言った。完璧な午後だと。すべてを吹き飛ばしてはいけないと思い、わたしは息を吐くのさえためらった。でもわたしが服を着て帰ろうとしたとき、パトリックはそっぽを向いて携帯を見るのに没頭し、こちらがキスしようとしても別れの挨拶をするでもなく、顔をあげもしなかった。

「もしもし！　誰との接見ですか」拘置区画への入口にある電話からくぐもった声が聞こ

え、わたしは現実に引きもどされる。

「ピーター・ロイルです」

「わかりました」

接見はそうなると思っていたとおり不愉快なもので、ロイルは口から煙草を突きだして禁固五年の判決に怒りをつのらせている。刑務所で健康を保っていられるスポーツマンタイプの人間もいるが、ロイルはそうとは思えない。彼は駄々をこねまくる子どもみたいだ。バジルドン・ユナイテッドのエースストライカーとしてピッチの上で褒めそやされ、ピッチの外では車の整備士としてときたま仕事場にあらわれては感心されているので、現実的なことに対処する能力が著しく劣っている。十五歳の女の子が言い寄ってきたからといって彼女と何ごとかに及ぶのは合法というわけではないし、ましてやいい気になって数回にわたり彼女と性交を繰りかえしたことは言語道断と言わざるをえない。あげくに彼女にしつこくフェラチオを強要し、その件を娘から告げられた母親によって警察に通報された。わたしは彼にこう言う。一見したところ、あなたの有罪判決や禁固五年の量刑に対する控訴理由はあったとしてもかなりかぎられていますが、ひとつひとつ徹底的に検討してすぐに助言します、と。握手しようと手をさしだしたものの、彼はこちらの手を握るために自分の手をあげもせず、結局のところわたしはよろこんでロンドンへ戻る列車に乗る。

列車は分岐して街の東側を走る。工業用地は徐々に同一の家が建ち並ぶ一画に変わり、家々の庭が線路のすぐ脇にまで迫っている。鉄道の両側の傾斜地には瓦礫や空き缶や捨てられた服が散らばり、枝がねじ曲がった背の低い木にはスーパーマーケットの袋がからみついている。わたしはふと思う。フェンスを乗り越えて列車が通りすぎるのを眺めながら草の上でファックする者はいるだろうか。バジルドンからフェンチャーチ・ストリート駅へ至る列車のガタゴトと走るリズムにあわせて恍惚感に酔いしれ、日常を逃れようとする者が。フェンチャーチ・ストリート駅といえば、ボードゲームの〈モノポリー〉に登場する駅のひとつだったことを思いだす。とにかくわたしは独房から出て解放感を味わっている。ピーター・ロイルには同じ幸運は訪れない。自分のなかに彼への同情心があるか考えてみるけれど、ない、ひとつも。彼はまさにふさわしい場所にいる。下された判決が被害者や彼女の家族にとっていくらかの慰めになればと思う。

これでマデリーンの事件に集中できる。列車の座席のちくちくする背もたれに身体をあずけて目を閉じる。パトリックがダンスをする姿が頭に浮かび、その後ろでカールが不機嫌そうに顔をしかめている。うつらうつらするあいだに彼らの幻影があらわれては消え、フェンチャーチ・ストリート駅に到着すると同時にハッと目覚める。

二日後、わたしはパトリックとメリルボーン駅で落ちあい、列車に乗る。彼はしゃべりたい気分ではないらしく、何度か話題を振ったあと、わたしはあきらめて放っておく。

「夫との関係についてもっと聞きだす必要がある」重たい鉄製の門が開くのを待つあいだにパトリックが言う。

「いまはもう記者たちもあきらめています」フランシーンが玄関ドアを開いてわたしたちを招き入れながら言う。「彼らはけっしてあきらめないと思っていましたが、マデリーンが絶対に家から出ないのであの人たちは何も聞きだせなかったんです」そしてキッチンの入り口にきまり悪そうに立っているマデリーンを指し示す。「わたしは席をはずします。ですが、前回のように妹を動揺させないでください。彼女は強い人間ではないんです」

わたしはしないと約束する。フランシーンは生気にあふれたオリジナルで、マデリーンは色あせて白っぽくなったコピー。これ以上縮んだら消えてしまうかもしれない。夫の血がごしごしこすられてベッドルームのカーペットから消えたのと同じように、視界から洗い流されて。

わたしたちはフランシーンの家のキッチンの椅子に腰かける。わが家のキッチンとは比べものにならないくらいに整理整頓されていて、広口瓶もティータオル（リネン素材のキッチンクロス）も青緑色に統一されている。マデリーンの髪は前回会ったときよりもきちんと手入れされていて、根もとまでしっかり蜂蜜色とカラメル色のまじったブロンドに染められている。わたしは髪を顔から払って耳にかける。パトリックはテーブルのいちばん端につき、わたしたちふたりの前で青いノートを開く。

「答弁及び審理前審問は一カ月後に開かれることになりました」とわたし。「通常の手続きですとあなたは答弁をすることになりますが、本件は……」

「わたしは有罪を申し立てたいです」わたしの発言をさえぎったときのマデリーンの顔は落ち着いていて、声は絞りだされた感じがするものの話しぶりは穏やかで、耳を傾けないわけにはいかない。「ただもうこの件を終わらせたいんです」

「おっしゃりたいことはわかりますよ、マデリーン。でもわれわれとしてはまず、すべての選択肢を論じ、そのうえで結論を出すべきだと考えます」彼女の小さな声と比べると自分の声は耳ざわりに感じられる。

「ふたつの選択肢があるんですよね、有罪答弁か無罪答弁か。わたしは有罪を申し立てるつもりです。わたしがやったのだから。わたしが夫を刺した。それ以上でも以下でもない」声のボリュームがあがり、マデリーンはテーブルに手をたたきつける。

「現段階では三番目の、いっさい答弁はしないという選択肢もあります。本案件にはさまざまな側面があり、もう少し調査してみたいと思っています。いま手もとにあるのは訴追側の事件内容説明書だけですから。性急に結論を出すと、情状酌量の機会を逸することに……」

「どういう意味かしら？」マデリーンがじっと見つめてくる。

「最初から有罪を申し立てれば拘禁刑の刑期はより短くなるでしょうけれど、本案件の場合は、さらなる情報を得るまでは答弁を留保することをおすすめします」

「いずれにしろ無期懲役になるんです。留保なんて意味がありません」

「意味はあります。無期懲役刑にもさまざまなレベルがあるんです。有罪答弁をするとしても、量刑の軽減をはかるために集められるだけの情報を収集する必要があります。ＰＴＰＨでは答弁を留保すべきだとわたしは思います」

「Ｐ……なんですか？」

「さきほど申しあげた審問のことです。答弁及び審理前審問（プリー・アンド・トライアル・プレパレイション・ヒアリング）。いったん答弁を留保して、それから訴追側の資料、証人の供述書、法医学的な証拠などを入手すべきだと思います。それに本案件の背景をあなたのご協力を得てさらに掘り下げたいと思っています」

マデリーンはうなずく。「理にかなっていると思います。それでも最終的には有罪答弁することになると思いますけれど」

「どのように進めるべきか考えてみましょう。前回、あなたとエドウィンの関係について話をうかがいました」マデリーンを刺激しないよう、穏やかな口調を心がける。「今後の方針を決めるまえに、これまでのおふたりの関係性を理解することが重要なんです」

「どうしていまそれが重要なのかしら？　彼は死んだの。わたしが殺したから」マデリーンは手で顔を覆ってしゃべっている。フランシーンがキッチンのドアをあけて入ってきて、マデリーンのとなりに立つ。自分はここにいていいかと訊くようにこちらを見る。わたしはうなずく。たぶん姉がそばにいればマデリーンも少しは落ち着くだろう。

「事実関係を明確に理解することが重要なんです。あなたの弁護をし、考えうるかぎり最良の助言を受けていると思ってもらうのがわたしの仕事です。あなたがすべてを話してくれてはじめてそれが可能になるのです」

マデリーンは深く長い吐息をつき、背筋をのばす。フランシーンはわたしと向きあう形で妹のとなりにすわり、彼女の腕に手を置く。

「お話なさっているあいだ、お姉さんにそばにいてほしいですか」

マデリーンは首を振り、とめ、最後にうなずく。

「あなたが覚えているご主人との最後の会話で離婚を切りだされたと前回おっしゃっていましたよね。それで正しいですか？」

またうなずく。

「あなたの言葉から受けた印象では、あなたにとっては青天の霹靂だった、そうですよね？」

「はい。わたしたち夫婦にはいいときも悪いときもありましたが、離婚しようとは一度も思いませんでした。夫がわたしと別れたいと考えているなんて、一度も」マデリーンは泣いてはいないが、消え入るような声で話している。

「少し遡って、ふたりのおつきあいがはじまったころの話を聞かせてください。エドウィンとはどこで出会ったんですか？」

マデリーンは笑みを浮かべ、わたしの肩のはるか向こうに視線を向ける。「彼はとてもハンサムでした。信じてもらえないかもしれませんけれど、わたしもけっこう美人だったんですよ。だからまわりのみんなはわたしたちをゴールデンカップルと呼んでいました。誰もがわたしたちと友だちになりたがり、魔法をわけてもらいたい、とか言っていました。ほんとうにそう言っていたんです。フランシーン、覚えている？　最初の数年間はそうだったわよね？」

フランシーンがうなずく。「そうね、そのとおりだった。ふたりともほんとに幸せそうで」〝幸せそう〟と言うわりにはフランシーンの口調はさほどうれしそうではない。それでも彼女の顔の表情はごく穏やかで、声に忍びこんでいる苦々しさは微塵もあらわれていない。

「ほんとうに幸せだった。わたしたち、大学で知りあったの。彼よりもわたしのほうが学年が上だったけれど、そんなのぜんぜん関係なかった。彼みたいな人に出会えてうれしくてしかたなかった。最初の出会いは彼がバーに入ってきたときで、閃光が走ったみたいだった。わたしたちはその場でつきあうことにした。わたしはキャンパスの外で同居人とフラットをシェアしていたんだけれど、数日のうちに彼が引っ越してきて、それ以来わたしたちは離れられなくなったの」

「すごくロマンチックですね」わたしはノートに書きとめていく。それにしても、カールとわたしは〝ゴールデンカップル〟と呼ばれたことなどあっただろうか。いや、ないと思う。でもわたしたちは幸せだった、昔は。二十代のころ、何もかもがぎくしゃくするまえは、週末はずっとベッドで過ごしたし、安いワインを鼻であしらうこともなく、飲めるお酒があればそれでハッピーだった。わたしたちは仕事帰りにウォータールーあたりのバーで会い、なかでもキューバ料理の店が気に入って、その後ふたりで実際にハバナを訪れ本物のキューバを楽しんだ。ハバナでの休暇中は毎日セックスしようと決めたのに、夜までビーチで眠りこんで身体じゅう蚊に食われ、触れられると痛むほどになったせいでセックスをあきらめなければならなかった。それでもわたしたちは笑っていた。いまはお互いに微笑みかけることさえ難しい。

「エドウィンはわたしのためにいろんなことをしてくれました。プレゼントを買ってくれたし、いつでも〝愛している〟と言ってくれた。わたしたちは小さなフラットに引っ越して、ふたりだけで暮らしはじめました。それだけで充分でした。ほんとにすばらしい日々だった」マデリーンはまだ微笑んでいる。

「でもあなたは大学での専攻を変えたのよね。覚えている？」フランシーンが口をはさむ。マデリーンは顔をしかめ、口をゆがめる。彼女の感情の機微はこちらには読みとれない。

「ええ、でも法律なんか専攻しなきゃよかったって思っていたからいいの。毎日やることが多すぎてほんとうにたいへんだったから。一日じゅう図書館で過ごすのは苦痛でしかたなかった」

「それで、何に専攻を変えたんですか」わたしにはマデリーンの言っていることがよくわかる。大学で法学を専攻する学生はいわばモグラみたいな生き物で、毎日ひと晩じゅうおびただしい数の判例を隅から隅まで読み、朝になるとまぶしさに目を瞬かせて表へ出る。

わたしは歴史学の学位をとったあとに法学を専攻しなおした——自分よりもほかの学生たちのほうが法律というものをはるかにしっかり理解していると、ひそかに思い悩んだりもした。

「わたしは専攻を会計学に変えました。それでも勉強しなきゃならないことはたくさんあったけれど、図書館で過ごす時間は減りましたね。エドウィンは会計学のほうがもっと役に立つと思っていました。役に立つ技能が身につくと」

「法律は学んでも役に立たないと？」わたしは驚きの声を抑えられなかった。

「エドウィンはわたしにはよい法律家になる資質がないと思っていたんです。彼の言い分ではわたしはおとなしすぎるらしくて。それにわたしは誰かと対決するのは好きじゃないんです。まえからずっと」

「会計学は学んでいて楽しかったですか」

「まあ、そこそこは。勉強しなくてはならなかったけれど、法学よりは楽でした。家にいる時間も増えた。エドウィンが勉強していないときは、わたしたち、ずっとふたりいっしょに過ごしていました」

「エドウィンの専攻は？」

「経済学です。彼は金融業界で働くと決めていました。わたしたちのほとんどは将来について具体的な考えを持っていなかったけれど、エドウィンはしっかりした計画を立てていました。その点でもわたしは彼に惹かれました」マデリーンはふたたび笑みを浮かべている。フランシーンに目を向けてみると、彼女は無表情を保っている。

「あなたとエドウィンの仲はどうでしたか、フランシーン」いきなりわたしに質問されてびっくりしたらしく、フランシーンは一瞬、間をおいてから答える。

「そうですね、仲はよかったですよ。当時、わたしは夫とともにシンガポールに住んでいたので、ふたりとはめったに会わなかったですけれど。もちろんマデリーンは手紙を寄こし、そのうちにメールのやりとりになりました。妹は写真も送ってきました。とてもたくさん。そういうふうにしてわたしは彼を知るようになりました。ふたりが仲よく暮らしていることも」

「そのころの写真はいまでもお持ちですか？」わたしはノートに書きこむ。

「持っていますよ」フランシーンはこの質問に驚いたようだ。

「見せていただくことはできますか？」

「写真と今回のことと、なんの関係があるんですか」とマデリーン。声がいらついている。

わたしは彼女を見る。

「お若いころの写真を見れば、おふたりについてわたしなりに何かわかることがあるかもしれないと思いまして。いつご結婚なさったんですか」

「十九年前です。今年で二十年になるはずでした」マデリーンがふいに悲しみに沈んだ表情を見せる。自分が置かれている現実に立ちかえり、一時的に自分を包んでいた思い出の泡が吹き飛んだのだろう。そのあとすぐに顔を伏せる。わたしはノートに書きこみをして彼女に時間を与え、ふたたび話がはじまるのを待つ。

「結婚して何年かたってから息子さんが生まれたんですよね」

「はい。すぐにでも子どもがほしくてがんばってみたんですけれど、数年間はだめでした。それからエドウィンが考えを変えて、わたしはジェイムズを授かりました。ほんとうに幸せでした」

「どういう意味ですか、エドウィンが考えを変えたというのは」

「エドウィンは子どもを持つのが当然とは考えていなかったんです。彼はつねに自分のキャリアのことを考え、わたしにはしばらくは働いていてほしいと思っていました。でも彼は子どものことでわたしと口論をしたくなかった。わたしがピルの使用には同意しないだろうとわかっていたんです。はいそうですかと簡単には承服しないだろうと。それでエドウィンは自分なりの解決策を見つけました」マデリーンの話しぶりが歌うような口調になっている。フランシーンはいかにも居心地が悪そうに椅子にすわりながら身じろぎし、口を閉じている。

「エドウィンはどんな解決策を見つけたんですか、マデリーン。彼は何をしたんですか」

「エドウィンは友人の医師からピルを入手しました。それを毎朝わたしのお茶に入れてませあわせたんです。わたしは甘党でお茶には砂糖を入れますから、味の違いに気づかなかった。でもそれでよかったんだと思います。早々と子どもができたら、それはそれでたいへんだし、いろいろな計画が台無しになっていたでしょうから」

わたしはぽかんと口をあけてマデリーンを見る。「つまり相手に知らせずに薬物を投与していたということですよね。それは違法です。犯罪行為で……」

マデリーンがこちらの話をさえぎる。「そういうんじゃありません。ぜんぜんちがいます。何かあると人ってすぐ〝それはよくない〟と騒ぎたてますけど、彼はわたしのことを思ってくれただけです。わたしたちふたりのことを。わたしが正しい判断を下せなかったから、彼がかわりにやってくれただけです」

ノートに書きこみをつづけるが、ショックのあまり集中できない。わたしは妊娠したいときにできないのがどんなふうか知っている。それは希望という名のジェットコースターだ。毎月、挑み、生理がはじまるとどん底に落ちる。わたしたち夫婦はわりと簡単にマチルダを授かったけれど、二人目を持つ幸運には恵まれなかった。不運だった過去を封印しているが、ときどきさまざまな感情がふいに湧きあがってくる。マデリーンのなかにある同様の感情が彼女の夫の恐ろしい行為によってもたらされていたと考えると……わたしは思わずペンを握りしめる。パトリックが咳払いをする。わたしは跳びあがる。彼がそこにいるのをほとんど忘れていた。

「われわれの務めは殺人事件の被告の弁護だと思うけれど、ちがうのかな、アリソン」パトリックの声は抑制がきいているが、口もとがこわばっているのを見れば、マデリーンの告白にわたしと同じくらい彼も衝撃を受けているのがわかる。

「申しわけないんですが、ちょっと……」マデリーンは言葉を濁し、立ちあがってキッチンを出ていく。フランシーンは立ちあがりかけて、また腰をおろし、首を振る。

「何か事情があることはわかっていました。でもこの件については知りませんでした。じゃあ、あのころから……」フランシーンはほとんど独り言のようにつぶやく。

「あのころから、なんですか？」わたしは声に逸る気持ちが出ないよう注意する。いままさにフランシーンが心のうちを明かそうとしているのが感じられる。

「ふたりはとても幸せなんだと思っていました。最初のころはふたりに嫉妬したほど。でもいまは……。あなた方にお見せできるよう、写真をあとで探してみますね」フランシーンの声が先細り、いまにも泣きだしそうな感じがする。さらに質問しようとしたときにテキストメッセージの着信音が聞こえ、わたしは無意識にハンドバッグから携帯を取りだす。発信者番号が非通知のメッセージ。

〝おまえが何をやっているかわかっている。この尻軽女〟

目を瞬いてメッセージを開き、発信者に関しての手がかりを見つけようとする。何もない。理解できない。携帯電話から目をあげ、パトリックを見て、また携帯に目を戻す。そこへマデリーンが戻ってきたので、わたしはふたたび彼女に意識を集中させる。手が震え、鼓動が速まるなかで携帯の電源を切ってバッグの底へ押しこむ。

頭のなかでマデリーンの言葉が何度も繰りかえされる一方で、テキストメッセージのとげとげしい文字が目の前で躍る。マデリーンがふたたびテーブルにつく。パトリックは話を切りだせといらだたしげに合図を送ってくるが、わたしの口から出る内容は支離滅裂でまるで一貫性がない。こらえきれなくなったのか、パトリックがかわりに話しだす。

「それではマデリーン、これからあなたが起訴されている罪状の基本的なことをざっとお話しします。本来、殺人を犯すというのは、正常な精神状態の人間が自分の判断で違法に人を殺害することを指します。つまり、あなたが精神的に不健康ではない場合、もしくは正当防衛や自制心を失った状態に陥ってそういった行動に走ったわけでもない場合、あなたは」ここで間をおく。「殺人罪で有罪となります」

マデリーンがうなずく。わたしは自分を取りもどしはじめる。法律用語が気持ちを落ち着かせ、自分がルールを理解している世界へと引きもどしてくれる。パトリックがひとつ咳払いをし、ふたたび口を開く。

「正確に申しあげると、実際にはそれよりもう少し複雑です。正当防衛が認められるケースはいくつもありますが、今回の案件では該当しないと思われますし、証拠も〝該当せず〟を裏づけています。被害者に防御創や争った形跡がないことから、正当防衛の線で弁護をおこなうのは無理でしょう」マデリーンは異を唱えるつもりなのか、口をはさみかけるが、パトリックは手をあげて制し、しゃべりつづける。「というわけでわれわれに残されているのは、あなたが正常な精神状態にあってご自分で正しい判断ができるか、つまりは精神的な疾病がないかどうかを問題点として提示する道です」フランシーンが口をはさもうとするが、パトリックは話をつづける。「あるいは、部分的抗弁（部分的に罪を認めたうえでべつの事実を正当化の事由にあげること。イギリスの法律では自制心の喪失、責任能力の低下、自殺協定のどれかを立証することで罪状を殺人罪から故殺罪に引き下げることが可能となる）という道も残されています。これにより罪状を被害者からの挑発などにより自制心を喪失したうえでの殺人、つまり故殺に引き下げることが可能になる場合もあります。念のために申しあげておきますと、われわれは今回の案件が間違った方向に進んだ自殺協定とは考えていません」マデリーンは口を開くが、言葉は出てこない。「これでいいかな、アリソン」

「ええ、完璧です」バリスタの鬘が頭の上に戻ってくる。「そういうわけで、いますべきなのは、マデリーン、精神科医に診察してもらうことです。いま現在と、可能であれば犯罪が起きた時点でのあなたの精神状態をしっかりと把握しておくのが重要になってくるからです。少なくとも、弁護方針として精神状態の件を取りあげるか除外するかを決められます」

「わたしは頭がおかしな人間と思われたくありません。自分が狂っているとは思っていませんから」口調は穏やかながらも、その言葉は水に石を投じたときのようにキッチンじゅうに波紋を広げていく。

「いまのところその線では進めないでおきましょう。ですが、あらゆる角度からとるべき道を探っていく必要があります」とわたしは答える。

「自制心の喪失というのは？　この案件にとってどういう意味を持つんでしょうか」とフランシーンが訊いてくる。

「さまざまな意味を持っています。しかしそちらへ踏みこむのはまだ早いかと思います。まずはこれまでのエドウィンとの関係をマデリーンから一部始終うかがって、それから例の週末に何があったのか少しずつ聞かせていただきたいと思います。その一方で、さきほど申しあげたとおり、手はじめにやるべきなのは事件とはいっさい関係のない精神科医の診断を受けることかと」

「少しのあいだ、わたし、心理療法士に診てもらっていたことがあります。といっても二回、面談に行っただけですが。そのあとでエドウィンに見つかってしまって」マデリーンの声を聞きとるには精いっぱい耳を澄まさなければならない。

「エドウィンに見つかってどうなったんですか」とわたしは訊く。

「わざわざ心理療法士に診てもらうことなんかない、お金のむだだと言われました。誰にも話す必要なんかない、どうしても話したいのなら自分に話せと」

「それであなたはどう思ったんですか」

「それほど気にしませんでした。ほんとうのところ、あの心理療法士は好きになれなかったし、そんな簡単に解決できるとも思わなかったから」

「そもそもどうして心理療法士との面談に行ったんですか」

「飲酒の問題を話しあいたかったんです。コントロールする方法があるかどうか」マデリーンは話を中断してため息をつき、わたしの後ろにある窓の外を見つめる。

「それはいつのことですか」わたしはノートのページのいちばん下からいちばん上へ向けて矢印を引き、ペンを握って待ちかまえる。いままで酒を飲んで酔っぱらうマデリーンの姿など想像していなかったので、自然と身がまえてしまう。

「ほぼ五年前のことです」マデリーンは何か興味深いものを発見したのか、玄関ドアの脇の壁のあたりを見つめていたが、ようやくわたしのほうへ視線を戻す。

「なぜ心理療法士を好きじゃなかったんですか？」次の質問をしようとするわたしをとめて、パトリックが訊く。

「わたしが酔っぱらって出向いた場合は、面談には応じられないと彼は言ったんです。腹が立ちました。問題はそういうことではなかった。四六時中、何かあるとすぐにお酒を飲むとか、そういうんじゃなかったんです。たまに飲みすぎてしまうという点が問題でした。こちらの言うことを療法士はちっとも聞いていないんだなと思いました。それにちょっと気味の悪いところもあって」

わたしはうなずきながら彼女の返答を書きとめる。

「気味の悪いところってどんな？」とわたし。

「些細なことなんですけれど……すわるときに少し近すぎるとか、そういうことです。握手するときにこちらの手を長く握るとか。どうしてかはわからなかったんですけれど、なんだか気持ちが悪くて」

わたしはふたたびうなずく。「心理療法士と面談しているのをエドウィンに〝見つかった〟とおっしゃいましたよね。どういうことですか」

「エドウィンがわたしのバッグにあった領収書を見つけたんです。捨てたと思っていたのに、そのままにしていて」マデリーンが口をゆがめる。

「エドウィンがそれを見つけ、それでどうしたんですか」わたしは声に抑揚をつけないように気をつけて訊く。

「エドウィンはなんのためか知りたがりました。どうやってわたしが支払いにあてた五十ポンドを工面したのかも。わたしは何か悪いことをしていると思われたくなかったので正直に話しました。あなたのためよ、とも言いました。わたしの飲酒で夫は不快な思いをしていましたから。最後にはわかってくれました」

「お金のことはなんと言ったんですか」

「お小遣いを貯めておいたと言いました。エドウィンは最初は腹を立てましたが、わたしが彼のためにやったのだと理解してくれて、丸くおさまりました」

ピル、バッグのなかを漁る、家計費の件、領収書についての質問。マデリーンが語る内容を理解しようとしつつ、自分の家庭生活については考えないようにする。

「少しだけご自身の飲酒癖について聞かせていただきましたが、それは現在進行中の問題ではなく、すでに克服されていると理解しています。どれくらいの期間、飲酒の問題はつづいていたんですか？」

「学生のころからです。飲んだり飲まなかったりですが。ひどくなったのはごく最近で、ディナーの席がストレスになっているのだとわかりました」

「ディナー？」

「接待のディナーです。エドウィンはいつもわたしにホスト役をさせたがりました。もしくはゲストとして完璧にふるまうようにと。わたしには荷が重かったんです。エドウィンはそれが気に入らなくて。一度、病気になったこともあり……」言葉が尻すぼみになる。まじまじとマデリーンを見ると――顔色は悪く、片手で両目を覆っている。

「だいじょうぶですか？」

「はい。質問に答えるのはたいへん、ただそれだけです。ひどい頭痛がして」

「今日はずいぶんいろいろとお尋ねしました――そろそろお暇（いとま）します。さきほどの話ですが、精神科医に診察してもらう件はご了解いただけますか？　医者がどう考えるかたしかめてみるのはとても有益だと思われますので」しゃべりながら、ノートにクエスチョンマークをつけ、それから新しいページをめくる。

「それで何かが変わるとは思いませんけれど、あなたがすすめるのなら、診てもらいます」

マデリーンの声はいままでのインタビューのなかでいちばんはっきりしていて、わたしはページのいちばん上にしっかりとした字でこう記す。〝クライアントは精神科医の診察を了解〟部屋の空気が軽くなる。パトリックはテーブルに向かって前かがみになっていた身体をのばし、書類を重ねてブリーフケースに入れる。フランシーンは立ちあがって半分しか聞きとれないような声で写真がどうのとつぶやき、それからキッチンを出ていく。わたしはノートとペンをバッグのなかにしまい、そのとき手が携帯電話に触れる。頭のなかにテキストメッセージがよみがえる。しかしマデリーンとの件がまだ終わっていない。

「できるだけ早く精神科医の件は手配します」わたしは専門医のリストを頭に浮かべながら言う。

「ありがとうございます」マデリーンは立ちあがり、テーブルごしに手をのばしてこちらと握手する。まえよりも力強く握ってくる。元気を取りもどした彼女を見て、わたしは心のなかに〝理由を突きとめること〟とメモする。前回と比べてマデリーンがすこぶる上機嫌な理由を。今回のインタビューのあいだに何かが起きたからか。それとも事件が発生した日からかなり遡った日々のことばかりを質問したからだろうか。事件そのもののことを質問するのも時間の問題なのに。

フランシーンが中身がいっぱいではちきれそうな大きな茶色い封筒をかかえてキッチンに戻ってくる。そして封筒をさしだす。「はい、エドウィンとマデリーンの写真です」

わたしはそれを受けとって、お礼のつもりで会釈する。「持っていってもかまいませんか？　気をつけて扱うと約束しますので」フランシーンとマデリーンが同時にうなずく。封筒をバッグにきちんとしまい、ジッパーを閉める。尿なんかで汚さないよう、充分に注意して扱わなければ。

フランシーンが呼んだタクシーが到着し、彼女が外まで見送りにきてくれる。

「あなたはマデリーンの面倒をとてもよくみているんですね」とパトリックが言う。

「けっこうたいへんなんですよ……」フランシーンがそう言うと同時に電動式の門が閉まりはじめ、彼女は家のなかへ戻っていく。パトリックとわたしはタクシーに乗りこみ、駅へ戻る。

7

列車は遅れている。わたしはプラットホームの端から端までぶらぶらと歩き、マフィンを食べてラテを飲むと気分がよくなるか悪くなるか考えている。パトリックはまっすぐにキオスクへ行き、ブラックコーヒーを買ってブリーフケースから取りだしたフラスクの中身を注いでいる。何か飲むかとは訊いてくれず、わたしのほうは彼の表情を見て何を注いでいるのか、わたしにも飲ませてくれないかと訊くのをためらう。そのうえパトリックは壁に〝禁煙〟と書いてある喫煙禁止エリアで煙草に火をつけている。頭のなかでやかましい音が鳴り響き、ふいに欲望が湧いてくる。触れてほしい、どこかの陰にわたしを引っぱりこんで壁に顔を押しつけ、無理やりわたしのなかに入ってきてほしいと。ふと気持ちがテキストメッセージに向かう。わたしは携帯電話を取りだしてもう一度メッセージを読んでみる。

〝おまえが何をやっているかわかっている。この尻軽女〟

たちは細心の注意を払っている。パトリックとのことを言っているはずがない。誰にも知られていないのだから。わたしだけ。そうに決まっている。このメッセージは宛先を間違えてわたしに送られてきた

「何を考えてた？」知らぬ間にパトリックがとなりに来ていたので、わたしはびっくりして跳びあがる。

「考えてたって、何を？」わたしは携帯を上着のポケットの奥に突っこみ、メッセージについて話すのをためらう。

「打ち合わせについてだよ。口にしなければ消えてなくなるとでもいうように。

肩をすくめる。そのときわたしは気づく。パトリックの声はよく通ってしっかりしているが、目は血走り、縁が赤くなっている。

「疲れているみたいね。毎晩遅くまで起きてるの？」

「なんだって？　ぼくは打ち合わせについてどう思うか訊いたんだけど」パトリックは目をそむけ、プラットホームを見る。

「わたしは何かあると思う。ふたりの関係に。わたしが考えていたのはそういうこと」

「彼女は夫を刺して死なせた。それについての法律の観点から見たきみの考えを聞けてうれしいよ」冷たい声で言う。こちらをイラッとさせたがっているのはわかっている。その

手には乗らない。わたしは肩をすくめる。パトリックはまた煙草のパックを取りだす。わたしはそれをつかみ、一本抜きだして彼の手からライターを奪う。煙草に火をつけて煙を深く喫いこみ、事件について話す。

「そう、マデリーンはエドウィンを刺した。何が起きたのか、それ以外には説明がつかない。でも彼女が話していないことがまだたくさんある。本人が知らないうちに夫からピルを服まされていたという件もあるし。それってふつうの行為とはかけ離れている」

「ぼくにとってはすばらしいアイデアのように聞こえたけどね。多くの厄介ごとを回避できる」

わたしは彼の語気の荒さに驚く。「本気で言ってるの？　女性の妊娠が原因のどんな厄介ごとがあなたにふりかかったわけ？」

「きみには関係ない。ぼくにはきみが知らないことがたくさんあるんだよ。まあ、きみはわざわざ訊いてはこないだろうけど。それはそうと、煙草を喫いたいんなら自分で買ったらどうかな」

おしまいの嫌味は無視してわたしはぴしゃりと言う。「そっちが質問はするなって言ったんじゃない。最初のときに」腹が立つ。こちらが怒っていることが相手にわかってもいっこうにかまわない。わたしはあのときの言葉をはっきりと覚えている。一年ほどまえの秋の夜のことで、わたしたちはしたたかに酔っぱらってキングスウェイにあるパブの前に立っていた。パトリックの女遊びは有名で、過去に離婚したことがあるとか何度も失恋しているとかいう話だったけれど、どんな話を聞こうがわたしは自分を抑えられなかった。彼に見つめられたときに胸が高鳴り、彼がどれほどわたしを欲しているかが手に取るようにわかった。わたしは彼の耳を嚙み、お返しに彼は喉をつかんでわたしを壁に押しつけ、脅すように「耳を嚙むな、質問はするな。ファックする、それだけだ」とささやいた。わたしはいまもそのルールを破っていない。

パトリックはコーヒーの飲み残しを線路に捨て、わたしに向きなおる。「そう、質問はするな。ちゃんと覚えてるよ。どうしたら忘れられるっていうんだ」言ったあとに、気持ちを落ち着かせるためか、深く息を吐く。「そのとおりだと思う。これまでにマデリーンから聞いた話を考えあわせると、支配する者とされる者の関係があったことがうかがえる」

わたしはうなずく。「おそらくもっと何かがある。もっとひどい何かが。マデリーンがまだ語っていない夫の実態に……。精神鑑定に問題がない場合、弁護方針として使えそうなのは、背景に家庭内暴力があり、自制心を失って犯行に及んだというシナリオ。目をそむけたくなるけれど、それがありのままの真実かもしれない」自分の声が先細っていくのがわかる。わたしはふたたびエドウィンの遺体に残っていた刺創と、血に染まったマデリーンの服のことを考える。

パトリックの言い分を聞くまえに列車がプラットホームに入ってくる。わたしたちは黙って乗りこみ、向かいあってすわる。彼の様子をうかがい、彼が自分のものをわたしの口のなかに押しこんできたときに喉が詰まったことを思いだすうちに、期待で舌の先がうずきはじめる。何年ものあいだにポルノ雑誌から集めた情報のとおりに、喉を開いて身体の力を抜く。喉を開いてビールを流しこむのは簡単だけれど、陰毛に鼻をうずめて呼吸をするのと同時に尿で濡れた列車のトイレでバランスを保ちながら喉を開くのは？　それほど簡単じゃない。なのにどうしてわたしはそんなことをもう一度やりたいと思うのだろう。座席の端にお尻をのせる恰好ですわり、彼が身を乗りだして触れてくるのを待つのはなぜ？　いますわっているのはほかには誰もいないコンパートメントで、その気になればここでだってできる。誰に見られるっていうの？　ふとテキストメッセージの言葉が脳裡に浮かぶ。〝おまえが何をやっているかわかっている〟それを追い払う。誰も知らないし、誰にも見られていない。それはたしかだ。

パトリックの膝に自分の手を置き、ふとものほうへ走らせる。彼ははたき落とすようにわたしの手を邪険に払いのける。わたしは熱いものに触れたとでもいわんばかりにさっと身を引く。

「何をしてるんだ」

「わたしは……」

「おかしなまねはするな。事件のことを考えろ。それがいちばん大事だ」

「事件の話は街へ戻ってからするっていうのはどう？　列車のなかでは話したくない」

「時間がない——今夜はディナーの約束があるんでね。来週のはじめに打ち合わせの予定を組んでおくよ」

「誰とディナーの約束をしているの？」さりげなく訊くけれど、彼はだまされない。

「きみには関係ないだろ」

わたしは窓ガラスに頭をもたせかけ、通りすぎていく家々を見つめる。列車の速度がゆるみ、庭でキスをしているカップルが目に入る。ふたりにはわたしが見えるだろうか。列車の窓に顔を押しつけているあの女は誰で、どうして涙を拭いているのかと考えるだろうか。メリルボーン駅に着き、わたしはパトリックが列車を降りるのを待ち、そのあとで窓から向きなおって自分の持ち物を引き寄せる。

地下鉄のベーカールー線は走るのが速い。知らぬ間にエンバンクメント駅に着いたわたしはバッグを転がしてエセックス・ストリートを北上し、〈ケアンズ・ワインバー〉を通りすぎ、王立裁判所の前を通って共同事務所に戻り、事務職員たちの部屋に寄る。マークが翌日用の訴訟事件摘要書を手渡してくる。ぶ厚い書類が束になり、ピンクのひもで雑にくくられており、文書や写真が両側から飛びだしていて、いまにも落ちそうになっている。

「どうしてこんなにばらばらなわけ？」なんだかとても感じが悪い。

「キングス・ベンチ・ウェイ二十七番地の事務所からまわってきたんです。あそこからまわってくる書類はいつもこんな感じです」

「わかった。とにかく、ありがとう」書類の裏側を見る。ウッド・グリーン刑事法院。それほど遠くない。ほかと比較して言えば。

「陪審による正式な審理がおこなわれます、先生。おそらく五日か六日間」とマークが言う。

「オーケー」わたしはピンクのひもをほどき起訴状を見る。傷害未遂で七つの訴因、危険運転でひとつの訴因。うなずく。「了解」今日の夜はこれの準備にあてなくては。

「ありがとう」わたしは書類を胸にかかえて部屋を出る。

デスクの横にバッグとコートを放り、目の前に訴訟事件摘要書を置く。その書類か、フランシーンから預かってきた写真に目を通すまえにカールに電話をする。いまはマチルダといっしょに水泳教室にいるはずだ。

「もしもし。よく聞こえないんだけど」カールの声がかすかに聞こえてくる。

「ハイ、わたしよ。マチルダの調子はどう？」大きな声を出して訊く。

「元気だよ。がんばって泳いでいる」とつぜん声がはっきり聞こえだし、最後の言葉が耳に大きく響く。

「よかった。えーと、明日、出廷する案件をいまさっき渡されて。準備にしばらくかかりそうなの。そろそろ家に帰るけれど、今夜は仕事をしなくちゃならなくて」

長い沈黙。ようやく声が聞こえてくる。「わかった。うまく泳げたらピザを食べにいくってマチルダと約束したんだ」

わたしは時計を見る。五時。数時間は仕事をする時間がある。ピザを食べるのにどれくらい時間がかかるだろう。「ピザの店で落ちあってもいい？　そのあとで仕事をするから」

また長い沈黙。「忙しいんだろ。無理しなくていい。こっちは心配いらない。事務所で仕事を片づけてくれ。ぼくらはだいじょうぶだから」事務的な口調。

「わたしも食事したいし。ほんとに。いまから行ってピザの店で合流する。そのあとマチルダを寝かしつけてから仕事をする」懇願する口調で話しているつもりはないが、なぜか声が震える。どうしてもマチルダに会いたい。

「ほんとにだいじょうぶだから。仕事を終えてから家に戻ればいい。まえに言ったと思うけど、今夜は家で男性ばかりが集まるセッションがあるんだ。だからきみが早く帰ってくるとまずいんだよ」

反論しようとしたところでカールが電話を切る。わたしは携帯を見つめ、どうすべきか途方に暮れる。おそらく水泳教室のマチルダの友だちもいっしょに、みんなでピザの店に行くのだろう。わたしが行ったことのない店に。もしかしたら親たちもいっしょに。いまごろカールはよそのママの目を見て笑いかけているかもしれない。自分の娘がマチルダといっしょのチームでタンブルターンの練習をするかたわらで、彼女はいまさっきまで泳いでいて、ブロンドの髪は濡れ、わたしが何年かかってもマスターできなかったバタフライで泳ぐおかげで身体はほっそりしていて引き締まっている。カールは笑いながらこう言うだろう。心配はいらない、妻はわざわざプールにまで来ない。仕事とかほかの何かで忙しいから。さて子どもたちを店へ連れていこう。ぼくたちはワインを飲んで楽しいひとときを過ごそう……

頭のなかでつくりあげた場面の鮮明さに呆然とし、首を振る。カールはほかの女性になど興味を示さないだろう——マチルダといっしょにいるときにわが子を動揺させるまねをするはずがない。それにカールは遊び半分で女性を誘惑したりしない。これからカールはリビングルームを片づけてキッチンから椅子を運び、男ばかりのセッションのための会場づくりをするはずだ。メンバーの誰かが感極まる場合にそなえて、ティッシュを二、三箱用意するかもしれない。わたしはそんなふうに想像する——カールはセッションがどんなふうかはけっして話してはくれないだろう。内輪だけの秘密だ、と彼は言う。グループの面々はカールを心底、信用しているにちがいない。わたしはいつもうなずく。自分にも話せない秘密があることを意識しながら。

明日の公判用の訴訟事件摘要書を開き、時間をかけて読んでいく。最初は不安だったがそれほど悪くない。危険運転と殺人未遂——被告はスーパーマーケットの駐車場でティーンエイジャーのグループに罵声を浴びせられてカッとなり、車に乗りこんで歩道にいたティーンエイジャーたちに向かっていった。ともかく被告は誰もはねておらず、車はエンストしてとまった。事件の様子を約二十人が目撃している。だから審理は一週間ほどつづくのだろう。それ自体はいたしかたない。

事件の内容については、自分が訴追側のバリスタであるにしても、警察での事情聴取の記録を読むかぎり、被告への同情を禁じえない。被告は身体障害に加えて学習障害もかかえていて、福祉改造車輛を運転していた。行間を読んでいくと、彼は日常的に悪ガキどもからいやがらせを受けていたらしく、カッとなったからといって彼を責めることはできない。それを言うのは自分の仕事ではないけれど。冒頭陳述用にいくつかメモをとり、彼が適切な弁護を受けられますようにと願う。わたしは弁護側のソリシタが誰かを確認してため息をつく。よく知っている事務所。ハーロウを拠点とし多くのいかさま弁護士をかかえている――わたしもそこからの依頼を受けたことはあるが、完全な訴訟事件摘要書を提供されたためしがない。ポストイットに名前が書いてあれば御の字といったところ。公判を乗りきるのに最小限の準備しかしないし、もっとも安くすむバリスタに仕事を依頼する。もう少し読みすすんだあと、わたしは心のなかで裁判を終わらせる――うまくいけば早々に結審となるかもしれない。先方は何かしらの申し立てをしてくるだろうし、こちらはいくつもある訴因のうち、より深刻なものに論点を絞るつもりで、おそらく初日の終わりには大勢（たいせい）が判明しているだろう。

準備を終える。訴訟事件摘要書をきちんと重ねて、またピンクのひもでくくる。受けとったときよりもずいぶんましな状態になる。いまは七時を過ぎたところ。カールにテキストメッセージを送っておいしいピザを食べたかどうか訊き、それからしばらく携帯の画面を見つめたあと、パトリックにメッセージを送る。〝だいじょうぶ？〟

今日の午後はパトリックの様子がおかしかった。彼がフラスク入りの酒を飲むのを見たことは一度もない。セックスの誘いを断るところも。もしかしたらふたりの関係は意味がないと気づき、終わらせることにしたのかもしれない。おそらく今夜のディナーの相手はもっと若くて彼にふさわしい、夫も子どももいない女性なのだろう。情事のあとに後ろめたさも自己嫌悪も覚えなくてすむ、もっといい相手。家族のことが頭から離れない女とはちがう女性。わたしとは友人同士の関係に戻るつもりなのかもしれない。

携帯電話がメッセージの着信を告げて鳴り、わたしは驚いて跳びあがる。カール。〝ピザはおいしかった。マチルダはシャワーを浴びている。すべてオーケー〟わたしは親指を突きあげた形の絵文字を送る。話したい気分ではないときにわざわざ言葉を打ちこむこともない。携帯の電源を切り、バッグからマデリーンとエドウィンのスミス夫妻の写真を取りだす。

およそ四十枚ほどの写真がある。ふたりの外見やエドウィンの髪の生え際を手がかりにおおまかな年齢を推測し、年代順に並べてみる。たしかマデリーンは大学時代にエドウィンと知りあったと言っていた。学生時代とおぼしき写真はすぐにそれとわかる。縦縞のオーバーオールを着たマデリーンは若くてかわいらしく、彼女の後ろでセーター姿のエドウィンが笑っている。写真からはふたりの休暇の日々が見てとれる。ヨーロッパをバックパックでまわっているらしく、コロッセオやトレヴィの泉、ルーヴル美術館のピラミッドやグエル公園のガウディのトカゲの前でポーズをとっている。ヨーロッパから遠く離れた場所で撮った写真もある。水田と火山を背景にしたものや――おそらくインドネシア？――ヨルダンのペトラ遺跡の写真。

カールといっしょにわたしもそこへ行ったことがあり、太りすぎの客を乗せて立ちあがれなくなったラクダを見て笑った。ラクダは脚をぶるぶる震わせ、その脇で飼い主が立て、立てと声を荒らげていた。その情景を思いだしてたじろぐ。あのラクダはもうとっくに死んでいるだろう。カールとわたしが丘のてっぺんの修道院への長い道を手をつないで歩いていた、あのときのエネルギーがいまやとっくになくなっているのと同じように。机の上に広げた写真のなかから恥ずかしそうな笑みを向けてくるやさしげな目をした男もまた、すでに死んでいる。

もしかしたらわたしたちは同じタイミングでヨルダンを旅行していた？　この写真からはわからない。それぞれの写真がいつ撮られたかを知る手がかりはないかと思い、写真の裏側を見ていく。どれも何も書かれていない。でも一枚だけ〝彼女はイエスと言った〟と青いペンで走り書きされたものがある。表を見てみる。学生っぽい服ではなく、身体の線もあらわなぴったりとした青いドレスを着たマデリーンは輝くばかりに美しい。彼女は笑顔でレストランの席につき、エドウィンはこのときだけは彼女の正面ではなくとなりにすわり、マデリーンを自分のほうへ抱き寄せている。写真を撮ったのは店のウェイターだろう。テーブルの上にはシャンパングラスが並んでいる――エドウィンはどちらかのグラスのなかに指輪を隠していて、マデリーンが見つけるのを待っていたかもしれない。もしくはポケットに指輪の入った箱を用意していて、ちゃんとそこにあるかどうか何度もズボンをたたいていたかもしれない。彼女が気づいて何をしているのかと尋ねてこないようにと思いながら。

マデリーンはプロポーズを期待していたのだろうか。彼女は幸せだった？　たしかに写真のなかでは笑みを浮かべている。首に腕をまわされ、エドウィンに抱き寄せられている――こんな体勢で心地よかったのだろうか。小さなレストランで楽しいひとときを過ごしながらも、彼女の目のなかに緊張の影が見えはしないか？　写真の裏側に書かれた言葉は揺るぎない自信に満ちている。〝彼女はイエスと言った〟こういう場合にはうれしさのあまりエクスクラメーションマークがつくのでは？

わたしたちの場合、カールがプロポーズしてきた夜にカメラはなかった。シャンパンもなかった。当時住んでいたボウの住まいよりも、もっといい場所に引っ越すお金はあるかふたりで話しあい、わたしが家を買ったらどうかと提案すると、カールが「それなら結婚すべきだ」と言ったのだった。わたしはうなずき、カールは「いずれにしろ、そうしたほうがいいと思う」と付け加えた。それ以上は話は進展せず、二週間ほどたったころ、カールから二週間後に結婚登記所で式をおこなう予約を入れてきたと告げられた——わたしには断る理由はひとつもなかった。カールの母親とわたしの親友のイーヴィが来てくれた。その日のわたしは輝くばかりに美しかったと思う。デスクの上からこっちを見つめてくる写真はないけれど。明るい面を考えると、わたしはカール殺害の容疑をかけられたうえで保釈されている身ではないのだから、まあ現状はそれほど悪くない。

たくさんの写真のなかのエドウィンとマデリーンはごくふつうに見える。ほかのカップル、たとえばカールとわたしと同じように。十五年かそこらたったあとにマデリーンがエドウィンを刺し殺す予兆みたいなものは何もない。

かわいらしいカラーのブーケを持った結婚式の写真。藤の花に縁どられた玄関ドアを背にして立つ、妊娠したマデリーンの写真。べつの写真ではマデリーンは赤ちゃんをだっこして、エドウィンがとなりに立ち、彼女を抱き寄せている。どの写真を見てもマデリーンは幸せそうに笑っている。これでは時間のむだだ。彼女が夫を殺した理由の手がかりを与えてくれるものは、これらの写真のなかにはひとつも見つからない。数々の写真が示しているのは、何が起きようと揺らぎもしない完璧な日常だけ。わたしとカールの関係が壊れはじめたときに、その兆候を見つけようとしてふたりの写真を見たとしても、同じような結果になっただろう。わたしはため息をつき、携帯電話の電源を入れる。

即座に着信音が鳴る。パトリックからのメッセージ。

〝〈ケアンズ〉で飲んでる。あなたはディナーだとばかり思ってたけど〟

すぐに返信する。〝よかったら来ないか〟

メッセージが返ってくる。〝終わった〟

時刻を確認する――ずいぶんと短いディナーだ。それならばデートではないのだろう。肩の力が抜ける。ほぼ一時間、わたしはずっと数々の写真を見ていたが、まだ何も見つけていない――このへんで仕事を終えてもいいだろう。わたしは写真を封筒に戻し、デスクの引き出しに入れる。翌日の公判用の書類を集めてバッグに入れ、明かりを消す。いまはもう事務所には誰もおらず、建物のなかは物音ひとつしない。まだ九時前でそれほど遅い時間ではないのに、すでに真夜中のようだ。事務職員たちの部屋の外の通りに植わっている街路樹の枝の影が壁に映って揺れるなか、わたしはアラームをセットして、ロックがかかった建物をあとにする。

8

バーの店内に入り、パトリックを探す。ひとりでテーブルについているとばかり思っていたが、驚いたことに彼は長いテーブルにつき、事務所のいつもの面々に囲まれている。今日はまだ水曜日だというのに。わたしはサンカルとロバートのあいだの席につく。

「ワイン、余ってる?」

ふたりとも返事をしない。店内は騒々しく、頭上のスピーカーからは大音響の音楽が流れてくる。わたしは端の席からパトリックを見やる。ここは彼の領域で、彼は王様。燃え盛る火のまんなかにいる、ひときわ輝いている炎。いちばん近くにいる人たちは彼が語る話に笑いさざめき、遠くにすわる者たちは話を聞こうと耳をそばだてる。彼の周辺にはアレクシアがいて、笑っている。わたしはパトリックとふたりで静かに飲めるのを期待していた。この状況はそれとはまったくちがうが、なんとか対処しなくては。彼が来るようにと誘ってくれたのだから——そう思うと、パトリックの温かさが少しだけ伝わってくる。

ロバートの腕をたたく。彼は振り向き、わたしの姿を見て驚きの表情を浮かべる。

「ワイン、余ってる？」

「何か飲みなよ」

ふたり同時に言う。わたしは笑う。ロバートはテーブルに置いてある赤ワインのボトルを手に取り、すぐそばのグラスにたっぷり注ぐ。一瞬、誰も使っていないグラスなのだろうかと考えて手をとめるが、すぐにまあいいかと考えなおして中身を飲みほす。ロバートがおかわりを注いでくれる。

「忙しかった？」とロバート。

「うん。いまさっき仕事を終えたところ。そっちは？」

「四時ごろからずっとここにいる。妻に殺されちゃうよ。ちょっと飲みにきただけ……」

すでに呂律(ろれつ)がまわっていない。

「みんなはそうじゃないみたいね」ロバートが注いでくれたおかわりを半分飲みほし、テーブルの上にグラスを置く。バーのうす暗いライトが金色っぽい光を放つなかで、少しずつ心が落ち着いていくのがわかる。だいじょうぶ、ここにいてもいい。カールはわたしには家にいてほしくないと思っているし、何よりいまは男たちへのカウンセリングで忙しい。マチルダも問題ないだろう。ピザでお腹いっぱいになって、いまごろはもう眠っているはずだ。わたしは自分の仕事を終えたのだから、ご褒美に一杯飲んだってぜんぜんかまわない。残りのワインをぐいっと飲み、もう一度パトリックを見やる。彼は事務職員のマークのとなりにすわっている。よく見てみると、反対側のとなりにはわたしの知らないかわいらしい女性がすわっている。どうやら彼女はパトリックに興味津々らしい。さっきまで落ち着いていた気持ちがいまやざわつきはじめ、指の先が冷たくなる。

ロバートをつついて訊く。「あれ、誰？」

「あれってどれ？」

「彼女よ。パトリックのとなりにいる」何気なさを装って言う。

「知らないなあ。誰かの知り合いだろ。そういえば、パトリックといっしょに来たなあ」

「パトリックは何時ごろ来たの？」

「覚えてない――ぼくの少しあとかな」ロバートがこっちを向き、目をのぞきこんでくる。

「妬いてるのかな？」

「ばかなこと言わないの」わたしはグラスのワインを飲みほし、ボトルを手に取るが、すでに空。「ワイン、買ってくるね」

仲間たちがすわっている前を無理やり通ってバーへ向かう。店内はこみあっていて、みんな、今日は水曜日だというのに金曜日だと思っているみたいだ。パトリックの前を通るときは彼のほうは見ないようにするが、目の端でとなりにすわる女性がパトリックの腕に手をかけているのが見えてしまう。わたしはあごをあげて進みつづける。

バーはひどくこんでいて、飲み物を買うのに十分もかかってしまう。また買うのに待たされるのはいやなので、リオハの赤をいっぺんに二本オーダーする。仲間のところへ戻ってみるとロバートがわたしのスペースまで占領しているが、少しずれてすわれる場所をつくってくれる。ロバートとサンカルのグラスにワインを注ぎ、テーブルの反対側にすわっている人たちにボトルを振ってみせるが、彼らはみんな白を飲んでいるのに気づく。パトリックとは目をあわせないようにする。

わたしは飲みつづけ、サンカルが今日担当した案件について話す。「男が毎晩、自分のケツにニンジンを突き刺してきたら、女のほうだっていい加減気づくだろうと誰だって思うよな――ロヒプノールってやつは、ほんと、すごく効く薬物だよ」わたしはさらにワインを飲む。時間がチクタクと過ぎていく。最初は十時、次には十時半。空腹と疲労はワインがまわるにつれて消えていく。携帯電話を見る。メッセージはなし。わたしはロバートと彼の煙草を喫いにこっそり表へ出る。

戻る途中で、誰にも見られていないのを確認してからパトリックにメッセージを送る。〝ファックはいかが？〟彼は携帯電話を見ようともしない。電源を切っているにちがいない。飲みにこいと誘ったのはパトリックなのに、どうしてわたしを無視するのだろう。彼はまだとなりにすわる女性との会話に没頭している。サンカルも彼女が誰だか知らないというし、ほかの人には訊きたくないし、わたしはどんどんお酒にのめりこんでいく。わたしたちは二本のボトルを空け、ロバートがもう一本買うためにこみあう通路をバーへ果敢に向かっていく。もうずいぶん人数が減っている。二十人近くいたグループがいまでは十人ほどになっている。わたしはテーブルの反対側にいる、白ワインを飲んでいる女性たちに笑いかけておしゃべりする。アレクシアと、名前をどうしても覚えられないもうひとりの研修生。ふたりは共同事務所にオフィスを持つポーリーンという名のバリスタに話しかけている。ポーリーンはわたしが話しかけるといつもいやそうな顔をするのに、今夜はそうでもない――ワインで顔を赤く染めた彼女とふたりで、わたしの殺人事件について話をする。

「ほんと妙なんだよね、ほかの人の写真を見るのって。わたしたち、ほかの人がやらないようなことをやっているつもりなのに、じつのところ同じことをして、同じ場所へ行き、同じものを食べている……」わたしは何が言いたいのかをほとんど忘れて、とりとめもなくしゃべっている。

「あなたの言ってること、わたしはわかる。フェイスブックみたいなもんだよね。互いに交換が可能っていうか」ポーリーンはうんうんとうなずく。

「つまりね、さっきまでパルテノン神殿の前でパートナーと手をつないだ写真を撮ってもらっていたのに、次の瞬間には彼を包丁で刺し殺しているわけよ。それって、わたしたちの誰にでも起こりうることなんだよね、ほんとのところ」

「まったくそのとおり」ポーリーンが何度もうなずくので、わたしもうなずき、わたしたちは深いところで共感しあう。

「彼についてどう思う?」ポーリーンがいきなり話題を変えたので、すぐには彼女の言葉についていけない。わたしはぼんやりと彼女を見る。ポーリーンはパトリックを指さしている。

「彼がどうしたの?」とわたし。

「彼って凄腕のソリシタでしょ」ポーリーンは何やら企みごとでもしているようにこちらに顔を近づけて言う。「でもね、ちょっとした噂を聞いたんだよね……」

「噂?」わたしはつとめて関心のなさそうな声を出す。

「手を出したらまずい人物と何かあったらしいの。よく知らないけれど……」ポーリーンが言葉を濁す。

刻一刻と酔いがさめていき、感覚器官がいっせいに警戒警報を発する。ポーリーンが何を言おうとしているのかわからない――わたしのことを言っているのだろうか？　おかしなテキストメッセージを送ってきたのは彼女？　「そういう噂、わたしは聞いたことないけど。そんな話が広まったら、かなりなダメージになるわね」

ポーリーンは顔を離し、顔に後悔の色を浮かべる。「トラブルのタネをまくつもりはないの。ちょっと言ってみただけで……なんでもないと思う」

わたしはうなずく。

「お酒を買ってくるね」とポーリーン。「何か飲む？」

「だいじょうぶ、ありがとう。もうすぐ帰るから」わたしはそう言って、バーへ歩いていくポーリーンを見送る。

次の瞬間、誰かが甲高い声をあげ、グラスが割れる音が響いて、わたしはびっくりして跳びあがる。その拍子にグラスに入っていた赤ワインを、飲むかわりにシャツにこぼしてしまう。顔をあげて騒ぎの発生源を探す。すぐに見つける。パトリックがわたしよりもたくさん赤ワインを浴び、顔から滴らせている。わたしが知らない女性がパトリックを見おろす恰好で立っていて、上の部分がなくなったワイングラスを振りかざす。脚の部分にはまだガラスのかけらがくっついている。テーブルの上と床には割れたグラスの破片が散らばっている。彼女は大声で何か言っているけれど、はっきり聞きとれない。わたしは立ちあがったが、テーブルのパトリックの側へ行き着くまえに、ポーリーンがふたりのもとへ走り寄り、女性に向かって両手をさしのべる。一瞬、女性はポーリーンを刺すのではないかと思ったが、彼女はポーリーンを睨みつけてじっとその場に立ちつくし、グラスの残骸を床に落とす。ポーリーンが両手を女性の肩に置くが、女性のほうはハグを拒んで肩に置かれた手を振り払い、床に落ちていた黒いハンドバッグを拾いあげてバーから出ていく。パトリックは白いナプキンで顔についたワインを拭きとっている。シャツはぐっしょり濡れている——彼女のグラスにはたっぷりワインが入っていたのだろう。

「いったいどうしたっていうの？」わたしが呼びかけてもパトリックは反応しない。さらに大きな声でもう一度呼びかける。「いったい何が起きたわけ？」

声を張りあげると同時に音楽がやみ、あたりに沈黙が降りる。バーに残っていた人たちは、もともとの騒動は見逃したものの、わたしの叫び声に充分に興味をかきたてられたとでもいうように、いっせいにこちらを見る。パトリックはシャツを拭き、ナプキンをたたんでテーブルの上に置き、ようやく顔をあげてわたしに目を向ける。何かを言っているが、音楽がふたたびはじまり、彼の声が聞こえない。

「何？」

「彼女はぼくのシャツが気に入らなかったようだ」そこで微笑む。

「いったいなんなのよ」いらだちのあまりそのあとがつづかない。バッグをつかむ。こんなことにはつきあっていられない。立ったままのポーリーンはわたしを見て、いぶかしげな表情を浮かべる。そんな表情にもかまっていられない。誰にも別れの挨拶をせず、わたしはバーをあとにする。階段をおりて階下のドアから出るつもりなので、パトリックの前を通りすぎる必要はない。もうたくさんだ。誘いに乗ってきてやったというのに、べつの女との仲を見せつけられて屈辱を味わわされるはめになるとは。もうこれ以上つきあうつもりはない。

ストランド通りに出ると空車のタクシーが見つかり、わたしは手をあげてとめ、バーから逃げだせてようやくほっとする。酒は飲んだがそれほどの量ではないので道路の標識もしっかり見え、方向を指示でき、タクシーは何ごともなくアーチウェイへ向かって走っていく。携帯電話を取りだし、何も言わず出てきてしまってごめんなさい、明日から公判がはじまるので、というメッセージをロバートに送る。彼は気にかけないかもしれない。そもそもわたしが帰ったことに気づきもしなかったかもしれない。パトリックに対しては、朝になってからどうするか考える。彼は釈明するかもしれないし、しないかもしれない。わたしは目を閉じ、窓にもたれかかる。何が起きているのか理解できない。

帰宅して、男たちのセッションがまだ進行中であることに驚く――ふだんは遅くとも九時には終わるのに。玄関ドアをあけると、なかでテレビを観ているような音が聞こえてくるが、ドアを閉めると音がやむ。カールがリビングルームから急いで出てくる。

「思っていたより早いお帰りだね。いま行き詰まったときの打開策について話していたところだ」

「明日は朝早いから」顔をうつむけたまま、お酒を飲んでいることに気づかれませんようにと祈る。

「それなら早く寝たほうがいい。こっちはもうすぐ終わるから」

カールがリビングルームへ戻ってさっさとドアを閉めたので、なかに誰がいるのかをたしかめることはできない。わたしは叫びだしたくなる。ここは誰の家なの？　いったい誰がローンを払っていると思ってるの？　でも口には出さない。いらだちは徐々に消え、わたしは足を踏み鳴らして上階へ行く。ベッドルームの暗がりのなかで服を脱ぐ。外の街の明かりを遮断しきれないカーテンの隙間からオレンジ色の光がさしこんでくる。胸のあたりの肌はこぼしたワインのせいでまだべとついているのでシャワーを浴びる。ひとまず洗うのは身体だけにして髪は濡らさないようにする。ネグリジェを着て歯を磨く。上と下の歯、歯の表と裏を、それぞれ推奨されている三十秒をかけてていねいに磨いていく。

ワインと煙草のにおいがもうしなくなったことに満足し、ガウンを着てマチルダの部屋へ入る。娘はピンクのゾウをしっかりと抱きしめて、ぐっすり眠っている。わたしはおでこにキスをし、ベッドカバーを少しだけ引きあげて腕を覆い、そのあとでベッド脇の床にすわって眠っている娘を見つめる。娘は吐息をついて寝返りを打ち、こちらへ顔を向ける。喉が締めつけられる。わたしはこの子を裏切っている。カールは大切。ティリーはもっと大切。この子はわたしを拒絶しない。何度もわたしを押しやりもしない。ティリーにはふたりの男を愛するような母親はふさわしくない。わたしは言葉では言いつくせないほどこの子を愛しているけれど、それでもまだ足りないのだろう。パトリックに背を向けられないのだから。少なくとも、いままでは。娘の頰に触れ、がんばってみる、あなたにふさわしい人間になる、と口には出さずに約束する。現実になると信じて。

自分の部屋へ戻ってベッドに入り、携帯電話を充電させるためにベッドサイドのテーブルに置く。アラームをセットするためにまた携帯を手に取る――いまはとても疲れているので、地震でも起きないかぎり朝はぱっと目覚められそうにない。

ふたつメッセージが入っている。ひとつはパトリックから。〝きみの事務所にいる。きみはどこにいる？〟

指で文字をゆっくりとなぞったあとメッセージを消去する。新たな決意のあらわれ。それからもうひとつのメッセージを見る。送信者は不明。

〝おまえを見ている。尻軽女。おまえが何をしているか知っている〟

メッセージの文字が目の前で揺れる。誰かにパトリックとのことを知られている？　そうとしか考えられない。誰に知られているかはわからない。わたしはパニックを呑みこみ、テキストメッセージを消去する。もうない。そもそもわたしに送られてきたわけじゃない。まえに送られてきたのは単なる送信ミス。再度の誤送信で、送信者が偶然に二度もこの番号にメッセージを送ってしまっただけ。数字の押し間違いに決まっている。わたしは六時半にアラームをセットし、横向きになって目を閉じる。いや、疲れてなんかいない。頭が高速で回転する。わたし宛てにメッセージが送られたわけじゃないと自分をごまかしたいのはやまやまだけれど、どうしたって逃げられない。いまや二通も送られてきているのだから、これは現実で、危機に見舞われていると認めなくてはならない。誰かに監視されている。その人物はわたしが何をしているか知っていて、それを嫌っている。身体を丸めて膝を胸もとに引きあげ、ベッドカバーにくるまる。寒くて、恐怖が骨にまでしみこんでくる。

帰っていく男たちが〝おやすみ〟と言いあう声が聞こえてきて、ドアがそっと閉まる。そのあとでカールが物音を立てないように静かにあがってくる足音が聞こえてくる。わたしは身じろぎもせず、深く規則正しく呼吸する。やがてカールが鼾（いびき）をかきはじめる。ほどなくして眠りに落ち、夢を見る。夢のなかでワイングラスの折れた脚で自分のふとももを何度も刺し、しまいには脚のあいだに手をやり、愛撫する。わたしは暗がりのなかで震えながら目を覚ます。温かいカールの身体にすり寄り、彼の身体に手をまわす。目覚めているときのカールとはちがい、眠っているカールはわたしを押しのけたりはせず、いまだけふたりは一時休戦となる。カールはわたしがとてもよく知っている人間で、わたしの子どもの父親。わたしたちはいっしょに世界を旅行し、家庭を築いた。そろそろ壊れたものを修復する頃合いだ。マチルダのために。わたしたちふたりのためにも。わたしは彼の肩に頭を押しあてて眠りに落ちる。

午前六時半にアラームが鳴ったとき、カールが寝ていた場所はもぬけの殻で、まくらは冷たくなっている。そうだ、週末にどこかへ出かけようと提案してみよう。カールのお母さんにマチルダの面倒をみてもらって、わたしたちは出かけた先のすてきなホテルにひと晩泊まる。おいしいものを食べておいしいワインを飲む。もしかしたら、キスをして、手をつなぐかもしれない。ひょっとしたら、まえみたいに愛しあうかもしれない。パトリックの顔が頭に入りこんでくるが、わたしはそれを払いのける。後ろめたさばかりが残るまねはもうしたくない。時間と労力をかけたところで意味などまったくなく、羞恥心がつのるばかり。パトリックは信頼できる人間ですらなく、わたしのことを考えているのか、それともほかの女性のことを思っているのか、それすらもはっきりしない……

二通のテキストメッセージは目を覚ませというサインだったのだ。パトリックとわたしはいい気になって慎重さを欠いていたにちがいない――フリート・ストリートの裏の路地でキスしているところや、バーのなかで抱きあうようにして立っているところを事務所の誰かに見られた可能性だってある。メッセージを送ってきたのが誰だとしても、わたしはもう茶番に引っぱりこまれるつもりはない。昨夜のグラスが割れる音と叫び声はいまだに耳に残っている――なぜあの女性がパトリックに対しあんなにも腹を立てていたのかも、パトリックが何をしでかしたのかも、わたしはもう知りたくもない。

「コーヒーはどう？」カールがマグカップを手にベッドルームに戻ってきて、ベッドサイドのテーブルに置いてくれる。

「ありがとう。すごくうれしい」心からそう思う。カールがベッドまでコーヒーを運んできてくれるなんて、少なくともここ二年はなかった。以前はいつでもコーヒーのいい香りが家じゅうにただよっていて、気持ちよく一日のスタートを切れた。これをぜひともよい前兆ととらえよう。「考えていたんだけど、近いうちに一泊の小旅行に出かけるというのはどう？　あなたのお母さまにマチルダの面倒をみてもらって」

カールが驚き顔を見せる。「どういう風の吹きまわしだい？」

「いっしょに過ごすのもいいかなあと思って。わたしたちふたりだけで」

「マチルダを置いていくっていうのはどうもなあ……」気乗りのしなさそうな声。

「まえはそうしたがらなかったよね。でもそのころはまだティリーは小さかった。いまはずいぶん大きくなったし、あなたのお母さまもいっしょだし。ひと晩くらいならだいじょうぶだと思う」

「そうかな。母の手に余りそうだけど」

「お母さまだってそうしたいんじゃないかな。それにそれほど手をかける必要もないし。マチルダはもう大きいんだから。お母さまにうちに来てもらって、マチルダとふたりで家で過ごしてもらえばいい。それであなたの気持ちが楽になるんならね。食料やなんかもしっかり買っておくから」わたしはカールに向けて手をさしだす。カールは少しのあいだ見つめてから、わたしの手を取る。軽くつかむという感じで温かみには欠ける。でもこれがはじめの一歩だ。わたしたち以外の人にマチルダをあずけることについて、カールに考えを変えてもらわなければならない——まえは無理強いはしたくないと思っていたが、そろそろいいだろう。

「母さんに話してみるよ。まずはたしかめてみよう。ひと晩ならオーケーだと思うけれど」

「だいじょうぶだって、ほんとに。ふたりがもっと仲よくなるのはいいことだし。お母さま、いつも言ってるわよ。もっとティリーに会いたいって」カールは片方の眉をあげたが、わたしはかまわず話をつづける。「二、三年前に、わたしにそうおっしゃってた。ほら、わたしとお母さまだって仲よくなったほうがいいでしょ。ティリーだってわたしたちが仲よくなればうれしがるわよ。そう思わない？」

「そうだな、そうしてみるか」

「クライアントにだって同じことをアドバイスするでしょ。いっしょに過ごして、話をしなさいって」

カールはうなずき、わたしの手をぎゅっと握る。このまま彼にキスしたほうがいいかなと考えているところに、マチルダが入ってきてベッドに跳びのる。

「起こしてくれなかったでしょ！」後ろの髪がはねていて、寝起きの身体はまだ温かい。わたしはマチルダを引き寄せてハグをする。娘は少しのあいだこちらに身体をあずけたあと、わたしから離れてカールとハグをする。カールは娘を抱いたままベッドに腰をおろす。わたしたち家族がどんなふうになるべきか、その像がしっかりと頭に浮かぶ。思ったとおりの家族になれる日がかならず来る。わたしはこの数カ月のうちでいちばん心が軽くなり、シャワーを浴びて仕事に行く支度をする。キッチンへおりていくと、カールがマチルダのぶんだけではなく、わたしのぶんもスクランブルエッグをつくっておいてくれて、わたしたち家族はテーブルにつき、いっしょに朝食をとる。わたしは意気揚々とキャリーバッグを手に外へ出て、ウッド・グリーン刑事法院が投げつけてくるはずのものを受けとめる準備をする。

9

一週間が過ぎる。ウッド・グリーンでの公判は進行中で、次から次へとティーンエイジャーが証言台に立っては、被告の危険運転がどれほど恐ろしいものだったかを述べていく。被告は証人が証言する内容をほとんど理解できていない様子で、彼のバリスタもそれとあまり変わらない。わたしが危惧したとおり、被告は法曹学院を数カ月前に出たばかりのようなバリスタに弁護されている。わたしはできるだけ声の調子をやわらげ、最終的に被告は執行猶予となる。この判決はソロモンの賢明な判決に匹敵する、わたしはそう思うが口に出して裁判官には言わず、結審にあたって訴訟費用の申請書を作成する。

パトリックはテキストメッセージを二回寄こすが、マデリーン事件に関することだけで――答弁及び審理前審問の日が近づいているのに、訴追側の情報開示のスピードはいまだに遅い。彼は〈ケアンズ〉での出来事については言及せず、わたしもしない――、こちらも彼を満足させるようなことを言うつもりはない。支配権を得ようとする彼のパワーゲームには興味がないから。ふたりともふたりの関係に言及しようとはしない。以前の関係ということだけど。

金曜日の夜はカールとマチルダとともに家族団らんで過ごす。来週の頭にはじまる予定の子どもに対する強制猥褻罪の公判に向けて準備すべきことはそれほど多くない。仕事でせっかくの週末をふいにするおそれもなく、あとは早起きを心がけるだけ。土曜日は家族全員でハムステッド・ヒースへ行き、マチルダがケンウッド・ハウスへの入口付近のオークの木にのぼるのを見守る。夫婦で出かける予定の夜にマチルダの面倒をみてもらう件をお母さんに話したかどうか、カールからはまだ聞いていないが、こちらからせっついたりしたくない――たぶん頃合いを見計らって切りだしてくれるはずだから。わたしが本気でそのつもりでいることもわかっているだろうから。

わたしはつとめてカールと言い争わないようにする。彼がいちばん低い枝にすわるマチルダに危ないからおりてくるようにと言っても。カールは娘の世話を焼こうとしているだけだから。マチルダはまだ幼いのだから。わたしたちは地面からオレンジ色と茶色の葉っぱを集め、わたしのコートのポケットに入れる。

「わたし、ランチをつくるわ」帰宅してわたしはそう持ちかける。

「ほんとうかい？　ぼくがやったほうが簡単だと思うけど」

「つくりたいの。ティリー、お昼に何を食べたい？」

「フムスとピタパン。それとニンジン。ハムもある？」とマチルダが答える。

「それならつくれると思う。おいしくて簡単」

カールがため息をつく。「ハムはないよ。きみがスーパーマーケットに寄ってくれていれば……」

口論はしない、そう決めている。「じゃあ、ピタとフムスだけ。ティリー、それでいい？」

「いいよ」

食べおえたマチルダがオレンジはあるかと訊いてくる。わたしはオレンジをひとつと、テーブルナイフも手渡す。「切りこみを入れて、そこからむいていくのよ。切りこみを入れたほうが簡単にむける」

マチルダはオレンジに切りこみを入れようとするものの、きちんとオレンジを持てずにナイフが滑る。それと同時に泣きだす。わたしは娘を抱きしめようと手をのばすが、それよりも先にカールがリビングルームからすっ飛んでくる。

「この子にナイフを渡すなんて、考えなしもいいところだ」カールはマチルダの腕をつかみ、こちらに向けて娘の指を掲げる。わたしは近づいて見てみる。小さなかすり傷ができていて、端のほうに血がにじんでいる。

「ずきずきする」と言ってマチルダが泣く。

「果汁のせいよ。さあ、水道の水で洗おうね。我慢できるよね、ティリーはえらい、えらい」

カールはなかなか行かせようとしなかったが、ようやくマチルダがわたしのところへ来る。まずハグをしてから娘の手を洗い、キッチンタオルで指を包む。

「ティリーのかわりにママがむこうか？」

「うん、お願い」

娘といっしょにテーブルにつき、わたしはオレンジの皮をむきおえる。白いすじのところに血のあとらしきものがうっすらとついていて、それを見て娘に果物を切らせたのは間違いだったのかと考える。結局のところ、使ったのはテーブルナイフだ。ギザギザしたところが指に触れたのだろう。

「頼むよ、アリソン、もっとよく考えて行動してくれ」

わたしは皮をつかみ、ゴミ箱へ放る。

日曜日。土曜日よりはまし。少しだけだけど。わたしはなんの問題もなくローストビーフをつくる。マチルダはきれいに食べたのに、カールはほとんど手をつけず、残りを皿からゴミ箱へこそげ落とす。

「きみは料理の練習をしたほうがいいな、ごちそうさま」そう言うと、カールはわたしの肩をぽんぽんとたたき、戸棚からプロテインバーを取りだして食べる。〝へたはへたなりに料理をがんばったのに〟と言ってやりたいところだけれど、ぐっと言葉を呑みこむ。わたしは変わったということをカールにわかってもらえるよう、もっといろいろ努力しなくちゃならないし、するつもりでもいる。だからわたしはただうなずく。

同じ晩の遅い時間、ポケットから葉っぱを取りだして、キッチンのコルクボードにピンで扇の形にとめる。ヒースへの小旅行の思い出として。状況はよくなっている。ほんとうにそう思う。

もう送信者不明のテキストメッセージも来ない。

月曜日の朝、裁判所に行く途中でパトリックからのメッセージを受けとる。

〝きみが恋しい〟

返信はしないし、そのあとはパトリックからメッセージは来ない。それなのにわたしは自分のなかでかたい結び目がほどけ、不安が消えるのを感じる。不安など感じていないと自分に言い聞かせていたにもかかわらず。そして彼の言葉が心に残る。カールとマチルダとともに過ごした週末の思い出の陰に。

公判は二日で決着がつく――訴追側の主たる証人がわたしのかぎりなくやさしい反対尋問で崩れるという事態で。強制猥褻行為があったと証言してからの彼女の頭のなかに残っていたはずの日付、時間、場所についての記憶はどれも辻褄があわないものばかり。もはや本件は陪審による評議にまでもたどりつけない。直近の公判での勝利を思いだしながら、わたしは訴追側の再尋問が終わったあとに証拠不充分による閉廷を申し立て、受け入れられる。クライアントは大いに感謝してくれる。彼はくたびれ果てた六十代の男性で、定年退職後はピアノの教師をしていたが、起訴されたために仕事はつづけられなくなり、充分な証拠のない申し立てにより生活をほぼ破壊されてしまった。わたしは腹立たしい思いで公判自体を蹴散らしてやろうと考えていた――こんなにも証拠不充分な事案を裁判に持ちこむなどもってのほかで、検察庁（CPS）はそのことを恥じるべきなのだ。

原告の嗚咽を耳にしつつ裁判所をあとにするが、顔は伏せたままにしている。わたしは自分の仕事として、能力の限りを尽くしてクライアントを弁護しなければならない。万が一証人が主張したことが真実だとしたら、それはそれで申しわけないが、証拠というものは合理的な疑いをさしはさむ余地なく陪審を納得させるほど強力でなければならない……。この点を忘れてはいけない。わたしは裁判所の建物の前でクライアントに別れを告げる。彼はこちらの手を握る。小柄で心配そうな表情を浮かべた奥さんが彼に寄り添う。彼女は不安そうに後ろを何度も振りかえり、わたしは原告が出てこないうちに早く立ち去るようふたりをうながす。

事務職員が携帯にメッセージを残し、マデリーン・スミスの事案に関する書類が届いていると伝えてきたので、ＰＴＰＨのまえに訴追側がほかに何を提出してきたのかと不安を覚えながら急いで事務所へと戻る。マデリーンがどんな申し立てをするのかまだわからない――有罪の申し立てはしてほしくない。少なくともいまはまだ。エドウィンとの関係でさらに調べるべきことがある気がしてならないから。それについてあれこれ考えていると、携帯電話が鳴る。パトリックの事務所から。わたしはあごをあげ、彼としっかり話をしろと自分を鼓舞する。けれどもわざわざ勇気を出す必要はなかった。電話をかけてきたのはパトリックの補佐役のクロエだった。

「ハイ、アリソン。書類は受けとったわよね？　またマデリーンとの打ち合わせを設定しなきゃならないの。明日、時間をとれる？」

「ええ、いいわよ。公判は終わったから」

「よかった。でね、パトリックがすぐにでもそちらの事務所にうかがいたがっているの。打ち合わせのまえにちょっと話をしたいらしくて」

「こっちはまだ書類を読んでいないんだけど」なんとか言い訳をして会わずにすまそうとする。

「彼はどうしても話がしたいみたいよ。いっしょに乗りきるためにも」ノーとは言わせない口調で言う。クロエとは友人同士とはいえ、彼女にやれと言われたらやらざるをえない――事務所内での地位はパトリックのほうが上だが、彼女はいわば司令塔であり、所内で扱っている案件のすべてに精通している。

「オーケー、問題なし。事務所で待ってるわね」

「よかった。さっそくパトリックに知らせる」クロエはそう言って電話を切る。

わたしはカールにメッセージを送る。〝**殺人事件の打ち合わせ。八時半までには帰る**〟最後にx（キス）をふたつ。幸運を呼ぶためにキスをひとつ余分に。おそらくカールは出廷したわたしが早い時間に帰宅するとはもともと思っていなかっただろう。だから八時半の帰宅で問題はないはず。裁判が早めに終わったと彼に言わなくてよかった。そう思うと同時に自分自身に問いかける――どうしてカールに嘘をつくことを考えているの？

病理学者の報告書が送られてきていて、エドウィン・スミスを絶命させた傷の詳細が明らかになる。わたしはそれをはじめから終わりまで読む。傷はぜんぶで十五ヵ所。どれも深い。報告書には写真も添付されている。笑っているみたいにぱっくり開いている首の傷を少しのあいだ見つめる。遺体の下のシーツは血でぐっしょり濡れている。すでにコピーを入手済みの訴追側の事件内容説明書には、マデリーン・スミスから押収した彼女の服は血に染まっていたと記されている。事件に関する法医学的証拠も記載されているかどうか確認する。まだない。病理学者の報告書に戻る。防御創はなし。傷は首と胴体に集中している。死体は写真におさめられたとおり仰向けの恰好で発見され、上から全体を写した写真とすべての傷のクローズアップ写真が添付されている。被害者の身体の輪郭が描かれ、傷の位置を示す短い線が引かれた略図も添えられている。

書類にもう一度じっくり目を通し、犯行時に使用されたと思われる包丁の写真を見つける。〈グローバル〉の包丁。それを凝視し、乾いた血のあとを目でなぞって刃こぼれがあるかどうか確認する。うちにある包丁は長年使っているうえ、洗うだけで研いでいないので、すっかりなまくらになってしまった。もちろん刃が鋭利であればそのぶん、エドウィンの身体に突き刺して抜く力は小さくてすむ。

包丁の写真を書類のいちばん後ろにさしこみ、今度は報告書の毒物分析の欄を見る。アルコール濃度は飲酒運転とみなされる最低数値の四倍。現段階ではさらに詳しい毒物分析についての記載はない――通常、結果が出るまでに時間がかかる。いずれにしても必要とされる結果は出ていると言えるだろう。アルコール濃度の数値は防御創がないことの充分な説明になっている。エドウィンはいい気分でなかば気を失っていたにちがいない。

病理学者の報告書と凶器の写真以外、そのほかの実質的な収穫はなし。事情聴取の要約を見ると、質問がすべて文字に起こされてはいないものの、マデリーンが黙秘を貫いていることがわかる。いまもまだ。カレンダーを確認する――PTPHのまえまでに、とまではいかなくても、せめて十一月の終わりまでには本人から事情を聴かせてもらわなければならない。

「まじめな話、訴追側からのこれ以上の情報はもう必要ないわね。審問では裁判官からも、マデリーンに答弁させるに足る充分な情報をわれわれは与えられていると言われるでしょう」パトリックがこちらに到着して会議室の席についたあと、わたしは切りだす。彼の手や腕の動きに気づきながらも、けっして彼を見ないようにして。

「そうだな。でも彼女はまだわれわれに事件の詳細を語っていない。この期に及んでまだ」パトリックは目の前に数々の写真を広げる。大判のもあれば、小さいものもある。「彼女がエドウィンについて語ったのは、知らないうちに彼からピルを服まされていたことと、彼が家計をコントロールして妻にはお小遣いを渡していたこと。それらの事実から家庭内で虐待があった可能性があると推測できる。そうよね？」

「そうだな。だが、それで殺人に行き着いたとするには情報が足りない。自制心を失うことになった要因がもっと必要だ」とパトリックが言う。

「マデリーンが心を開いてくれるかどうかが鍵となるわね。いまのところわたしたちは何もつかんでいない。自制心を失う引き金となったものがあったという証拠もない。大量のジンを飲んで知らぬ間に眠ってしまったというだけ。でも、あなたは彼女の話は筋が通らないと思っている。ぜんぶというわけではないにしろ」

「そのとおり。彼女は胸襟を開いてはいない。きみとマデリーンが一対一で話すべきかもしれない。ほかの人間がいなければもっとリラックスできると思うんだが。女性同士ということで」

わたしはその提案に落ち着かない気分になり、椅子にすわりながら身じろぎする。「それってほんとうに有効な手段かしら」

「やってみる価値はあると思う。きみは人から話を引きだすのがうまいから」そう話すパトリックを見つめる。彼はわたしではなく写真を見ている。わたしはさっと顔をそむける。

「そっちがやるべきだと言うんなら、やってみるけど。いずれにしろ、審問のまえに彼女からもっと多くの情報を引きださなくちゃならない。答弁してもらえるならそれに越したことはないから」パトリックの最後のコメントには反応しないようにする。彼の声には温かみがあり、頬が赤くなるのが自分でもわかる。

「手筈を整えるよ。あと、精神科医と話をした。明日の打ち合わせに向けて暫定報告書を出してくれるそうだ。打ち合わせの時間を午後に設定すれば、きみのほうにはそれを午前中に読む時間はあるかい？　明日はなんの予定もないんだろう？」

「ええ。その段取りでだいじょうぶだと思う。それと、あなたの言い分は正しいかもね。面談者がわたしだけなら、マデリーンもそれほどヒステリックにはならない気がする」

「クロエに打ち合わせの設定をさせておく」

パトリックはうなずいて携帯電話を取りだし、メッセージを打ちこむ。話しかけようとすると、さえぎられる。「アリソン、きみをうちに招待して、手料理をごちそうしたい。希望を叶えてもらえる可能性はあるかい？」

「いい考えとは思えないけど」本心とはちがう答え。パトリックとまたこうして顔をあわせてみて、自分がどれだけ彼とキスをしたいかを思い知らされた。その気持ちを抑えこもうとした瞬間、ベルが鳴る音のようにはっきりと聞こえてくる。一昨日の晩にわたしがつくったものをカールがゴミ箱に捨てるときのフォークが皿をこする音が。

パトリックがもう一度言う。「ほんとうにそうしたいんだ。この二週間ほどはなんだか微妙な感じだっただろ。お互いに口をきくこともなくて。でもぼくはきみが恋しかった。お願いだから、きみのために料理をつくらせてくれないかな」パトリックはわたしの手を取り、てのひらを上に向ける。「頼むから」

わたしはカールとマチルダが家で待っているという考えにしがみつこうとする。さらに携帯電話の画面に浮かぶ文字が揺れているところを必死で想像しようとする。ふたりの関係を知り、それを憎んでいる正体不明の人物から送られてきたメッセージを。けれどもそれらすべては消えて塵となる。「わかった。行く。楽しみだわ」

わたしたちはフリート・ストリートでタクシーをとめる。パトリックはわたしよりまえに事務所を出て、テンプル地区を出たところのアーチの下でわたしと落ちあった。そこにはこちらに目を向ける人はいなかった。タクシーのなかでパトリックはわたしの手を取り、指と指とをからませる。わたしは彼にもたれかかり、頭のてっぺんにキスされる。

「どこかすてきな店へ寄られるんですか？」タクシーの運転手が訊いてくる。彼はわたしたちのことをカップルだと思っているらしい。

「家でディナーなんだ」とパトリックが答える。「静かな夜を過ごせる」

わたしは何も言わない。タクシーはセント・クレメント・デーンズ教会をまわりこんでストランド通りに戻り、王立裁判所の前を通りすぎ、チャンスリー・レーンとの交差点も通りすぎる。フェッター・レーンがパトリックに〝ここで降りて。わたしは家へ帰るから〟と告げるチャンス——でも、通りすぎる。ラドゲート・サーカスでパトリックに降りてと言い、運転手には左に折れてファーリンドン・ストリートをイズリントン方面に走ってと告げることができる。でもわたしは言わない。わたしたちは右に折れ、南下してテムズを渡り、タワー・ブリッジの近くの最上階にあるパトリックのフラットへ向かう。まえにも来たことがあるけれど、それは一度だけで、数週間前のある日の午後、わたしたちはブラインドの隙間から暗くなっていく外を眺めた。パトリックがタクシー代を払い、わたしのためにドアをあける。わたしはバッグを持って降り、何も言わずに建物の入口を抜けてエレベーターに乗る。指先で彼の唇に触れると、パトリックは微笑む。

エレベーターが最上階に着くと同時にパトリックが言う。「さあ、着いた」

彼が玄関ドアをあけ、わたしはなかでコートを脱いでバッグを置く。パトリックがわたしのために赤ワインをグラスに注ぎ、わたしは川の景色が眺められる大きな窓へ歩を進める。一千もの窓からこぼれる明かりが夜の闇のなかで輝いている。七時を三十分ほど過ぎたばかりだけれど、二時間のあいだに外はすっかり暗くなってしまった。わたしはひと口でグラスの半分を飲む。

「何をつくっているの？」わたしはリビングへとつづいているキッチンへ行く。パトリックは上着を脱いでいて、木のまな板で何かを切っている。もっとよく包丁を見てみる——〈グローバル〉ではない。木製の柄がついている。おそらく日本製だろう。キッチンはきちんと片づけられてぴかぴかに光り、彼の背後の棚には鍋が大きい順に並んでいる。

「ハリッサ（トウガラシをベースにしたペースト状の調味料）で味つけしたラムのケバブ。それとクスクス」

「おいしそう」心からそう言う。「料理ができるなんて知らなかった」

「いま知っただろ」パトリックはまた材料を切りはじめ、包丁がタマネギをすばやく刻んでいく。

「最初っから計画していたみたいね。それとも土壇場で誰かさんにすっぽかされた？」わたしは言ったとたんに後悔し、赤ワインの残りで口をすすぐ。

「やめてくれ、アリソン。おかしなことを言うのは。ところで、遅くなると家にメッセージを送ったかい？」パトリックはもうひとつタマネギを手に取って半分に切る。包丁がまな板にあたってトンと音を立てる。

わたしは手をあげる。一本とられた。

「あなたが結婚していないなんて、なんか信じられないわね」

「ぼくの年齢で、という意味？　まだ五十になってないから、時間はたっぷりある」

「そういう意味じゃ……」

パトリックが笑う。「冗談だよ、きみの言いたいことはわかる。してたよ、一度。二十代の前半に。つい調子に乗ってね。そのあと彼女はほかの男のもとへ走った。でも、それでよかったんだよ」

声は軽いけれど、ぐっと近づいてどこかに傷心のあとがないかと探ってみる。

「そう思うの？」

「心の底から。こういう生活のほうがずっといい。ぼくの見解では結婚はそれほどすばらしいものではない。かたや、こういうのは……」こっちを見て笑う。

脇に煙草と灰皿が置いてある。わたしは指さして、もらってもいいかと訊く。

「自分では買わないのかい」パトリックはそう答えつつ、うなずく。

「だってそんなにたくさんは喫わないもの。家じゃ喫えないし」

「そうだと思った」パトリックが換気扇のスイッチを入れる。部屋ににおいがつくのはいやでしょと指摘されたとでもいうように。温かいキッチンのなかでワインを飲み煙草を喫う、至福のひととき。最後に室内で煙草を喫ったのがいつだったかも思いだせない。

煙草を喫いおえ、ワインを飲みほすと、わたしはオーブンの横のアイランドに空のグラスを置き、白い革張りのソファまで行ってバッグから携帯電話を取りだす。八時十五分——まだそれほど遅くない。でも帰るのは……

〝打ち合わせがのびちゃって——ごめんなさい。家に着いたらそーっとなかに入りますx x〟

携帯をバッグに戻す。ほんとうだとは思えない。これは現実ではない。現実ではないなら、わたしも実在しないし、自分がやっていることは何ひとつ実際のことじゃない。ワインが脳に浸透し、ふわふわとただよっている気分になる。わたしはおもりを手放し、パトリックのほうに向きなおり、もう一杯、グラスにワインを注ぐ。

ラムはやわらかく、ワインは芳醇で、わたしに触れるパトリックの手はやさしい。そっと触れてくる彼の手にわたしは応え、ふたりはひとつになって動く。パトリックはわたしの髪に顔をうずめてため息をつき、わたしを引き寄せる。

「どうしてこういうことをいつでもできないの？」

「どうしてかはきみが知っているだろう考えるのをやめて、ただ楽しめないのかな？」

「そうする」わたしは目を閉じる。

パトリックがシューベルトのピアノ・ソナタをかけ、わたしは音楽に癒やされて徐々に眠りに落ちていく。ふいにビービー鳴る音が静けさを破る。パトリックはわたしを放して携帯を手に取る。同時にわたしも自分の携帯を手にする。彼は画面をタップしはじめ、わたしは電源を入れてカールからのテキストメッセージを見る。

〝母さんが十一月にマチルダの面倒をみるのはかまわないと言っている。ホテルを予約するよ。じゃあ、またあとでｘｘ〟

現実という冷や水を浴びせられる。わたしはパトリックから離れて背筋をのばす。

「もう行かなくちゃ。十一時をまわってる」

「わかった。ところで、こっちはクロエだったよ。明日のマデリーンとの打ち合わせは午後に設定されている。それでだいじょうぶかな」

「ええ、だいじょうぶよ」わたしは立ちあがってシャワー室へ行き、すばやく身体を洗う。

ベッドで横になっているパトリックに見つめられながら服を着る。帰るまえにベッドの彼の横に腰をおろし、彼の胸に手をあてる。顔を寄せてキスをする。

「とてもすてきな夜だった」

「そうだね。きみしだいで楽しい夜になるんだよ」パトリックは身体を起こしてわたしを抱きしめる。わたしは彼のなかに沈みこみ、それから立ちあがる。

「明日、打ち合わせが終わったら電話する」

「打ち合わせ、うまくいくといいね」パトリックは片手を振り、注意を携帯電話に戻す。

雨が降りだしたのにフラットの前でタクシーは簡単につかまり、わたしは黙って窓の外を眺める。パトリック、カール、パトリック、カール、左右に動くワイパーにあわせてふたつの名前が交互に耳のなかで鳴り響く。泥沼であることに変わりはないけれど、顔に広がる笑みを抑えられないし、胸を締めつけていた結び目が今回にかぎってゆるみ、温かい気持が湧きあがってくるのをとめられない。すてきな夜の余韻にひたっていよう。せめて今夜だけでも。

タクシーはアーチウェイ方面へ進んでいく。わたしは携帯電話をチェックする。パトリックからのメッセージが届いている。

〝おやすみ、ダーリン。ぐっすり眠るといい。すばらしい夜だったね〟

わたしは画面の上に指を走らせ、微笑む。いままで彼から受けとったなかでいちばんすてきなメッセージ——わたしへの思いを抱きしめる。携帯の画面が暗くなり、また明るくなる。メッセージが入ってくる。発信者番号は非通知。

〝金輪際、男から離れろ〟

震える手でふたつのメッセージを消去する。まだ終わっていなかった——パトリックに知らせなければ。携帯電話の電源を切り、わたしの世界に押し入ってきた敵意あふれるまなざしを閉めだす。

家は暗く、わたしは静かになかに入り、つま先立ちで階段をのぼる。カールは眠っている。わたしがベッドに入ると彼は寝返りを打ち、温かい背中をわたしに向ける。眠れないまま、いまごろはパトリックのとなりに誰かが寝ているのだろうかと考える。もしくは、何者かが家の外に立ち、こちらを監視しているかもしれないと。

その人物が監視しているのはパトリックなのか、それともわたしか。

10

カールがコーヒーを運んできてくれて、わたしは目を覚ます。二週間で二度目――この二年のうちでは最高記録。わたしはふらつく頭で、朝方の四時か五時にようやく訪れたまどろみの淵からみずからを引っぱりあげる。カールがベッドの上のわたしのとなりに腰をおろす。

「打ち合わせはどうだった？　殺人事件はうまくいっているかい？」

「うまくいってる。昨日は遅くなってごめんなさい」カールがこちらの仕事に興味を示したことに驚きつつも、それを見せないように答える。

「いいよ、べつに。マチルダもいい子にしていたし。ぼくも仕事をしていた。週末の会議の議題について調べていたんだ。セックス中毒とネット中毒――興味深いよ、とても」

「そうね、ほんと。それ、あなたのグループセッションで話しあわれている内容よね？」コーヒーをもうひと口飲む。わたしだってパートナーの仕事には興味を持っている。

「ほかにもいくつかあるけどね。そういえば、母さんに話をしたことは言ったっけ？　十一月ならどの週末でもオーケーだそうだ。一泊の小旅行だけど、どこかすてきな場所へ行こう」

「どこがいいと思う？」

「ブライトンなんてどうかな。もしくはほかの海辺の町。調べてみるよ」

「海辺の町、よさそう」そこへマチルダが駆け寄ってきて、わたしたち三人はまたしてもベッドの上に勢ぞろいする。家族のトライアングル。わたしが娘をハグするとカールが加わってきて、ひとしきり三人の世界にひたったあと、わたしが咳をして魔法が解ける。カールは階下へ行き、マチルダは着替えをするために自分の部屋へ行き、わたしはシャワーを浴びてパトリックの残滓を洗い流す。髪をシャンプーし、温水を浴びて長い時間をかけてすすいでいると、カールがコツコツとドアをたたく。わたしはすばやく身体を乾かしてカールと交代でバスルームを出る。

服を着て階下へおり、再度コーヒーを淹れる。マチルダはもうキッチンのテーブルについていて、ボウルに入ったシリアルを食べている。わたしは娘の頭のてっぺんにキスをし、リビングルームへぶらぶらと入っていく。なかはきちんと片づいていて、本はいつもの順番で書棚に並べられ、カールが捨てずに保管している雑誌はテレビの下に整然と積まれている。でも何かがおかしい。ほんの少しだけいつもとはちがう。わたしはドア口に立ち、あたりを見まわす。そのときふいに気づく。

「ここで誰か煙草を喫った？」カールに呼びかける。

「何？」カールはまだ上階にいる。

わたしは階段の下に行く。「昨日の晩、誰かうちのなかで煙草を喫った？　なんだかにおうの」

「いいや、におわないよ」タオルで身体を包んだカールがおりてくる。

「におうわよ。ほら、そこ。リビングのなか」わたしはその場で鼻をひくひくさせる。やはりにおう。間違いない。誰もが気ままに煙草を喫っていた、学生時代のフラットを思いださせる饐えたにおい。空気の入れ替えをしてもなおパトリックの部屋でにおっていたのと同じにおい。ふと彼のフラットで煙草を喫えた至福のときを思いだす——わたしはこの十年のほとんど、自分の家のなかで喫煙したことはない。べつにあのにおいを恋しいとは思わないけれど。カールがリビングに入ってきて、同じように鼻をひくひくさせる。

「ぜんぜんにおわないよ。におう気がするだけじゃないのか」

「ちがう、絶対におってる」わたしは迷いはじめている。

カールが近づいてきて、わたしの上着のにおいを嗅ぐ。「きみだよ。きみのスーツがにおうんだ。拘置所の独房に行ったときについたんだな、きっと。あとパブで」

わたしは襟に鼻を押しつけてにおいを吸いこむ。香水と揚げ物のかすかなにおいがするだけ。でもわたしのスーツがにおうとカールが言うのなら……。昨日の晩に喫煙したときこの服を着ていた。わたしはリビングを出てキッチンへ戻り、入り口に立って息を吸いこむ。

「ここも少しにおう」

「言っただろ、におうのはきみのスーツだって。きみはいつも煙草のにおいがする」カールはわたしのすぐ後ろに立ち、自分の説を強調するためなのか、わたしの上着を引っぱる。

「ママ、煙草は喫わないでね。煙草は毒で、喫ったら死んじゃうって、学校で教わったよ」マチルダは顔をくしゃくしゃにして、いまにも泣きだしそうだ。わたしはそばへ行って娘を抱きしめようとするが、マチルダは身体を引く。「煙草のにおいがするよ、ママ。わたし、そのにおい、嫌い」

「アリソン、マチルダから離れて」カールがわたしを押しのけてマチルダを抱きあげる。しっかりと抱きしめながら、こちらに背を向けて顔だけわたしのほうを向く。失望の色をあらわにして。「考えて行動してほしい」

「ちゃんと考えて……」

カールがさえぎる。「ぼくはただマチルダのことが心配なんだよ。残留している煙草の成分を吸いこんだりしないかと」

「においの元はわたしじゃない。わたしの服がにおっているとは思えないもの。この家のなかが……」言葉が先細る。

「家のなかがにおうわけないだろう。ここでの喫煙は厳禁なんだから。さっさとそのスーツをドライクリーニングに出して、クライアントにはきみの前で煙草は喫わないように言ってくれ。マチルダのことを考えてくれよ」

わたしは肩をすくめ、うなずく。たぶんカールは正しいのだろう。わたしのせいなのだろう。においの元はこの家だと断言できるが、わたしでないとも言いきれない。いままでわたしやわたしのクライアントが喫った煙草の煙が毒気となって自分の身体にくっついているのに、あまりにもそれに慣れてしまって自分では気づかないのかもしれない。わたしは出かける支度をするため上階に引っこむ。

用意ができたころに、カールとマチルダが上階へ来て、マチルダのほうは歯磨きをはじめる。わたしはドアの向こうへ顔を突きだし、〝行ってきます〟と言う。マチルダは歯磨きに忙しくて最初は気づかないけれど、そのうちにこちらを見る。わたしが投げキッスを送ると、娘も返してくる。

家を出てあたりを見まわし、監視している者がいないか確認する。外は天気がよくて気持ちよく、昨晩感じていた脅威はうすれていく。一度、二度と肩ごしにチェックするが、通りはふだんと変わらず、不安は消えていく。バスに乗りこみ、こわごわ携帯の電源を入れる。ビーという音とともにテキストメッセージが入りはじめる。ひとつめを開く。クロエからのメッセージ。

〝今日ロンドンでマデリーンとの打ち合わせ。十二時にオフィスにて。オーケー？　C〟

返信しようとしたところで、もう二通のメッセージに目をやる。どちらも送信者は不明。

〝まだやめていないのはわかっている。救いようのないビッチ〟

二通目は絵文字のみ。手をつないで立っている男と女、怒った顔で胸の前で腕を組んでいる黄色い女、それと髑髏マーク。

一通目のパトリックとわたしの関係を知っているぞとほのめかす文面を見てから両手はまだ震えていたが、絵文字を見たとたんに笑わずにはいられなくなる。恐ろしい怪物の仮面をはがしてみたらスクービー・ドゥー（アニメのキャラクター）だったという感じ。おそらくわたしが対峙している相手はティーンエイジャーだろう。相手を怯えさせようとするストーカーが絵文字を使うとは考えられない。少しほっとして、今度はメールを確認する。不穏当なものはなく、事務職員からのメールが一通届いていて、マデリーンについての精神科医の報告書が事務所に届いているとのこと。さあ、頭を切りかえて事件のことを考えよう。でもまだ不安は残っている。髑髏のマーク。笑えるからといって、それがジョークだとはかぎらない。わたしはパトリックにメッセージを送る。

〝送信者不明のメッセージが来た――その人物はわたしたちふたりのことを知っているみたい〟

座席について携帯電話を握りしめ、パトリックからの返信を待っているうちにバスはフリート・ストリートに着く。

共同事務所のなかに入っていってもまだパトリックは返信を寄こさない。事務職員に挨拶してからマデリーンの事件についての新たな書類を受けとり、自分のオフィスへ向かう。もう一度携帯をチェックする――何もなし。デスクにつき、書類を読みはじめる。精神科医からの報告書を半分ほど読みおえたところで携帯電話が鳴り、パトリックからのメッセージが届いたことを知らせる。

〝送信者不明のメッセージってどんな？〟

パトリックにメッセージを転送し、わたしからのメッセージも付け加える。

〝どう思う？〟

すぐに返信が来る。

〝たしかに少し不気味だが、神経を尖らせることもない〟

彼に返信する。

〝この人物は進行中の出来事を把握しているみたい。送信者は女性だと思う。女性っぽい絵文字を使っているから〟

返信が来る。

〝心配しすぎないように。この件はあとで話そう。これから裁判所へ行く〟

たぶんわたしが反応しすぎなのだろう。誰かがわたしの頭を混乱させようとしているが、それはパトリックのこととは関係のない誰かという可能性もある。パトリックは正しい。いま自分は神経過敏になっている。わたしは何年ものあいだ多くのクライアントとつきあってきた。もしかしたらそのなかにちょっとからかってやれと思っているクライアントがいるかもしれない。どんなふうにも考えられる。わたしは携帯電話を脇に置き、ファイルを開いて仕事に集中する。

書類を読んでいても文字が頭に入ってこない。集中できず、頭はひとつの解釈から次の解釈へと跳んでいく。パトリックとのことに関係しているに決まっている。当然でしょう？　おそらくパトリックはほかの誰かとも寝ていて、ふたりしてわたしのことを笑って楽しんでいるのだろう。パトリックがその女になんでもかんでもしゃべり、女のほうはこう言う。〝何がおかしいって、結局そういうばかな女は旦那のもとへいそいそと帰るのよね〟そして女はメッセージを送りつけ、パトリックもそのことを承知している……。いや、ありえない。パトリックがわたしに対してそんなひどいまねをするはずがない。気を遣い、やさしくしていると見せかけて、じつはわたしを笑いものにしているなんて。オフィスのなかを行ったり来たりして気持ちを落ち着かせようとしても、頭のなかで渦巻く妄想めいた考えは消えてくれそうもない。パトリックが出廷中なのはわかっているが、彼に訊いてみなくてはならない。すぐにでも話す必要がある。

わたしは携帯をふたたび手に取り、パトリックの番号にかけるが、まっすぐに留守番電話につながる。「訊きたいことがあるの、パトリック。あなた、ほかの誰かと寝ているの？　それ以外には考えられない」そこで電話を切る。少しして後悔するが、もう遅すぎる。伝言を残してしまった。いまさら取りもどせないし、消去もできない。動揺が増していく。

もう一度電話をしようとしたところで手をとめる。マークがドアをノックしてからひょいと顔をのぞかせる。わたしはふだんどおりの表情を取り繕う。

「はい？」

「ソーンダース&Ｃｏのクロエからメッセージです、先生。今日の午後、ビーコンズフィールドには行かないことを承知していますよね？ クライアントがソーンダースのオフィスへ来るとのことです」とマーク。さきほどの叫びにも似たわたしの声を彼が耳にしたかどうかは、その表情からはわからない。

「クロエからテキストメッセージをもらっているわ。どうやら返信するのを忘れていたみたいね」何ごともなかったかのように言う。「十二時よね？」

「はい、彼女はそう言っていました」マークがドアを閉める。わたしは目の前の書類を見つめ、マデリーンの件に集中しろと自分に言い聞かせる。


弁護するうえで限定責任能力を持ちだすのは無理で、それについては精神科医の報告書からも明らかだが、医師はマデリーンが極端に口が重いと述べている。警戒心が強いと。報告書によると、子ども時代はふつうの子で、とくに心的外傷となる出来事もなく、青年期と母親になったばかりのころもなんの問題もなかったという。息子が誕生した直後は抑鬱症と不安神経症が見受けられる短い期間があったものの、少しのあいだ抗不安薬を服用して症状はおさまったとのこと。薬の服用について確認する――自分の二十代のころと同じような内容だということがわかる。わたしは服薬をきっぱりやめようと思ったことを思いだす。処方箋を出していた医者を信用できなくなったからだ。薬の効果が体内から消えているあいだ、脳がパチパチ鳴っているみたいに感じられたり、暗い画面上に神経が容赦なくさらされている感じがした。しかし同時に、薬の効きはじめに身体の重みが消えたことも覚えている。精神科医がマデリーンと話しあい、薬の服用で気持ちが楽になりそうかと訊いたところ、マデリーンはノーと答えたという。

二回目の打ち合わせでわたしたちに語った内容にもかかわらず、マデリーンはアルコールの問題をかかえていることを認めていないようだが、そのうえで精神科医はこう記している。大量の酒を飲んだせいで例の夜の出来事やエドウィンを刺したことをマデリーンはまったく覚えていないと語った——事件当夜についてわたしが質問しても、マデリーンはこの主張を固持するだろうか。

証人の陳述書は事件の第一発見者である家政婦のイルマ・クーパーによるもので、訴追側の事件内容説明書にあった供述内容のほかに、いくつか新たな情報が付け加えられている。彼女はスミス邸に到着したときに飼い犬のクリーム色のラブラドゥードル（ラブラドール・レトリーバーとプードルを主体に、他の犬種を交配させた犬種）の様子に驚いたという。この犬はふだんはおとなしいが、その朝は玄関ドアをあけるなり吠えかかってきた、と陳述書のなかで彼女は述べている。なかに入ると何かくさいにおいがして、犬が廊下に排便していることに気づいた。これもいつもとはちがう出来事だった。犬はパニックに陥っているようで、なでてもいっこうに落ち着く気配はなく、不安げに階段をのぼったりおりたりしていた。クーパーはコートを脱ぎ、犬の様子に不穏なものを感じつつまっすぐ上階へあがっていった。夫妻の寝室のドアはあいており、クーパーは入っていって事件現場を目にした。エドウィンの死体がベッドに横たわり、そのすぐ横の床にマデリーンがいた。

マデリーンのまわりには強烈なアルコールのにおいがただよい、ヘンドリックス・ジンの半分あいたボトルが彼女のすぐ横の床に転がっていたとクーパーは述べている。わたしのクライアントは安い酒は口にしないらしい。うちにはゴードンが置いてあるが、わたしは頭にヘンドリックスを買うこと、とメモする。キュウリを添えていただき、忘却の彼方へと向かおう。クーパーの証言はつづく。最初マデリーンは返事もせずに、胸の前で両脚をかかえてベッドの横の床にすわりこんでいた。何度か呼びかけて話をさせようとしたあと、クーパーはマデリーンの肩をつかんでやさしく揺すり、そこでようやくマデリーンは正気を取りもどした。マデリーンはひと言も発することなくすべてを家政婦にまかせたので、クーパーはみずから救急車を呼んで警察に連絡せねばならず、自分の携帯電話で寝室から999に電話をかけ、警察が到着すると彼らをなかに入れた。その間マデリーンは同じ姿勢で床にすわっていた。家政婦が見ているなかでマデリーンは警察に連行されていった。クーパーによると、マデリーンは不気味なほど穏やかだったという。

もしわたしがカールを殺したら、自分はどんな反応を見せるだろうか――衝撃を受ける？　殺すつもりはなかったと言い張る？　マデリーンは夫を殺すまえから酔っぱらっていたのだろうか、それとも殺したあとに飲んだのだろうか。マデリーンが酩酊を理由にして自己弁護しないことはわかっているが――いずれにしろその手段は有効ではない――、なんともその点が気になってしかたない。ふたりは口論していた、エドウィンは酔いつぶれた、マデリーンは夫が寝ているあいだに彼を刺した……。推論上のマデリーンと、ビーコンズフィールドでわたしが会ったマデリーンとを結びつけるのは難しい。わたしが会ったマデリーンはたしかに不安げで感情的ではあるが、その反面、冷静でもあり、身なりはきちんとしていて服装もシックだ。自制心を失う女性とは思えない。

陳述書の最後の段落をもう一度読む。そこでクーパーはマデリーンが警察官に連れられて階下へおりてきたあとの様子を述べている。

マデリーンはいつもベージュやクリーム色の服を着ています。だから階下へおりてきたときはほんとうに目立っていたんです。血のあとが。洗いものをしていて濡れてしまったときのように、袖口から肘に向かって血がしみていて、セーターの前面は血だらけでした。

ほんとうに大量の血を浴びていました。犬も同様でした。あの犬、なんだかいつも身体を汚すんです。そのうえ汚れが目立つ色で。だから週に一度、彼女を洗ってあげるのもわたしの仕事です。最初に家のなかへ入ったとき、あの子は吠えて走りまわっていたから気づかなかったんですけど、あとで見てびっくりしました。鼻を中心にして顔全体が赤茶色に汚れていたんです。おかしいやら気持ち悪いやらで、すぐにあの子を洗ってあげました。その最中になんだか吐き気がしてきて。ぜんぶ落とすのに三回もシャンプーしなきゃなりませんでした。

犬、血、廊下にただよう糞のにおい。犬がバスタブのなかで足を踏んばってクーパーに身体を洗ってもらっている姿を想像する。毛が肌に張りつき、水がしたたり、何度もこすってもらってようやく赤茶色のしみが落ちる。静脈のなかを血液がいつものペースでゆっくりと流れているのを意識しながら両手を握りしめる。それから頭を振ってすっきりさせる。いま現実に自分がどこにいて何をしているかを再認識したあとで、不快感を押しやり、事件の冷静な分析に戻る。わたしは現場にいて死のにおいを嗅いでいるわけではなく、事務所にいて混乱している状況を整理し、細分化された法令とコモン・ローに基づいて弁護をおこなうべく準備している。

電話が鳴る。事務職員からで、そろそろお出かけになったほうが、と告げられる。わたしは書類を片づけてデスクの脇の棚に置き、血で汚れた犬のイメージがさっさと頭から消えてくれるようにと願う。

11

ソーンダースのオフィスへ向かって歩きながらパトリックに電話をかけるが、またしても留守番電話につながる。もう一度メッセージを残す。「ごめんなさい、あんなメッセージを残してもなんにもならないのはわかってる。でも、わたし、ほんとうに恐ろしくて。だからあなたと話がしたいの」少なくとも、あれからべつのメッセージは届いていない。

チャンスリー・レーンはランチに向かう人や〈プレタ・マンジェ〉のテイクアウトの袋をかかえている人、歩きながら携帯を見つめている人たちで混雑している。黒いスーツを着て黒いパンプスをはいたわたしは人びとのなかに溶けこみながら、今日の目的をあらためて確認する。

到着すると、受付で待っていたクロエが挨拶がわりに手を振ってくる。そしてパトリックのオフィスを指さす。

「彼女をなかに通しておいた」とクロエ。声をひそめていて、わたしは彼女の言葉を聞きとるために近くへ寄る。「彼女、だいぶナーバスになっているみたい」そこで間をおく。「誰でもそうなると思うけど」クロエ自身はナーバスになったところを他人には見せない人だ。

「ありがとう。行ってくる」

マデリーンの服装は申しぶんなく、きれいにウェーブがかかった髪が肩に垂れている。着ているのはこういう場にふさわしい、クリーム色の地にベージュが織りこまれたジャケット。ニットではなくツィードか何かのようだ。カフスが両の袖口を飾っている。わたしは血でぐっしょり濡れた袖口を想像しないよう、そこをじっと見ないようにする。

マデリーンはパトリックのデスクのクライアント側の椅子にすわっている。わたしは彼女の脇を通って、反対側の椅子に向かう。室内はうす暗く、いつものようにブラインドは半分おりている。一日のどの時間帯に訪れても、室内が充分に明るいということはない。わたしは腰をおろして書類を出し、デスク上のライトをつける。黄色っぽい光が灯り、明るく照らすという意味ではいまひとつ役に立たない。

「昼食をとりませんか？」とマデリーンが言う。「なんだか急にお腹がすいてしまって。お時間をとらせるのは申しわけないけれど、昼食をとりながらでも話ができるんじゃないかしら」

昼食をいっしょに、というのは想定外だ。わたしの直感はノーと言えと告げているが、マデリーンをよくよく見てみると、居心地がよさそうとはとても言えない。椅子の端に腰かけて脚をきっちりと組み、重ねた両手をもみあわせている。わたしはこの打ち合わせの目的を思いだす。一対一で彼女と話し、わたしといると安心するという気持ちにさせ、そのうえでしっかりと弁護をするために必要な情報を引きだす。

「それはいいアイデアですね。話ができるよう静かな場所を探してみましょう」とわたしは応じる。「そうだ、少し行ったところにワインバーがあるんです。いまならそれほどこんでいないはず」

わたしたちはパトリックのオフィスを出る。わたしはクロエのオフィスをのぞきこむ。

「ちょっとランチに出かけてくるわね」

クロエが片方の眉を吊りあげたので、わたしはオフィスに入ってデスクへ向かい声をひそめる。「あなたの見立ては正しかった。彼女、かなりナーバスになっているみたい。カジュアルな雰囲気でランチをとれば、少しは落ち着くかも」

クロエはうなずく。「たしかにそうね」それからいま読んでいる書類に視線を戻す。

「とにかく、がんばって」

わたしたちはハイ・ホルボーン近くの地下にあるワインバー〈ジャスパーズ〉へ向かう。思ったとおり、それほどこんでいない。隅のほうをリクエストすると、希望どおりの席へ案内され、マデリーンは壁際のソファにすわり、わたしは店内に背を向ける形で椅子に腰かける。

「お水をお持ちしますか？　ふつうの水かスパークリング、どちらにいたしますか？」ウェイターが尋ねてくる。

「スパークリング？」同意を求めてマデリーンはこちらを見る。わたしはうなずく。

「ワインはどう？」

いいえ、水でけっこうです、と言おうとしたが、マデリーンがすかさず「わたし、ワインをグラスでいただきたいわ。どうかしら？」とこちらを見て言う。いまは仕事中なのだからわたしは飲むべきではないが、一方でこの打ち合わせの目的は彼女をリラックスさせて話を引きだすことだと思いだす。

「じゃあスモールグラスで」

マデリーンがウェイターのほうを向く。「ソーヴィニヨン・ブランのスモールグラスをふたつ、お願いします」

わたしは目の前のナイフとフォークを脇に寄せ、テーブルに青いノートを置く。ペンのキャップをはずし、〝十月三十一日水曜日、マデリーン・スミスとの打ち合わせ〟と書いて下線を引く。最初の質問をしようと口を開いたところで、ウェイターがワインを運んできてぎこちない手つきで置いたため、グラスの縁からワインがこぼれ、ノートにまで飛んでインクをにじませる。わたしはページが汚れたことにいらつきながらナプキンを押しあてる。

「乾杯」マデリーンがグラスを掲げる。わたしは一瞬、顔をしかめてから、グラスを持ちあげてマデリーンのグラスにカチリとあてる。何やら不適切な気がしないでもない。

「乾杯」

マデリーンは長々と飲んでから吐息をもらし、笑みを浮かべる。そして店内を見まわす。

「オフィスで話すのではなく、外出することに同意してくれてありがとう。こっちのほうがずっと気分がいい。またふつうの状態に戻ったみたいで。あんなことがあってから、ぜんぜん外出できなくて……」

〝あんなことがあって〟という言葉が、ちょうど読んだばかりの血まみれの現場を思い起こさせ、わたしはハッとする。マデリーンをじっと見つめて感情の揺れ具合をうかがうが、彼女は熱心にメニューを読んでいる。誰かが見たら、わたしたちふたりは殺人の容疑者とその弁護士ではなく、ランチを楽しむ友人同士だと思うだろう。「たいへんな状況ですよね」わたしはできるかぎり淡々とした口調で言い、いまの状態がいかに異常かは考えないようにする。

「ほんとにそう」マデリーンはワインをひと口飲む。「それで、あなたは何を召しあがる？」

メニューを見る。何を食べるかなんてどうだっていい。とにかく打ち合わせに入りたい。「話しあわねばならないことがたくさんあります」彼女に話しはじめるよう、うながすつもりで言う。

マデリーンはメニューに見入り、目をあげようともしない。わたしはメニューをもう一度ざっと見る。ステーキ。ステーキにしよう。ランチ代を誰が払うのかとふと思ったが、ひと口ワインを飲むとどうでもいいという気になる。

「何になさる？」マデリーンが訊いてくる。

「ステーキにします。食べるのが楽だから」わたしは答える。

「そうね、じゃあわたしもそうする。それなら赤ワインにしなくちゃ」マデリーンはメニューに目を戻す。

わたしはノートのページをめくってワインで汚れていないページを開き、再度いちばん上にタイトルを書く。

「マデリーン、おわかりでしょうけれど、今日お越しいただいたのは、事件の夜に何が起きたのか、そして審問であなたがどのような申し立てをするかを話しあうためです」

マデリーンはメニューを見ながらうなずき、ウェイターに合図を送る。

「シャトーヌフ・デュ・パプをボトルで」マデリーンは目の前に置いたメニューの赤ワインのリストを指さしながら言う。

ウェイターはオーダーを書きとめ、〝さすが〟とでも言いたげな表情を浮かべる。わたしはこのランチ代を誰が払うのか、ふたたび考えるが、ソーヴィニヨンを大きくひと口飲んでその考えを追い払う。ワインで勇気が湧いてくる――これはわたしが主導する打ち合わせだ。マデリーンの好きなようにはさせない。仕切るのはわたしだ。

「マデリーン、いくつか質問をさせてください。あなたとあなたのご主人との関係を理解する必要があるんです」

マデリーンの顔から朗らかな表情が消える。彼女は両手を口もとに押しあて、顔を紅潮させる。

「申しわけありません。ですが、どうしてもお訊きしなくてはならないんです。事件当日の日曜日の出来事で最後に覚えているのは、ご主人から離婚を切りだされたことだとあなたはおっしゃっていました。それで正しいですか？」

マデリーンが口を開きかけたちょうどそのとき、ウェイターがオーダーを受けた赤ワインを運んでくる。彼がラベルを見せて銘柄について説明し、ワインをグラスに注ぐという一連の決まりごとをこなすと、マデリーンが赤ワインが注がれた新たなグラスを手に取ってひと口飲み、香りを吸いこんでからオーケーという意味でうなずく。ウェイターはわたしのグラスにワインを注ぎ、マデリーンのグラスに注ぎたす。一杯だけでけっこうと言おうとしたところでべつのウェイターがメモを片手にあらわれて、食べ物のオーダーをとる。

「ステーキをふたつ、お願いします」とマデリーンが言う。「ミディアム・レア。グリーン・サラダをつけてね。それでいいかしら、アリソン」

わたしは微笑んでうなずく。ときどき打ち合わせはこんな具合になる——こちらの努力もむなしく、マデリーンががっちり運転席にすわっている。彼女は味はどうかと訊いているつもりなのか、赤ワインを指さし、わたしは闘いに敗れたみたいな気分でそれを味わう。おいしい。さっき飲んだソーヴィニヨンよりもずっと。もっと芳醇で、喉を通る酸味は控えめ。タンニンの渋みも穏やかで口あたりがなめらか。事件の話に入れずにいらついてはいるものの、目の前にいるマデリーンはとても痩せているうえ、神経が張りつめているようで、彼女が気の毒に思えてならない。ジャケットはブランドものだが、痩せた身体にはぶかぶかで肩が落ちている。店に着いたときはスカーフを巻いていたが、いまははずしていて首の筋が浮きでているのがわかる。壁にはまった鏡に映るわたしの顔は満月のようにまんまるで、マデリーンの顔の二倍はありそうだ。わたしはもう一杯ワインを飲む。

「それについて話さなくてよければいいのに。そうすればランチをうんと楽しめる」

「気持ちはわかります。でも、本案件の弁護人をきっちりつとめ、あなたにちゃんとした助言をするためにも、あなたからの情報がほんとうに必要なんです。あなたは殺人罪で無期懲役刑になるかもしれないんですよ、マデリーン」わたしは彼女のほうへ身を乗りだす。

「故殺に引き下げるために、量刑を軽くするために、何かできることがあるかもしれないんです。でもそのためには実際に何があったのか話してもらわなければなりません」

マデリーンはしばらく両手に顔をうずめてから、手をおろしてあごをあげる。彼女が話しはじめようとした矢先、ウェイターがステーキを運んでくる。料理をテーブルに置いていったん離れ、またすぐにサラダとステーキ用のナイフを持って戻ってくる。わたしはステーキを切り、肉から出た血が皿にたまるのを見つめる。肉はミディアム・レアどころか数秒焼いた（ブルー）もので、新鮮な濃い赤色の肉が明かりを受けてきらめき、うっすらと焦げ目がついた表面の下の脂肪が黄色っぽくなっている。肉を口に入れて嚙み、飲みこむ。マデリーンは料理に目をやってもいない。飲みおえたグラスにさらにワインを注いでいる。話をうながすためになんでもいいから言おうとしたところで、マデリーンが話しはじめる。

「物ごとが間違った方向へ進みはじめたのがいつかはわかりません。つまり、おわかりでしょうけれどピルの件です。その件について話したとき、あなたの顔に浮かんだ表情に気づきました」

「ごめんなさい、そんなつもりじゃ……」

「もちろんわざとじゃないでしょう。でもあのとき言ったように、当事者じゃないと理解できないことがあるんです。エドウィンはどうすればいちばんいいか、いつでもちゃんとわかっていた。少なくとも、最初のうちは……」マデリーンはわたしから目をそらし、こちらの肩の向こうを見つめている。わたしは肉を切り、嚙み、飲みこむ。彼女が穏やかにしゃべっているこの状態を壊してはいけない。

「エドウィンは度が過ぎていた。わたしたちのためにすべての決定を下そうとした。わたしのために。わたしはそれでかまわなかった。かわりになんでも決めてくれる人がいてほしっとしていたくらい。とても彼を愛していたから、彼にはいつでも幸せな気分でいてもらいたかった。でもわたし、彼を幸せな気分にさせるのがへたで。いつでもわたしがぶち壊していたんです」マデリーンは間をおき、ワインを飲む。

マデリーンが口を開かないのでこちらから訊いてみる。「ぶち壊したって、どういうふうにですか」

「わたし、うまく料理ができなくて、彼のクライアントへの接待も充分にできなかった。自己紹介すらじょうずにできなかったの。たぶん若すぎて自分に何を求められているかわからなかったんだと思う。彼にとってばかりじゃなく、わたしにとってもそれが仕事なんだってことがわからなかった。彼の延長線上にわたしがいて、わたしはもっとうまく立ちまわらなきゃいけなかった。できないと、彼をがっかりさせることになるから」

「彼をがっかりさせたとき、何が起きましたか？」

「エドウィンはものすごく腹を立てて……。でもね、悪いのはわたしだった。彼に頼りすぎて、食事も満足につくれず、その場にふさわしい服も選べない。彼が怒り心頭だったのも不思議じゃないの。わたしだって彼の立場にいたら怒っていたはず」

「マデリーン、エドウィンが腹を立てたとき……彼は何をしましたか？」わたしは穏やかな口調を保とうとする。

マデリーンは左手をあげ、てのひらをこちらに見せる。しばらく見つめているうちに、彼女が何を見せているのかに気づく。小指が鉤爪のように曲がっている。

「もうまっすぐにできないの。あのときから……」声が小さくなって消えていく。

「あのときって？」わたしは小さな声で訊く。

「わたし、肉を焦がしてしまったの。彼の大切なクライアントとその奥さまを迎えたディナーのときに。彼らは特別な人たちで、一流のレストランで食事をするのに慣れているってエドウィンから言われて……。わたしはケータリングを頼んだほうがいいって言ったんだけど、エドウィンはふたりにイギリスのちゃんとした家庭料理を味わわせたいって言い張って……」

「それで？」

「わたしが台無しにした。お酒を飲みすぎて」マデリーンは自分のグラスを見て笑う。それから大きくひと口飲む。「肉が焦げてしまって、わたしは気分が悪くなった。それで急遽ケータリングを頼んだの――それで万事うまくいったと思った。どたばた騒ぎをふたりは冗談とみなしてくれたと思った。でも彼らが帰ったあと……わたしはほんとにたくさんお酒を飲んでいたから、その晩はそれほど痛まなかった。でも翌日になって……」

「エドウィンは何をしたんですか、マデリーン」

彼女は間をおいて、深呼吸する。「エドウィンはわたしの手を取って、指を後ろにそらせたの。ポキッと折れるまで」

わたしは両手を組みあわせ、ステーキのことはすっかり忘れ去る。「病院へは行ったんですか？」つとめて淡々とした口調を保つ。

「いいえ、エドウィンが行かせてくれなかった。何カ所か折れていたと思う。それでいまはこんなふうに曲がっているの。副木をあてて固定してみたんだけど、まっすぐにはならなかった。わたしが話したくないわけ、わかるでしょ？」

「はい、わかります。精神科医の報告書を読みましたが、そういったことについては何も言及されていません。おふたりの関係はごく一般的でふつうだと書いてあるだけで」

「そういうことについて彼は訊いてこなかったから。こちらからわざわざ持ちだすのもいやだったし」

「人前で話すのがどれほどたいへんかはよくわかりますが、わたしたちはそういったことすべてを知っておかなきゃならないんですよ、マデリーン。何もかも……。もう一度精神科医と会って、詳細をお話ししていただかないと」

「彼はいや。好きじゃない」とマデリーンは言う。

「わかりました。誰かべつの精神科医を探しておきます。でも好き嫌いにかかわらず、医師にはすべて話さなくてはなりません。とても重要なことなんです。これで殺人から故殺へ引き下げることができるかもしれない。そうすれば結果が大きく変わってきます」

ふたりのあいだの空気が微妙に変わり、最初のころに感じていた何を言っても跳ねかえされる感覚は小さくなり、やがて消えた。マデリーンはこういうときが訪れるのを待っていたとでもいうようにため息をつく。彼女の重荷をわたしが取り除いたかのように。わたしも安堵する。クライアントとレストランへ来て酒を飲むという正統的とは言えないやり方ながらも、なんとか弁護人としての仕事を進めることができた。この事件の錠をあけるための鍵を見つけた気がした。

「時間はだいじょうぶかしら」とマデリーンが言う。

「時間ならありますよ。ご心配なさらず。たっぷりありますから。さあ、料理を食べて、それからすべてを話してください。わたしはすべてを書きとめます。そうすればわたしたちがいまどこにいるのかがはっきりします」

「わかりました。まえにお会いしたときにごまかすつもりはなかったんですけれど、真実をすべて話しませんでした。難しく考えるのはやめにしなきゃね」マデリーンはおかしくもなさそうに笑い、肉を几帳面に切って食べはじめる。

わたしたちはワインのボトルを空けたが追加はオーダーせず、午後の残りのためにコーヒーに切りかえる。打ち合わせが終了するまでに、わたしは順調にノートのページをうめていき、次にやるべきことを正確に把握する。勘定書が届き、ためらいもせずに料金を支払う——待ちに待った突破口を見つけたのだから。地下鉄のホルボーン駅までマデリーンを見送り、そのあとキングスウェイまで歩く。今日聞かされたあらゆることが頭のなかを駆けめぐる。

五時ごろにパトリックが折り返しの電話をかけてくる。

「あのメッセージはいったいなんなんだい」

「そのあとで〝ごめんなさい〟ってメッセージを残したんだけど」

「それはわかってるが、きみが何を言っているのか、さっぱりわからないよ」

「わたしは一連のメッセージが何を意味しているのか解き明かそうとしているだけ。あなたとわたしのことを言っているのは間違いない」

「ぜんぜんべつのことだという可能性だってある。きみの昔のクライアントとか、ご亭主がらみの誰かとか。ぼくと関係しているとはかぎらないよ」

「あなたとのことで間違いないと思う。メッセージはいつもあなたと会ったあとに来るから」

「単なる偶然じゃないのかい。ちょっと冷静になってくれ」

「どうしたらいいと思う？」

「きみにできることはあまりないんじゃないかな。べつの何かが起きたらまた考えればいい。直接脅されたわけじゃないんだから。脅迫とかされたら、警察に届けでればいい」

パトリックは正しい。そう言おうとしたところで、彼がまた話しだす。

「それと正直な話、ぼくがほかの誰と寝ようと寝まいと、きみには関係ない——結婚しているのはきみのほうで、ぼくじゃないんだよ。指摘するまでもないけど」

「そうね、わかった。あなたの言うとおり」こちらには反論できない。「ごめんなさい。ばかなことを言って。ちょっと頭が混乱していたみたい」

「わかった。それはそうと、マデリーンとの打ち合わせで収穫はあったかい？　クロエから聞いたんだけど〈ジャスパーズ〉へ行ったらしいね——素面でいてくれたならいいんだけど」

パトリックは冗談を言っている。冗談に決まっている。このまま口論に発展するのだろうか。右目の奥がずきずきして、マデリーンと飲んだワインのことを思いだす。

「完全に素面でした、おかげさまで」自信たっぷりの口調で言う。「打ち合わせですから。場所としてワインバーを選んだとしても。マデリーンからはたくさんの有益な情報を得られた」

「へべれけになって、その半分も覚えていないなんてことがないよう願うばかりだ」

カールと話しているみたいだ。わたしはひとつ深呼吸する。もうひとつ。「あなたのためにメモを清書しておく。あとで読んでちょうだい」そこで電話を切る。

メモを清書し、こちらからの指摘を加えてパトリックにメールする。行動計画、彼に見つけだしてほしい証人とこれから必要になる証拠のリストも送る。バリスタからソリシタへというあくまでもビジネスライクな論調で、ほかのソリシタに対してとなんら変わりはない。マデリーンが話した内容と、わたしの指摘を裏づけるために必要となる法的分析の両方を要約したもので、われながらなかなかよく書けていると思う。メールを送信したあと、ログアウトしてパソコンの電源を切る。家に帰る時間だ。

だんだんと暗くなっていくなか、キャリーバッグを転がしてミドル・テンプルのファウンテン・コートを抜けていく。街灯が点灯され、空気のなかに霧の気配が感じられる。あたりはディケンズの小説に出てくるような雰囲気で、司法機関が集まるテンプル地区は観光客の興味を大いに惹くらしい。いまもガイドに率いられた観光客のグループが見学に来ていて、わたしは彼らの前を通っていく。ガイドの女性は建造物の歴史を語っており、壁の向こう側で何が繰り広げられているのか何も知らないふりをしてわたしもツアーに参加してみたくなる。興味津々といった表情の旅行者には空想の世界を楽しみ、歴史の重みを感じさせる外観を見て想像をふくらませてほしい。内部は暖炉の火が燃え、枝つき燭台のろうそくでうす暗く照らされているのだろうと。ファイルキャビネットや無粋な石膏ボードが張られている壁を想像するのではなく。旅行者はバリスタもまた空想の世界のものととらえるかもしれない。法服を引きずって馬の毛でできた鬘をかぶり、真の正義をなすために闘っているのだろうと。ときどきわたしもそんなふうに想像する。現実とはかけ離れているけれど。実際にはサウス・イーストを駆けめぐり、治安判事裁判所からまたべつの治安判事裁判所へと急ぎ、控訴院で勝利をおさめてつかの間の喜びにひたったかと思うと、ウッド・グリーン刑事法院で金曜日の最後の公判に出廷して苦杯を喫する。だがそれでも、自分が繰り広げる弁論によって陪審を納得させ、味方につけたと感じるときのスリルは何物にも代えがたい。

デヴァルー・コートを通り抜けて〈フリーメンズ・アームス〉の前を過ぎる。なかでは赤い鼻をした老人たちが、みずからのすばらしい弁護で被告に罪を免れさせたときの苦労話を聞かせているらしい。うんうんとうなずく教え子たちに囲まれて話をする様子が窓ごしに見える。かつてはわたしもあんなふうで、出世のために年寄りにへつらって意味のない話にうなずいていた。彼らに目をかけてもらって仕事をまわしてもらうために。その仕事ぶりがソリシタや事務所の職員に気に入られれば、訴訟事件摘要書が次々と舞いこんでくるはずと思いながら。わたしは月曜日から金曜日まで夜はかならず酒を飲み、ここぞというところでうなずいたり微笑んだり声を立てて笑ったりしていた。

共同事務所のロバートが煙草を手に〈ケアンズ〉の前に立っている。わたしは近づいていって彼の煙草を一本もらって一服し、そのとたんに今朝、煙草の件でいざこざがあって、マチルダから〝煙草は喫わないで〟とお願いされたことを思いだす。またやってしまった。わたしはロバートにさようならのかわりに手を振り、王立裁判所の向かいの角の店に行く。店はまだあいていて、わたしはミントと水を買い、水で口をすすいでからミントを口に放りこむ。今晩はもう口論は勘弁してもらいたい。

「アリソン。アリソン！」誰かに名前を呼ばれる。わたしは足をとめずに歩きつづける。呼び声は大きくなり、声の主が正面にまわりこんでくる。「きみが歩いているのが見えた――〈ケアンズ〉にいたんでね。ちょっと話がある」

「家に帰らなきゃならないんだけど、パトリック」

「きみ、だいじょうぶかい」いまや彼はわたしの真正面に立っている。

「だいじょうぶだけど」

「きみがちゃんと仕事していないみたいなことをぼくが言ったと思っているなら、すまない」

「マデリーンとお酒を飲んだのはたしかだから。でもどちらも酔っぱらっていなかったわよ」

「そりゃあそうだろうね。まあいずれにしろ、マデリーンに心を開かせるようにと提案したのはぼくだから。それはそうと、例のテキストメッセージの件でいっしょに警察へ行ってほしいかい？　あんなものが送られてきたら怖がるのも当然だ」

警察の反応は想像がつく。彼らは不法侵入だってろくに捜査はしない。発信者番号が非通知のマンガっぽい四つの絵文字のメッセージの件で、彼らがいったい何をしてくれるというのか。それが脅迫だという確たる証拠は何もないのに。

「そこまでする必要はないと思う。少なくともいまは。でも気味が悪いのはたしか」

「もちろんそうだろうよ。だけどまじめな話、ぼくがほかの女性といるところを見て騒ぎたてるのはやめてくれないかな。それはフェアじゃない。きみがそんなふうじゃいっしょに仕事もできないよ」真剣な顔つきで言う。

「そういうつもりはないけれど、ついつらくなっちゃって」

「わかるよ。でもきみが家族といる時間は、ぼくにとってはつらい時間なんだ。だからほかの女性といっしょにいるなとぼくに言う権利はきみにはない。それが公平ってもんだ」

わたしはため息をつく。反論できない。「でも、少なくともわたしの目の前ではやめて。〈ケアンズ〉で飲んだときのように」

「オーケー、わかったよ。きみの目の前ではしない。気をつける」

「それで、またメッセージが来たらどうする？」

「消去して忘れればいい。警察へ行きたくないならそうするしかない。この程度でおさまっているんなら、何も心配することはないさ」パトリックが自信に満ちた口調で言うので、わたしは彼の言い分を信じたくなる。だが何かがわたしを押しとどめる。肩にのしかかってくる影みたいなものが。

「でももし……」

「〝もし〟とか憶測でものを言うのはやめてくれ。そうじゃなくても心配のタネは尽きないっていうのに。さてと、なかに入って一杯やらないかい？　それともディナーを楽しみたいなら、うちで何かつくろうか？」

パトリックが手をさしのべてきて、わたしはその手を取りそうになるが、そこで携帯電話が鳴ってメッセージの着信を告げる。

〝ブライトンのホテルを予約した。冬のビーチだ！　前回はとても楽しかったから、今回もビーチにしようと思って。早く帰っておいで――いまオーブンでチキンを焼いているx

x　追伸、マチルダが〝バイ〟って言ってる〟

カールから。写真も添付されている。マチルダとふたりで撮った自撮り写真で、カメラの前で顔を寄せあってこっちに笑いかけている。ふたりをパトリックには見せたくなくて、すぐに画面を切りかえる。

「家に帰らなくちゃ。約束したの。いま娘と夫が夕食をつくってる」

パトリックが顔を近づけてくる。「うらやましいねえ。家族の時間。ぼくの出る幕はなし」

「パトリック。わたしは帰る。あなたはどうするの？」訊くつもりはなかったのに、勝手に言葉が滑りでる。

「なかへ戻って酒を飲むよ」

「一杯だけならつきあえる。それでよければ」

「同情ならけっこうだ。家へ帰れよ」パトリックは背を向け、エセックス・ストリートを戻っていく。

呼びかけようと口を開いたが、閉じる。エセックス・ストリートから離れ、王立裁判所の前の横断歩道を渡る。バスを待ちながら、心の片隅で暗がりからふたたびパトリックがあらわれるのを期待するが、四番のバスはすぐに来て、わたしは乗りこむ。

カールにメッセージを送る。

〝バスに乗ったｘｘ〟

パトリックからのメッセージはない。ほかの誰からも。家に帰る時間だ。

玄関ドアをあけたとたんに、カールとマチルダがキスしてくる。ローストチキンのいいにおいがする。カールがジントニックをつくってくれて、マチルダは今日一日の出来事を話しはじめ、親友の子が意地悪だったと言う。けれども「あなたは意地悪だと思うって言ったらね、ママ、その子、意地悪をやめてくれた」とのこと。マチルダはわたしの膝の上にすわり、わたしは一日だけ猫になった男の子のお話を読んで聞かせる。カールはわたしたちのとなりにすわって物語に耳を傾け、口もとに笑みを浮かべている。彼はわたしの腕に触れ、顔を寄せて頬にキスをする。

「きみが家にいてくれるとうれしいよ、アリソン」

「そんなに長く家をあけてはいなかったけど」わたしは笑いながら言う。

「そうだね。でもきみが家にいてくれるとほんとうにうれしいんだよ。そうだろ、ティリー。ママが家にいるとうれしいよな」カールはマチルダをわたしの膝からおろして自分の膝にのせる。わたしは娘をきつく抱きしめたい気持ちを抑え、かわりにカールにもたれかかる。朝と同じで、三人はぴたりと身体をくっつけあう。

わたしたちはキッチンのテーブルについていっしょに夕食を楽しむ。肉はとてもやわらかい。マチルダをお風呂に入れているあいだはカールとふたりで娘に話しかけ、そのあとはいっしょにマチルダをベッドに寝かせ、子守歌をうたってやり、娘が目を閉じるまで手を握る。そのあとでわたしたちは階下へ戻り、カールがチキンを食べたときにあけたワインのボトルを手に取り、ふたりのグラスに注ぐ。わたしはカールといっしょにリビングルームのソファにすわる。

「それで、ブライトンに決めたのよね？」

「そう。それほど遠くないし、やることがたくさんある。きみは冬のビーチが好きだったよね」カールはとなりに置いてあったノートパソコンを開き、いくつかのサイトをクリックしたあとようやく探していたページを見つけたらしく、パソコンを手渡してくる。「これが予約したホテル」

とてもよさそうなホテル。部屋からは海が見えて、ベッドには真っ白なシーツが敷かれ、格子柄のローブが置かれている。カールがわざわざ時間をかけて選んでくれたと思うとうれしくなり、彼に微笑みかける。ホテルの正確な位置を確認しようとしてメニューのところまでカーソルを動かすが、そこでカールがパソコンを取りあげてカバーを閉める。

「どうして閉じちゃったの？」

「もうひとつサプライズを計画してるんでね」カールはそう言うと、身を乗りだして両手でわたしの顔を包み、キスをする。彼の舌が口のなかに入ってくる。一瞬、どうしてかはわからないけれど、彼の舌を嚙んで追いだし、彼を押しやりたい衝動に駆られる。見知らぬ他人にキスされている気がしてならない。そのあと、カールのにおいが押し寄せてきて、さっきの衝動は消え、べつの感情が湧いてくる。

「マチルダが起きてきたらどうする？」わたしは訊く。

カールは返事をせず、こちらにのしかかってきて背後のドアを閉める。それからふたたびわたしの顔を両手で包んでキスをし、その手は下へさがっていき……

マチルダが起きてくる心配はなさそう。その夜、わたしたちは三人ともぐっすりと眠る。

12

次の週はずっと、パトリックとのやりとりは短く、お互いに用件を伝えあうだけに終始する。彼は証人を見つけだしては陳述してもらい、強力な証拠になるかどうかを判断していく。マデリーンは審問のまえの週に新たな精神科医との面談の予約を入れる。わたしはその医師とは仕事上でつきあいがあり、彼女をよく知っている。腕がいいし、仕事も早い。報告書は審問に間にあうよう余裕を持って提出されるだろう。それと現時点で弁護趣意書作成のための情報はほぼ得ている。計画になんらかの支障が出ないかぎり、マデリーンは中央刑事裁判所（オールド・ベイリー）で裁判官の前に出て、殺人罪に対しては無罪を申し立て、わたしたちは〝自制心の喪失〟を事由として本案件を故殺へ引き下げることを申し立てる。訴追側がそれを受け入れれば、あとは裁判官がみずからの裁量で量刑を決定する。つまり、無期懲役刑はなくなる。すばらしい結果とは言えないが、わたしにできるのはそれが精いっぱいだ。だいたいの方針が決まったのでわたしはほかの案件に集中し、いつものとおりあちこちの裁判所を飛びまわり、直近になってソリシタからの弁護依頼を受け、紛失した書類や裁判所のコンピューターシステムに頭をかかえる。強盗事件で申し立ての変更があり、被告に四年の禁固刑の判決が下される――まあ、それほど悪い結果ではない。その翌日、レイプ事件の答弁及び審理前審問に訴追側のバリスタとして出廷する。この案件は言った言わないの水かけ論に終始する、判断が難しいもので、男女がホテルのドアから入っていくところをとらえた防犯カメラの映像が証拠として提出されることになっている。部屋の鍵穴を通して撮影された映像ではないところが残念だ。バラ・マーケットやタワー・ブリッジ近くのプレミア・インへ入っていく途中で両者がキスしている複数の画像でもなければ、レイプ事件として有罪判決を勝ちとるのは難しい――事実関係が曖昧なこういった事件では、陪審はすすんで有罪の評決を出したがらないものだ。

わたしはこのたぐいの事件を嫌悪している。ちょっと酔っぱらって楽しい時間を過ごしていたのが一転して恐ろしい事態に陥ったのは被害者の供述から明らかであり、供述という形式的な手続きを通してさえ、女性がトラウマをかかえているのがわかる。審問のあいだじゅう被告はずっとにやにやと笑っていて、わたしは男を殴りつけたくなった。その態度から、いやと言われようが関係なく、男は自分の欲求を満足させる行為に及んだのだと確信した。女性が負った怪我についての医師からの報告書が、この出来事が合意の上ではなかったことを陪審に納得させる決め手になればいいのだが。わたしもかなり荒々しいセックスを経験したことがあるが、縫合する必要が生じたことはない。弁護趣意書を読むと、セックスに夢中になるあまり、どちらも女性が怪我を負ったことには気づかなかったと男が供述するつもりなのがわかる——わたしはこう反論するつもりだ。被害者がはっきりとノーと言ったことや、いまではその日の出来事を後悔し、隠そうとしていたことを陪審が認めないとしても、以下のことは認めなくてはならない。アナルが大きく裂けたのにも気づかないほど女性が酒を飲んで酔っぱらっていたならば、セックスに及ぶ過程で合意することなどできるはずもなかったことを。いずれにしろ、わたしはこのクソ男を殴りたい。

週末はあっという間に過ぎていく。カールは会議で出張中。議題はまえに話していたセックス中毒ではなく、インターネットポルノ中毒。会場はぎりぎりになって使用がオーケーになった。わたしはマチルダがブランコで遊んでいるところや、公園のカフェでホットチョコレートを飲んでいるところの写真を撮り、それらをカールに送る。あどけない子どもの写真を見て、これからおぞましい話を耳にするカールの気分が少しでもなごむことを願いながら。カールの母親が電話してきて、次の週末にマチルダの面倒をみてもらう際に必要となるものについてふたりで話をする。

「冷蔵庫のなかはいっぱいにしておきます。献立を書いたメモを残しておきますね。お母さまが頭を悩ませずにすむように」とわたしは言う。

「だいじょうぶよ。マチルダとわたし、ふたりぶんのお料理くらいちゃんとできるから。何かのお稽古に連れていったほうがいいかしら？　週末にそういう予定は入っている？あなたがどんな習いごとをさせているか、ぜんぶ覚えていられなくて」

「一回ぐらい習いごとを休んでも問題ありません。ご面倒をおかけしたら申しわけありませんから」カールは気に入らないと思うが、彼のママにマチルダを水泳教室に連れていってもらうのは気が引ける。

「ありがとう。そのほうが楽でいいわ」

「そうですよね。わたしもできれば泳ぐのは避けたいです」笑いながら言う。

「そうらしいわね。カールから聞いている」彼女は笑いかえしもせずにさっさと電話を切る。カールにお母さんと話してもらって、こちらで立てた計画でオーケーかどうか確認してもらったほうがよさそうだ。

月曜日にハーロウの刑事法院での五日間にわたる強盗事件の公判に出廷し、あっという間に火曜日になり日々が過ぎていく。パトリックがさらに新情報を送ってくる。わたしは慎重にかまえながらもマデリーンの事案については楽観視しはじめる——期待していた以上に多くの情報を得られつつあるから。

金曜日。陪審はさっさと有罪の評決を出し、さらには量刑も確定し（六年の禁固刑。厳しいが妥当）、判決後にクライアントに接見して三時までに法廷をあとにする。ロバートとサンカルがメッセージを送ってきて一杯どうかと誘ってくるが、わたしは謹んでお断りする。家に帰るのだから。金曜日はマチルダといっしょに過ごしたい。

ピザと、武術の技を繰りだすパンダの映画の組み合わせでマチルダはご機嫌で、じつのところわたしも大いに楽しんでいる。今週一週間はパトリックとは仕事以外の話はいっさいせずに過ごした。シャワーを浴びるときに夫とはちがう男の残滓を洗い流すこともなく、家族をそっちのけにして彼はどうしているかと考えることもない。わたしは清廉潔白な日々を取りもどした。よろこばしいのはそればかりではない。わたしの携帯電話は丸々一週間、沈黙し、身元不詳の人物からの脅しも非難もなかった。パトリックがなんと言おうと、送信者は彼とつながりがある人物に決まっている。直接的ではないにしろ、その人物は目的を果たしたと言える。わたしは彼とは距離をおいているのだから。これでなんの問題もない。今週のところは。

マチルダがベッドに入ったあと、残りの夜は荷造りにあてる。カールは、精神的に不安を覚えて電話をしてきたクライアントのひとりとの緊急セッションのために外出していて、タフネル・パークにある、代替医療のクリニックのなかに彼が借りているセラピールームてあることが好ましくない気がするの。だからカールとわたしは心理療法士としての認定証を自宅の壁に掛けておかなければならない──職場に認定証を掲げられるのは、ほかの療法士と部屋を共同で使用しなくてもすむようになったときで、そのときこそ自分は成功したのだと心から思うだろう。いまの彼の状態には同情を禁じえない。共同事務所のなかに自分のデスクを持ち、オフィスの占有者として事務所の入口のボードに名前を掲げるのはわたしにとって非常に大きな出来事だった──はじめてボードに自分の名前を見たときの胸躍る瞬間をいまでも覚えている。

ワードローブのなかに掛けてある服を見て、大のお気に入りのラップドレスを取りだす。カールはそれほど気に入っていないが──丈の問題らしい──、わたしは自分によく似合うと思っている。それを折りたたんでベッドの上に置いたバッグに入れる。そのときふと、オフィスを占有したときの興奮した思い出がよみがえる。わたしはオフィスを得た。カールは得ていない。わたしが着々と自分のキャリアを築く一方で、失業の憂き目に遭ったカールは家事と育児を専業としていた。現在はクライアントの数も増えているようで、心理療法士の仕事として例の男性グループのセッションは大きな成果だと思うものの、彼はいまだにアロマセラピストとレイキ・ヒーラー（てのひらから発する霊気を身体に流して心身を癒やす民間療法の施術師）と部屋を共同で使用しなくてはならない。彼の療法士としての実績はキッチンの壁に認定証を飾ることだけと言ってもいい。

わたしはラップドレスをバッグから出してワードローブに戻す。そのあとで何年かまえのクリスマスにカールが買ってくれた服を取りだす。これを買ってもらった夜、ディナーのあとにわたしたちは何時間もどなりあった。「いつこんな服を着ればいいっていうの？」とわたしは声を荒らげた。「あなたはわたしのことをちっともわかっていない」丈の短さと赤っぽい色は妊娠中のわたしの自尊心を傷つけ、無慈悲なまでの朱色は身体のあらゆる欠点を拡大させるだけだった。

「きっときみに似合うよ。新しい感じの服もためしてごらん」とカールは言い、こちらの怒りの爆発に驚いていた。「ああしろ、こうしろとわたしに言わないで」その夜じゅうずっとわたしは叫び、涙に暮れていた。

生地を指でなぞり、目の前に掲げる。包装を解いたまま着られることもなく、いまだにサイズや材質を記した札がついている。こうして見てみると記憶にあるほど悪くない。パトリックがわたしに着てほしいと思うような服だとぼんやり考える。だめ、いま考えるべきなのはパトリックじゃなくてカールのこと。こっちが何かをしてあげたり、さしだしたりしたときに、カールにはどんなふうに感謝の気持ちをあらわしてほしいだろうか、などと考えてみる。いま着ている服を脱いでカールが買ってくれた服を着る。きつくて顔をしかめながら。思っていたほど悪くない。カットは大胆で強調したいところを強調できているし、鮮やかな朱色のシルクのおかげで脚をじろじろ見られることもないだろう。鏡のなかの自分がくるくるとまわる——とてもいい。わたしは服を脱いでバッグに詰め、パジャマを着る。

もう時刻は十時をまわりそうで、カールにテキストメッセージを送って、すぐに帰ってくるかどうかたしかめる。

〝そんなに時間はかからない。とつぜん出かけてすまない。ちょっと緊急事態だったもんで。ぼくが帰るのを待っていなくていいよ×× 〟

こちらからも返信する。〝わかった。おやすみなさい××〟わたしは少し心配になる。今夜じゅうに終わればいいけど。ひどい結婚生活のなかですべてが壊れていくというスリラー小説をしばらく読み、微笑む。これはわたしたちじゃない、もうちがう。わたしたちはふたりで週末の休暇を過ごすのだから。わたしは笑みを浮かべながら眠りに落ち、手から床へ本が滑り落ちる。

「車で行ったほうがよさそうだ」翌朝、カールがベッドのなかで言う。

「どうして？　列車のほうが早いわよ」車で出かけ、渋滞に引っかかってずっとすわったままなんて、考えただけでもうんざりする。

「そのほうがいいよ。ふたりだけの時間を楽しめる」カールが顔を寄せてキスしてくる。

「渋滞のなかですわりっぱなしの時間を楽しめるわけない。絶対にいらいらする」

「渋滞に引っかかるとはかぎらない。運転を交代しながら行こう」

「わかった、そうする」車で行く気にはなれないが、この週末は互いに歩み寄って、いいものにしなくては。

「きっと楽しいよ。運転できないほど疲れてもいないし」とカールは言う。

「昨日の晩は何時に帰ってきたの？」

「一時過ぎ。彼の状態がひどくて。ほっとくと自殺しかねなくてね。とてもひとりで置いては帰れなかった」カールの顔に苦悩の色が浮かぶ。

わたしにはわからないし、わからなくてよかったと思う。でも聞いていて恐ろしくなり、彼にそう言う。

「ほんとに恐ろしい話だよ、アリソン。これから先、何度こういうクライアントに接しても、慣れることはできそうもない」

「慣れる必要はないと思うわよ。少なくとも、あなたは助けることができたんだし」

「そうならいいんだけどね。きみにはわからないだろうけど。彼のことがとても心配だ」

「あなたはできるかぎりのことをした。それも、すばらしい仕事を。わたしはそう思ってる。忘れてるなら言っとくけど、あなたにはゆっくり休む時間が必要なの」こうでも言っておかないと、週末の旅行がキャンセルになりかねない。

カールがため息をつく。「彼にぼくの電話番号を伝えてある。それにセッションが終了するころには状態も少しはよくなっていた」

「よかった。彼ならきっとだいじょうぶよ」

返事を寄こすかわりに、カールはベッドのなかで横向きになってわたしを抱きしめる。しばらくそのまま横になり、そこではたと彼のお母さんがまもなく来ることを思いだす。わたしたちは起きてシャワーを浴び、マチルダに朝食を食べさせる。もう車で行くかどうかで口論するのはよそう。彼のお母さんが到着し、わたしは彼女にキスしてから先にさっさとリビングルームに引っこむ。わたしがいないあいだにカールが簡単な説明をしておいてくれるだろう。けっして義母との仲が悪いわけではないが、そういう話はカールからしてもらったほうがいいと思う。わたしはソファにすわり、ふたりがリビングへ入ってくるのを待つ。マチルダがふたりのあとから走ってきて、おばあちゃんの膝に跳びのる。

「気をつけてよ、ダーリン。そんなに勢いよく乗っからないの」義母は笑っているが、心からの笑みではないようだ。

「ごめんね、おばあちゃん」マチルダは膝から飛び降り、カールのところへ行って身体をぶらんぶらんと揺らしてもらったあと、彼の横にすわる。

「さてと、マチルダ、おばあちゃんを困らせず、いい子にしていてくれよ。おばあちゃんがつくってくれたものをぜんぶ食べ、寝なさいと言われたら寝るんだよ」とカールが諭す。

マチルダは唇を噛みながらうなずく。それからいきなり大きな声で言う。「パパとママはいつ帰ってくるの？」

「話したとおり、留守にするのはひと晩だけだよ」カールが答える。

「わたし、パパとママとお話ができる？」

「できるよ。いつでも電話するといい。おばあちゃんに訊いてね」

そのあとすぐにわたしたちは出発する。いつまでもマチルダとの別れを惜しむのもカー ルのお母さんに悪い気がするから。義母は見るからにいらつきはじめていて、ソファのクッションをまっすぐに置きなおし、カーテンを何度も引っぱってぴたりとあわせようとしている。わたしがリビングルームを出るときには、マントルピースの上の飾りものを大きい順に並べなおしていた。マチルダはいっしょに玄関まで来て、パパとママとハグをする。わたしはマチルダとカール、マチルダとわたしのハグしている時間を比べないようにする。娘がわたしより長くカールに抱きついていると思うのはこちらの考えすぎだろう。ともかく、今回の旅行はマチルダにとってもいいことなのだと自分に言い聞かせる。この子には家族のほかのメンバーと過ごす時間があったほうがいい。カールのお母さんはいやな人ではないのだし。たしかにカールからお母さんについて聞かされた話には少しばかり気になるものもあるが……。でもカールがよろこんで母親にマチルダをあずけているなら、わたしもそうしよう。

「ふたりはだいじょうぶ。そうよね？」車を道路に出しながら訊く。

「そう期待しよう。いまになって気が変わったなんて言わないでくれよ」

「そんなことない。ただ……」

「これはきみが言いだしたことなんだよ」カールの声が尖る。

「わかってる。でも……」

「もうこの話は終わり。ふたりはだいじょうぶだ。ぼくだってちゃんと見きわめたよ――うちの母さんならちゃんとやってくれる」口調をやわらげてカールが言う。

わたしは返事をしない。北環状線に向かう道路は渋滞が激しく、運転に集中しなくてはならないから。いちばんひどい渋滞を抜けたところで先週の会議についてカールに訊こうとしたが、彼は窓際にまくらがわりのハンカチを置いてすでに眠っていた。カールが睡眠不足を解消できてよかったと思う反面、長い時間、運転をつづけていくうちにしだいにいらいらがつのってくる。わざわざ彼を起こしたくないし、運転を交代する時間になったら起きてくれるだろうと思うものの、渋滞を抜けて目的地へ向け、こっちは三時間以上も運転しているというのに、カールは身じろぎもせずまだ眠りこけている。そのうちに現地へ到着してしまう。

「起こしてくれればよかったのに」とカールは言い、車を降りる。

「あなたは身体を休めたほうがいいと思ったから」わたしは微笑みかける。こちらの寛大な態度にお礼のひとつも返ってくるだろうと思いながら。しかしカールはありがとうの〝あ〟の字もなくまっすぐホテルへ歩いていく。わたしは自分のバッグを持ってあとにつづく。「何か飲みたい」チェックインして部屋に入るとすぐにミニバーに向かう。「やだ、水しか入ってない。嘘でしょ」何かはあるだろうともう一度よく見てみるが、やはり何もない。炭酸水。ふつうの水。ファンタの缶。「もう、信じられない」

「落ち着きなよ。そんなにあわてて飲むことはないさ。まだ二時なんだから。早すぎるよ」カールが小さな声でやさしげに言う。まるでかんしゃくを起こしたマチルダに話しかけるみたいに。わたしはカールを殴りたい衝動を抑える。

「あわてて飲むことはないかもしれないけど、とにかくいますぐ飲みたいの。もうほんと、運転はたいへんだったんだから。あなたはいいわよね、ずっと寝ていたんだから」知らず知らず声が大きくなる。

「部屋からアルコール類は運びだしてくれとホテルに頼んでおいたんだよ。楽しい時間を過ごすのに酒はいらないから」

「そんなことを頼んだの？　ほんと、まじめでご立派なお方だこと」

「まずはきみに熱い風呂に入ってもらってから、そのあとでお茶を淹れてあげるよ。気分がすっきりする」カールは立ちあがり、バスルームへ入っていく。水が流れる音が聞こえてきて、フローラルな香りが部屋に満ちてくる。彼が戻ってきて、電気ケトルをセットする。わたしは何も言わない。しばらくは。

「部屋からアルコール類を運びだしてくれと頼んだですって？　それ、ほんと？」つとめて穏やかに話そうとする。

「そう、頼んだ。頼むよ、アリソン、酒を飲んだらどうなるかわかるだろう？　ぼくはこの旅行を台無しにしたくない。きみには昼間っから大酒を飲んでほしくない。午後はのんびり過ごして、今晩ディナーの席で飲もう」

カールがこちらに歩み寄り、手をさしのべる。一瞬の間をあけて自分のこわばった手で彼の手を取ると、カールはわたしを引き寄せて抱きしめる。ほかのときに酒を隠されたら彼を殺すかもしれないけれど、わたしもこの週末を台無しにはしたくない。自分のなかにカールに対する冷めた感情がある気はするが。

お風呂に入って、お茶を飲んでから昼寝をする。散策には最適なザ・レーンズやブライトンのランドマークとも言えるロイヤル・パビリオンに出かけたいのはやまやまだが、運転と、仕事でハードな一週間を過ごしたせいで立っていられないほど疲れきっている。ベッドでまどろんでいるカールも、車のなかでずっと寝ていたとはいえ疲れているようだ。わたしは彼のとなりに横になり、胸にもたれてうつらうつらし、外が暗くなりはじめたころに目覚める。眠気がさめやらず頭はぼんやりしている。カールはすでに目覚めていて、水の入ったグラスをさしだしてくる。わたしは喉がからからで、それを飲みほす。カールが微笑みかけてくる。

「そろそろディナーの時間だ。支度したほうがよさそうだね」

わたしは上掛けをはいでベッドから出る。今日は残念ながら海の景色を見逃してしまったけれど、ブライトン桟橋(ピア)は明かりが灯っていてとても美しい。明日の朝は晴れそうだ。頭上でカモメが鳴く声を聞きながら、海岸まで行って小石を踏みつつ散歩をしよう。そういえば、桟橋のあたりで泳ぐ人たちがいると何かで読んだことがある。雨でも晴れでも毎日海へ入る我慢強い人たちのクラブみたいなものがあるそうだ。早く起きだせば、その人たちを見られるかもしれない。足の下には何があるのか見当もつかない深いところを、冷たい波に引き寄せられながら泳ぐのはどんな気分か想像してみる。

シャワーを浴びたあと、交代にカールがシャワーを浴びているあいだにディナー用の服を着る。カールに贈られた服を着た自分を見るたびに、その服を好きになっていく。自分じゃないみたいだけれど、たしかにわたしでもある。カールの目にはどんなふうに映るだろうと考えながら自分を見てみる。彼の子どもの母親ではなく、物怖じせずに胸の谷間をちらりと見せヒップラインをあらわにする、朱色のシルクに包まれた女。服の下には持ってきた下着をつけている。黒いプッシュアップブラに、いつもはいているのよりもずっと小さな黒いパンティ。サスペンダーストッキングも。彼をその気にさせるには充分だろう。カールはこんなふうに言ってくれるだろうか。クリスマスプレゼントのドレスに包まれためちゃくちゃいい女。いつものわたしみたいじゃないものの、見た目はばっちりだ。

カールはバスルームから出てきてもすぐには何も言わない。わたしは部屋の壁にはめこまれた鏡の前に立ち、アイライナーを引く。仕上がりをチェックし、右へ左へとまなざしを向けて、鏡のなかでカールと目をあわせる。

「それを着ていくのかい？」わたしは衝撃を受け、鏡がひび割れる音まで聞こえそうな気がする。

「気に入ると思ったんだけど。あなたがプレゼントしてくれた服だから」わたしはカールに向きなおって言う。

「その服、きみは嫌いだと思っていたけど」カールは腰に巻いていたタオルをはずし、それで髪を乾かしはじめる。

「考えが変わったの。ほら、すてきでしょ？」胸にかたいものが詰まっているようで、それが邪魔で呼吸ができない。

「そうだね。でもきみが言ったことは正しかったようだ。ぼくにはきみの服を選ぶセンスがない。ほかの服を持ってきてないのかい？」カールはベッドに腰をおろし、ソックスをはきはじめる。

泣いたりはしない。エイミー・ワインハウスのドキュメンタリー映画を観たときのようには。でも泣きそうになっている。「そんなに似合わない？」

「いや、似合ってるよ。ほかのを着たほうがもっとくつろげるだろうと思っただけだ。でもほかの服を持ってきていないのなら……それでいいんじゃないかな」ソックスをはきおえ、カールは自分のバッグのところへ行き、ズボンを取りだしてはく。ジーンズにブルーのシャツ。ちがう色を着ればとわたしが言うと、〝青い目が引き立つからね〟とカールはいつもウインクして言う。

カールが近づいてきてとなりに立つ。鏡にふたりの姿が映る。目を輝かせているこざっぱりした恰好の男と、やたらとめかしこんでいる女。わたしは服を引っぱり、身体にぴったりしすぎないようにする。アリソン。カールが肩に手をまわしてきてぎゅっと握る。「ちょっと商売女っぽく見えるね、アリソン。ぼくはよろこんできみを買うけど」カールが顔を寄せてきて頬にキスをする。「さあ、街へ繰りだそう。飲みたいって言ってただろう？」

彼の言葉に衝撃を受け、ぽかんとあいた口を閉じる間もなく、カールはさっさと部屋を出ていく。でもこの夜をどう過ごすかは自分しだいだ。過剰反応して〝なんていやなやつ〟とカールに向かって言い放つか、彼の言葉を冗談だと受け流して、くよくよするのをやめるか。本人はいまは気に入っていないかもしれないが、このいまいましい服を選んだのは彼なんだし、なんと言われようと、わたしはとてもすてきだと思っている。コートをつかみ、カールにつづいて部屋の外へ出る。彼がドアをロックしてわたしたちはいっしょに階段をおりていく。

丘をあがって角を曲がり、ザ・レーンズを抜けていく。カールはスペイン風のタパスを出す店を予約していた――「〈ガーディアン〉においしいという記事が載っていたよ、アリソン」ふたりで店を見つける。とても感じのよさそうな店で、椅子はすわり心地がよく、テーブルとテーブルの間隔も充分にあいている。店のなかで着飾っているのはわたしだけだが堂々としていよう。こっそりと指で歯をこすって、口紅がついていないかたしかめながらそう考える。やってきたウェイターにジントニックを頼む。どの銘柄にするか訊かれたので、マデリーンを思いだし、ヘンドリックス・ジンをお願いする。カールはしばらくカクテルメニューを見つめ、おすすめはあるかとウェイターに訊き、おすすめを教えてもらったあとも、ダーク・アンド・ストーミーとオールド・ファッションドを比べては、こっちがうまそうだとか、いややっぱりあっちだとか、さかんにつぶやいている。いい加減に決めたらいいのにと思いはじめたとき、カールはダーティー・マティーニを選ぶ——今夜がどんな夜になるかを物語っている気がしないでもない。カールがいやなやつになる瞬間があるのはたしかだが、とりあえず酒を飲めば互いにリラックスできるだろう。

「何を食べるか、もう決めてるかい？」

いま見ている最中のメニューにはおいしそうなものばかりが載っている。「どうしようかな。あなたが好きなものをオーダーして」

カールはうなずき、ウェイターがオーダーをとりにくると、すらすらと料理を頼んでいく。わたしはやりとりをろくに聞きもせず、ジンが喉もとを通りすぎていくにしたがって肩の力が抜けていく感覚を楽しむ。カールが注文しおわると、わたしはジントニックのおかわりを頼み、ワインリストを開いてどれをオーダーするか考えはじめる。

「白、それとも赤にする？」

「白がいいと思う。グラスワインはあるかな？」とカールが言う。

「ボトルでオーダーしましょうよ。そのほうがいい。白ワインで」リストを見ていきソーヴィニヨンを見つけるが、せっかくだからスペインワインにしようと決める。下のほうまで目を通してリオハの白を見つけ、ウェイターにそれを指さしてみせる。ウェイターは最初の料理が来るのと同時にリオハを注ぐ。カールは料理をたくさんオーダーした――生ハムのコロッケ、フライドポテトのブラバスソースがけ、トルティーヤ、なんとかというタコの料理、べつのコロッケ、いちばんすごいのがシェーブルチーズのハチミツがけ。ふたりともノンストップでしゃべりながら、料理を口に放りこみつづける。わたしは飲むのもやめられず、すべてを平らげたあとに椅子の背にもたれ、大きくひと口ワインを飲む。

「ほんと、おいしかった。お腹いっぱい」

「よくぜんぶふたりで食べられたね。オーダーしすぎたと思ったのに」

「ちょうどいい量だったと思うわよ」わたしはグラスのワインを飲みほし、おかわりを注いでから、自分のグラスに注ぐようにとカールのほうへボトルを押す。「このあとはどうする？」

カールが時計を見る。「もう遅い時間だな。ホテルで飲みなおすというのはどう？」

わたしは顔をしかめる。「踊りにいくっていうのはどう？」

「ぼくがダンスは嫌いなのを知っているだろう」一歩も譲らない口調で言う。

「そう言うと思った」もうひと口ワインを飲み、立ちあがってトイレへ行く。足もとも頭もしっかりしている。料理をたくさん食べながら飲むとぜんぜん酔っぱらわないからいい。

「すぐ戻るね」

もう少しレストランにいて、ワインを飲みおわってから、ディナーのあとのカクテルをいただく。アフターディナーと言いながら、わたしはもう一度ジントニックをオーダーする。カールはふたたびウェイターに相談してアルマニャックをオーダー。わたしはカールのをひと口飲んで、その味に身体を震わせる——わたしには強すぎる。

レストランを出たのは十一時半ごろ。外は暗くてひんやりし、すがすがしい。季節はまだ秋とはいえ、ブライトンにはもう冬の気配がただよいはじめている。空にはロンドンでは見えない星がまたたいていて、もう慣れっこになっているオレンジ色のもやで星がかげることもない。歩いているうちに石畳にヒールがはまってよろけ、わたしはとっさにカールの腕につかまる。最初カールは腕をこわばらせていたようだったが、そのうちに力が抜ける。ホテルを見おろせる丘のてっぺんで、わたしたちはちょっとのあいだ立ちどまり、キスをする。

「ホテルを出るまえにいやなやつになってすまなかった。ほんとは今夜のきみはきれいだなと思ってたんだよ」カールがキスの合間に言う。

頭がぼんやりしてくる――霧が立ちこめたみたいに夜そのものがぼんやりし、どういうわけか特定のものだけが頭に浮かんでくる。たとえば、さっき食べたコロッケが頭から離れない。あれはほんとうにおいしかった。ちょっと待って。カールはいやなやつになったって言った？　そうだったっけ？　どんなふうだったか覚えていない。本人がそう言うんなら、いやなやつだったんだろうけど、わたしは気づかなかった。彼に支えられているのはいい気分だし、彼がキスしてくるときの感じも好き。彼の首に腕を巻きつけ、顔を引き寄せてもっと長くキスをする。ふたりのあいだのぬくもりが増す。家から離れてちがう場所に来ているからなのだろうか。せっかくブライトンまで来たのに週末が台無しになりそうな雰囲気はたしかにあったけれど、いまはノリノリの気分。むしろパトリックといっしょに過ごす夜の気分に近い。

「ホテルへ戻りましょう」カールの手を引っぱって言う。カールがついてくる。またしても石畳につまずくと、カールがわたしの身体に腕をまわして倒れないように支えてくれる。丘を下ったところでわたしたちはキスをし、ホテルの玄関の前でもう一度キスをする。

「もう少し飲もう」カールが言い、わたしたちはバーでキスをする。

そのあとのことは覚えていない。

カールが椅子にすわってこっちを見ている。わたしは半裸でベッドに横たわっている。もう朝で、部屋に光がさしこんでいる。カールのあごのあたりには無精ひげが生え、目の下にはクマができている。身体の下がなんだかべとついていて、そこに手をあてたあと、目の前に手を掲げる。指が赤くなっている。わたしは寝返りを打ってベッドの上を見る。自分が寝ていたところに大きな赤いしみがついている。わたしは下着姿で、パンティとサスペンダーストッキングとブラを身に着けている。ある種の恐怖に胸をわしづかみにされ、ふたたびカールを見やる。

「何があったの？」

「何があったか自分でわかっているだろう」

「ぜんぜんわからない。バーへ行ったのは覚えているけれど、それからはまったく記憶がない」恐怖は消え、今度は頭が混乱する。

「だから酒は飲みたくなかったし、飲ませたくなかったんだ」そう語るカールの声は疲れている。彼が昨日の晩に着ていた服をまだ身に着けていることにようやく気づく。

「あなた、椅子で寝たの？」

「アリソン、ぼくは一睡もしていない。何度も何度も考えて、どこで間違ったのか、どんなことをやらかしてきみに不快な思いをさせ、酔っぱらわずにはいられないようにさせたのか、たしかめようとした」カールが立ちあがる。こちらに来てくれると思ったが、彼は腰をあげてすわる位置をずらし、また椅子におさまる。

「そんなに飲んだつもりはなかったんだけど」頭のなかでどれくらい飲んだか考えながら言う。ジントニックを二杯にワインをボトル半分、あと飲んだとしてもジンをもう一杯くらい。意識を失うほど飲んでいないのはたしかだ。「ごめんなさい。酔っぱらわないようにしてたんだけど」

「もっと努力してほしかったよ。きみがああいう状態になるとこっちはお手上げだ。自分で自分の面倒をみられなくなるんだからな」カールが指をさしてくる。「きみをベッドに寝かせ、寝やすいようにと服を脱がせるのが精いっぱいだった。きみは意識を失って、生理がはじまったことにも気づかなかった。鏡で自分の姿を見てみろ」

鏡のほうを向く。自分の姿が見える。ひどいなりをしている。それはわかる。でもカールはマチルダが生まれたあと、わたしが必要とするものをぜんぶ買ってきてくれた人だ――乳首に塗るクリームも、痔につけるクリームも、ばかでかいサイズのお産用ケアパッドも。お産のときに彼の目の前で排便もした。いつからこの人はわたしに対してこんなにも嫌悪感をあらわにするようになったのだろうか。

「どうしてこんなことになっちゃったんだろう」わたしは身体を起こし、膝をかかえてあごをのせる。ちょっと動いただけで頭がまわり、戻しそうになる。

「飲みすぎた。そういうことだ」カールが吐き捨てるように言う。

「そんなことないと思う。それほど飲んでない」吐き気が強くなってくる。

「きみは……」カールが何ごとかを話しはじめるけれど、わたしはもう聞いていられない。耳のなかがガンガン鳴りだし、目の前には光がちらつき、酸っぱいものが喉もとから口へとせりあがってくる。急いでベッドからおりるものの、床に散らばった服に足をとられ、そのあいだも具合は悪くなる一方で、ついに吐物が口からあふれて部屋じゅうに飛び散り、ワインと昨晩の料理がまざったもので足の踏み場もなくなる。カールは立ちあがり、顔をゆがめながら吐物を避けて横歩きする。

「まさか、こんな……」カールは言いかけて首を振り、こっちを見てから目をそらし、また見る。「アリソン、もうつきあってられないよ。自分でなんとかしてくれ——行動には結果がともなう、そしてこの結果はなかなか片づけられそうにない。ぼくはもう行くよ。もう一泊、同じ部屋の予約を入れておくから、きみが自分でぜんぶ掃除してくれ。ぼくは家に帰る。マチルダのそばにいてもだいじょうぶな状態になるまで帰ってこないでくれ」

わたしは異を唱え、いっしょにいてくれと彼に頼もうとしたが、それすらできないくらい気分が悪く、吐いたせいで食道が荒れている感じがする。その場にすわりこみ、へどにまみれ、絶望のあまり謝ることもできない。カールが部屋を出てドアを閉める。そのあいだにも新たな吐き気の波が押し寄せてくる。今回はトイレへたどりつくことができ、吐いて吐いて吐きまくり、胆汁が細く黄色い筋となって垂れてくるまで吐く。それからようやく立ちあがってベッドへ戻り、うとうとしはじめる。そのうちににおいは我慢できないほどひどくなり、太陽は西の空に沈みはじめる。

13

ブライトンから戻り、すべてを頭から消し去る。部屋の状態を目にしたときのスタッフの困惑顔も、逃げるようにホテルをあとにしたことも。唯一の救いは、カールが自分の名前で予約を入れていたのでホテル側にはわたしの名前がばれていないこと。今週はカールといっしょにテーブルにつき、どこの時点で間違ってしまったのかいっしょに解き明かしたいと毎晩思っているのに、カールのほうは毎晩ばかていねいな態度を盾にして、こちらが何を言っても話をそらしてしまう。遅くまで仕事をするか早めに帰宅して、巧みにわたしを避けている。わたしはもうあきらめかけている。日がたつにつれ、さっさと忘れてしまったほうがよいと思うようになる。いずれにしろ木曜日にはマデリーンの答弁及び審理前審問が開かれる予定で、必要としていた陳述書が次々と手もとに届き、弁護の方針が詳細に至るまでかたまっていく。カールは話をしてくれないかもしれないが、少なくとも事件の背景を知っている可能性のある証人は話をしてくれる。

もっとまえに事件が起きなかったことに驚いています。マデリーンはたくさんのことに耐えなければならなかったんです。彼女の怪我や、ときには顔や腕にできた痣も見ました。いちばんショックだったのは二〇一七年の夏の出来事で、わたしは彼女の手に三カ所も煙草を押しつけられたような火傷のあとを見ました。どうしてそんなふうになったのか彼女はけっして話しませんでしたが、うっかり火傷したようには見えませんでした。

これは彼女の友人のモードの証言で、モードはジェイムズと同じプレップスクール（八歳から十三歳の児童が通う学校で、パブリックスクールなどへの入学の準備教育を施す有料の学校）へ通っていた子どもの母親で花屋を営んでいる。単なる花屋ではなく、メイフェアに店をかまえ、夜間クラスで花の栽培方法も教えている。以前わたしもそのクラスに申し込もうと思ったことがある。

エドウィンがマデリーンに話しかけている様子を一度見たことがあります。声の調子は恐ろしく、かなり腹を立てているようでした。ふたりの息子のジェイムズがたびたび病気になるので、エドウィンはそのことに業を煮やしていました。マデリーンがジェイムズを甘やかしすぎだと彼は考えていたんだと思います。それはともかく、マデリーンがジェイムズを早めに家へ連れて帰ってきたことで彼女をどなりつけていました——「こんなまねをするなんて考えられない。もうこれ以上、大目に見てはやらないからな」と言っていました。わたしはその声に怯えました。

これまでのところ、マデリーンの結婚生活については本人の話からおおまかなことはわかっていた。すでに伝えてあるとおり、殺人事件の弁護は彼女が語った内容を基に、自制心の喪失を事由に罪状を故殺へ引き下げる線で進める。それにはマデリーンに対して習慣的に暴力が振るわれていたこと、その果てに事件のあった夜のエドウィンの態度が引き金になってしまったこと、エドウィンのマデリーンに対する言動が彼女を追いつめるに充分だったことを立証する必要がある。マデリーンから聞かされた内容から、それは充分に可能と思われる。

次の陳述書はマデリーンの主治医のもの。

マデリーン・スミスは二〇〇七年からウィグモア・ストリートのわたしの総合診療クリニックに通ってきている患者でした。わたしは何年ものあいだ一連の怪我の手当をしてきました。ほとんどは軽傷でしたが、入院治療が必要な場合もありました。診療記録を読みかえし、それらの一部コピーを陳述書の別紙1として添付いたします。しかしながら、わたしの注意を引く事例が二件あり、それらについては診療記録を見ずとも述べることができます。最初のものは二〇〇九年の夏の事例です。当時マデリーンの息子のジェイムズは五歳でした。ちなみに彼もわたしの患者です。ジェイムズはひどい嘔吐と下痢のために来院し、脱水を起こしていたため入院治療が必要となり、症状を緩和させるためにすぐに点滴治療をおこないました。翌朝マデリーンが来院した際、彼女は大腿部にひどい火傷を負っていました。本人の話では、前日のジェイムズの入院に動揺し、うっかり脚に沸騰したやかんの湯をかけてしまったとのことでした。彼女の様子には少しおかしなところがありましたが、息子のことを心配しているからだろうと考えました。二番目はもっと最近の二〇一七年の事例です。予約時間に到着したマデリーンは非常に取り乱していました。泣きやんだあと、わたしに左手を見せました。手の甲に三カ所、火傷を負っていて、煙草を押しつけられたように見えました。いったいどうしたのだと彼女に訊きましたがマデリーンは答えようとはせず、そのかわりにふたたび泣きだしてわたしに息子のことを話しました。なんでも、ご主人がジェイムズを遠くの全寮制の学校へ入れると決め、マデリーンはその決定が悲しくてしかたなかったとのことでした。わたしは火傷の治療をし、もう一度ご主人と話しあうようにと諭しました。それよりも不審に思ったのは彼女の左手の小指が曲がっていることでした。骨折していると思われ、しっかりと接合させるのはもう無理なようでした。わたしはそのふたつの怪我のことを彼女に訊きました。どんなふうにして火傷を負ったのか、小指は折れているようだが、いったいどうしたのかと。マデリーンはこちらからの質問にはいっさい答えずに帰り、わたしはそれ以来、彼女には会っていません。以上に述べた事例の詳細は添付の診療記録にも記載されています。

わたしは添付されている一連の火傷や切り傷や痣の治療記録を読む。一年に二度か三度こういった治療実績があり、いちばん多いのが二〇〇九年と二〇一七年。どちらも医師の陳述書にある年だ。その二件がいちばん重傷だったとしても、ほかにも左手の切り傷を縫わなければならなかった（診療記録には〝本人は不器用だからと言っている〟と書いてある）などの記載がある。こういった記録があちこちにある。医師はマデリーンからちゃんとした説明を受けるのは難しいと感じたようで、ある時点で次のように考えたらしい。彼女に説明を強く求めると、マデリーンは二度と来院しなくなるだろうとわたしは考えました。少なくとも怪我についての治療記録はここにそろっているので、彼女が告訴する場合は、これが証拠になると思われます。最後にこう記され、医師の陳述は終わっている。

これはすべてマデリーンの弁護に役立つ。それも、恐ろしく。最終的にどうなるかはともかく。しかし、まさに大当たりと言えるのはピーター・ハリソンの陳述だ。彼は学校の休みの期間にジェイムズにフランス語を教えていた家庭教師。ピーターの陳述は彼がマデリーンの家にいたときに感じた雰囲気に関するもので――エドウィンが仕事で家にいないときは家庭の雰囲気は穏やかで、彼が家にいると、マデリーンもジェイムズもともにいつも緊張しているようだった――、とくに六カ月前のある日、ピーターがジェイムズといっしょにキッチンのテーブルにつき、フランス語を教えていたときのことを語った箇所が目を引く。

> ジェイムズがセーターを引っぱりあげて脱いだときに、Tシャツもいっしょに脱げてしまいました。それで彼の胸が見えました。わたしはほんとうにショックを受けました。ジェイムズのあばらのあたりが痣だらけで、部分的に黒っぽくなったり、明るい紫色になったりしていました。ジェイムズはわたしが痣に気づいたことを知り「ラグビーで」と言いました。それ以上、突っこんで訊きませんでしたが、訊くべきだったと思います。問題は学校の夏学期にはふつうラグビーを授業でやらないことです。やるとしたらクリケットです。

それを読んでしばらく間をおく。マデリーンから話を聞いていて心の準備ができていたとはいえ、それでも胸がよじれる思いがする。

新たな精神科医の報告の概要がすでに届いていて、それもまた希望どおり有益なものだ。報告書の完全版は二週間ほどで用意できるとのことで、わたしはそれを心待ちにしている。これまでのところ、すべてがマデリーンの弁護の後押しをする内容だ。いまはとてもいい感触をつかんでいる。

わたしは事前に法服を着て、オールド・ベイリーの七番法廷の前に立っているマデリーンとパトリックに会う。マデリーンの姉のフランシーンも来ているが、少し離れたところに立っている。馬の毛の鬘をかぶっているせいで頭皮がむずむずし、法服は肩の下に垂れさがっている。ふだんはパトリックに会ってどぎまぎすることはないが、今回は彼の姿を見たとたんにわたしのあらゆる部分が過剰反応し、肌がほてり、両手の甲がむずがゆくなる。それに気づかれないようわたしは堅苦しい口調でマデリーンに本日の審問の流れを説明する。

「まず、被告人席につかなくてはなりません。それから名前と住所を訊かれます。そのあとで廷吏が起訴状を読みあげ、有罪を申し立てるか無罪を申し立てるか訊いてきます」

「それで、あなたはほんとうにわたしは無罪を申し立てるべきだと思うんですか？」マデリーンが身を乗りだして訊いてくる。

「あなたから受けとった陳述書に基づき、はい、そう思います。ほかのことを申し立てるよう助言したら、わたしは怠惰の謗りを免れないでしょう。残りの証拠を検討し、以前説明したように、われわれは故殺への引き下げの可能性を申し入れるつもりです。いまそのことを申しあげておきますが、今日はそんなに先までは進みません」わたしはパトリックに向きなおり、法廷の扉の前に到着してからはじめて彼と目をあわせ、目配せを交わした瞬間に胃のなかが暴れだしたのを無視する。

「彼女の言うとおりです。われわれは徹底してその線で行くつもりです。あなたに教えていただいた人たちから陳述書を受けとりました。すべてあなたの話の内容の側面を裏づけています」とパトリックが言う。

「側面だけ？」とマデリーン。「それ以上の裏づけはなし？」

「問題の夜、現場にはほかに誰もいませんでした。だから現実に何が起きたかはあなたの話で知るしかないんです。しかしほかの証拠はあなたが話していることを裏づけるのに役立ちます」とわたしは言う。

マデリーンが笑いだす。何がきっかけで彼女が笑いだしたのかわからないまま、わたしも反射的に笑うが、すぐに笑みを引っこめる。マデリーンは笑いやまない。そのうちにヒステリックな笑いになっていく。パトリックがマデリーンの腕をつかみ、そっと揺する。「マデリーン、落ち着いてください。いまは気持ちを落ち着けなければなりません」とパトリックが言う。

マデリーンは一度大きく息を吸いこみ、震わせるように吐きだす。「ごめんなさい。ちょっと考えてしまって。当然、エドウィンはあそこにいた。でも彼は何も言うことはできない。いまはもう……」今度は泣きだす。

マデリーンに歩み寄って慰めようとしたところで、法廷へ向かって廊下を大股で歩いてくる〝敵〟と目があう。ジェレミー・フリン――すべての被告が弁護を担当してほしいと思うようなバリスタ。パブリックスクール出のエリートで、背が高く、スリーピース・スーツをみごとに着こなしている。おそらくオーダーメイドだろう。いかにもバリスタらしいバリスタ。外見が颯爽としているからではなく、いつでも陪審を納得させてしまいそうに見えるから。訴訟事件摘要書に訴追側のバリスタとしてフリンの名前をはじめて見たときから、彼は忙しすぎてこの事件を担当できなくなればいいのにと思っていた。そんな幸運には恵まれなかったが、もしかしたら公判までにフリンはもっと興味深い事案を見つけて担当を降りるかもしれない。

「やあアリソン、こんにちは。ちょっといいかな」フリンが言う。

「もちろん」わたしはフリンに微笑みかけ、マデリーンとパトリックのほうを向く。「そんなにかからないから。ちょっと事前のご挨拶」

わたしたちは廊下を歩いてアルコーブで立ちどまる。

「今日の審問で無罪答弁をするってほんとうなのかい？」一語一語にこちらを小ばかにしたような響きが感じられる。「というのもね、殺人についての法令を最後に見たときには、何度も繰りかえし誰かにナイフを突きたてるのは違法、というのはきわめて明らかなようだったからね。余計なお世話だったかな」

これはこれは。上流階級を気取ってしゃべる間抜けから法律のレクチャーを受けるとは。心でそう思いながらも笑みは絶やさない。

「いったいどうしたんだい、アリソン。きみは何をやらかそうとしているんだい？　法廷の時間と金のむだ遣いだと思うけどなあ。ほかの女性を助けようなどと見当違いの考えにとりつかれているのかもしれないけれど、そんなことをしても彼女のためにはならないよ。アリソン、ぼくの助言を受け入れて、賢く立ちまわったほうがいい」フリンは小声で言って首をかしげる。誠実そうに見せようとしているのだろうか。

「そのうちに弁護趣意書がお手もとに届くはずよ。せっかくのご助言、ありがたいんですけど、われわれは自制心の喪失を事由とする故殺の申し立てをするつもりで積極的に調査していることを通告しておくわね。そのあいだに、そちらが残りの書類をこちらへ送ってくださるといいんですけど。〝手持ちの証拠〟をまだいただいていないんで」わたしは口もとに笑みを張りつけて言う。

フリンがため息をつく。「まあ、神は試練に立ち向かう者を愛すからなあ。でもこれだけは言っておく。きみはきみの時間をむだにしている。アリー、こんなことできみの才能をむだ遣いしないでくれ。彼らはいつになったら今回のような負けが目に見えている事案をきみにまわすのをやめるんだい？　思うに、きみがもっとちゃんとした事案をさばけるってことを彼らは理解していないんじゃないかな。まったく……」

「いったい……」わたしは言葉を呑みこむ。もう少しで売り言葉に買い言葉になるところだった。そんな手には乗らない。わたしはフリンに無言で会釈し、パトリックとマデリーンのところへ戻る。フリンは知るよしもないけれど、わたしは頭のなかでやつの鬘を思いっきり蹴り飛ばしてやった。そのせいで頭蓋骨が割れて脳みそと骨のかけらが飛び散る様子がありありと目に浮かぶ。

「彼のために何か役立つことでも言ってやったのかい？」とパトリックが訊いてくる。

「まさか」

「あいつはろくでなしだ」パトリックが言う。わたしたちは顔を見あわせて共感しあう。

われわれはほぼ定刻に法廷に入り、二十分以内にすべてを終わらせる。今回の事件はわたしがいままで代理人をつとめてきたなかでもっとも深刻な犯罪かもしれないが、ひとたび法廷に入ればほかの裁判と気分的にはさして変わらない。今日の審問では起訴状が読みあげられ、無罪が申し立てられた。マデリーンの保釈条件が再検討されて引きつづき保釈が認められ、訴追側と弁護側でやりとりされるべきさまざまな書類の提出期限などの予定が決められた。こちらは二週間以内に弁護趣意書を用意し、マデリーンの弁護をどういう方針で進めるかについての詳細を訴追側に知らせなければならない。それと同時に、精神科医からの報告書も提出する必要がある。訴追側はすべての供述書と、裁判所に取り調べを請求しない、いわゆる〝手持ちの証拠〟を弁護側に交付しなくてはならない。つまり弁護側に有利になり自分たちには不利になる証拠でも、すべて開示しなくてはならないということだ。わたしは奇跡を信じてはいない。マデリーンに伝えたように、すべては彼女が述べるエドウィンとの結婚生活、そして事件当夜の出来事を陪審が受け入れるかどうかにかかっている。

法廷から出るところでマデリーンに法服の袖を引っぱられる。

「彼らはわたしのことを信じてくれるかしら」マデリーンが訊いてくる。

「彼らって？」

「陪審員。彼らはわたしのことを信じる？」

「それについては確約はできません。しかし彼らが信じてくれるよう、われわれはベストを尽くします」マデリーンの腕を軽くたたきながら答える。その答えに満足してはいないようだが、マデリーンは振り向きもせずにフランシーンと出ていく。

「〝ベストを尽くす〟で充分なのかな」となりに立つパトリックが訊いてくる。

「わからない。息子がどう証言するかによるわね。いつジェイムズの供述書を手に入れられるかわかる？」

「訴追側がジェイムズを証人として召喚するかどうか、あちらからの回答を待っているところだ。感触としては、ジェイムズが訴追側に有利になるようなことは言わないだろうから、あちらが彼に証言させるとは思えないな。だが確認がとれるまではなんとも言えない」わたしは同意の印にうなずく。自分の母親が自分の父親を殺した裁判でティーンエイジャーにすすんで証言させようとは誰も思わないだろうが、もしかしたら彼がすべてを変える証人になるかもしれない……

「しばらく待って様子を見なきゃならないわね。残念ながらあのろくでなしのフリンはまったく役に立ちそうもない。それでもなんとか探りを入れてみる。本気で何か見つけるつもりなら、方法はあるかもしれない。でもいまいちばんにすべきなのは着替えることかな」

「コーヒーでもどう？」着替え室に向かって歩きだしながらパトリックが何気ない口調で訊いてくる。こちらには目を向けずにあちこちを見ている。

すぐには答えない。考える。「いいわよ」着替え室へ行く途中で答える。着替えおわると着替え室の前でパトリックが待っていて、わたしたちはふたり並んでラドゲート・サーカスの近くのカフェへ行く。

わたしたちはマデリーンのこと、近々パトリックが担当するレイプ事件やドラッグがらみの事案について話しあった。ちょっと気を抜くとすぐに沈黙が降りるので、ふたりとも黙りこくらないようにしゃべろうとする。話を途切れさせ、あたりがしーんとしたなかで千分の一秒以上長く目をあわせると、何が起きるかは誰にもわからない。わたしが身を乗りだして彼の頬に触れるか、彼がこちらの手を取ってキスをするか。もしかしたらふたりとも立ちあがってまっすぐ彼のフラットへ行くかもしれない。ファックするのをやめようとした理由を互いに尋ねあうこともなくひたすらファックする場所へ。無視できないほど喉の奥で息が詰まり、三十秒ごとに水をひと口飲む。パトリックが来週ノッティンガムで開かれる銃の不法所持の裁判についての話を長々としているときに、わたしの携帯電話が鳴る。そのときわたしたちはおしゃべりをやめて顔を見あわせる。ふたりのあいだが崩壊しそうになる二週間前に連続で来たメッセージが頭に浮かぶ。

「メッセージを見ないのかい」とパトリックが言う。

わたしはためらう。気味の悪いメッセージかどうかたしかめたくない。せっかくパトリックとの仲が修復できそうなのに。でも何か重要なメッセージかもしれない。マチルダに関係のあることかも。わたしは携帯電話を取りだし画面を見る。カールから。

〝母さんが二、三日泊まりにこないかと誘ってくれた。いまの状況ではそれがいちばんいいと思う。マチルダを連れていく。日曜日に戻る〟

わたしはすぐさま返信する。〝学校はどうするの？　今日はまだ木曜日よ〟

少しのあいだなんの返信もないが、画面上でドットがちらちらと動いているので向こうが何かを入力しているのがわかる。ようやく返信が来る。

〝一日くらい休んだって死ぬわけじゃない。マチルダもおばあちゃんに会えてうれしいだろうし〟

怒りが湧いてくる。返信を打ちはじめる。でもやめる。返信しても意味がない。カールがこうと決めたらこちらが何を言ってもむだ。わたしは返信する内容を変える。

〝そうね。楽しんできて。あなたが戻ったらいろいろと話しあいましょう。ふたりとも愛してる〟

返信が来る。〝きみが考えていることはわかっている。じゃあまた日曜の夜に〟

メッセージのやりとりだけで息が切れ、だしぬけに胸もとにジャブを食らった気分になる。しばらくぼんやりと画面を眺め、それから電源を切る。ほかに言うべきことはない。

メッセージにかかりきりになっているあいだにパトリックには電話が入っていた。会話の最初のほうは聞き逃してしまったが、電源を切ってからは彼の言葉と、電話の向こうの相手がしゃべっているらしきくぐもった声が耳に入ってくる。

「いや、そんなんじゃないんだ……誤解だよ……彼女がそんなふうに感じたんなら悪かった……」パトリックの顔はこわばり、視線は壁の何かに据えられているが、振りかえって肩ごしに見てもそこには何もない。「ほんとに誤解だよ……ああ、そういうのは何も……いや、ちがう、そういうんじゃない……わかった、彼女に話してはっきりさせる」

パトリックは挨拶もなしに電話を切る。あごがこわばっている。

「だいじょうぶ？」と訊いてみる。

パトリックの顔つきが遠くからこちらを見ているみたいになるが、すぐにふつうに戻る。

「ああ、だいじょうぶだ。すべてオーケーだよ。クライアントのひとりが腹を立てていてね。有罪答弁をすべきだとすすめたら、彼女、機嫌が悪くなってさ。どんなふうだか、きみにもわかるだろう。ところで、そっちはすべてオーケーなのかい。まえに受けとったみたいなメッセージじゃないよな？」

「ううん、ちがう。夫からだった。そういうメッセージはこのところ受けとっていない。メッセージについて最後に話したときからは」

「それはよかった。すまなかった……あまり力になれなくて」パトリックが言葉を選ぶように言う。

「いいの。なんだか恐ろしかったけれど、もう来ないし」

「よかったよ、もう来なくて。ところで、アリソン。またつきあってくれないかな。ひとまず、それがどういう意味かはさておき」

一瞬、迷ってから、カールとマチルダが顔を寄せあっている姿を思い浮かべる。それから頭のなかでふたりの姿を意識的にどんどん縮小させていき、折りたたんで小さな箱に詰めて隅へ押しやる。パトリックへ手をさしのべ、彼がその手を取る。

「午後は仕事？」

「もうないよ」パトリックは答えて、わたしを引き寄せる。

14

「行かないでくれ」パトリックがわたしの腕をつかんで言う。

「行かなきゃ。リスクは冒したくない」

「リスクって？ 旦那と娘はどこかへ行ったって言ってたじゃないか」パトリックはベッドの上で身体を起こし、わたしのもう片方の腕もつかむ。わたしは身体をのけぞらせる。

「帰ったほうがいいと思うの。明日だって会えるでしょうし」

「明日は忙しいかもしれない」すねたような口調。

「それはあなたしだいでしょ」パトリックのとなりにすわっていたベッドから立ちあがり、彼にさようならのキスをする。わたしだって帰りたくないけれど、もう夜の十一時近い。

午後二時にパトリックのフラットに来てからずっとふたりでベッドのなかにいて、ベッドから出るのは、わたしの場合はトイレへ行くときだけで、パトリックはほぼ二時間おきにワインとイベリコ豚の生ハムをキッチンから持ってくるときだけ。わたしは鏡のところへ行って手櫛で髪を梳き、目の下についたマスカラをこすって落とす。

「冗談だよ。もちろん忙しくなんかない。きみの家できみがディナーをつくってくれるっていうのはどう？」

わたしはその提案に驚いてぱっと振り向く。いままでパトリックはこちらの家庭生活にはなんの興味も示さず、今日わたしが家族を頭の隅に押しやったのと同じように、彼もわたし個人と家族を切り離して考えていたはずだ。母親である証の妊娠線についても、いままで何かを言ってきたことはない。

「うちでディナー？　わたしの家で？」つい同じような言葉を繰りかえしてしまう。

「そうだよ。ぼくはきみのために料理をつくった。今度はきみの番だ。それに家がからっぽなのに、なんでだめなんだい？」

だめな理由は山ほど思い浮かべられるので、かえってどう切りだせばいいかわからない。ひとつの場所にパトリックとカールが存在するというのが、そもそもありえないというのがひとつ。平行にのびている道をふたりはそれぞれ走っているのに、その道が交わってしまうのは想像もできない。パトリックがわたしたちのお皿から食べて、わたしたちのカップから飲む……。マチルダの写真や、互いに触れあうことがなんでもなかったころのカールとわたしの結婚式の写真を見る。そう考えただけで鳥肌が立ち、腕の毛が逆立つ。わた

し は鏡に向きなおり、自分の顔を見て考えをめぐらせ時間を稼ぐ。

「いい考えとは思えないけど」ようやくそう答える。断る理由にはまるでなっていないと思いながら。

「すばらしい考えだと思うよ。きみは自宅でのぼくを見た――ぼくだって自宅でのきみを見たいよ。きみのことをもっと知りたいんだ、アリソン。きみのぜんぶを。だってさ、ぼくはきみが料理ができるかどうかも知らないんだよ。もう一年以上、寝てるのに、きみはゆで卵ひとつ、つくってくれたことがない」パトリックがベッドから出て、わたしを背後から抱きしめる。

「ゆで卵をつくるとかつくらないとかは、わたしたちにはあまり関係がないと思うけど」

「じゃあ、つくってほしいって言ったらどうする?」

パトリックがこちらの肩にあごをのせ、頭と頭をくっつける。鏡のなかで笑いかけてくる。甘い誘惑。カールのこちらを見下す蔑みの目つきと比べると、パトリックの視線は温かく、とてもじゃないがノーとは言えない。わたしのつくったものをはねつけない人のために料理がしたい。

「ふたりがほんとうに家を空けているならね。ちゃんとした答えは明日でいい?」

パトリックはわたしを自分のほうに向かせ、きつくハグする。「もちろんそれでいいよ。

時間と場所を知らせて。ぼくはなんでも食べるよ」

「わたしは料理がそれほど得意じゃないの――だからあんまり期待しないでね」

「得意か得意じゃないかはぼくに決めさせて」パトリックがキスしてきて、わたしがキスを返す。このままだとベッドに逆戻りになってしまう。彼から離れないと。

「そろそろ帰るね。朝、電話する」

「待ちきれないよ」パトリックはまたキスをしてくるけれど、今度はそのあとでわたしを解放してくれる。

帰宅すると家には誰もいなかった。マチルダが生まれてから、この家でひとりで眠るのははじめてだ。わたしはキャリーバッグを玄関ドアのそばに置きっぱなしにし、コートを階段のいちばん下の手すりに掛ける。着替えをしに上階へ行って、マチルダの部屋へ入り小さなベッドの上にすわる。あの子はピンクのゾウを置いていった。娘が生まれた翌週にわたしが買ってあげたぬいぐるみを。それ以来、ゾウとは離れられなくなったのに。いまこのときまでは。手に取って見てみると、ぬいぐるみらしいふわふわとした感じはもうなくなっていて、詰め物もぺしゃんこになっている。ゾウを顔にあて、そこにしみついているミルクっぽいにおいを嗅ぐ。マチルダがいない隙に洗濯機に放りこんでしまいたい衝動に駆られるけれど、なんとか我慢する――すでに手足がとれそうになっているものを、娘に隠れてこそこそ洗濯することもないだろう。わたしはピンクのゾウをまくらもとに戻す。家じゅうのカーテンを閉めてまわって明かりを消し、勝手口の錠がかかっているか確認する。ふだんはカールの仕事。なんだかブレーキが壊れたまま、惰性で走っているような心もとない感じがする。一方でパトリックに家を見せることを考えると元気が出てくる。パトリックにこの家を気に入ってほしいし、本棚に置いてある本を見てわたしがどんなものを読むのか知ってほしい。『トワイライト』シリーズを棚の奥のほうに移し、ジュノ・ディアスとジョージ・P・ペレケーノスの本を何冊かと、バーバラ・ヴァイン（ルース・レンデルの別名）の『死との抱擁』を前に持ってくる。それからしばらくカールとわたしの結婚式の写真を眺める――よく撮れているからべつにいいんだけれど、あごをちょっと突きだしすぎかもしれない。

カールとわたしのあいだで笑っているマチルダの写真が目にとまり、棚からおろしてじっと見つめる。三人ともとても幸せそうで、娘を誇らしく思うふたりはいまよりもずっと若い。家のなかを掃除し、マチルダの写真をぜんぶ片づけて、リビングルームの戸棚のなかに積み重ねる。パトリックにはわたしがどんな人間か見てほしいけれど、自分のすべては見せたくない。いまはまだ。そういうときが来るかもしれないが、この家でではない。

今回パトリックがうちに来るのは大きな一歩だと思うものの、ふたりの将来があるとして、どこへ向かっているかは誰にもわからない。

真夜中になり、ベッドに入ってまんなかで手足を広げて横になる。触れあわないようにとカールに気を遣うこともなく、ひとりでぐっすりと眠り、アラームが七時に鳴って目が覚める。

まずカールにテキストメッセージを送る。〝ふたりとも恋しい。元気にしてる？　X〟

長い間をおいて、返信がようやく届く。〝元気だ。今日はビーチ、明日はお城へ行く〟

あまりに素っ気ない文にかえってぎょっとするけれど、これでカールがとつぜん帰ってきてわたしを驚かせるつもりはないことがはっきりする。〝楽しんできて〟と返信し、カールのことは頭から閉めだす。でももちろんマチルダはべつ。この家からあの子の存在をきれいさっぱり消し去ると考えるだけで、喉にかたまりができて、それが胸に突き刺さる。そんなふうに考えるなんて。ここはマチルダの家なのに、あの子が存在しないみたいにふるまうなんて許されない。わたしは携帯を取りだし、カールに電話をする。娘と話がしたくてしかたがない。カールは電話に出ない。何度も何度もかけるが、カールは応答しない。

ようやくメッセージが来る。〝移動中だ。さっき言ったとおり。何が望みだ？〟

〝マチルダと話したい〟

返信が来る。〝時間がない。話してもマチルダを動揺させるだけだ。自分のことばかり考えるのはやめてくれ〟

もう一度電話をしてマチルダを電話に出してくれと頼みたくてしかたがないが、カールの言うとおり、あの子を動揺させてはいけない。パパとおばあちゃんといっしょに出かけてマチルダはよろこんでいるはずだ。娘と離れているからといって大騒ぎするべきじゃない――ふたりは日曜には帰ってくるのだし、そうしたらあの子を抱きしめて、どんな週末だったかいっしょにおしゃべりできる。わたしは顔をごしごしとこすり、後ろめたい気持ちを振り払おうとする。裁判所へ行かなければならないし、献立も考えなければ。

ホルボーンまでのバスの車内で、オールド・ベイリーまでの道々で、メニューを考える。ラムにしようか。でもラムはまえにパトリックが料理してくれた。だからパス。夢中でグーグル検索し、自分にもつくれて、パトリックを感心させることができそうな料理を探す。しかも、いい雰囲気に持っていけるようなものを。法廷へ入るときに三度呼びとめられてようやく自分のことだと気づき、同僚のひとりに頼まれて代理でつくった保釈申請書は最高の出来とは言えない。でも保釈は無事に認められ、裁判官を忘れずに敬称で〝ミレディ〟と呼ぶ。今日の予定がベイリーでの仕事でよかった――さっさとなかへ入ってすぐに出て、共同事務所へ戻って書類を置き、来週の公判用の書類を受けとる。残りの時間はメニューを考えて準備にあてられる。

地下鉄のピカデリー線に乗ってホロウェイ・ロード駅で降り、〈ウェイトローズ〉へ行く。ふだん食料品の買い出しを担当しているのはカールで、彼は綿密に書かれた買い物リストを手に調味料とコーンフレークのあいだの棚を効率よくすいすいとまわる。一方のわたしはカールの三倍は時間がかかっている。まずは精肉売り場へ行き、さまざまに切りわけられた肉を見ていく。にじみでている血を目にしてマデリーンとのランチを思いだす。あれはとってもおいしかった。わたしは衝動的にステーキ用の肉が二枚パックされたものを手に取り、それから野菜売り場をぶらぶらと見てまわり、アスパラガスとイチゴを買う。季節的にはどうかと思うけれど、とてもおいしそう。冷凍食品の売り場へ行って冷凍のフライドポテトを探しているうちに家にマヨネーズがあったかどうか迷い、そっちの売り場へ行ってマヨネーズを手に取る。それからふたたび冷凍食品のコーナーへ戻り、すでに器に盛りつけられているチョコレートムースを買う。おそらくパトリックはプリンを手づくりしてほしいとは思わないだろう。

「そんなに気合を入れなくてもよかったのに」わたしがドアをあけたとたんパトリックが

言う。

「そうでもないけど」

「またまた」パトリックは笑い、身を寄せてきてキスをする。先週の週末を教訓にして、わたしは誰かのためにおめかしをしないことにした。望ましくない結果を生むから。学生のときに経験したいちばんのセックスはぜんぜんめかしこんでいないときのもので、よれよれのズボンをはいて脚のむだ毛も剃っていなかった。カールが鼻であしらったあの服を着るまえにそのときの経験を思いだせばよかった。だから今回はスウェットパンツに古いTシャツ、ノーブラで肩を見せている。一方でメイクには時間をかけ、持っている化粧品を総動員してノーメイクっぽく肌に自然な輝きが出るように仕上げた。

パトリックはわたしを押しやって後ろ手で玄関ドアを閉める。そのあとでわたしのTシャツの首もとを引っぱって一気に破き、床に放り捨てる。わたしを壁のほうに向かせてスウェットを引き下げ、片手でわたしのお尻をしっかり押さえ、もう一方の手で自分のズボンのジッパーを下げる。手に唾を吐きかけて自分のものをこすってからわたしのなかに押し入れる。こっちが痛みでうっと声をあげるのもかまわず。ほんの短い時間で終わる。パトリックは自分のものを引き抜き、自分のほうにわたしを向かせてキスをする。

「ずっとこうしようと考えていた」ようやくパトリックが口を開く。

わたしはあえぎながら、いま起きた出来事をどう感じればいいかわからなくなる。何も言わぬまま、ふとパンティが足首にまとわりついていることに気づく。パンティを引きあげ、次にスウェットパンツをもとに戻す。裂けたTシャツを拾い、もう捨てるしかないと考える。

「あなたはディナーのために来るんだと思ってたけど」

「そうだよ。でもそれはあと。まずはお楽しみから」

「上に着るものを取ってくる」じりじりと後ずさる。そのとき何かを踏み、それを拾う。掃除の最中にどこかになくしてしまったレゴのブロック。それを見たとたん、ティリーの顔が頭に浮かぶ。あの子の家で情婦の役を演じることに不快感が湧きあがってくる。パトリックがご主人さまの役を演じることにも。

「取ってこなくていいよ。そのままのきみがいい」パトリックがふたたびわたしのスウェットパンツを引き下げる。

「裸で料理？ なんかありきたりなんだけど」わたしはパトリックを押しやるが、スウェットパンツはそのまま床に放っておく。

「ありきたりも悪くない。さあ、飲もうか」ボトルの入ったビニール袋を手渡され、そこではじめてパトリックが手土産を持ってきたことに気づく。

ボトルを手に、パトリックをキッチンに案内する。裸のままというのが気になるが、ひとまず無視しよう。マチルダが生まれてからは、娘の目もあるし、年をとったこともあって裸のまま家のなかをうろうろするのはやめ、趣味の悪いパジャマを着たり、あるクリスマスにはカールの大きめのフリースを拝借したりしていた。キッチンのなかは明かりがついていて、このヌードショーをのぞき見る隣人の目が気になる。ここはロンドンなので近所づきあいはほとんどないものの、おとなりさんの誰かがある朝カールを見かけ、〝このあいだすごいものを見ちゃいましたよ〟とか言ったらどうする？　そもそもカールは気にするだろうか。わたしは壁に掛かっているエプロンを手に取って身に着ける。

「やけに思いきりが悪いね」とパトリックが言う。

「これからステーキを焼くの。火傷なんかしたくない」澄ましてそう答え、キッチンの窓のところへ行ってカーテンの結びひもをほどく。ふだんはほどくことはないので、埃や死んだ蛾がはらりと落ちてくるが、少なくともこれで隣人の目から逃れられる。

カーテンを引いているあいだ、パトリックが引き出しをあけて何かを探している音が聞こえてくる。振り向くと、ワインのコルクが抜かれ、パトリックがワインオープナーを掲げている。わたしは食器棚からグラスを出して手渡し、彼がワインを注ぐ。

「乾杯」パトリックは言って、こちらのグラスに自分のをあてる。「何をごちそうしてくれるのかな。ステーキのほかに」

「野菜とフライドポテト。言ったでしょ、料理はそんなに得意じゃないって」

「それで充分だよ」いまはそう言っているけれど、ほんとうに料理を目にしたらどう感じるだろう。


パトリックはぶらぶらとリビングルームのなかへ入っていき、わたしはオーブンをつけてトレイに冷凍のフライドポテトを並べる。戻ってきたパトリックの手には結婚式の写真が握られている。

「これがきみの旦那？」

「そう。あたりまえじゃない」キッチンにまえにはなかったピリピリした雰囲気が生じる。わたしたちは少しのあいだ見つめあい、それからパトリックは写真をリビングに戻しにいく。写真が棚に置かれるカタンという音が聞こえてくる。

「はじめからわたしが結婚してるってことは知ってたでしょ」

「知ってた。いまも知ってる」

「ふつうの人とつきあってもおもしろくないから、人妻とつきあってみようと思ったのよね」こんな話はしたくないけれど、釘をさしておかなくては。


パトリックがため息をつく。「わかったよ、そういう話はもうしない。ムードをぶち壊しにして悪かった。いまは考えないようにする。目に入れなければ、頭にも浮かばない。

「そうだろ?」

言うのは簡単だけど。わたしはそう思ったが口には出さない。オーブンのなかにポテトを入れ、アスパラガスの端っこを切り落とす。

ワイン。ステーキ。またワイン。焦げたポテトは脇にどける。さらにワイン。わたしたちはいっしょにソファに寝そべり、チョコレートムースを食べさせあう。パトリックはわたしをそっと床に寝かせ、今度はじっくりと時間をかけてわたしの身体に触れていく。わたしはリラックスしようとする。でも身体じゅうにパトリックがチョコレートムースをぬりたくりはじめたせいでカーペットが汚れるかと思うと気が気でない。汚れがついたらカールにどう説明しよう。

「ほら、リラックス。てっきりきみは楽しむだろうと思ってたよ」パトリックが顔をあげて言う。顔はチョコレートで汚れ、わたしは思わず笑いたくなる。笑いをこらえているうちに鼻が鳴る。パトリックが笑う。

「楽しいみたいでよかった」いかにもうれしそうに言い、またせっせと手を動かしはじめる。

わたしはこのひとときを楽しもうと目を閉じる。でもカーペットの生地が背中に食いこみ、ムースのせいでお腹の皮膚がむずむずする。目をあけて部屋を見まわすと、テレビのスイッチがオンになっていてＤＶＤプレイヤーの赤いランプがついている。パトリックを押しのけたくはないし、お客である彼には好きにやらせてあげたいけれど、だんだん我慢できなくなってくる。そしてとうとう彼の頭を押す。

「いまはこういうことをやりたい気分じゃないの。ごめんなさい――どうやってもリラックスできない」

パトリックはこっちを見おろして、にやりと笑う。「ぼくがリラックスさせてあげるよ。こっちの動きにあわせるだけでいい」パトリックはふたたび手を動かそうとしたが、わたしは彼の頭を押す。彼は手をのばしてこちらの手を片方ずつつかむ。がっちりつかんだまま、わたしの腕を床に押しつける。あまりにも強く腕を引っぱられて手と肩が痛む。わたしは右に左にと身をよじって彼から逃れようとするが、パトリックがこちらの両脚に体重をかけているせいでまったく動けない。彼は顔を押しつけてきてあちこちを嚙んだりなめたりし、こちらはさらに痛みを感じて脚や手を動かそうとする。でもわたしは床に張りつけられたままで、彼は動きをとめようとしない。

パトリックが顔をあげて言う。「こうやってきみを楽しませてあげる」

「やめて」わたしは大声をあげ、身体をひねって彼の束縛から逃れようとするけれど、うまくいかず、彼のほうは身体じゅうをなめまわしながらわたしの右手を放し、今度はわたしのなかに乱暴に指を入れる。さらに痛みが増す。

「やめて」わたしは叫び、ソファもカーペットもチョコレートも忘れて身体を右へ左へと激しく動かし、コーヒーテーブルの脚を蹴りつける。なんとか立ちあがるが、のっかられたり引っぱられたりしたせいで、ふとももや肩が痛む。パトリックも立ちあがる。一瞬、また腕をつかまれると思ったが、彼は降参のサインとして両手をあげ、後ずさる。

「ごめん、アリソン。ほんとに。きみはこういうのが好きかと思ってた」

「思い違いもいいとこだわ」肘掛け椅子の背に掛かっているショールをつかみ、それで身体を覆う。明かりをつけて部屋がどれくらい汚れているか調べる。カーペットに長く茶色いしみがべったりとついている。わたしはソファにどさりと腰をおろす。

「ごめんなさい。なんであんなにいらついていたのかわからない。たぶんここにいるから、自分の家に……」

「何も謝ることはないよ。きみがやめてって言ったときにやめるべきだった。つい夢中になってしまって」パトリックはソファのわたしのとなりにすわり、手をさしだしてくる。少し間をおいてからわたしはその手を取り軽く握る。「まえはやめてなんて言ったことなかったのにな」

「まえはやめてほしいと思ったことはなかった。でも今日は何かがちがうと思ってしまった」

「ごめん」パトリックはもう一度言い、少しのあいだわたしたちは手を握りあう。

キッチンに置いてある携帯電話が鳴り、沈黙を破る。

「誰からのメッセージか見てくるわね。たぶん……」わたしは言いおえないうちに立ちあがって携帯を取りにいく。メッセージが一通。発信者番号は非通知。わたしたちの今夜の仕上げにふさわしいもの。

〝この腐れ女〟

すばらしい。わたしはパトリックに向けて携帯電話を掲げる。彼は何があったのか察したらしく、すぐに内容を読む。

「まったく。きみはこのばかげたメッセージをまじめにとるつもりじゃないだろうね」

「どういう意味？　わたしはどんなふうにもとるつもりはないわ。もううんざりしているだけ」

パトリックはもう一度メッセージを見て、消去してから電源を切り、コーヒーテーブルの上に置く。

「お願いだから、今夜はこれについて考えるのはやめにしないか？　送ってくるのが誰かなんて、そんなことはどうでもいい。まったく無意味なメッセージなんだから。一種の雑音だよ」

わたしはパトリックと向きあう形で肘掛け椅子にすわり、ショールで脚を覆う。なんだか寒くなってきた。

「無意味ってわけじゃないと思う。何かありそう。ただ無視するわけにはいかない」

「いくさ。そうすると決めれば。送信者が誰にしろ、そいつは反応を待っている。わざわざ満足させてやることはない」

「いじめっ子について子どもたちに話して聞かせている人みたいな口ぶりね」

「それで何か問題でも？　とにかくぼくはせっかくの晩を台無しにしたくないだけだ」

「まだ台無しにされていないとでも？」わたしは汚れたカーペットにふたたび目を向ける。

「きみが台無しになったと思ったら、そうなるだけの話だ。すまないと言っただろう。つい夢中になってしまっただけだと」

「言い訳にもなっていない」

「ぼくに言えるのはそれで精いっぱいだ」パトリックはそう言って立ちあがる。そのあとすぐそばの床にひざまずき、わたしの身体に腕をまわす。わたしは彼の腕のなかでようやくリラックスする。一瞬どうしようか考えるけれど、ともかく口論はもうたくさん。パトリックは最後にはおかしな行為をやめてくれたし、たぶんわたしもいらいらしすぎていたんだと思う。

「さあ、ふたりの夜をやりなおそう。もっとワインを持ってくるよ」

パトリックがキッチンへ行く。わたしは携帯の電源をふたたび入れる。電源を切っているあいだにカールがメッセージを送ってきていて、マチルダと彼のお母さんがいっしょにケーキを焼いている写真が添付されている。マチルダはとても楽しそうで、両手は小麦粉にまみれ、口のまわりにはチョコレートがくっついている。娘に会いたい気持ちが波となって襲ってきて、その強い思いが引いていくと同時に、このうえなく清いものをすべて失ってしまったという喪失感を覚える。わたしは自分の家のリビングルームに、ティリーが遊び、テレビを観る場所にほとんど裸ですわり、〝やめて〟の意味を理解できない男が戻ってきてふたたびからみついてくるのを待っている。わたしが自分の友人なら、いまこの場でわたしを叱りつけ、自分勝手で愚かなビッチになるのはやめなさいと言うだろう。チョコレートで汚してもいいのは娘の口もとだけだ。胸が締めつけられ、あごがこわばり、涙がこぼれ落ちる。

パトリックがワインを注いだグラスをふたつ持ってリビングルームに戻ってくる。ソファにすわるわたしのとなりに腰をおろす。わたしは立ちあがって椅子へ移動する。

「頼むよ、アリソン。すまないと言っただろう」そう言ってグラスのワインを飲む。

「そういうんじゃないの」

「後ろめたい気分になったとか言わないでくれよ」

「聞いて、パトリック。そんな単純な話じゃないの」話しだそうとすると、パトリックはリビングから出ていって、ワインのボトルを手に戻ってくる。自分のグラスにワインを注ぎたし、それをカーペットにまき散らして新たなしみをつくる。

わたしは自分のワインを飲む。ふたりのあいだに沈黙が広がる。なんだか天井近くのどこかに腰かけて遠くから自分たちを見おろし、ふたりの人間が互いによそよそしくなっていくのを眺めている気がする。パトリックが長々と息を吸いこむ。

「煙草を喫うかい？　いま持っているけど」

「いいえ、けっこうよ」

長い間があく。

「帰ったほうがよさそうだな」

わたしはさらにきつくショールを身体に巻きつける。

「どう思う？　ぼくにいてほしい？」

「パトリック……」

「いつものきみは乱暴に扱われるのが好きなのに」すねた口ぶり。

「家にいるとちがうのね、きっと。ごめんなさい。せっかくの夜を台無しにするつもりはなかったんだけど」

パトリックが手をのばして膝に触れてくる。わたしは飛びのかないよう我慢する。

「ちょっとやりすぎたみたいだな。もう帰るよ」そこで立ちあがる。「ほんとうにすまなかった、アリソン。家を訪ねてくるなんて、ぼくが間違っていた。ここはきみの家、きみの娘の家だ――ぼくはいちゃいけない」

床に落ちた服を拾うパトリックのあとについていく。すべてそろい、帰り支度が整う。わたしは部屋のまんなかに立って彼を見つめ、自分の身体を自分で抱きしめる。泣くのを必死でこらえるうちに、喉にできたかたまりはどんどん大きくなり唇が震える。パトリックには出ていってもらいたいけれど、このままいてほしいとも思う。ひと言でも発したら、ダムが決壊して本格的に泣きだしてしまうだろう。

パトリックがコートを着て靴ひもを結ぶ。かばんを持ち、かがみこんでわたしの額にキスをする。

「電話する」

そう言い残して帰っていく。パトリックが玄関ドアをあけて閉めるときに一陣の寒風が吹きつけてきた気がする。わたしはじっとその場に立ちつくす。喉にできたかたまりが消えたあとでグラスにワインを注ぐ。下の階の明かりをすべて消して上階の風呂へ急ぐ。手はべとべとして冷たく、脚は冷えきっている。長いことお湯につかり、湯のなかに頭を沈める。耳のなかにお湯が入ってきて、セントラルヒーティングが切れるときの甲高い音以外は何も聞こえない。お湯がぬるくなるころには指は白くふやけている。階下で携帯電話が鳴っているけれど、かまわずにベッドに入って丸くなり、濡れたままの髪をまくらにのせる。

とても眠れそうにないと思うのに、意外にも眠りはあっさりと訪れ、うつらうつらする波のなかに引きこまれる。携帯は鳴りつづけ、その音は子守歌みたいに脳のなかへするりと入ってくる。どのくらいのあいだ鳴っているのかわからない。どうやら感覚が麻痺してしまったらしい。パトリックとカールが呼び出し音のリズムにあわせて夢のなかまで追いかけてくる。

15

日曜日。カールとマチルダが帰ってくる。マチルダはカサガイみたいにわたしにぴたりと張りつき、週末のあいだに描いた絵を見せてくれる。カールはわたしに対して冷たく、簡単な質問にしか答えず、答えるにしてもかなりぶっきらぼう。家はしみひとつなく掃除が行き届いている。それもそのはずで、ひとりきりだった二日のあいだにすべての表面を徹底的に磨き、ティリーの写真をもとの位置に戻してまわった。さらにふたりのためにチキンを焼き、マカロニ・アンド・チーズをつくり、マチルダは両方ともぺろりと平らげる。わたしは〝肉は食べたくない〟とこの子が言っていた件を蒸しかえさず、むしろさっさとベジタリアン云々のことを忘れてくれてほっとしている。カールも食べているが、料理には目も向けずにひたすら口のなかへ放りこんでいる。それじゃあ味わえもしないだろうなと思うけれど、少なくとも味についてとやかく言ってはこない。

夕食のあとマチルダをお風呂に入れて、物語を読み聞かせる。カールは食べおえるとリビングルームのソファにすわり、ノートパソコンを開く。いっしょにマチルダを寝かしつけようと誘っても、こちらを見もせずに何やらぶつぶつとうなるように言うだけ。わたしはそれを〝ノー〟と受けとる。わたしが髪をブラシでとかして乾かすあいだ、マチルダはずっとわたしにくっつき、八時半をまわるまえに眠りにつく。カールとのあいだには緊張感がただよう沈黙がこれから何時間もつづきそうな気がしていたたまれず、わたしもこのまま寝てしまいたくなる。そんなことを考えながら階段のいちばん上に立ち、心の準備をする。

「楽しい週末だったみたいね」わたしはリビングルームにいるカールに向かいあってすわる。カーペットの茶色いしみはいまではほとんど消えている——土曜日に何時間もかけて掃除をし、金曜の夜のあらゆる痕跡を漂白剤を何度も振りかけて消そうとした。それでも完全には消えずにうっすらと残っているしみを見ないようにする。正直なところ、カールが少しでもこちらに注意を向けてくれれば、しみが残っていようがいまいがどうでもいい。

「楽しい週末だった？」さっき訊いたのに答えてくれなかったので、もう一度訊く。

「何？　ああ、楽しかったよ。少しだけでも現実から逃避できるのはいい」カールはそう答えながらも、まだノートパソコンに目を向けている。彼の手からパソコンをもぎとってやりたくなる。

「送ってくれた写真、どれもよかった」わたしは腹を立てるなと自分に言い聞かせる。

「ああ、そう」カールが答える。画面に何が映っているのかは知らないが、夢中になるほどおもしろいものなのだろう。

「カール、こっちを向いてくれない？」

「いまちょっと仕事をしていて……」そう言いかけるカールの手からパソコンを取りあげて彼の言葉をさえぎる。カールが取りかえそうとするが、わたしはパソコンのカバーを閉じて背後の棚に置く。

「パソコンを返してくれ」カールは腹立ちもあらわに言う。でもこれで彼はわたしを見ざるをえなくなる。

「だめ。わたしたち、話をしなくちゃならないから」

「話す必要なんかない。とにかくパソコンを返してくれ」カールは立ちあがり、棚のところにまわりこんでパソコンを取りもどそうとするが、わたしのほうが早く動き、パソコンをつかんで胸もとにかかえこむ。取りかえしたいなら、無理やり奪うしかない。

「返してくれ、きみに怪我をさせたくない」こちらの両腕をつかみ、こじあけようとしているのを見ると、どうやら本気で言っているらしい。

「いったい何をしてるわけ？」わたしは肘で彼を押しのける。

「パソコンを返せ」カールがわたしの目の前で大声をあげる。

「わかったわよ、はいどうぞ、お取りなさい」わたしは身体をひねって床の上にパソコンを置き、力をこめて遠くへ押しやる。パソコンはカーペットの上を滑っていき壁にあたる。カールは急いであとを追い、慎重に拾いあげてまたソファにすわり、パソコンを立ちあげなおす。

わたしはセーターの袖を引きあげる。両腕に握られたあとがついて赤くなっている。

「あなたのせいで痣になった」そう言ってもカールは顔をあげない。

「カール、あなたのせいで腕を怪我した。もう、こっちを向きなさいよ」わたしはカールが実力行使してきたことに衝撃を受け、彼を怒らせたってかまわないという気分になっている。

ようやくカールが顔をあげる。「そもそもきみがパソコンを奪ったりするからいけないんじゃないか」

「わたしたち、話をする必要があるの。なのにあなたは話そうとしない。まえはこんなふうにわたしを傷つけたりしなかったし、無視するようなまねもしなかった」泣くつもりなどないのに涙があふれだし、自分でもわけのわからない言葉が口からもれる。

「なんと言っていいかわからないよ」

「わたしたち、もう別れるの？　あなたは離婚したいの？」鳴咽がとまらなくなっている。

「アリソン、ぼくは……」カールは何か重大な発言をしようとしたみたいだけれど、急に口を閉じる。視線はドアに向いている。彼がまた話しだすのを待つあいだに鳴咽が静まり、わたしはようやくなぜカールが話をやめたのかに気づく。ドアは少しずつ開くのに人の姿はなく、ドアの向こうからかすかな泣き声が聞こえてくるだけ。カールがドアのところまで行って大きく開くと、マチルダがピンクのゾウを抱きしめ、顔をくしゃくしゃにして立っているのが見える。カールがマチルダを抱きあげると、娘は父親の肩にぐったりともたれかかる。

「パパとママ、離婚するの？」しゃべることができるくらいまで落ち着くと、マチルダがそう訊いてくる。

「しないよ」わたしたちは声をそろえて答える。

「パパとママが喧嘩してるのが聞こえた。下におりてきたら、ママが離婚って言っているのが聞こえた。パパとママが喧嘩するのはいや。お願いだからやめて」マチルダがふたたび泣きだす。

誰かがわたしの身体のなかに手をさしこみ、内臓をつかんでゆっくりひねっているような気がする。胸に痛みが走り、冷気がじわじわと広がってひとつのかたまりになる。カールも動揺しているように見え、顔に浮かんでいた冷淡さは消えてマチルダを心から気遣う表情に変わっている。彼は椅子にすわって娘を膝にのせ、自分のほうへ引き寄せる。

「カール、わたしたち、話しあわなくちゃ。いまの状態がマチルダにどんな影響を与えているかよく見て。この子だけじゃなくわたしたち全員に」もはや懇願する口調になっているが、気にしている余裕はない。なんとかして行き詰まりを打開しなくてはならない。

マチルダを胸に抱きながらカールが椅子のなかで身じろぎする。顔にはわたしには読みとれない表情が浮かんでいる——打ちのめされた感じだろうか。たぶん単に疲れているだけだろう。

「オーケー。話しあおう。けれどもそれはあとだ」カールは膝にのるマチルダを自分のほうに向け、顔と顔を突きあわせる。「ティリー、スウィーティー。パパとママが喧嘩する声を聞かせてごめんよ。でもいまパパとママはあんまりうまくいっていないんだ。だからって離婚するわけじゃないが、喧嘩しているのはほんとうだ。ティリーだって学校で友だちのソフィーと喧嘩するだろう?」

カールはマチルダに話しかけつづけるが、わたしには彼が何を話しているのか聞きとれない。言葉はあらぬほうへとただよっていく。

「……でもパパとママで問題を解決するつもりだ。ぼくらはきみのパパとママで、ティリーのことをとても愛しているからね」最後になってようやく言葉が耳に入ってくる。

わたしは合意の合図としてうなずき、ふたりのそばにひざまずく。マチルダに腕をまわし、娘が落ちないように支えつつカールにも触れる。彼は身体を引くこともなく、わたしはこれが新たなはじまりだと感じる。

「ほんとよ、ダーリン。わたしたちはあなたをとても愛しているの」

カールとふたりでマチルダを落ち着かせ、ベッドへ連れていき、娘が眠りに落ちて寝息が聞こえてくるまでそばにいる。カールが先に階下へおり、わたしはこれで話を聞いてもらえると期待しながらゆっくりとあとにつづく。

「だから話しあうのが大切なのよ、カール。マチルダのために。わたしたちのためだけじゃなく。あの子のためにも話をしなきゃならない。そうでしょ？」

カールの目つきが険しくなる。あるいは用心深くなっているだけかもしれない。こちらの誠意を値踏みしているのだろう。それは理解できる。

「それと、先週のことはほんとうにごめんなさい。旅行に出かけたときのことだけど。そんなにたくさん飲んだつもりはなかったの――何が起きたのかいまだにわからない」

「きみはいつだって……」カールの声は小さいが充分はっきりと聞こえる。

「許してほしい。うんと反省してる。ほんとにごめんなさい。これからはちゃんとするから」

「〝ちゃんとする〟じゃあ不充分だ。まえにきみは何度もそう言った」カールはソファに頭をもたせかけ目を閉じる。打ちひしがれているように見える。

「もう一度チャンスをちょうだい。マチルダのためにちゃんとしてみせるから」

カールはため息をついて目をあけ、実家から帰ってきてからはじめてわたしにしっかりと目を向ける。実際にはブライトンでわたしを置き去りにして以来、はじめてかもしれない。しばらく見つめあい、カールのほうが先に視線をはずす。

「もう疲れたよ、アリソン。きみにつきあっているとほんとうに疲れる。もっと静かで穏やかな生活がしたい。自分の仕事をしっかりやって、ぼくらの娘の面倒をみて、諍いごとなんかひとつもない……そういう生活を送りたいんだ」

「わたしだってそういう生活を望んでいるわ。いままでずっと望んできた」

「そうなのかもしれない」声にはやさしさすら感じられる。「でもいまはそれがほんとうだとはとても思えない。きみは自分が何を求めているかわかっていない。だから困るんだよ」

　カールはパトリックのことをにおわせているのだろうか。いや、そんなはずはない。カールにはパトリックとのことを知るすべはないのだから。それでも心臓がびくりと跳ねあがり、舌が乾いてもつれている気がする。ふいにアドレナリンが身体を駆けめぐる。

「わかっていないのはわたしだけじゃない。少なくともこの二年、あなたはわたしを寄せつけようともしない。とくに去年の夏からは徹底して。もうファックしたくないと思っているのはあなたのほう。何度も何度もはっきりとそういう態度を見せつけてきた」

「いいかい、アリソン、ぼくが言いたいのはこういうことだ。きみはどうして〝ファック〟なんて呼ぶ？　ぼくたちの場合は〝愛を交わしている〟と呼ぶべきだ。ぼくは自分の妻と〝ファック〟する気はない」カールは首をかしげる。その表情には自分の妻は無神経で、きちんとした言葉も使えないという懸念がにじみでている。下卑た女だと。

「〝ファック〟でも〝愛を交わす〟でも、なんでも好きなように呼べばいい――二年前に興味を失ったのはあなたのほうよ。自分でも自覚しているでしょ、あなただったの。ストレスでまいっていると言って、それっきり。そのことでわたしを責める権利はあなたにはない」

「結婚というのはセックスをするだけのものじゃない。いわば人生そのものだ。ぼくらは結婚生活という旅をいっしょにするパートナーなんだよ、アリソン。ぼくたちの娘に最高の人生を送らせるためにいっしょに旅をしているんだ」そこで笑みを浮かべる。わたしは思う。この人はいまにもわたしの頭をぽんぽんとたたきそうだ。

「金輪際、わたしを、アリソンと、呼ばないで、くれる？　お願いだから」もううんざりだ。

「大声をあげるのはやめてくれ。マチルダが起きてしまう」

わたしは叫びたいのをこらえ、椅子の肘掛けを思いきりたたく。痛い。手をさすっていると、カールがこちらの視線をとらえる。つかの間、わたしたちは笑いだすんじゃないかと考える。ふたりの考え方の違いがばかばかしすぎて、諍いのすべてを吹き飛ばすのではないかと。つまるところ、それがわたしたち、カールとわたしなのだ。わたしたちは大人になってからのほとんどの時間をいっしょに過ごしてきた。あらゆることを経験してきた。でも時がたつごとに彼の顔は険しくなっていく。

「なんとかうまく乗りきっていこう、アリソン。マチルダのために。しかしきみにはあらゆる面でもっと大人になってもらわなきゃ困る。好むと好まざるとにかかわらず。わかったかい？」

好む。好めば。好むとき。喉の奥から笑いがこみあげてくるのを感じるが、いまここで笑いだすのは不適切だろう。カールは笑う気分ではないようだし。彼の顔に浮かぶ表情はこれまでに見た覚えがないようなもので、ふとわたしは気づく——これはカールの心理療法士としての顔だ。いかにも真剣に考えているといったふうに眉間に皺を寄せている。わたしはそう考えると同時に、その考えを押さえつける。カールは〝堕落〟について話しているのかもしれないけれど、それはまさにわたし自身だ。なんといってもわたしはほかの誰かとファック（そう、まぎれもなくファック）しているのだから。わたしは自分に言い聞かせる。マチルダのためにカールの言い分を受け入れる。あの子のためにもっとよい人間にならなくては。もっとよい母親に、もっとよい妻に。

「わかった。好むと好まざるとにかかわらずね。ふたりでちゃんとやっていきましょう。約束する」

今回はカールは異を唱えない。ややあってからわたしに向けて手をさしだし、わたしはその手を取る。カールの指は冷たく、こちらの手はほてって汗をかいているが、彼は手を引っこめたりはしない。わたしの手をしっかり握っているわけではないものの、手と手はつながれている。

カールはベッドの端に寄って眠っている。わたしは彼に避けられているのをひしひしと感じ、よく眠れない。わたしたちのあいだにはいまにも落ちそうな橋があり、それは長くは持ちこたえられそうもない。月曜の朝、わたしは六時に起き、早めに共同事務所に向かう——カールとふたたび口論したくないから。仕上げなきゃならない仕事があるのを思いだした、と書いたメモを机の上に残し、いちばん下に〝愛している(ラブ・ユー)〟と走り書きする。〝ユー〟がマチルダなのかカールなのか、それともふたりなのか、自分でもわからないが、ひとまずふたりに向けるつもりで残き残す。バスはすいていて、通りはがらがら——フリート・ストリートまではいくらもかからずに到着する。これならばもっと頻繁に早朝に家を出たほうがいいかもしれない。テンプル地区も人気(ひとけ)はなく、ふたつ、三つ灯った明かりが熱心なバリスタが働いていることをかろうじて示している。

暗い建物の前を通りすぎながら、実務研修期間を思いだす——わたしのピューピルマスター（研修生を監督する六年以上の経験を持つ法廷弁護士）は仕事中毒(ワーカホリック)で、朝は遅くとも七時には席につき、晩はいつもいちばん最後に事務所を出ていた。またべつのピューピルマスターはつねに率先して夜遅くにクラブに繰りだしては大酒を飲み、朝になるとデスクの下で寝ているところを発見されていた。十五年前は経験不足のため、両者の性質の相違点ばかりに目が行って共通点には気づかなかった。いまなら両者とも自分の家庭を避けようとしていたのだとわかる。今朝のわたしと同じように。ひとりはわたしにソリシタといっしょに酒を飲ませ、ひとりは酒を飲むわたしへの非難を隠しきれず、わたしが彼のために無報酬で準備した書類をほぼそのままで送信しながらも軽蔑をにじませて話しかけてきた。わたしは彼らのもとで二日酔いの対処法と弁護案の起草の腕を磨いていった——それと、自分の生活をだめにするやり方も少しずつ吸収していったのかもしれない。ある意味、そうなってしまうのは鬘と法服の世界にはつきものなのだろう。被告には通用しても、刑法の世界の外側にいる人に用いられたとたんに意味不明になる戯言（たわごと）を繰りだす努力を無限につづけるわけだから。

共同事務所の前に着き、そういった思考を脇に押しやる。まわりから悪い影響を受けた云々と責任をほかに転嫁しようと、自分の結婚生活が破綻していることに変わりはない。カールはこっちを見ようともしないし、わたしは彼が完璧な夫としての自分を見せつけようとしていることに気づきはじめている。母親のわたしよりもカールのほうがマチルダとの仲はいいかもしれないが、それは彼がたっぷりと〝実地体験〟を積めたおかげだ。向こうが〈チャーリーと14人のキッズ〉（弁護士資格を持つ妻が復職して失業した夫と家族を養う内容を含む映画）のパパ役を演じる一方で、わたしはすべての生活費を賄（まかな）うために外に出て金を稼いでいる。その考えが制御不能なほど頭のなかで渦巻き、だんだんと怒りが激しくなってくる。共同事務所のドアを通り抜け、自分のオフィスへ入る——デスクの上の写真のなかからマチルダが笑いかけてくる。そのとたんにまだ新しい写真立てを買っていないことに罪悪感を覚え、わたしはようやく怒りのループから抜け、だめな母親だと、またしても自分を責めはじめる。椅子にどさりと腰をおろし、両手で頭をかかえる。

しばらくしてドアロで誰かが咳払いする音が聞こえてくる。そちらを向くと事務職員のマークの姿が目に入る。

「ずいぶん早くから出勤しているのね」

「はい。今週はいろいろと忙しくて。事務職員の部屋の新たなファイリングシステムを考えていたら、今日は少し早く出勤したほうがよさそうだと思いました。先生こそどうしたんですか？」

「眠れなくて、書類仕事を片づけようと思って早めに来たの。いつも何かしら仕事はあるのよね」

「ほんと、そうですよね。これも仕事に追加してください」マークが持っていた書類を手渡してくる。「金曜日に届いていました」

「外出しているあいだに届いたのね」マークの言葉に重ねて言う。金曜日にわたしがいなかったことはマークにもわかっている。口を閉じて書類を見る。訴追側が録取した、マデリーンの息子のジェイムズの供述書。日付は先週の木曜日。

「あちらはいつこれを交付してきたの？」

マークが肩をすくめる。「どうですかね。金曜日の六時ごろ、最後の速達便で届きました。それしかわかりません。では、失礼します」

「わかった。どうもありがとう」

　書類を読むまえに、パトリックに電話をしてこの供述書がいつ彼の手もとに届いたか、ジェイムズが証人になる件についてどう思うかを訊くことにする。まだ八時前なので彼が電話に出るかどうか定かではなかったが、パトリックは三度目の呼び出し音で応答する。

「すべて順調？」

「ええ。ちょっと訊きたいんだけど……」

「金曜日のこと？　すまない、ぼくがばかだった。たぶんきみの家にいるってことでへんなテンションになっていたんだな」

　わたしは驚く。謝罪されるなんて思いもしなかったから。〝自分がばかだった〟なんてパトリックが率直に認めるなんて。

「話したかったのはその件じゃないの。でもありがとう。それと、へんなテンションにさせてごめんなさい」

「ほんとに楽しい夜だった。料理もおいしかったし。でもぼくがばかなまねをして台無しにした。ほんとうにすまない。許してくれるかい？」

「ええ、もちろんよ」たしかにパトリックは悪乗りしていたが、最後にはやめてくれた。わたしはいつもとちがって彼といっしょにいてもリラックスできなかったのだから、少しはこちらにも責任がある。彼が言っていたように、ふだんのわたしは乱暴に扱われるのが好きなのに。「えっと、それはもういいの。わたしはジェイムズの供述書についてあなたと話したかったのよ。あちらはほんとうに訴追側の証人として被告であるマデリーンの息子を召喚するつもりかしら」

「どうしても、というわけではないと思う。本件を担当する検察庁の職員（CPSの職員のほとんどはバリスタもしくはソリシタの資格を有している。殺人事件などの場合は外部の刑事専門のバリスタに公判での訴追側の弁護を依頼する場合が多い）と少し話をしてみた。被告の息子に証言させることについて、彼は無意味ではないと思っているようだ」

「そうでしょうね。マデリーンはジェイムズに会えているの？」そう言ってしまったあとで書類のページをめくっていき、保釈条件の項目を読んで思いだす。当然、マデリーンはジェイムズには会えない——訴追側の証人と連絡をとってはいけないから。その人物とどんな関係にあるとしても。

「とにかく供述書を読んでくれ。けっしてむだではないから」パトリックが話しつづける。「本件を故殺に引き下げることはできると思っている。マデリーンから引きだした陳述をもってすれば」

「わかった、読んでみる。そういえば、どうして金曜日の晩にジェイムズの供述書のことを話してくれなかったの？」

「ごめん、すっかり頭から抜けていた。ほかに考えることがあったからね。覚えているかい？」

覚えている。なかには楽しいこともあった。「そうだったわね」

長い間。沈黙をうめるために何か言おうとしたところで、パトリックに先を越される。

「アリソン、さっき言ったけどもう一度言うよ。ほんとうにすまなかった。夢中になりすぎてしまって。きみの〝やめて〟をちゃんと聞き入れるべきだった」

こちらも口を開きかけるが、パトリックがなおも話しつづける。

「次はそんなことはしない」

「次？」

「ああ、次だよ。きみについてもっと知りたいんだ、アリソン。もっともっと。今回の出来事でぼくは目が覚めた。週末のあいだずっと考えていた。いままで何年もぼくは多くの女性とつきあい、結婚の約束をするのは避けてきた。もう逃げるのをやめるときだと思う。いつもきみのことを考えている」

「そうなの？」

「そう。ほんとうに。ぼくらは特別な何かになれると思う。あとでちゃんと話してもいいかな？　いまは裁判所へ行かないといけないから」パトリックはそう言って電話を切る。

いまの告白のほかにもパトリックの思いがここからもれてきそうな気がして、手に持ったままの電話を見つめる。特別な何か？　頬がほてり、一瞬胸が熱くなるのを感じるが、すぐに現実に引きもどされる。実際にはありえない。たとえすでに夫と子どもがいるというちょっとした不都合がなかったとしても。パトリックが結婚の約束はしないというルールを変えて、いままで考えもしなかった将来を提案してきたとしても。パトリックの言葉が信じるに足るもので、いつまでも消えない罪悪感から出たものではないとしても。もう一度マチルダの写真を見て、心に誓う。パトリックがどう思おうが関係ない――カールとわたしでうまくやっていく。なんとしても。

わたしはジェイムズの供述書を読みはじめる。

ぼくの名前はジェイムズ・アーサー・スミスです。年齢は十四歳です。いま九年生で、ケントにあるクイーンズ・スクールという全寮制の学校に在籍しています。ここでの生活をはじめて一年になります。そのまえはクラパムにある家の近くの学校に通っていました。全寮制の学校へ入るまでは母と父とともに実家に住んでいましたが、父は頻繁に仕事で出張していました。

休暇や学期の中間休みにはいつも自宅で過ごします。学期中でも週末は実家へ帰ることを選択できます。休暇が明けて九月五日に学校へ戻り、新学期がはじまってすぐではありましたが、九月十五日からはじまる土日の週末に実家へ帰ることにしました。プレップスクールに通っていたときの友だちがパーティーを開いたからです。ぼくは金曜日の夜遅くに家に着きました。母が料理をつくってくれたので家で夕食をとりました。父は仕事で留守にしていて、遅い時間まで戻ってきませんでした。ぼくはベッドに入っていましたが、両親が言い争っている声が聞こえました。父はどなり、母は泣いていました。そのうちにぼくは眠ってしまいました。階下へおりて何が起きているかたしかめはしませんでした。ぼくがそうするのを父が嫌うからです。

土曜日にぼくはかなり遅くに目覚めました。母と父は出かけていたので、ひとりで朝食をとりました。キッチンの隅には割れたガラスが山になっていて、散らばっていたのを掃き集めてそのままにしたみたいでした。瓶の破片だったと思います。前日の夜には瓶が割れた音は聞こえなかったので、どうしてそうなったのかはわかりません。あたりを見まわして血が飛び散ったりしていないか確認しましたが、血痕はありませんでした。ぼくは破片を新聞紙で包み、ゴミ箱に捨てました。帰宅した両親が破片を目にしないほうがいいだろうと思ったからです。そのあとで朝食の後片づけをして、上階へあがって服に着替え、宿題に取りかかりました。

母と父は午前十一時ごろに戻ってきました。ふたりがどこへ行っていたのかはわからないし、訊きもしませんでした。口論があったときは質問しないほうがいいんです。ぼくは階下へおり、両親と話をしました。母は少しびくついていて、泣いていたように見え、父はあまりしゃべりませんでした。でも昼食はいっしょにとり、何ごとも起きませんでした。母がぼくの大好物のチーズトーストをつくってくれました。

土曜日の夜にぼくたちはディナーへ出かけ、ステーキを食べました。両親は直接ふたりでしゃべらず、どちらもぼくには話しかけてきました。父の機嫌が悪いかどうかはわかりませんでしたが、用心して父を怒らせないような話題を選びました。ぼくはコーラを飲み、両親はワインを二本、空けていました。父はウイスキーも飲んでいたと思います。いつもそうですから。夕食のあと、ぼくはパーティーへ行きました。友人の家はバラムにあるので、そこまでは地下鉄で行きましたが、帰りは家までウーバーを使いました。母がぼくの携帯電話を使って予約を入れておいてくれたんです。パーティーは楽しかったです。アルコール類も出ましたが、ぼくは飲みませんでした――酒を飲んだときの気分や、酒が人を怒らせるのが好きではないからです。門限の十一時前に帰宅しました。母も父もまだ起きていました。立っている父の身体が揺れていたし、顔がとても赤かったので、父はさらに酒を飲んでいたんだと思います。目も赤くて、潤んでいました。父はものすごく機嫌が悪そうでしたが、理由はわかりません。ぼくが玄関ドアをあけるのとほぼ同時に、父がすごい勢いで出てきて、まだ門限の時刻のまえだというのに帰りが遅いとどなりつけてきました。それからぼくをドアに押しつけ、その勢いでドアがバタンと閉まりました。そのあとはこっちの頭や身体を殴りはじめました。母は父の後ろにいて、大声をあげて父の腕を引っぱっていました。ぼくは身体をふたつに折り曲げて床に倒れこみました。殴られて気を失ったわけではなく、自分を守りたかったからです。ぼくは両腕で頭のてっぺんを覆っていました。

父は脚を二度蹴りつけてきて、それで暴行をやめました。それ以上ぼくを痛めつけたくなかったからではなく、単に疲れたからだと思います。顔は真っ赤で、殴りはじめたときよりもさらに赤くなっていました。口をあけたり閉じたりしてゼーゼー息を切らしていました。最後にこう言いました。「さっさとおれの目の前から消えろ。おまえの顔なんか二度と見たくない」と。ぼくは急いで上階にあがり、ドアのハンドルの下に椅子を置いて、外から入ってこられないようにしました。そのあとはベッドカバーで身体を覆い、床にすわりこんで父が母を痛めつけていないか聞き耳を立てていましたが、何も聞こえず、そのうちに眠ってしまいました。

警察に電話することも考えましたが、そうすると結局、状況が悪化します。まえに両親が喧嘩をしたときに二度ほど警察が家に来ましたが、警察は父を逮捕しませんでした。そのあと父は母をいつもよりもっと痛めつけました。いつごろそういうことがあったか、正確には覚えていません。一度は三年前だったと思います。あと、去年のクリスマスにもありました。母が父のプレゼントよりぼくのプレゼントのほうを優先して考えていたのが気に入らなかったんです。

　翌日の朝、母はすごく早い時間に部屋のドアをノックしてぼくを起こしました。ぼくは床で寝ていました。ドアをあけると、母はまえの晩と同じ服を着ていました。着っぱなしで寝ていたみたいに服はしわだらけだったし、母はちょっとへんなにおいがしました。それと、しゃべりませんでした。唇に指をあててシーッという合図をし、ぼくの部屋へ入ってきて、服をかばんに詰めはじめました。ぼくが何を持っていきたいか母にはわからないと思ったので、ぼくがかわりにやりました。母はベッドの上にすわっていました。ぼくは服を着替えて、母といっしょに階下へ行きました。両親のベッドルームの前を通ったとき、父の鼾（いびき）が聞こえました。母が玄関ドアをあけ、ふたりで外へ出ると、母は五十ポンドを手渡してきて「わたしはだいじょうぶ。だから学校へ戻りなさい。今夜、電話する」と言いました。ぼくは母にさよならのキスをしました。母に会ったのはそれが最後になりました。電話をすると言ったのに母から連絡はなく、こちらからかけてもぜんぶ留守番電話につながりました。月曜日の放課後、舎監が何が起きたのかを教えてくれました。

父を愛していましたが、怒ったときや、母やぼくをどなりつけてきたときの父は嫌いでした。ぼくは自分が父の望みどおりの息子ではなかったとわかっています。ぼくは病気がちで、父はサッカーやラグビーや夏にはクリケットを夢中になってやる息子をほしがっていたからです。ぼくだってそれらの試合に参加するのは好きですが、大好きというわけでもなく、Ａチームはおろか、Ｂチームにだって入ったことはありません。父はぼくを情けない息子と呼び、そんな息子なら娘のほうがまだましだと言っていました。あの土曜日は父に殴られたはじめての日ではありませんが、いちばんひどく殴られた日でした。

ぼくは全寮制の学校へ入って幸せでした。もう両親の言い争いを聞きたくなかったからです。母のそばにいてかばってあげられなくてとても心配でしたが、母はよくこんなふうに言っていました。自分が暴行を加えられているところを、家にいるぼくに見られるのはもっとつらいと。

父が死んでから母には会っていません。母がぼくとの面会を許されていないことはわかっています。ぼくのほうは学校で何ごともなく過ごしています。まわりのみんなはとても親切です。

いまは両親が何年もまえに離婚していればよかったのにと思っています。お互いを嫌いあっているようなのに、なぜいっしょに暮らしていたのかぼくにはわかりません。離婚していれば、事態はこれほどまで悪くならなかったはずです。ぼく自身は両親に離婚してほしいと思ったことは一度もありませんでしたが、していれば父はまだ生きていて、母は刑務所に入っていなかったかもしれません。

供述書をデスクに置く。最後の言葉が頭を駆けめぐる。マチルダの写真をもう一度見る。カールとわたしはどちらかが相手を殺すことはないだろうけれど、ふたりのあいだにある互いを嫌悪する空気から逃れるすべはない。破局へ向かう恐怖、親権や養育費についての争いが頭に浮かぶが、ひとまずそれは考えないようにして、自分が踏みだせる実質的なステップについてリスト化してみる。勇気を持って難局を打開する頃合いかもしれない。住宅の価格は値上がりしているので、わたしたちの家もいくらかの価値はあるはず。売って得たお金はわければいい。少し離れた場所にフラットを買ってもいいし、どこかを借りてもいい。マチルダとふたりだけで住むのなら、それほど大きな家はいらない。カールとの暮らしをこれ以上つづけるのは無理だ。パトリックとの未来が頭に浮かびそうになるけれど、それを払いのける。何よりもまず最初にカールとの現状をなんとかしなくてはならない。

そういった考えをすべて脇へおき、ジェイムズの供述書にふたたび目を通し、関係がありそうな箇所を書きとめていく。もう一度マデリーンと打ち合わせをしよう。そして彼女の弁護を成功させよう。午後遅くにパトリックに電話をかけてジェイムズの供述書についてのわたしの意見を共有する。互いに手短にしゃべるけれど、彼の声は温かく、わたしの声を聞けてよろこんでいるようだ。それがすんで訴訟事件摘要書をしまい、帰宅の途につく。マデリーンの事案の進み具合はゆっくりだが、わたしはいま何かをつかみかけている。

16

翌日の二時にフランシーンの家に到着する。フランシーンははじめて満面の笑みで迎えてくれ、頬に挨拶のキスまでしようとしたところで、相手は友人ではなく弁護士だということを思いだしたらしい。マデリーンのほうは感情を抑えるつもりはないようで、リビングルームのソファから急いで立ちあがり、わたしをぎゅっと抱きしめる。わたしの提案でいっしょにキッチンへ移動し、テーブルの上に供述書を広げる。

「ジェイムズの供述書のコピーは受けとりましたか」

「ええ」マデリーンの声は抑揚がなく、さきほどまでのうれしそうな表情は消えている。

「これは訴追側の供述書ですが、あなたの陳述を裏づけてくれています。とても役に立ちます。訴追側がジェイムズを証人として召喚しない場合、わたしはしないと考えていますが、われわれのほうで彼を召喚することもできます」わたしは励ますように言う。

「そりゃあ裏づけてくれるでしょうよ。何があったかわたしは真実を語っているんですから」わかりきったことをいちいち確認するな、とばかりにマデリーンは非難がましく言うが、顔つきはいらついてはいない。

「わたしは弁護士としての立場から申しあげただけで……」

「わかっていますよ、アリソン。心配しないで。でもね、わたしたちの口論についてあの子がどんなふうに感じていたかを読むのはとてもいやな気分なの」マデリーンはしばらくテーブルを見つめてから、無理やり笑顔を向けてくる。「でもこれは役に立つ、それはわかるわ」

「あなたに有利になるような精神科医からの報告書、あなたの主治医やお友だちの宣誓証言、それとジェイムズの供述書がそろっています。これまでの経緯を裏づける診療記録も。みんな届いています」わたしは励ますような口調を変えずに言う。

「でもあの夜に起きたことを目撃した人はいない。日曜日には家に誰もいなかったんだから。みんなわたしを信じるかどうか決めなくちゃいけないのよね？」

「そうです。しかし以前にも説明したとおり、そのほかの証拠はあの夜の出来事の背景にある事情を裏づけるのに有効なんです。あなたの行動を説明づけてくれるんですよ」

「わかりました。わたしの陳述をもう一度見ていいかしら」

「もちろんです」わたしは書類を取りだして彼女に渡す。マデリーンは背を丸めて読みはじめ、わたしはファイルされているコピーを読む。読むのも気が引けるような内容なのはわかっている。〈ジャスパーズ〉でいっしょに食事をとったときにマデリーンが語ってくれた話をわたしがまとめたものだから。はじめて会ったときに聞かされた半分だけの真実とは大きくかけ離れている。わたしは記憶にしみこんでしまうほど何度も読んだ。つきあいはじめたころのふたり、最初はごくまれにゆっくりとはじまった暴力。さまざまな怪我。軽傷のものもあれば重傷のものもある。見下され、心を傷つけられ、唾を吐きかけられ、ひっかかれ、髪を引っぱられ、恥辱や屈辱感を与えられてきた。青黒くなった目のまわりをメイクで隠し、車のドアにぶつけてしまったと嘘をついたこともあった。友人、主治医、ジェイムズのクラスのほかの親たちに語った言い訳の数々。何年ものあいだエドウィンの怒りからジェイムズを遠ざけ、その矛先を自分に向けさせて、夫の暴力からいかにジェイムズの身を守ろうとしたか。

わたしはもうジェイムズを守れませんでした。息子はどんどん成長していきました。わたしより背が高く、エドウィンと肩を並べるくらいに。エドウィンは家のなかにもうひとり男がいることに我慢できませんでした。今年の五月のはじめごろ、どういう状況だったかよく覚えていませんが、ジェイムズが何かのことでエドウィンに盾ついたことがありました。ジェイムズはぷいっと外出し、エドウィンはわたしを平手打ちして言いました。父親に歯向かうよう、おまえが仕向けたんだろうと。言うことを聞かない息子には教訓を与えてやる必要があると。もちろんあの子はあなたを尊敬しています、と言ってわたしは夫をなだめすかし、彼の怒りを鎮めることができたと思っていました。でもその晩ジェイムズが帰宅すると、エドウィンは息子を殴り倒し、何度も蹴りつけました。わたしは夫をとめましたが、また暴行を加えはじめるのは時間の問題だとわかっていました。わたしは夏休みのあいだジェイムズをスポーツキャンプに参加させ、秋になって息子が学校へ戻ったときには、これでもうだいじょうぶ、少なくともしばらくのあいだは、と思いました。けれども例の週末、ジェイムズはパーティーがあるから実家へ帰ると言って譲りませんでした。わたしは何度も帰ってきちゃだめととめましたが、息子は聞く耳を持ちませんでした。エドウィンは出張で家を空けると言っていたので、わたしはそれほど心配はしていませんでしたが、土壇場になって出張は中止になりました。木曜日にジェイムズが週末に帰ってくると夫に伝えると、彼は怒りだしてうちは幼稚園じゃないと言いました。正確にはこう言ったんです。「おまえが戻ってこいと言ったのか？　この家は幼稚園じゃないんだぞ。せっかくの寮に住まないのなら、全寮制の学校の授業料を払ってやる意味はないじゃないか」わたしは夫をなだめようとしましたが、こちらの話を聞こうともしませんでした。

「おれは明日、外出する」とエドウィンは言いました。

ジェイムズは金曜日の七時ごろに帰ってきました。エドウィンは外出していたので、わたしはほっとしていました。ジェイムズのためにフィッシュパイをつくり、いっしょに食べて、テレビを観ました。十時半ごろにジェイムズはベッドに入り、わたしは映画を観ていました。深夜になってエドウィンは帰ってきました。酔っぱらっていて、フィッシュパイのにおいを嗅ぐと怒りだし、わざと家をくさくしたとわたしを責めました。それからキッチンへ走っていきました。彼が何をするかわからないのでわたしはあとを追い、ふたりしてキッチンに入るやいなや、夫は戸棚からフィッシュパイがのった皿を取りだしてこちらに投げつけました。わたしがよけると、皿は壁にあたりました。割れはしませんでしたが、パイの残りが床に散らばりました。エドウィンはわたしをつかまえてパイが飛び散ったあたりに無理やりひざまずかせ、わたしの顔をパイの残骸に押しつけました。パイが鼻や口に入り、卵とクリームと燻製のタラのせいで呼吸をするのも困難でした。においで胸がむかついて、吐きそうになりました。もがいて夫の手から逃れようとすると、夫はさらに力をかけてきて、そのせいでますます息をするのがたいへんになりました。首と肩が痛みました。このままでは窒息すると思ったとき、エドウィンが力を抜きました。上体を起こしたわたしにエドウィンはパイをぜんぶ食べろと命じました。

「おまえのせいで汚れた

んだから、おまえがきれいにしろ。このビッチが」わたしは前かがみになって食べはじめました。そういうときのエドウィンには何を言ってもむだなんです。言われたことをやるしかないんです。

こちらからはいまマデリーンがどこを読んでいるかが見える。彼女はフィッシュパイのくだりでいったん間をおいた。ワインバーでマデリーンがフィッシュパイについて語ったとき、わたしもそこで間をおいた。わたしにとって彼女は〝きちんとした人〟だ。会うときはいつも、しみひとつないきれいな服を着ている。パトリックも刑務所で接見したときマデリーンは身だしなみをきちんと整えていたと言っていた。彼女が膝をついて床に散らばったフィッシュパイの残骸を食べている姿を想像しようとしても、なかなか頭に浮かんでこない。マデリーンはため息をつき黙読に戻る。わたしも陳述書を読む。

できるだけ食べたけれど、床にまだいくらか残っていました。エドウィンはわたしの背中を蹴りつけて言いました。「まだ残ってるぞ。なめたほうがよさそうだな」わたしは床をなめはじめました。すでに気分が悪くなっていて、そういう姿勢でいることがほんとうに恥ずかしかった。同時に、ジェイムズが何が起きたのか確認しに階下におりてくるかもしれないと思うと恐怖が湧いてきました。エドウィンが離れていくとすぐに顔の間近で瓶が割れる音がしました。破片が飛んできて頬にあたりました。皮膚がちょっと切れました。床じゅうにワインがこぼれました。「夕食をとりながらワインを飲んだみたいだな」エドウィンはそう言ってくすくす笑いました。わたしは夫のほうを見たり、なめるのをやめたりしませんでしたが、割れたガラスのなかに顔を押しつけられるかもしれないと思うと怖くてしかたなかった。エドウィンの笑い声はヒステリックなものになっていき、泣いているのかと思いましたが、恐ろしくて確認することはできませんでした。夫はもう一度わたしの背中を蹴りつけ、キッチンから出て階段のほうへ向かいました。彼が上階へあがっていく足音が聞こえてきました。そしてドアが閉まり、静かになりました。わたしはキッチンの床にうずくまって三十分ほど待ち、夫がおりてこないことを確認しました。そのあとでキッチンの隅にガラスを集め、掃除をはじめました。ワインとフィッシュパイをきれいに拭きとりました。階段のところへ行って下からのぞいてみると、わたしたちのベッドルームのドアが閉まっていたので、ソファで寝たほうがいいと思いました。

　次の日の朝、エドウィンが七時ごろに起こしにきました。そのときはまったく別人になっていました。「わたしの鼾（いびき）で眠れなかったのか？　だから下で寝ていたのかい？」と尋ねてきました。それから朝食をとりに外へ行こうと言われました。わたしはいいわねと答え、夫の気が変わるまえにすばやく顔を洗って着替えました。〝行ってきます〟も言わずにジェイムズを残していくのは気がかりでしたが、息子が家にいることをエドウィンに思いださせないほうがいいように思えました。わたしたちはタクシーで〈ウォルズリー〉へ行きました。エドウィンのお気に入りの店です。夫はフル・イングリッシュ・ブレックファストを頼み、わたし用にスクランブルエッグとスモークサーモンをオーダーしました。わたしはあまりお腹がすいていませんでしたが、がんばってぜんぶ食べようとしました。でも魚のにおいを嗅ぐと少し気分が悪くなりました。エドウィンは上機嫌のうえやさしく、冗談をたくさん飛ばしたので、わたしは少しずつリラックスしていきました。

朝食をとったあとふたたびタクシーに乗り、十一時ごろに帰宅しました。ジェイムズはそれよりまえに起きたみたいで、キッチンの割れたガラスはきれいに片づけられていました。まえの晩の騒動のあとを息子が片づけるはめになったのかと思うと、とても悲しくなりました。同時に申しわけない気持ちになりました。息子を守るのがわたしの仕事なのに、ふたたびエドウィンのスイッチを入れてしまうおそれのあるなかで、息子の手をわずらわせて騒動の後片づけをしてもらうのは不本意だったからです。でも夫は穏やかなままでした。ジェイムズが階下へおりてきて、わたしたちはスポーツのことやクラスでの過ごし方などを話題にしておしゃべりしました。わたしはチーズトーストをつくり、すべて順調でした。だからあまりピリピリするのはやめました。午後はみんなそれぞれのことに専念しました。ジェイムズは宿題をやり、わたしには画廊でおこなわれる次の展示会に向けて、目を通しておかなければならないものがありました。エドウィンは書斎にこもり、わたしは彼の邪魔をしないよう細心の注意を払いました。それと、レストランの予約を入れました。夫は三人がそろったときは外で夕食をとりたがるからです。そこでわたしたちはステーキを食べ、ワインを飲みました。エドウィンはワインのあとにウイスキーも飲みました。そのまえからすでにお酒を飲んでいたのかもしれませんが、いまとなってはわかりません。夫はわたしよりもたくさんワインを飲みました。

夕食のあと、ジェイムズはバラムの友人宅で開かれるパーティーへ行き、エドウィンとわたしは家へ帰りました。夫はさらにウイスキーを飲み、息子が外出していることに腹を立てはじめました。ジェイムズは自分たちといっしょに家にいるべきだと言いだしたんです。あなたはジェイムズにそばにいられるといやかと思った、とわたしはつい口を滑らせ、それを口答えとみなされてエドウィンに二度、平手打ちされました。夫は部屋のなかを行ったり来たりしてジェイムズが帰ってくるのを待ちました。十一時に息子が玄関ドアをあけた瞬間に、エドウィンはジェイムズに跳びかかって殴り倒し、頭や身体を何度も何度も蹴りつけました。わたしは叫び声をあげながら夫を息子から引きはがし、ジェイムズは上階へ駆けあがっていきました。エドウィンは「あいつを殺してやる。次は逃さないぞ」と叫んでいました。夫はすごい勢いでリビングルームに戻り、さらにウイスキーを飲みました。そのあいだわたしは黙って階段にすわっていました。やっとのことでエドウィンの怒りはおさまり、彼はソファで眠りに落ちました。

「ほんとうに殺人罪で裁かれずにすむようになるんですか」マデリーンが自分の陳述書から目をあげて訊く。

「わかりません。状況しだいです。訴追側があなたの話を受け入れてくれるといちばんいいのですが——われわれはこちらの精神科医の報告書をつけて訴追側に申し送りをし、訴追側ではあちらが手配した精神科医にあなたを診てもらう手筈を整えるでしょう。訴追側が申し立てを受け入れないとしても、陪審の前でわれわれが申し立てるのをとめることはできません。まあ現状ではどちらに転ぶかはわかりません。でもやってみる価値はあります。起きた事実をすべて考慮すれば」

マデリーンは立ちあがり、リビングルームの反対側へ歩いていく。「ぜんぶほんとうのことです。ほかの手段は考えられなかった。あれが自分にできる唯一のことだったんです」マデリーンは両手を顔に押しあて、壁に寄りかかりながら腰を落としていき、床にうずくまる。這いつくばって床に落ちた食べ物をなめるという、さきほど読んだばかりの姿が頭に浮かぶ。靴をはいた足が彼女の背中を蹴りつけるのが見える。マデリーンは静かに泣きはじめる。わたしは読みつづける。

その晩は眠れませんでした。考えることをやめられなかったんです。どうにかしなければならないとわかっていましたが、どうすればいいかはわかりませんでした。朝が来るとすぐにわたしはジェイムズを起こし、家から学校へ戻しました。そうすればもう痛めつけられることはありませんから。それからわたしはシャワーを浴びて着替えました。エドウィンは遅い時間に起きてきて、一日じゅうこちらには話しかけませんでした。夫は書斎にこもっていました。何をやっていたかはわかりませんけれど。何を要求してくるかわからないので、わたしは外出をひかえました。彼が空腹を訴えてきたときにそなえてスープをつくり、キッチンで声がかかるのを待っていました。夫は六時ごろにおりてきて、またお酒を飲みはじめました。わたしも気持ちを落ち着かせておくために飲みました。彼がそばにいると恐ろしくてたまらず、身体が震えました。ジェイムズはどこだと訊かれたので、学校へ戻ったと答えました。そのとたんにエドウィンは怒りだしました。ジェイムズが夫に別れの挨拶をしていかなかったからです。夫に腹を二発、殴られましたが、そのあとはこう言われただけでした。「おまえがおれに歯向かうように仕向けたんだ。おれは永遠に息子を失ってしまった。かならずおまえにも息子を失わせてやる」

その言葉を聞いて、わたしのなかで何かがぽきっと折れました。「もう二度とわたしの息子を脅さないで」とわたしは言いました。夫は大笑いしました。「それは約束できないと言ったら、マデリーン、おまえはいったいどうするんだ？」そのあとでエドウィンが側頭部を殴りつけてきたのでわたしは倒れこみ、腹を二度、蹴られました。「おまえにおれをとめることはできないんだよ」と夫は言いました。「おれはいつだって好きなときにおまえらふたりを殺せるんだ」わたしは言いかえしませんでした。夫が上で動きまわっている音が聞こえ、お酒を飲んだあと、上階のベッドルームへ行きました。エドウィンはさらにお酒を飲んでいるうちに静かになりました。わたしはもう我慢できませんでした。彼にたびたび傷つけられ、それもどんどん悪質になっていました。夫は暴力を振るうのをやめそうにありませんでした。ジェイムズを手ひどく痛めつけ、殺すとまで脅したんです。いつかはわたしたちふたりを殺そうとするだろうと確信しました――夫が次に何をしでかすか、恐ろしくてたまりませんでした。恐ろしくて、もう選択の余地はないと思いました。エドウィンが眠っているのを確かめてから、わたしは包丁を手に取り、何度も何度も彼を刺しました。どこからあんな力が出てきたのか、いまでもわかりません。確実に夫には死んでほしかったんです。そうすればエドウィンはもう二度とわたしたちを痛めつけられませんから。わたしは何かにとりつかれたように深く、浅く、何度も刺しつづけました。わたしの手からは血がしたたり、顔には血が飛び散りましたが、わたしは自分をとめることができませんでした。

「マデリーン、だいじょうぶですか？」わたしは訊いた。すすり泣きはやんだものの、まだ床にすわりこんでいる。

「ええ、だいじょうぶ」

「あなたの主張を陪審が受け入れるかは保証できません。ですが、あなたが語る内容は自制心の喪失を認めさせるのに充分だというのがわたしの見解です。それができれば、罪状を殺人から故殺へ引き下げることが可能になります。われわれはあなたがひどい暴力に怯え、自分のためだけではなくジェイムズのためにも、手を下さなければならなかったという事実を示さなければなりません。さらに、エドウィンはあなたとジェイムズを殺すと脅していたわけです。率直なところ、陪審に自制心の喪失を提示するのに充分な証拠になると思います——彼からのさらなる暴力に怯えて自制心を失い、あなたはエドウィンを殺したと。こちらの手もとにはちゃんとした精神科医の報告書もあります。あなたが語った真実を受け、あなたには心的外傷後ストレス障害と鬱の症状が見られる旨が報告書には記されています。あなたに向けられたエドウィンの暴力についても証拠はすべてそろっています。われわれはこの線で進めるつもりです。それでよろしいですよね？」この〝スピーチ〟の最後にはわたしは立ちあがっていて、自分の声に熱がこもっているのを自覚する。マデリーンが自分に見切りをつけるのを見るのは我慢できない。

「正直に言って、わからないんです、アリソン。ほんとうに。確固たる方針を持って進めてくれるのはうれしいんですけれど、やはりわからないの。もし許されるなら少しのあいだ考えさせてほしい――わたし、パトリックとも話しあってみたい。彼が同意しなければ、有罪答弁に変えるかもしれない」マデリーンは立ちあがり、近づいてきてわたしを抱きしめる。彼女を抱きしめかえし、もう少しで泣いてしまいそうになる。マデリーンが耐えてきたことを考えるとたまらない気持ちになる。わたしには持てたためしがないほどの力をマデリーンは見せてきたのだ。わたしたちはしばらくそのまま抱きあい、それから身体を離す。マデリーンはシンクへ行ってマグカップをすすぎはじめ、わたしは書類をそろえる。

そのあとで携帯電話をチェックする。

不在着信が十件。メッセージが五件。なんなの、これは？　マチルダだ。マチルダにちがいない。

でもマチルダではなかった。

最初のメッセージはパトリックから。〝電話してくれ〟

次のもパトリックから。〝お願いだから、電話をくれ〟

三番目のもパトリックから。〝すべて大きな誤解なんだ。電話をしてくれ〟

四番目のもパトリックから。〝頼む、電話をくれ。お願いだ〟

五番目は事務職員のマークから。〝先生、共同事務所のほうに至急電話をください〟

わたしはキッチンの外に出て、事務所に電話をかける。

「誰にも言わないでくださいよ」とマークが言う。「クライアントには絶対に内密に。パトリックが警察の事情聴取を受けています」

わたしは黙って立ちつくし、どう返答していいかわからずにいる。

「起訴されたわけではないとクロエは言っていますが、被疑者として事情聴取を受けているようです」

「クロエは理由を言っていた？」そう訊きながらも、パトリックから来たテキストメッセージのなかで〝誤解〟という言葉が使われていたことを思いだし、鉛の玉を飲みこんだように胃がずしりと重くなる。

「クロエは慎重に言葉を選んでいました。でもどうやら誰かから告訴されたらしいんです」

「告訴の内容は？」

「相手は女性。わかっているのはそれだけです」

明日は公判の予定がないとマークに言われ、わたしが休みをとることをマークも了解する。そこで電話を切る。

「すべて順調？」なかに戻り、マデリーンに訊かれる。

「いいえ。えっと、はい、もちろん順調です。同僚についての悪いニュースが入っただけです」はっきりした声でしっかりしゃべっている自分に驚く。頭のなかは混乱しているのに。「申しわけないんですが、マデリーン、すぐに戻らなくてはならなくなりました」

「わかりました。何ごともないといいですね」

「だいじょうぶだと思います」ほんとうにそうだといいけれど、と思いながら答える。頭のなかはますます混乱し、マデリーンに別れの挨拶はするものの、ろくに彼女の顔を見もせず、声も聞いていない。タクシーをつかまえる手間さえ惜しんで、ビーコンズフィールドの通りをただひたすら歩きつづける。駅のプラットホームのベンチに腰かけ、列車を見送り、次のも見送る。ずいぶんたってから雨が降りはじめ、次に来た列車にどこが終点かもたしかめずに乗る。どこが終点だろうとどうでもいい。外は暗くなり、パトリックから来たメッセージとわたしが送信しようとしたメッセージが頭のなかで入り乱れる。〝電話をちょうだい、電話できなくてごめんなさい、電話をくれる？　さっきは電話できなかった〟打っては消し、また打つ。でも送信しない。パトリックと話をしなくてはと思うものの、なんと言うべきかわからない。一度だけ電話をしてみるが、留守番電話につながり、何かメッセージを残そうと考えているうちに電話が切れる。

帰宅し、カールの前を通りすぎ、マチルダの前を通りすぎ、まっすぐにバスルームに入ってお湯が水になるまでシャワーの下に立つ。カールが話しかけているような気がするが、彼の言葉は水といっしょに流されて排水溝に吸いこまれる。そのあとベッドに入って思う。夜がどんなに恐ろしくてもかまわないから、明日という日は来ないでくれと。

17

でもそういうわけにはいかない。水曜日がやってくる。

マチルダがわたしめがけてベッドに跳びのってくる。

娘を無視する。

カールに肩を揺すられる。

夫を無視する。

携帯の着信音は鳴らないし、電話も来ない。

来たとしても無視していただろう。

まくらに頭を押しあて、ベッドカバーの下で丸くなる。明日は来てしまったけれど、何も変わっていない。何も去っていってはいない。事務職員のマークとの会話の断片が頭をよぎる。起訴はされていない。ただ事情聴取を受けているだけ。だからといってそれが真実とはかぎらない。

金曜日の晩のうちでの出来事を思いだす。「やめて」とわたしは言った。「やめて」と。彼はやめた。最後には。彼はレイプ魔じゃない。彼はパトリックだ。

でもあのとき彼がやめなかったら？

今回、やめていなかったとしたら。

そんなわけがない。パトリックは……

信じたくない。

何を信じればいいかわからない。


「アリソン、電話に出たほうがいいよ。共同事務所から」カールが言って、ベッドカバーの下で丸まっているわたしに家の電話を押しつける。あっちへ行ってと言ってしまいたいが、そんなことはできない。ベッドカバーをはぎ、受話器を受けとって耳にあてる。

「もしもし」舌がもつれる。

「こんにちは、先生。ご自宅にまで電話してすみません。先生は今日はお休みだとわかっていますが、最新情報をお伝えしておきたくて」とマークが言う。

「最新情報？」

「はい。ソーンダース＆Ｃｏのクロエから連絡があったんです。彼女によると、今朝七時にパトリックは保釈されたそうです。一週間後に出頭するみたいです。レイプで起訴されるかもしれないとのことです。そういう状態にあるあいだはパトリックは仕事ができないので、クロエが彼の事案を引き継ぐそうです。殺人事件について話しあうために、今日このあと先生から電話をもらいたいと言っていました」

「わかった。電話しとく」起きあがってペンを探しながら言う。ふつうを装ってみるけれど、一瞬しかつづかない。わたしはベッドに倒れこむ。「レイプ。ほんとうなの？」

「残念ながら、はい、先生、ほんとうです」

「誰が告訴したか知ってる？」そこで間をおいて考えなおす。「ごめんなさい、訊くべきじゃないわね」

「そうですね、先生。いずれにしろ、詳細はわかりません。わかっているのはいまお伝えしたことだけです。携帯のほうへ電話してほしいとクロエは言っていました。ですが、オフィスのほうにかけてもだいじょうぶだと思います。あとでぼくからもかけてみます。いまはばたばたしているでしょうから」

マークが電話を切る。わたしは手にした受話器を見つめ、言葉がどうやってこちらの耳まで届いたのか考えてみる。

「レイプ？」とカールが言う。

わたしは跳びあがらんばかりにびっくりする。カールがまだ部屋のなかにいるとは思わなかった。

「みたいね。いずれにしろ来週には何かわかると思う」

「そう」カールは部屋から出ていかずに、間近でわたしを見つめる。「具合が悪そうだよ。顔色も悪い。また二日酔いかい？」

「いいえ、ちがうわ。昨日の晩、働いたからかしら。わからないけど、何度か気分が悪くなった。今日は休むことにする」並々ならぬ努力をして声をふつうどおりに保つ。インドネシアのクラカタウ火山が噴火したときみたいに、いまにも涙が津波となって押し寄せてきそうなのに、カールに泣いているところを見られるわけにはいかない。

「病気なのか？　ちょっと待ってくれよ、まさかノロウイルスに感染したんじゃないだろうな。マチルダをこの部屋に入れないようにしないと」カールは急いで部屋から出ていこうとする。「何かほしいものはあるかい？」

「いいえ」と答えるけれど、ほんとうはある。ほしいのは時間を戻すための時計。流砂に巻きこまれたような悪夢の出来事が起きていないころに時間を戻してほしい。

ふたたびベッドカバーをかぶって丸くなり、目を閉じる。

その日の残りはずっとベッドのなかにいる。カールは仕事から帰ってきたあとスープをつくってくれて、トーストといっしょにベッドまで持ってきてくれる。食べ終わるとカールがトレイを片づけ、わたしはふたたび横になって目を閉じる。少したってからカールが戻ってきて、ベッドの上のわたしの横に腰かけてパソコンを見る。口を閉じてくれているおかげで、こちらは考えることができてありがたいと思う。とはいえ夜になってからずっと頭に浮かんでいるのは、目を血走らせ、土気色をしたパトリックの顔。もう一度電話をかけてみる。手が震えて彼の番号をなかなか表示させられない。やっとかけたのにまだ電源が切られている。

八時にようやくメッセージが届く。携帯の着信音にびくりとするが、カールは気づかずにパソコンでの作業に熱中している。

〝彼女は嘘をついているんだ、アリソン。真実じゃない〟

メッセージを消去して返事を打つ。

〝どう考えるべきかわからない〟

パトリックはすぐに返信してくる。〝どうかぼくを信じてくれ。きみはぼくのことを知っている。ぼくがそんなまねをするはずないだろ。せめて説明するチャンスを与えてほしい〟

そのメッセージも消去して、どう返信すべきか考える。

〝説明は聞くけれど、何も約束できない。明日話しましょう〟

長い間。それから返信が来る。〝ありがとう〟

携帯の電源を切って、外の世界に身をさらさないよう、ふたたびベッドカバーの下にもぐりこむ。

どこが悪いにしろ、少なくともわたしが吐いていないことにカールは安心したらしい。その証拠にマチルダがわたしの様子を見に部屋へ入ってくる。ベッドカバーをはねのけるとマチルダがベッドにのっかってきてわたしのとなりに横になり、わたしは娘を抱きしめる。首にかかるマチルダの息は温かく、髪は清潔な香りがする。胸の痛みはいくらかやわらぎ、肋骨を締めつけられている感覚が消えかかる。マチルダの頭ごしにカールと目をあわせると、この数カ月のあいだではじめて、彼は心からの満面の笑みを見せる。しばらくのあいだわたしたちのとなりに腰かけ、わたしの腕に手を置いている。肋骨を締めつける力がさらに弱まり、わたしは吐息をつく。

「ちょっと出かけてくるよ、アリソン。きみはだいじょうぶかい？」

「ええ。具合が悪くなった原因がなんであれ、もうおさまりそう」

「よかった。まずマチルダをベッドへ連れていくよ——ママのためにいい子にしてるんだよ」

疲れた様子を見せてうなずくマチルダをカールが抱きあげる。

「クライアントの具合をみてくる。例の自殺しそうな男性だ。まだ調子は万全とは言えない。でもそんなに遅くはならないよ」

関心がないというわけではなく、疲れすぎていて他人のことまで頭がまわらない。マチルダに何ごともなければそれでいい。「わかった。こっちはだいじょうぶ」

カールはマチルダを子ども部屋に連れていき、彼が娘のために歌をうたっているあいだ、わたしはまたベッドカバーの下にもぐりこむ。

次の日の朝、朝食のあと共同事務所に向かう。カールとマチルダとわたしの三人で道路の端まで歩き、バスが来るのが見えたところでわたしはふたりから離れ、バイバイと夫と娘に手を振る。共同事務所に着くと、マークが事務的に一連の新たなファイルを手渡してくる。それらのなかにはマデリーンの事案に関係する書類だけでなく、これから公判がはじまるレイプ事件と詐欺事件に関する書類も入っていて、この先、数カ月はこれらの事案にかかわることになりそうだ。二件の公判の日程は接近していて、ファイルを見てみると、フリート・ストリートから少し入った界隈に日参するこれからの三カ月は九時五時の勤務でいけそうだし、いつもより楽に乗りきれそうな気がしてくる。マチルダの見送りやお迎えもできそう。そんなことを考えながら、マークに声をかける。

「わたしにもっと詐欺事件をまわしてくれるよう、ソリシタに頼んでみてくれないかな。法律相談でもいいわ。そうしてもらえると先々の予測がつきやすいのよね」

マークは確認しておきますと答える。わたしは自分の思いつきに口もとがゆるむ。解決策が見つかった気がする。もしかしたら検察庁へ移ることを検討すべきかもしれない。仕事がもっとシンプルになれば、気持ちも落ち着くだろう。気持ちが落ち着けば、仕事は効率的にまわり、マチルダとカールに全神経を集中させることができる。そうすればカールがわたしに対して腹を立てることもなくなるだろう。

ランチタイムにパトリックが電話してくる。少しのあいだ携帯電話を見つめ、それから手に取って応答する。

「パトリック？　ずっとあなたをつかまえようとしていたのよ」

「わかっている。すまない。ちょっと……状況が難しくて。会って話せるかな」

答えるまで長い間をおく。彼と会って、あなたはみんなが勝手に言いたてているようなモンスターじゃないと伝えて安心させてあげたい気もする。一方で、安全な場所に逃げこんでしまいたい気もする。いろいろなことがあったあとだけに……

「わかった。どこで?」

パトリックはウォータールー駅にほど近いザ・カット通りにあるカフェの名をあげ、わたしは落ちあう場所がフリート・ストリート付近ではないことに安堵し、それを彼に悟られないようにして同意する。そのあと徒歩でテムズを渡る。カフェに近づくにつれて足取りが遅くなる。

パトリックはカフェの奥の席にすわり、両手をマグカップにそえている。彼は挨拶がわりにうなずき、わたしがテーブルに近づくと立ちあがって手をさしのべてくる。わたしはほんの少し間をおいてからハグに応じる。抱きしめられながらあらためて思う。この人はわたしの友人であり、同僚であり、愛人のパトリックなのだと。彼の身体に腕をまわして抱きしめかえす。パトリックは短く息を吸いこみ、一、二度、嗚咽をもらし、こちらの首筋を涙で濡らす。やさしく背中をたたくと、彼の身体から緊張が振動となって伝わってくる。ようやくパトリックは身体を離し、わたしたちはテーブルをはさんで腰をおろして向かいあう。彼はふたたびマグカップを手にするが、口はつけずにただ中身を見つめている。

沈黙が垂れこめ、もはや我慢できなくなる。

「パトリック、話してちょうだい」こちらがそう言うのと同時にパトリックが話しはじめる。

「説明させてほしい。真実はそういうんじゃない——彼女は自分だけ逃げだそうとして嘘を申し立てているんだ」

わたしは口を開いて何か言おうとするが、言葉は何も出てこない。

「ほんとうなんだよ、アリソン。理解してほしい」彼の声には差し迫った響きが感じられる。

「どうしてわたしが理解しなきゃならないの?」懸命に声を押しだす。

「きみがどう思うかが重要だからだ。ほかの人間にどう思われようと関係ないが、きみがどう思うかが心配なんだよ」

わたしはどうするべきか考え、しばらく口を閉ざす。まずは点と点を結ばねばならない。

「あなたは保釈されたのよね」

「そうだ」

「まだ起訴されていないんでしょ?」

「一週間後に警察に出頭する。次の月曜日に。あっちではいまごろ証拠を調べなおしているところだろう。その仕事は早めに終わらせると言っていた」

「どうして早めに終わらせなきゃならないの?」結ぶべき点があちこちに飛ぶ——こんな

ふうでは核心に近づけないとわかっているのに、彼の言葉を繰りかえさずにはいられない。

「かかわっている人間のせいだ」

「どういうこと？　それって誰？」

パトリックが頭をかかえる。

「何があったか話して」きつめの口調で言う。

「話すのは難しい。ほんとに難しいんだよ」パトリックは顔をあげるが、こっちを見てはいない。彼の顔は蒼白で、目の下がたるんでいる。パーティー好きの生き生きとした表情はすっかり影をひそめている。

「パトリック、ちゃんと説明して。事情がわからないとどうしようもない」

パトリックが大きく息を吸う。「わかった。あれは月曜日のことだった」

「月曜日のいつ？」

「夕方。夕方に逮捕された」

月曜日の出来事を時間を追って思いだしてみる。わたしたちは朝、電話でマデリーンのことを話し、午後にもう一度話した。

「でもわたし、三時半か四時ごろにあなたに電話した――それなのに逮捕ってどういうこと？　あのときあなたはわたしとしゃべっていたのよ」

「ああ、しゃべっていた。でもぼくはある人といっしょに昼食をとるために外出していたんだ。きみと話したころにはかなり酔っぱらっていた。気づかなかった？」

わたしはかすかに首を振る。ふだんのパトリックはかなり酒が強い。

「それで、その、ぼくらはずいぶん飲んでしまった。適量を大幅に超えて」

「誰といっしょに昼食をとっていたの？」話し方がゆっくりと、慎重になる。

パトリックは答えない。

「パトリック、誰といっしょに昼食をとっていたの？　その人が告訴したの？」

パトリックは席に沈みこみ、その姿はいきなり六十歳になったみたいに見える。疲れた表情、土気色の顔。ほんとうに疲れきっている。お茶をこぼしたあとが点々とついているテーブルの上に、両手を扇の形に広げる。

「お願いだから教えて」

「このことは誰にもしゃべらないと誓ってくれ。ぼくはクロエにしか話してない」

「わかった、約束する。だから教えて」

「キャロライン・ネイピア。いっしょに昼食をとっていたのはキャロライン・ネイピアだ。それと、そう、告訴したのも彼女だ」

頭をのけぞらせる。息が詰まる。わたしは長く息を吸って、とめて、吐きだす。なんてこと。

「勅選弁護士（クィーンズ・カウンセル）の？」

「勅選弁護士（QC）の」

「でも彼女は結婚している。ジャーナリストと……」キャロライン・ネイピアは伝説的なバリスタで、これまでに刑事事件専門の勅選弁護士に任命された弁護士のなかでもっとも若い女性のひとりであり、きちんと結婚生活を送り、三人の子どもを育てている。

「旦那は彼女を捨てて研修生のもとに走った――彼女はいまそういう状況にあるんだ。それでぼくたちは酔っぱらった。裁判所でばったり会ったんだよ。ルートンの裁判所。いっしょに正午前の列車に乗って戻ってきた。昼食をとろうと持ちかけてみたら、彼女がオーケーした。話しているうちにどんどん飲んだ――彼女の結婚生活は危機に瀕していて、本人はタガがはずれたようになっている。いつの間にかぼくたちはクラーケンウェルに向かって歩いていて、あたりにある公園の塀を乗り越えた。まえにきみとふたりでいっしょに行ったことがある公園だ。覚えてるかい？　ぼくは誰にも見られていないと思った」

「誰にも何を見られていないと思ったの？」彼の言葉で記憶がよみがえった出来事を頭から振り払っているうちに手が冷たくなってくる。あのとき〝きみだけは特別だ〟とパトリックは言った。わたしはなかば信じてしまった。

「ぼくたちがしたことだよ。やったじゃないか、あそこで」

「それで、あなたは何をしたの？」自分の声が手と同じくらい冷たく聞こえる。

「ぼくに詳しく話してほしいのかい？」目は涙でうるみ、あごが震えている。

「そうして」

「絶対に人の目にはつかない場所だと思ったんだ。それに暗かった。ぼくたちはレストランでキスしていた。パブでもずっとキスをしていた。塀を乗り越えたときも彼女ははしゃいでいるようだった。そこは静かで、ぼくと同じくらい彼女もしたがっていると思った」

「したがっているって何を？」

「勘弁してくれよ、アリソン。ぼくらはファックした。公園のベンチで。ぼくにそう言わせたかったんだろ？」

「あなたは言いたくなさそうだったけれど、それはなぜ？」

「きみはやきもちを焼くだろうし、いまは嫉妬に狂ったきみをなだめている余裕はないからだよ」

パトリックの言葉が頭にべたりと張りつく。振り払えないほどに。

「いまはそんなことを言っている場合ではないと思うけど」なんとか冷静を保って言う。

「ごめん、本気で言ったんじゃないよ。いまはちゃんと物ごとを考えられないんだ。嫌味っぽいことを言うつもりはなかった」パトリックは椅子に深くすわりなおす。「ぼくたちは逮捕されてしまったんだ、アリソン。ぼくたちの行為を誰かが見ていて、警察に通報した」

そこでパトリックが間をおく。わたしは何か言おうと思ったものの、言うべき言葉が浮かんでこない。

「ぼくらはいちばん近い警察署に連れていかれて、酔いをさますためにそれぞれ独房に入れられた。火曜日の朝、公序良俗に反したとして警告を与えられた。ぼくは警告を受け入れたが彼女は受け入れなかった。いったん酔いがさめると、彼女は酔っぱらいすぎていて同意も何もできなかったと言いだした。彼女の言い分は、ぼくとキスするのは承知していたが、公園に入ったあとはぜんぜん楽しくなくなり、それ以上の行為に進むのはいやだったのにぼくがセックスを強要した、というものなんだ。いやと言おうとしたけれど酔っぱらいすぎていて言えなかったと。何があろうと彼女の匿名性は保証されている。ぼくの名前はすぐにでもいろんなメディアに載ってしまうかもしれないが、彼女は守られる」

わたしは言葉をなくす。感覚だけがよみがえる。身体をなでまわされ、引っぱられ、手さぐりされた感覚が。たしかにパトリックが語る場所に行ったことがある。ツツジが植えられ、ベンチがあって、空気に枯葉のにおいがただよっていた公園を覚えている。わたしはベンチのざらざらした木の背もたれをつかんで前かがみになり、パトリックが後ろから激しく突いてきて、ほんの数十秒でことがすんだ。

「何か言ってくれないのかい、アリソン」

「どう考えればいいかわからない。申し立てるにはかなり勇気のいる案件だし。彼女が話を捏造していないことはたしかだと思う」

「じゃあ、ぼくが嘘つきってことかい？　どうもありがとう、アリソン」憤慨したようにパトリックが言う。しばらくしてからまたしゃべりはじめる。「よし、わかった。この件がいかに難しいかはぼくにだってわかってる。彼女は自分のことしか考えていない。客観的に見てみると、ほんとに抜け目ないよ。予想では、ぼくは起訴されずに終わると思う。公判まで持っていくのに充分な証拠はないんだからね。彼女のほうは告訴したことで被害者であると主張できたわけだから、そのあとで告訴を取り下げたってダメージはない。告訴したとはいえ、こういった事件の場合は告発者の匿名性は保証される。彼女が特別というわけでもなく、名前はけっして表には出ない。彼女にしてみれば、起訴まで持っていけなくてもぜんぜんかまわないんだよ」

わたしは呆然としてパトリックを見つめ、あの晩のわが家での出来事を思いかえす。やめてと言われても、彼はやめようとしなかった。パトリックが女性をレイプしかねないことは認めざるをえない。でもまだそれを本人に突きつける気になれない。パトリックの言うことは間違いなく不合理なように思えるけれど、それでもまだどこか筋が通っている。おそらく絶望の淵から無理やり生みだされた考えだろうが、論理的であることに変わりない。

「ほんとにそう思っている……」

「ほんとにそう思っているよ、アリソン。心から」パトリックはこちらに身を乗りだして言う。わたしがここに来た当初よりも彼の表情は生き生きしていて、土気色だった顔にも赤みがさしてきている。「完璧に筋が通っている。彼女がぼくのことはないがしろにして、自分のことだけを考えているのはたしかだ。彼女だってぼくは起訴されないだろうと踏んでいるはずだ。統計を見てみろよ。裁判で今回のことをレイプだと証明するのはほとんど不可能と言ってもいい。彼女は一日じゅう酒を飲んでいて、大いに酔っぱらっていたうえ、無理強いされたという身体的な証拠もないし、同意なしにセックスしていたと証言できる目撃者もいない……」

「オーケー、わかった、わかったから。あなたの言い分は理解できる。それでも彼女はリスクを負っている——犯罪がおこなわれたと虚偽の申し立てをして警察の手をわずらわせたことで、逆に起訴されるかもしれないんだから」

「勅選弁護士(QC)のキャロライン・ネイピアを起訴するだって？　誰が彼女に疑いを持つというんだ――キャロライン・ネイピアを信じない者なんてひとりもいないよ。ぼくが望みうるいちばんの流れは、訴追側には不充分な証拠しかないと考えて彼女が申し立てを引き下げ、話が先に進むまえにすべてが終結する、という展開だ。現にそうなるだろうとぼくは踏んでいる。だがこの件を耳にした者が〝火のないところに煙は立たない〟とかなんとか言いそうで……」ここで間をおく。「きみはぼくを信じてくれるかい？」

頭がくらくらしてくる。

パトリックがどういう人間かはわかっている。キャロライン・ネイピアがどういう人かは聞いて知っている。

キャロラインは真実でないことを口にしたりはしない人だ。そういう人が今回にかぎってなぜわざわざそんなことをする？　わたしがレイプ事件の被告側の弁護人をつとめた事案で、二度ほど訴追側のバリスタとしてのキャロラインと対峙したことがある。告訴した人にはどんなことが待っているかをキャロラインは正確に知っている。レイプ時の暴行内容が再現され、綿棒で唾液を採取され精査される。キャロラインも同じことを体験したかと思うと、彼女に対する深い同情を禁じえない。そんな目に遭うとわかっていて、わざわざ話をでっちあげる人間などいない。

「お願いだ、アリソン。なんとか言ってくれ。なんでもいいから」

しかし一方では……キャロラインがひどい状態だったこともたしかだ。ひどい状態に陥っている人間はばかげたことをしでかす。結婚生活が破綻し、大酒を飲んで酔っぱらい、一時的に熱に浮かされる。熱に浮かされ……

「はっきりしたことはわからない」とわたしは言う。「でもこんな苦境に陥ったのはあなたの自業自得よ」ほかの女性とセックスしたことについて、パトリックと口論する気はさらさらない。もうそんな段階は通りすぎている。

「こんなことは起きちゃいけなかった。今回の件にかぎらず。ぼくの女癖の悪さをきみが嫌っているのはわかっているし、ぼくだってきみを傷つけたくない。絶対に。きみはぼくの人生での宝物だから」

一瞬、心臓がびくりとし、そのあとで彼が口にしたことの現実性が頭にしみこんでくる。わたしはべつの人と結婚している。娘がいる。パトリックとわたしには、ドラマみたいな出来事や混乱はあったとしても、〝ふたりはこういう関係です〟とはっきり言えるものが何もない。同じようにではないにしろ、パトリックもわたしも夢中になっていたのはたしかだけれど。わたしは慰めと逃げ場所を見つけ、押しやられるのではなく求められることで救われた。でも、自分の人生の宝物？　どんな状態におかれても、それはパトリックではない。わたしがそう思えるのはマチルダだけ。パトリックを見やる。ふたりのあいだには大きな隔たりができてしまったように感じる。うめることのできない深い溝が。目の前の男はまるでパトリックらしくない。縮こまって、無精ひげを生やし、名声を失うことに直面している。最悪の方向に進んでしまった場合、彼は自由もキャリアも失うことになる。同情してあげたいのはやまやまだけれど、キャロラインが味わった苦痛を思うと、そういう気にもなれない。

「頼むよ、アリソン。ぼくの力になると言ってくれ。いまは何よりも力を貸してくれる友人が必要なんだ」

ほんの少しだけ間をおいて、わたしは手をのばして彼の手を取る。彼の指に触れても怯まないようにしながら。それから立ちあがってその場をあとにする。

共同事務所への帰り道で煙草を買い、店の出入口で一服する。ストレスを解消したいから、と自分に言い訳をする。自分で煙草を買うときがあるとするなら、いまがそのときだろう。でも煙が立ちのぼってきて目にしみたとたん、においも味も、喫煙していること自体がいやでたまらなくなる。ふいに、何もかも。わたしは煙草のパックを握りつぶし、いちばん近くのゴミ箱に捨てる。

事務所に戻り、数時間、新たな事案に取り組んだあと、三時をまわってマークに帰宅すると告げる。カールにメッセージを送ってこれからマチルダを迎えにいくと伝えると、ありがたい、これでもうひとりクライアントと面談できるとの返信が来る。そのあとで電源を切る。発信者番号が非通知の脅迫メッセージは受けとりたくない。ホロウェイ・ロード駅まで地下鉄で行き、また〈ウェイトローズ〉で買い物をするが、今回は家事のプロになったみたいに棚から棚へさっさと動く。ステーキも冷凍のフライドポテトも買わず、シンプルな家庭料理をつくることにする。フィッシュパイとラザニア、それにマチルダといっしょに焼けるようにチョコレートケーキの材料も買う。マチルダとカールのお母さんが料理していたのをまねて。

わたしが迎えにくるとマチルダはよろこぶ。わたしは校門で待っているママたちとおしゃべりをし、フレンドリーな雰囲気に包まれてゆったりとした時間を過ごす。どうしてこの人たちを嫌っていたのか、なぜ彼女たちは手に負えないと思いこんでいたのか、その理由をいまでは思いだせない。みんなわたしを輪のなかに入れてくれて、眼鏡をかけて大きめのセーターを着た人のよさそうな女性は、マチルダが彼女の娘のサルマと遊んでくれてうれしいと話し、今度親同士もまじえていっしょに遊びましょうと誘ってくれる。ふたりで水泳教室の欠点を話しあい、わたしが放課後に子どもたちの面倒をみるおっかない教師の〝ミセス〟・アンダーソンのことを話すと、彼女は大笑いする。

彼女はわたしの腕に手を置いて言う。「仕事をしながらマチルダの面倒をみるなんて、あなたがどんなふうにこなしているのか見当もつかないわ」彼女はあけっぴろげに語り、その表情には悪意のかけらもうかがえないので、ありきたりなことを言われてもわたしは顔をしかめたりはしない。

なんだか喉にかたまりがある気がして、それを追いだすために二、三度咳払いをしてから言う。「簡単じゃないけれど、カールがとても協力的なの」

「マチルダはほんと、かわいいわよね」と彼女が言う。

「ありがとう」わたしは本気で礼を言う。

子どもたちが校舎から出てきはじめると、彼女とわたしはそれぞれ自分の子どもを探しにいこうとするが、そのまえに「ところで、わたしはラニアよ。今日はお話できて楽しかった」と彼女が言う。

「わたしはアリソン。わたしもほんと、楽しかった」

「二週間後にママたちの何人かで食事にいくの。よかったら来ない？」

反射的に〝遠慮しておく〟と言いそうになるけれど、霜に覆われた地面から新しい芽が出てくるのに似て、何かべつの言葉が這いのぼってくる。ずいぶん長いあいだこんなことは……

「たぶん行けそう。先の予定はまだはっきりわからないけれど……」

「ぜひ来てもらいたいなあ。わたしたち、あなたのことをもっと知りたいの。たしかまえにあなたからメールを受けとったことがあると思う——そのアドレスにお誘いのメールを送っておくわね」

「ご親切にどうもありがとう」ほんとうに心からそう思う。彼女の率直な態度や物言いがわたしのかたくなな心を溶かしてくれる。

「WhatsApp（メッセージアプリ）やってる？ クラスのグループがあるんだけど」

わたしは微笑みながら首を振る。また霜に覆われる感じがしてくる。じつを言うと、わたしはそのアプリを数日で削除した。靴下をなくしたとか宿題がどうのこうのとか、永遠につづくかと思われる不平不満に生きる気力を奪われるような気がしたから。

「しかたないわよね、あれ、ほんといらつくから」彼女がそう言ってくれて、ふたたび霜が溶けだす。

「まえにやっていたときはぜんぶに目を通しきれなくて。いつでも通知がぎっしりで」わたしが言うと彼女が笑う。

「わたしね、すべての通知をオフにしているの。誰にも言わないでね」

わたしは彼女をハグするのを我慢する。この数カ月ではじめて、ふつうの会話を交わしたような気がする。これまでばかな男どものことで悶々としたり、学校へのお迎えのことでストレスを感じたりして多くの時間を浪費してしまった。もうこれからはやめると心に誓う。

マチルダとわたしは手をつないで家まで帰り、マチルダが犬の絵を描いたり、ゾウについてのお話を書きとめたりして宿題をこなしているあいだ、わたしはフィッシュパイをつくる。宿題が終わったあとはｉＰａｄで遊ばせる。パイに入れる卵をゆでおわり、水道水につけながら殻をむいていく。卵を四つに切ろうとしたところで、三年前のクリスマスにカールのお母さんからエッグスライサーをもらったことを思いだす。あのころはまだマチルダは保育園に通っていて、毎日娘に持たせるお弁当を用意する必要があった。義母がくれた箱をあけてみると、エッグスライサー、恐竜型のサンドイッチ用の型抜き、フルーツ用の小さなプラスチックの箱が入っていて、プレゼントの意図は一目瞭然だった。わたしは無理やり笑みを浮かべ、洗濯機や掃除機が置いてあるユーティリティールームの戸棚の奥に中身が入ったままの箱を突っこんだのだった。

ユーティリティールームへ行き、まだそこにあることを願いながら、洗剤やビニール袋の後ろを探す。それらを取りだすと、いままでずっと避けていた家庭的な品物があらわれる。箱の上には埃が積もっているが、なかのお弁当づくりのためのグッズはすべて新品同様。さっそくエッグスライサーを取りだし、包みから出してキッチンへ持っていく。

「ママ、何してるの？」マチルダがｉＰａｄから顔をあげて訊いてくる。

「これ、エッグスライサーっていうのよ。フィッシュパイに入れる卵をこれでスライスするの」

「やったあ。卵、大好き。お手伝いしてもいい？」

「もちろん。まずはどうやって使うか、ちょっと確認してみるわね」

わたしたちはまな板の前に並んで立ち、目の前に小さな白い器具を置く。固ゆで卵をひとつ取り、スライサーの上に置いて、ワイヤーのついた部分を卵の上にあてて押し下げる。一瞬、何も変わっていないように見え、卵はもとの丸い形のままだけれど、器具から持ちあげてみるときれいにスライスされていて、黄身のきれいな色が見える。

「わあ、おもしろい」マチルダが言い、わたしも同意してうなずく。長いあいだこの器具を使わずにいたなんてわれながら信じられない。

「残りの卵をやってもいい？」マチルダが言い、わたしはふたたびうなずいて娘のために場所をあける。マチルダはもう三個の卵をスライスし、切った直後は形は変わらないのに、持ちあげると卵が一枚一枚離れてまったくちがう形になるたびに驚く。スライスした卵とほかの材料をいっしょにパイ皿に入れてオーブンで焼く。そのうちにいちばん上にのせたマッシュポテトのでこぼこの表面に焼き色がつき、ホワイトソースと燻製の魚のいい香りがただよってくる。

焼きあがったパイをオーブンから出して冷ましているあいだに、携帯電話の電源を入れる。もうすぐ帰るというカールからのメッセージが入っているだろうか。マチルダは宿題を終えているし、夕食の準備も整っているところを見たら、カールはきっと感心するだろう。iPadで遊んでいるマチルダをキッチンに残し、リビングルームへ行く。メッセージが入っているかどうかたしかめるうちに肩がこわばってくる。発信者番号が非通知の脅迫メッセージか、パトリックからのメッセージが入っているかもしれない。しかしどちらもなかった。安堵の波が押し寄せてきて、肩のこわばりがほぐれる。ソファにすわり、今度はメールをチェックする。重要なものは何もなし。恐ろしげなものも。いつもの仕事のメールだけ。わたしは目を閉じてソファの背にもたれ、夜の楽しい時間が台無しにならなくてよかったと思う。そのときふいに携帯電話が鳴ってボイスメッセージの着信を告げる。わたしは画面を見てふたたび身をこわばらせるが、来たのはカールからのメッセージだった。〝八時ごろに帰る。夕食はぼくを待たないで先に食べていてくれ。じゃあまたあとで"

わたしはキッチンへ戻り、冷凍豆をゆでる。マチルダといっしょにテーブルについてフィッシュパイを食べ、カールが帰ってきたときに食べられるよう、取りわけたパイにラップをかける。マチルダはゲームや友だちのことを話し、わたしはほかのママたちからランチに誘われたことを話す。「ママ、やったね」とマチルダはよろこび、わたしはなんの心配ごともないみたいに軽やかな声で笑う。でも心配のタネは残っていて、娘とおしゃべりしながらもパトリックの様子が頭にちらつく。

マチルダが寝たあと、わたしもベッドに入る。まだ寝るには早いかもしれないが、なんだか寒くて疲れている。衝撃は通りすぎたものの、わが家でリラックスして家事にいそしんでいるというのに、一日じゅう非現実的な感覚につきまとわれていた。自分がいまいる場所はちゃんとわかっている。自宅のベッドにいて、となりの部屋では娘が眠っていて、もうすぐ夫が帰ってくる。玄関ドアの錠があく音が聞こえ、家族はみんなひとつ屋根の下にいるという安堵感が湧いてくる。

「時間がかかってしまってすまない」カールがベッドの上のわたしの横に腰をおろして言う。「フィッシュパイ、いいにおいだね」

カールに笑みを向ける。彼は食べ物を取りに階下へおり、そのあいだにわたしは携帯電話をチェックする。何もなし。カールが夕食を運んできて食べはじめ、わたしは携帯をサイレントモードにする。

「テレビを観たくないかい？　新しい連続ドラマとか」

驚いたけれど、うれしい。わたしたちがうまくいっていた最後の時期に、ふたりで〈ザ・ワイヤー〉を観た。「いいわね。何を観ようと思ってた？」

「ノルディック・ノワールなんてどうかな。ノートパソコンに落とすよ」

わたしたちはカールのノートパソコンが発する明かりを浴びながら、並んでまくらに寄りかかる。ドラマは字幕つきなので目を凝らさねばならず、すぐにわたしは夢中になる。ひとつのエピソードが終わると、当然のように次のに移る。それが終わると深夜近くになり、わたしは疲れてもう画面を見ていられなくなる。カールも観るのをやめて、わたしたちはぴたりとくっついて横になる。今夜ばかりは口論はなし。

「こういうのいいね。静かな夜にぼくたちふたりだけ」とカールが言う。わたしは何か返すかわりに彼を両腕で抱きしめる。これでわたしも同感だと伝わるはず。

金曜日はベルマーシュの刑事法院での二件の保釈申請と陳述で過ぎていく。酒は飲まず、月曜日のための書類を受けとりに共同事務所にちょっと寄って、四時前に帰途につく。マデリーンの事案についてクロエと電話で少しだけ話す。パトリックはどうしているかと訊きそうになるが、言葉が口から出てしまうまえに呑みこむ。その一瞬の間にクロエは気づいていない。

ふたたび静かな夜を迎える。マチルダは早めにベッドに入り、わたしはカールともうふたつエピソードを観る。わたしたちはこのままうまくいくかもしれない。それを疑う自分がいるのはわかっているが、いまは逆のことは考えないようにする。

18

カールは週末はほぼ休みなく働いているので、土曜日の午前中にわたしがマチルダを水泳教室へ連れていくけれど、それは思っていたほど悪くない。プールサイドには充分な数の椅子が用意されていてすわって練習を眺められるし、まわりの人はみんなとても親切。日曜日の午前中にはよい天気に誘われてハムステッド・ヒースへ行き、マチルダはケンウッド・ハウスへの入口付近のオークの木にのぼる。わが子がサルみたいに低い枝にぶらさがっているところを写真に撮る。この季節になると葉はすべて落ちていて、マチルダは木の下に集められた枯葉の山を蹴散らしていく。

「わたし、ママといっしょに木にのぼりたい。パパは絶対に高いところまでのぼらせてくれないの」

一瞬とめるべきかと考えるが、この子は木のぼりを心から楽しんでいるのだから、その楽しみを奪いたくないと思う。

「落ちないって約束してよ。パパに怒られたくないでしょ」

マチルダはくすくす笑い、わたしはカールを悪者にして申しわけないとちらっと思う。わたしたちは丘をのぼっていき、右側にある、今日はオープンしているコーヒースタンドに寄る。わたしはフラットホワイトを買い、マチルダはホットチョコレートにするか、アイスクリームにするか、決めかねている。

「アイスクリームにするには寒すぎるんじゃないかな」わたしが言うと、マチルダはしばらくじっと考える。

「アイスクリームを食べるのに寒すぎることなんてない」マチルダが答えると、カウンターの後ろにいる女性の店員は声を立てて笑い、コーンつきのダブルのチョコレートアイスクリームをさしだす。オークの木に戻り、顔にアイスクリームをくっつけているマチルダを見てわたしは大笑いし、ティッシュをなめてそれでほっぺたを拭き、べたつくアイスクリームを落とす。それからマチルダは円を描きながらぐるぐるまわりはじめ、離れていったかと思うとまた近づいてきて、あげくにわたしの手を取り、母親をぐるぐるまわしたあと、空に向かって枯葉を放る。わたしも放ってみせると、マチルダが走って枯葉をつかまえにいく。

「目をつぶって」とマチルダが言う。

「なんのために？」

「わたし、かくれんぼがしたいの。わたしが隠れるから、ママがわたしを見つけて」

「オーケー」わたしはさっそく手で顔を覆う。

「見ないって約束して。それから百までかぞえて」

「ちょっと長すぎないかな、スウィートハート。五十じゃだめ？」

「パパもいっつもおんなじことを言う。だめだよ、そんな短くちゃ。五十じゃちゃんと隠れられない」とマチルダ。わたしは娘との良好な関係を壊したくなくてためらう。

「七十五でどう？」

「百。お願い、ママ」マチルダがそれぞれの言葉の語尾を長くのばして頼んでくるので、こちらからはもう反論できない。

「わかった。百ね。でも遠くへは行かないのよ」

「約束する。ママも見ないって約束してくれる？」

「約束する。じゃあかぞえるわよ。一、二、三……」

マチルダはくすくす笑って、ちょっとのあいだハグのつもりなのか、わたしの両脚にしがみつく。そのすぐあとに枯葉を踏んで駆けていく娘の足音が聞こえてくる。

「二十三、二十四……」

「ママ、ちゃんとかぞえてる？　ママの声、聞こえないよ」マチルダはまだ笑っていて、背後のどこかから声が聞こえてくる。このぶんならあの子を見つけるのにそれほど時間はかからないだろう。

「三十一、三十二」わたしはかぞえつづける。

マチルダの足音がどんどん遠のき、枯葉がかさかさ鳴る音が小さくなる。娘の息遣いはもう聞こえない。

四十八、四十九。こっそりあたりをうかがう。

「ママ！　こっそり見てるの、見えてるよ！」マチルダの姿は見えないけれど、声は聞こえてくる。わたしは両手でぴたっと目を覆う。

ほかの足音が通りすぎていく。子どもたち、大人、犬。みんな笑っている。

五十六、五十七。

なんだか飽きてくる。もう何年も百まで数をかぞえたことなどないし、思っていたよりもずっと長く時間がかかる。目を閉じて、太陽と青い空とマチルダの顔をシャットアウトして立っているのがもういやになる。

でも約束は約束だ。

六十七、六十八。

声が近づいてきては遠ざかっていく。彼らの会話から聞きとれる言葉は〝サッカー〟と〝ミートパイ〟だけ。つぶやきにも似た声が遠くなっていき、今度は笑い声が聞こえてくる。ふいに遠くから呼びかける声がしたかと思うと、頭上の枝が風に揺れる。

八十一、八十二。

視覚以外の感覚が研ぎ澄まされる。わたしは秋に囲まれている。焚火のかすかなにおいや腐食していく枯葉のにおいが鼻をかすめ、頭上高く飛ぶ飛行機が空港へ向けてロンドンの北部へ旋回する音が聞こえてくる。機内には汗や足のにおい、かすかなアンモニア臭がただよっているかもしれない。乗客は窓の外を眺め、ウェンブリー・スタジアムやケンウッド・ハウス、ハムステッド・ヒースなどのランドマークを確認し、眼下の緑の絨毯と森を目にする。かなり高いところを飛んでいるから、パーラメント・ヒルのあたりを散歩する人や犬までは見えないだろう。

九十九、百。

「探しにいくわよ!」わたしは大きな声で言う。

目をあけてあたりを見まわす。マチルダの姿はどこにもない。探索の出発点として数をかぞえていた場所を覚え、林のなかへ向かう。木々の裏にまわりこんでマチルダが着ているフードのついた緑とシルバーのコートを探す。林を斜めに突っきるように進み、木々の裏をのぞき、マチルダのかくれんぼの才能に感心して笑う。

「隠れるのがすごくじょうずね、マチルダ。ママはあなたを見つけられない」そう語りかけると、風が木々を揺らして応える。心拍数があがり、アドレナリンが放出される。木が一本、また一本と枝をこちらに向けてのばしてくる。〝あの子はわたしがもらった〟と一本が言い、〝いや、わたしがもらった〟ともう一本が言う。幹の後ろから顔がひょいとあらわれたかと思うと、べつの木の裏からも顔が突きだされてこっちを見ているような気がしてくる。わたしは走るのをやめて深く息を吸いこみ、あたりを見やる。立ちどまると木は生きているようには見えなくなる。もはやマチルダを呑みこんでしまう木の化け物ではない。

でもマチルダは見あたらない。

「マチルダ、マチルダ。もうかくれんぼは終わりよ。あなたが勝ったの」

返事はない。茂みの向こうから走ってくるブロンドの女の子はいない。四方八方を見やる。呼吸が速くなり、喉が締めつけられる。

「マチルダ。マチルダ！」

ジョギングウェアを着た男性が寄ってくる。

「犬を探しているんですか？　あっちのほうにスパニエルがいましたよ。迷子になっているみたいでした」

「いえ、犬じゃないんです。娘です。いっしょにかくれんぼをしていまして」言葉を絞りだすのも難しい。いまや完全にパニックに陥っていて、恐怖が身体を突き抜ける。

「どんな感じのお子さんですか」

「これくらいの身長で」ウエストのあたりに手をやりながら言う。「髪は茶がまじったブロンドです。このあたりにいるはずなんですけど。目を閉じて百までかぞえただけですから」

男性は林のなかを走りはじめ、マチルダの名前を呼ぶ。べつのジョギングウェアを着た人も加わる。犬を散歩させているふたりの女性が騒ぎに気づき、何ごとかと訊いてくる。わたしはなんとか説明しようとする。

「二分もたっていなかったんです。目を閉じていたのは二分以下でした。あの子はルールどおりにゲームをするって言い張って――娘の言うことを聞くんじゃなかった」

「だいじょうぶ、心配しないで。わたしたちで見つけるから。ケンウッド・ハウス（ハムステッド・ヒース公園内にある歴史的建造物で現在は美術館になっている）のほうへ行ったのかもしれない」ふたりのうちのひとりの女性が言う。「お名前はマチルダ、よね？」

ふたりは錬鉄製の門を抜けてケンウッド・ハウスの敷地内に入っていき、彼女たちがマチルダを呼ぶ声が聞こえてくる。ジョギングウェアの男性はわたしの左側でマチルダの名前を呼んでいる。ランニングをしている人や犬を散歩させている人、ふたりの修道女、厚底のスニーカーをはいて黒いアイライナーを引いた女の子がマチルダ探しに加わってくれる。彼らはあちこちに散らばり、茂みをかきわけて声を張りあげる。わたしは最後に娘を見た場所、あの子がぎゅっと抱きついてきてから走り去っていった場所にぽつんと立ちつくす。ポケットから携帯電話を取りだしてカール宛てにメッセージを打つ。

〝マチルダが見つからない〟

画面の文字を見つめながら、喉もとにせりあがってきた酸っぱい胆汁を呑みこむ。そのあとでメッセージを消去する。マチルダはすぐに姿をあらわすだろう。カールに心配をかける必要はない。

ふたりの公園管理者を乗せた小さな車が通りすぎる。彼らは騒ぎに気づいて車をとめ、捜索に協力している人に話しかけ、話しかけられた人はわたしを指し示す。グリーンの制服を着ている管理者を目にして安堵のあまり泣きそうになりながら、わたしは彼らのほうへ走っていく。管理者はわたしの話を聞き、無線機で誰かを呼びだす。わたしはマチルダが向かった先の手がかりを求めて、順にあらゆる方角を見やる。男性のひとりが呼びとめるつもりでわたしの腕に手をかけ、わたしは思わずその手を払いのけそうになる。

「娘を探さなきゃならないんです。放してください」

「娘さんが着ているものを正確に教えてください」彼が顔を寄せてきて訊く。わたしを落ち着かせようと穏やかに話しかけているようだが、こっちを見る彼の目つきで余計に落ち着かない気分になる。

「さっき言いましたよね。ブルージーンズにピンクのスニーカー、フードつきの緑とシルバーのコート」

「どんな感じの緑とシルバー？」

「どういう意味ですか？　あっ、ごめんなさい。訊いて当然ですよね。下半分が濃淡が入った緑で、上が同様のシルバー。フードもシルバーです」マチルダが〝こういう服の子〟になり、言いようのない恐怖がぶりかえしてくる。

　数分が過ぎる。ここにとどまるべきか、ケンウッド・ハウスとの境界になっている茂みに分け入って、そっちのほうへ行くべきか迷う。枝にあたって皮膚が裂けようが、葉で顔がこすれようがかまわない。でもそっちへ行ったらマチルダがわたしを見つけられなくなるかもしれない。最後にあの子を見たのは、わたしがいまいる場所だから。あの子は日が翳った小道に迷いこんで混乱し、いくら歩いてももとの場所に出てしまっているのかもしれない。数分も歩けば、下草が密生した場所に入りこんでしまうし。わたしもここらへんで道に迷ったことがある。あれは大昔に決闘がおこなわれた場所や氷室を探していたときのことで……

「氷室のなかに迷いこんだってことはないでしょうか。それで出られなくなってしまったとか」わたしはとなりにいた公園管理者に訊いてみる。彼は無線で誰かと話していたが、こちらを向いてわたしの話を聞いてくれる。

「パトロール中の警察官がこちらに向かっています。あらゆる可能性を探ってみましょう」

〝警察〟と聞いて腹を殴られた気分になる。みんな懸命に探してくれているし、当然マチルダはすぐに見つかると思っているわたしはばかなのだろうか。管理者は警察と連絡をとり、みんなにあれこれと指示して組織立った捜索隊を組もうとしている。胆汁がふたたびせりあがってきて、喉を焼く。

三人の警察官が到着する。ふたりは若者で、ひとりは年配の女性。彼女はグレイの髪を短めにそろえ、人に安心感を与えるようなふっくらとした顔をしているが、目の輝きからは何ごとも見逃さないという意気込みが感じられる。

「わたしはハムステッド・ヒース警察隊のマレー巡査です。行方がわからなくなっているのはあなたの娘さんですね。おいくつですか？」両脇に年若い警察官を従え、彼女が訊いてくる。

「六歳です。いっしょにかくれんぼをしていたんです。わたしは目を閉じていました」

「どれくらい目を閉じていたんですか」

「百までかぞえました。速くもゆっくりでもなかったから、二分以下だと思います」

「約二分間、娘さんから目を離していたんですね」

「それくらいだと思います」

「娘さんがどこへ行ったかはわからないと？」

「わたしたちはかくれんぼをしていたんです。娘を見ないと約束しました。隠れるにはそれ相応の時間が必要だとあの子は言い張りました。こっそり見ようとしたんですが、見とがめられてしまいました」自制しようとしても声が涙まじりになるのをとめられない。マチルダをこの腕に抱くまで、空に向かってわめきたい。

「お子さんはこの場所をよく知っているんですか」警察官の言葉でわれに返る。袖で鼻水を拭きとる。

「そんなに頻繁ではありませんが、ここへはたまに来ます。あの子はこの場所を知ってはいますが、迷ったらひとりでは戻ってこられないと思います」

マレー巡査はこちらの言葉をノートに書きつける。

「娘さんを最後に見たのは何時ごろですか」

「わかりません。時計を見なかったので。とにかく、百までかぞえて探しはじめたんですけど見つからなくて、それであの子の名前を大声で呼んでいたら男の人が娘を探しはじめてくれて、そしたらみんなが……」早口でまくしたてるので言葉があちこちで抜けているが、そもそもこんなことは時間のむだで、わたしたちは目の前の林に入って茂みという茂みをかきわけて見てまわらなくちゃならなくて……

「娘さんの姿が見えなくなってからどれくらいたっているか知る必要があります。どれくらいかはっきりとわかりますか？」巡査の声はやさしいけれど、答えを得るまではあきらめないという響きがある。

「十五分くらいでしょうか」だいたいのところを答える。

マレー巡査がほかの警官たちと引きさがる。若い警察官は警察車輌へ戻り、ひとりが運転席にすわって無線を使いはじめる。わたしが車のほうへ足を向けたところで彼らは作業を終え、車のドアを閉めたあと、ひとりはケンウッド・ハウスへマチルダの名を呼びながら向かい、もうひとりはやはりあの子の名を呼びながらわたしの背後の丘を下っていく。公園内を散歩していた人たちが、鉄が磁石に引き寄せられるように集まってきて、探索者のグループは人数がずいぶん増えている。マチルダの名を呼ぶ彼らの声に、緊迫の度合いが増していく。わたしはかたくなにもとの位置に立ちつくし、まわりで巻き起こる捜索隊の喧騒にめまいがして倒れそうになる。

マレー巡査が戻ってくる。わたしは彼女に抱きかかえられて、ゆっくりと地面に膝をつく。

「顔色が真っ青ですね。深呼吸してみてください」

息を吸いこもうとするが、胸に何かがつかえている感じがしてうまくいかない。

「わたしたちが探しますから。娘さんは道に迷ってしまったんでしょう。同じくらいの年ごろの子どもが知らぬ間に迷子になるのはよくあることです」

「あの子は迷子になんか一度もなったことはありません」

「もう二度とならないと思いますよ。自分が原因で大騒ぎになっているとわかったら」

わたしを落ち着かせるためにそう言う一方で、巡査はわたしの背後のあちらこちらに視線を走らせて、状況を見きわめようとしている。

「娘さんはご家庭ではどなたとお暮らしですか？」

「わたしと夫、つまり娘の父親と、三人です」

「すべて順調ですか？　何か問題はありませんか？」

「いいえ、何も。それとこれが何か関係があるんですか？」

「お父さんと何か問題があるかどうか確認しただけです」質問の真意を説明するように言う。

「どういう意味……あっ、夫が娘をさらったかもしれないということですか？　いいえ、それはないです」ここで少し間をおく。「あなたは娘は道に迷っただけとおっしゃいましたよね？」

「われわれはあらゆる可能性を視野に入れなければなりません。ところで、ご主人はいまどこに？」

「夫は心理療法士で、今日は一日じゅうクライアントと面談しています」

「場所をお知らせくだされば、誰かにご主人を迎えにいかせますけれど」なんでもないように巡査が言う。彼女が落ち着いた口調で話せば話すほど、なんだか恐ろしくなってくる。わたしにはわからない深い意味がありそうで。「診療所の住所は？」

反射的に住所が番地まで含めてすらすらと口から出てくる。マチルダの名前があたりに木霊（こだま）する。とにかくなんでもいいから、希望を与えてくれるものが聞こえてこないかと耳を澄ます。目の前をひとりの女の子がお母さんといっしょに小道を走っていく。その子のあとを追って肩をつかみ、マチルダではないかどうか確認したい衝動を懸命に抑えるものの、はじめから彼女はマチルダではないとわかっている。その子はピンクのコートを着て、ブロンドの髪を三つ編みにしているのだから。

ふと叫び声があがる。捜索者たちが何かを発見したのかもしれないと思うと心臓が口から飛びだしそうになる。そこへ警察官が何かをかかえてケンウッド・ハウスのほうから走ってくる。一瞬、警官の腕のなかにいるのはマチルダで、わたしの娘が、わたしのダーリンが戻ってきたと確信したが、何かがおかしく、運ばれてくる身体がくたっとしてへんな角度によじれているように見え、そのあとで警官がかかえているのは死体ではなくあの子のコートだとわかって大きな安堵感を覚えたのもつかの間、警官のところへ駆け寄ったときには安堵感は消え去り、彼がコートをさしだしてきたと同時にパニックが襲ってきて息もできず、金切り声がどこかから聞こえてきたと思ったらそれは自分の声で、半分緑で半分シルバーのコートを胸に押し抱くと、警官たちは厳しい表情で目配せを交わし、わたしには彼らの心のうちがわかりすぎるほどわかってしまう。

マレー巡査が進みでてきて、わたしからコートを奪おうとする。わたしは強くつかんで離すまいとするが、彼女の引っぱる力には及ばない。

「捜索のためにこれが必要なんです。あとですぐにお返ししますから」

「わけがわからない。あの子はそれを着ていたのに。どこでそれを見つけたんですか」コートを発見した警官のほうを見る。彼は適切な言葉を探しているのか、少しのあいだためらう。

「この先を行ったところの茂みの下にありました」警官はケンウッド・ハウスの方向を指さす。

「どうしてあの子はコートを脱いだんだろう」とわたしは言う。「今日は寒いのに」

「たぶんお母さんを探して走りまわって、暑くなったのでしょう。それにしても、ずいぶん目立つコートですね」

寒気（さむけ）が襲ってくる。時計の針はチクタクと進み、わたしには警官の言葉が何を意味しているかがはっきりわかる。いままでにも都市伝説めいた話を耳にしたことがある。デパートでさらわれた子どもたちは髪を剃られ、着ているものを交換させられるという。何者かがいままで着ていたコートを捨ててべつのものを着せ、どこかおかしいと誰かに気づかれるまえに、マチルダを公園から連れだすことなど造作もないだろう。あんなに長く目を閉じていたせいで、わたしはマチルダを皿にのせてみすみす何者かにさしだしてしまった。

アドレナリンが身体全体を駆けめぐり、心臓が爆発しそうなほど脈が速くなり、手はひきつりながらもマチルダのコートをつかむ。胸のなかでは罪悪感をあらわす鐘の音がどんどん大きくなっていく。すべてわたしの責任。ぜんぶわたしの落ち度。わたしが罪を犯し、マチルダが代償を払うことになった。わたしはだめな母親で、そのせいで娘を失ってしまった。もうあの子は永遠に戻ってこない。その場に膝をついて沈みこみ、自分がしてしまったこと、できたかもしれないことを考えると吐きそうになり、いまさらながら、二度とあの子の笑い声は聞けない、髪をとかしてあげることも、学校まで見送ることも、水泳教室へ連れていくこともうできないと思い知る。水泳。ケンウッド・ハウスから坂を下ったところに池がある。わたしは叫びだしそうになるが、なんとか思いとどまる――そのあたりもみんなが探しているはずだから。ふだん祈りも捧げないわたしが神にお願いするのはおこがましいけれど、わたしは心のなかで取引を申しでる。〝わたしはすべてをあきらめ、あの子のかわりにそちらへ参ります。もう一度だけでも、あの子に会って抱きしめるチャンスをくださるなら、二度と身勝手な人間にならないと誓います。自分のことばかり考えるのではなく、はじめからそうすべきだったように、あの子とのすべての瞬間を大切にします〟

捜索はつづいている。わたしは最後にマチルダに会った場所に張りついたまま動かない。マチルダがいなくなってからどれくらいたつのか、もうわからない――時間の感覚がおかしくなり、時の流れがゆっくりになったかと思うと早くなり、らせんを描いて胸のなかに溶けこんでいく。

「アリソン、アリソン！　いったいどうなっているんだ」

カールがあらわれる——警官がクリニックから車に乗せてここまで連れてきたのだ。「マチルダがどこかへ行っちゃったの。ふたりでかくれんぼをやっていたら、あの子がいなくなって」涙があふれ、カールを抱きしめにいく。わたしも抱きしめてほしいし、すべてうまくいく、マチルダはすぐに戻ってくると言ってほしい。

カールは肩のあたりを突いてわたしを押しやる。「あれほど気をつけてくれと言ったじゃないか。何をやるにしても、きみは信用ならないんだから」カールは怒っている。それがはっきりとわかる。「自分の職業を警察に言ったのか？」マチルダを連れ去ったのはきみのクライアントの誰かじゃないのか？」

マレー巡査がさっとこちらを向く。「あなたのご職業は？」

「刑事専門のバリスタです。おもに被告の弁護をしています。でもわたしのクライアントが関係しているとは思えない……」

「そしてあなたは心理療法士ですね」巡査がカールを見て言う。「あなたのクライアントという可能性は……？」

「い、いや、わたしのクライアントがこういうまねをするはずはありません」カールは蔑みの表情を浮かべてこちらを見る。

マレー巡査は間近でわたしを見てから、もう一度カールを見る。若手の警官のひとりが巡査のところにやってきて彼女に合図を送り、ふたりは離れていって短いやりとりを交わす。男性の警官は車へ行き、ふたたび無線機を使いはじめる。

「ヘリコプターの出動を要請します」とマレー巡査が言う。「役に立つかもしれませんので」

さっきまでは恐ろしいと感じるだけだったが、わたしはいまや完全にパニックに陥っている。

「ここ最近で、ご自分がクライアントを怒らせたという覚えはありますか」とマレー巡査が訊いてくる。

「いえ、ないと思います。そういう覚えはありません」

「あなたはどうですか?」今度はカールに訊く。

「もちろんありませんよ。そんな質問をして時間をむだにするなんて信じられない。ぼくらについて調べる暇があったら娘を探してください」怒りを爆発させてカールが言う。わたしは息を吸って、吐く。恐怖に立ち向かう気力はなく、いまにも気絶してしまいそうだ。

「われわれにできることはすべてやっています」マレー巡査がなだめるように言う。

「アリソン、いったいどうしたらぼくらの娘を見失うなんてまねができるんだ!」カールはこちらの身長にあわせて腰をかがめ、いまやわたしの顔面に向かってどなっている。わたしは両手で頭をかかえ、前へ後ろへと身体を揺らす。

「ぜんぶきみのせいだからな！　このろくでなしのビッチが。きみのせいでぼくらの結婚はだめになり、ぼくらの娘がいなくなった。もう勘弁してくれ」カールは姿勢を直し、こちらに背を向けたかと思うと振りかえる。

「ぼくの娘はどこだ？」マレー巡査に問いかける。そのあとで前かがみになり、今度は巡査の顔面に向かって吠える。「娘はどこだ？」

「お願いですから落ち着いてください」巡査は一歩も退かずにカールの怒りを真っ向から受けとめて言う。「感情的になるのもしかたないと思いますが……」

「感情的に、感情的になるのもしかたない？　妻は役立たずで、彼女のせいでぼくらの娘はいなくなり、それなのにあなたは感情云々とくだらないことを言うのか？」カールはいまにも殴りかかりそうな勢いでマレー巡査を睨みつける。わたしは息を呑んで彼を見つめる。いまここでわたしが何か言い、カールがそれに気づけば、かならず何ごとかが起き、彼はたちまち警官への暴行容疑で逮捕されるだろう。

マレー巡査は足を踏んばり、しばらくのあいだカールとの睨みあいをつづける。そのあとでカールは振りかざしていた手をおろし、顔をゆがめる。

「すみません、すみませんでした」カールはそう言うと、いったんわたしたちから離れ、すぐにまた戻ってきて、いきなりわたしを蹴りつけようとする。「ビッチ」とどなりながら。

わたしは飛びのき、彼の蹴りは空振りに終わる。そのせいでカールはバランスを失い、まっすぐ立とうとしてふらつく。わたしは凍りつき、怒りのあまりゆがんで紫色になっている彼の顔を見つめる。怖がるべきだとわかっているのに、ちっとも恐ろしくない。そんなことを気にかけている心の余裕はない。わたしは蹴られて当然だ。蹴られたら気分はましになっただろう。しかしいま重要なのはそこじゃない。ただひとつ大切なのはマチルダで、娘がいなくなってしまったことでわたしの胸にはぽっかりと穴があいている。カールがどうしてほかのことにかまうのかが理解できない。

「こっちを見るのをやめろ」とカールが言う。「ぼくを見るな」彼はわたしに覆いかぶさるようにして肩をつかみ、わたしの身体を激しく揺さぶりはじめる。「この役立たずのビッチ」そう聞こえるものの、カールの言葉は口のなかにこもっている。マレー巡査が心配そうな表情を浮かべてカールに近づくが、彼女が割って入るまえにカールはわたしを揺さぶるのをやめ、肩に手を置いたまましゃがみこんで泣きはじめる。「あの子はどこだ、アリソン。どこにいるんだ？」

「わからない」わたしは答える。「わからないの」

わたしたちは地面に腰をおろし、ともに怯える。カールは泣き、流れる涙と鼻水を手でぞんざいに拭きとる。彼を抱きしめて、だいじょうぶ、あの子は見つかるから、と言ってやりたいが、できないのはわかっている。カールに向けて手をのばすと、とたんに彼は身を引き、バランスを崩して地面に倒れこみそうになる。これ以上、事態を悪いほうへ向かわせないような言葉をかけようとしても、何も思い浮かばない。

右側から叫び声と、誰かが走ってくる音が聞こえる。最初は無視したが、音はどんどん大きくなっていく。何ごとかと目を向けると、さきほどコートを持ってきた警官が、今回はさかんに動いている人間を抱いて走ってきて、真っ暗になっていたわたしの心に希望の明かりが灯る。

「ママ!」マチルダの声。わたしはふたりに駆け寄り、娘の身体をつかんで引き寄せる。

「ママ」マチルダがもう一度言う。娘の声を聞き、髪のにおいを嗅いでこれほどうれしいと思ったことはない。マチルダは背中を丸めて、わたしの首もとに顔をぴたりと寄せる。胸にあった痛みは消え、ぽっかりとあいていた穴がうめられる。

カールが走り寄ってきてわたしからマチルダを引きはがす。離したくないが、渡さなきゃならないとわかっている。何時間にも感じられるあいだ、カールがマチルダを抱きしめる。マチルダがカールの腕のなかで身じろぎしはじめ、一瞬カールが力を抜いた隙にわたしのもとへ戻ってくる。わたしはふたたび地面にすわりこみ、娘を膝にのせて顔と顔をくっつける。

「凍っているみたい」マチルダの肌がひどく冷たいことに気づいて言う。

「ママを探しているときにすごく暑くなっちゃったから、コートを脱いだの。ここ、どこ？」

「気にしないで、スウィーティー、もうだいじょうぶだから」あたりを見まわして、マレー巡査に気づく。彼女はコートを手に、わたしたちから少し離れたところに立っているが、こちらの様子を注意深く観察している。わたしは彼女に手を振って、コートを指さす。マレー巡査はコートを持ってきて、地面に膝をつく。

「マチルダはケンウッド・ハウスにいました」巡査が説明してくれる。「少しぼんやりして寒そうにしていたところを、一般の人が見かけて公園管理者に連絡してくれたんです。当然、管理スタッフはみんながマチルダを探しているのを知っていて、それで……」

「この子が戻ってきて、ほんとうにうれしいです」とわたしは言う。「ありがとうございます」

「無事に保護できてよかったです」膝をついていた巡査は、今度はしゃがんだ姿勢をとる。「マチルダ、何が起きたのかわたしに教えてくれる？　どうして道に迷っちゃったの？」

「わたし、ママとかくれんぼをしてました。隠れようと思って林のなかへ行ったの。そしたら道に迷っちゃって。走ったら暑くなって、それでコートを脱いだの。それから大きな家の前に出て、お巡りさんが来ました」マチルダが一気に話す。

「林のなかで大人と話はしなかった？」

「誰とも話してません。ママから知らない人と話しちゃだめって言われてるから」

「感心な心がけね。とってもお利口さんだわ」

コートを着せてもマチルダはまだ震えていて、わたしにしがみついてくる。

「この子からもっと話を聞く必要がありますか？　なければすぐに家に連れて帰りたいんですけれど」

マレー巡査がうなずく。「いいでしょう。そちらの住所氏名などは聞いていますし。今週中にうかがってお話を聞くかもしれません——携帯電話の番号をお知らせくだされば、うかがうまえに連絡をさしあげられますが」

わたしは番号を知らせ、帰り支度を整える。カールが近くをうろうろしている。わたしとは目をあわせようとしない。

「さあ、家に帰りましょう」

カールは何も言わず肩をすくめたあと、わたしのとなりに来て歩きだす。駐車場へ戻って車に乗りこみ、家へ向かう。カールは助手席でずっと黙っている。

帰宅し、マチルダをお風呂に入れる。まだ四時だというのに、もう何年も家を離れていたような気がする。わたしが娘をお風呂に入れているあいだ、カールは階下にいる——わたしは娘と片時も離れていたくない。マチルダは上機嫌で、ストレスを感じているサインはどこにも見あたらない。湯をはねとばし、わたしがつけてあげた泡で鬘と髭をつくる。マチルダにはまったく屈託がなく、この子の身に起きた出来事が事実なのかと疑いたくなるほどだ。

「誰ともお話をしなかったっていうのはほんとうなの?」とわたしが訊く。

「わたし、してないって言ったよね」そう言ってマチルダは湯にもぐる。これ以上は追及しないほうがよさそうだ。

お風呂からあがったあと、マチルダはフードつきのパジャマを着る。それからふたりで階下におりる。カールはキッチンのテーブルにつき、ぼんやりと宙を見つめている。マチルダが無理やりカールの膝にのると、カールは短いハグをしたあとに娘をおろす。

「ママとハグしなさい」とカール。

いったいどうしたというのだろうか。いつもならマチルダを独り占めしてわたしをのけ者にするのに。まだショックから抜けきれていないのはわかるが、マチルダに対する態度はどう見てもおかしい。わたしはカールのとなりに腰をおろす。

「マチルダ」娘に声をかける。「パパとママはちょっとお話があるの。リビングに行ってテレビを観ていてくれる?」

「わかった」マチルダは答えて、リビングルームへ行く。すぐにテレビ番組の登場人物が甲高い声でぺちゃくちゃしゃべる様子が聞こえてくる。

「カール、いつまでそんなに怒っているの? マチルダは家に戻ったのよ——それが何よりも大切なんじゃないの?」

カールが無表情の顔を向けてくる。それから咳払いをひとつ。

「ぼくが考えているのは、ひとつ間違えたらまったくちがう結果になっていたということだ。恐ろしい事態になりかねなかったんだぞ。そうならなかったのは運がよかったとしか言いようがない。今回のことでぼくの堪忍袋の緒が切れた」そう言うと、勢いよく椅子を引いて立ちあがる。「きみの飲酒にも、労働時間にも、きみがぼくの仕事に敬意を払おうとしないことにも、形はどうあれぼくをサポートしようとしないことにも我慢してきた。なんとか自分のなかで折り合いをつけてきた。ブライトンでの出来事にすら」

わたしはいきなりの猛攻撃を受けて頭を垂れる。

「しかしきみが母親としてあまりにも役立たずなうえ、きみの注意散漫のせいで娘を失いかけたとあっては……これ以上、こんな生活をつづけていられない」

声を張りあげているわけではない。そんなことをする必要はない。カールの言葉は酸となってわたしを侵食していく。

ふいにカールが首を振る。「何よりも我慢ならなかったのは、マチルダが戻ってきたときにきみのところへ走っていったことだ。きみはとんでもない母親なのに、あの子はまだきみを愛している。それが腹に据えかねる。あの子がぼくを嫌うようにきみが仕向けてきた結果だ。どうにもこうにも頭にきて、いまではマチルダに目を向けることもできない」

「それはあの子の落ち度じゃないわよ、カール。そんなのはあんまりよ」

「今回の出来事は何もかもがあんまりなんだよ、アリソン。どこをとってもフェアじゃない」カールはキッチンを出ていき、足を踏み鳴らして階段をのぼっていく。彼が引き出しを開け閉めして、階段をおりてくる音が聞こえる。

わたしは廊下に出て、カールが物入から旅行かばんと寝袋を引っぱりだし、左右それぞれの手に持つのを見つめる。

「どこへ行くの？」

「診療室に泊まるよ。今夜のところは。きみと同じ家にはいたくない。きみにマチルダをあずけるのは不安だが、いたしかたない。だがこれだけは言っておく。マチルダの身に何かひどいことが起きたら、小指にひっかき傷ができたというだけでも、ぼくはきみを殺す」

カールは出ていき、ドアが静かに閉まる。わたしは彼の怒りに圧倒されてしばらく廊下にたたずみ、ふたりのあいだの何かが決定的に変わってしまったことを痛感する。何もかも壊れてしまった。その事実が身にこたえる。

マチルダがリビングルームから出てくる。「パパはどこへ行ったの？」娘に問われ、わたしは答えるまえに息を呑む。

「パパはお仕事に行かなくちゃならなくなったの。でもすぐ戻ってくるわ」それがほんとうならいいのにと思いながら答える。わたしは娘とソファに並んですわり、ふたりでテレビを観る。そのあとで夕食の用意をして食べ、マチルダをわたしとカールの部屋に寝かせる。マチルダのためにではなくわたしのために。昼間の恐怖が頭のなかによみがえって何時間も眠れずにいるが、マチルダの寝息を聞いているうちに気持ちが落ち着いてくる。わたしは自分の手を娘の手の上にそっと重ねる。

19

マチルダはぐっすり眠っていて、通りでとつぜん鳴りだす車の盗難防止用のアラームにも、裏庭にあらわれるキツネの鳴き声にも目をさますことはないのに、わたしは目をさましてしまう。時刻は五時。気づくと鼓動が速まり、首と胸のあたりに汗をかいている。ふたたび眠れそうにない。

目覚まし時計が鳴るころには、すでに朝食の支度をはじめている。運よく、午前中の審問がはじまるのは十時半。この事案について事務職員と話をし、そのあとでカールがどうしているかたしかめてみよう。きっと彼はすぐに帰ってくるだろう。きっと……。わたしはスクランブルエッグを食べているマチルダを見つめる。あごのラインはわたし似で、眉はカール似。ふいにマチルダが顔をあげる。

「どうしてわたしをじっと見てるの、ママ」

「ごめんね、ダーリン。あなたのことをすごく愛しているって思っていただけ」

わたしは娘のそばに行ってぎゅっと抱きしめる。

「パパは今夜、帰ってくる？」

「どうかしら」

娘が歯を磨きおえ、わたしはスーツに着替え、ふたりして学校へ歩いていく。マチルダはうれしそうに走っていき、わたしは顔見知りの親たちに手を振ってから駅まで行って地下鉄に乗る。車輌の端にもたれかかり、目を閉じる。マチルダのためにずっと自制心を保っていたけれど、あの子が学校へ行ってしまったいま、もう満ち足りた表情をつくったり楽しげな声を出す必要もなくなり、わたしは悲しみの淵に沈む。列車の動きにあわせて身体を動かし、誰かとぶつかれば足を踏んばり、線路を走る車輪のリズムにあわせて身体を揺らす。

ベルマーシュの刑事法院へ向かう道では誰かの顔を見ないよう、誰かと目をあわせないよう、ずっと顔を伏せる。すばやく法服を着て、誰かとの会話に引きこまれないようにする。共同事務所のロバートのかわりに保釈申請をおこない、何カ月かまえに結審した、わたしが弁護を担当した事案の判決を待つ。判決前調査報告書（判決の言い渡しまえに被告の社会的背景などを調査し、判断を下す際の材料とされる報告書）の提出が三度も遅れたが、いずれもわたしのクライアントのせいではない。

「長くかかるかしら。彼はうちの母といっしょにいるけど、母は出かけなければならないの）彼女は安い電子煙草を指にはさみ、警備員がこっちを見ていない隙に煙を喫いこんでいる。

わたしは無表情の顔を彼女に向ける。「誰がお母さんといっしょにいるんですか」

「息子よ、あたりまえでしょ。誰の話をしてると思ってんの？」彼女の声にあらわれたいらだちがわたしの頭のなかの霧を払い去る。

「すみません、ええ、もちろん息子さんですよね。申しわけありません、今朝はちょっと疲れていて」

「わたしたち、みんなそうなんじゃない？　みんな疲れてんの」どうやら彼女のいらだちはおさまったようだ。

「おそらくもうすぐかと思います。本件のまえにそれほど多くの事案はあがっていませんから。少なくとも、遅れていた判決前調査報告書は届いていますので」

「先生はだいじょうぶだと思う？」

「おそらくは。背景が綿密に調査されたようですから。あなたは職にも就いているし、実家へも戻っている。きっとだいじょうぶな判決が下されるでしょう」

さいわいにも、だいじょうぶな判決が下される。裁判官は報告書の勧告を受け入れ、わたしは基本的なこと以外は何も言う必要はない。二十四カ月の社会奉仕活動――わたしのクライアントは今回だけは運がいいが、彼女の酔ったときの人が変わったような攻撃性はこれからも問題になるだろう。被害者の女性は、パブでわたしのクライアントとそのボーイフレンドに大きな関心を示したために、この先、二年以上は暴行を受けた傷あとが残ることになりそうだが、本人は異議を申し立てにここへ来てはいない。仮に彼女が異議を申し立てたとしても、今日にかぎっては、わたしは対処できそうもない。

わたしはできるだけ早く街なかへ戻ることにする。仕事を片づけてしまえば次にどうするか考えることができる。ひと晩たってカールの怒りはおさまったかもしれない。いや、それはなさそうだ。先行きが不確実で胃がよじれそうになる。携帯電話を取りだして電源を入れ、カールが〝話しあおう〟と電話かメッセージを寄こしていることを期待する。行き詰まりを打開して、深刻な不仲に陥るまえに時計の針を戻したい。着信もメッセージもなし。カールに電話をかける。呼び出し音は鳴るが、応答はなし。もう一度かける。二回の呼び出し音で切れる。つまり、カールは携帯の画面を見ているということ。今度はテキストメッセージを送る。

〝ごめんなさい、カール。お願いだから話をさせてXx〟

メッセージが届いたのを確認でき、カールが返事を打っていることを示す動くドットがあらわれ、一瞬、心臓が跳ねあがる。でも何も来ない。返信もないし、着信音も鳴らない。もう一度メッセージを送る。

〝お願いだから電話をちょうだい。お願いＸｘ〟

今度は動くドットもあらわれない。わたしは帰りの列車のなかで携帯電話をバッグのなかに戻し、背もたれに身体をあずけて目を閉じ、この先、何もかも変わってしまうかもしれないと考えてため息をつく。

共同事務所に戻り、訴訟事件摘要書をマークに手渡す。彼が心配そうな表情を浮かべて口を開きかけたと同時に、わたしは事務職員の部屋を出ようとするが時機を逃す。

「もう彼と話をしましたか、先生」

「かなり難しい状況なのよね」それで話はおしまいとばかりに言う。

「彼は先生と話したがっているようですよ。先生はいるかと二回、事務所に電話がありましたから」

「ほんと？」心臓が跳ねる。「でもどうしてわたしの携帯にかけてこないんだろう」

「かけたようですけど、つながらないみたいで」

わたしは携帯電話を取りだし、もう一度カールに電話をかける。呼び出し音が鳴るけれど、すぐに留守番電話につながる。

「応答してくれない」泣きそうになりながら言う。

「彼から先生宛てのメッセージが三通あります。彼ならすぐにつかまるはずですよ」

マークが何枚かのポストイットを手渡してくる。ひとつひとつ目を通す――〝アリソンへのメッセージ、午前十時三十七分、パトリックから。折り返し電話をくれ、頼む〟わたしはそれを手のなかで握りつぶし、ドアの近くのゴミ箱に投げ捨てる。カールからではなかった。マークが言う〝彼〟は誰なのか、わかってしかるべきだった。小さな希望の火が消え、肩がずしりと重くなる。

「そうね、つかまえてみる」わたしは事務職員の部屋を出て自分のオフィスへ引っこみ、現実を閉めだすつもりでドアを閉じる。昨日の晩に眠りについたときは、カールが出ていったことよりマチルダが戻ってきた安堵感のほうが勝っていたが、今日はカールの件に直面せざるをえない。出ていった夫のことをどうにかしなければならない。

二時半に共同事務所をあとにする。わたしはマークにしばらくはロンドンでの仕事に専念させてほしいと告げた。どちらがマチルダを引きとるかについてカールとのきちんとした取り決めがなされるまでは。スケジュールが空いているので二日間の休みをとることにする。緊急の事案が入ってこなければいいのだが。強気な見方もなんとかなるという楽観的な考えも消え、残されたのはカールが怒りを鎮めて話し合いに応じてくれるかもしれないという期待だけ。いろいろ読んでみてわかったのは、調停が鍵になるということ。結局のところ、わたしたちはふたりともマチルダの親なのだし、何年もともに過ごしてきた――カールはきっときちんとした話し合いに応じるはずだ。

わたしは定刻に校門に到着し、子どもたちを待っているほかのママやパパたちとおしゃべりする。ベルが鳴ると大勢の子どもたちが出てきて、それぞれ親に連れられて帰っていく。最初に出てきた一団のなかにはマチルダはおらず、次の集団のなかにもいない。いつも最後に出てくる少年が姿を見せる。あいかわらずだぶだぶのセーターを着て、使い古しのビニール袋から教科書がはみでている。マチルダはまだ出てこない。子どもたちは全員帰っていき、校庭には人っ子ひとりいなくなる。昨日の光景がよみがえったようで、一瞬あのときの恐怖に襲われる――マチルダは何者かに連れ去られて、もう二度と戻ってこない。学校は安全なのだからそんなことは起きないと、すぐに頭を切りかえる。マチルダがいなくなるわけがない。それでも言いようのない不安がまたしても胸に湧きあがり、より明確かつ具体的になっていく。

わたしは受付まで行き、カウンターのところで職員がこちらに気づいてくれるのを待つ。

カウンターの後ろの部屋で女性職員がひとり、ファイリングか何かをやっていて、「すみませんが」と二度声をかけてようやく彼女は気づく。

「何かご用ですか」

「マチルダを迎えにきました。マチルダ・ベイリー、二年生です」

「まだ出てきていないんですか？」

「ええ、まだです。娘がまだ教室に残っているかどうかたしかめたいんです。なかに入ってもよろしいですか？」

「ちょっと調べてみます」彼女は名簿を手に取って指でなぞっていき、ページの四分の三くらいのところで指をとめ、電話をかける。「マチルダ・ベイリーを探しているんですが――お母さんがいらしていて。マチルダはそちらにいますか？」

しばらくの間。電話の向こう側の声が聞こえてくるが、なんと言っているかまではわからない。

「そうですか、ありがとうございます。お母さんに知らせます」彼女は受話器を置き、わたしのほうを向く。「マチルダは少しまえにお迎えにいらしたお父さんと帰りました。ご存じじゃなかったんですか」

「えっと……すっかり忘れていたようです。お手数をおかけしました」胸を蹴られたような感覚を抑え、声を平静に保つ。「では失礼します」微笑みかけても、相手はすでにファイリング作業に戻っていた。

心臓がどくどく鳴る音を聞きながら速足で家に帰る。カールはじつに手際がいい。彼はわたしより先に学校へ行ってマチルダを引きとり、娘を迎えにいったのは自分だとアピールするつもりなのだ。そんなことを考えているうちに、わたしは徐々に理性を失っていく。歩く速度をあげる。早く家に帰り着きたいし、頭のなかで渦巻いている考えを追い払いたい。

ドアを解錠してなかへ入ると、いつもどおりの光景が待っている。マチルダが走って迎えに出てわたしに抱きつき、わたしたちは階段のいちばん下にすわり、今日の学校での出来事や、前日に警察官としゃべったことを友だちに言ったら驚かれた、といった内容をマチルダが話す。これからいっしょにキッチンへ行ってフルーツを食べようねと話しているところで、カールがぬっとあらわれる。

「マチルダ、自分の部屋へ行きなさい」とカールが言う。

「ママがおやつをくれるって言ったよ」

「オレンジをあげるから、部屋へ行っててくれないかな」わたしはその場にじっとしている。カールはキッチンへ行ったかと思うとすぐに戻ってきて、マチルダに皿をさしだし、マチルダがそれを受けとる。

「これは何？　なんかへんなの」

「オレンジだよ」とカールが答える。「さあ、上へ行ってくれるかい」カールはドアの上の窓からさしこむ日の光を背中に受けて立ち、いつもより背が高く堂々として見える。

「オレンジじゃないみたい。赤いし」

「それはブラッドオレンジっていうんだ。オーガニックだよ。身体にいい。さあ、自分の部屋に行って食べなさい」カールは階段を指さす。

マチルダは腹立ちまぎれのため息をついてわたしの膝からおり、しぶしぶ言いつけを受け入れるといったふうに、わざと足を踏み鳴らして階段をのぼっていく。

「アリソン、こっちへ来てくれ。話したいことがある」

もったいぶった態度をやめてわたしの目の前から消えろ、と言ってやりたいが、虚勢を張るのは心のなかだけにする。わたしは立ちあがり、震えを隠すために手をポケットに突っこんで、カールのあとにつづいてリビングルームに入る。ソファに腰をおろしてカールがとなりにすわるのを待つが、彼は部屋の反対側にある暖炉の前に立つ。相手がしゃべりだすのを待っても、カールはなかなか口を開かない。沈黙が降り、部屋には重い空気が垂れこめる。鼓動がさらに激しくなったら、カールにも聞こえてしまうかもしれない。

「カール、わたしは……」もはや口を閉じてはいられず、わたしがしゃべりだしたとたん、カールも口を開き、こちらのためらいがちな言葉を消し去る。

「ひと晩じゅう考えていたんだ、アリソン。朝からもずっと。ぼくはきみの言動をずっと我慢しなければならなかった。これ以上は無理だ」

「どういう意味？」声が涙まじりになる。

「口をはさまないでくれ。とてもつらいが、こちらの考えを伝えなければならない。伝えるのが遅すぎたくらいだ」

わたしはうなずき、口を閉ざす。気づくと口に手を押しあてていた。そんなことをした覚えはないのに。

「離婚の申請をするつもりだ、アリソン。考えなおすつもりはない。今日、事務弁護士と話をしてきて、無理もないと言われたよ。〝相手の理不尽な振る舞い〟との理由でぼくはきみと離婚できる。この一年かそこらのあいだに、きみがどれだけひどいことをしてきたか自分でもよくわかっているはずだ」

「わたしは……」

「こっちの話が終わるのを待ってくれ。ぼくだってつらいんだ。せめて話くらいはさせてほしい」

いまにも爆発しそうだ。自己弁護や非難、謝罪や苦痛に満ちた言葉が身体のなかで渦巻き、のたうち、よじれ、口から発してしまわなければ頭のてっぺんから噴きだしてしまうかもしれない。でもわたしは何も言わずにうなずく。できるのはそれくらいがせいぜいだ。

「きみには出ていってほしい。今日、すぐにでも。あとから持ち物の残りを取りにこなくてはならないだろうけれど、ひとまずはかばんに詰めるだけ詰めて、出ていってくれ。いままでのきみの振る舞いからすると、マチルダの親権者は問題なくぼくになるだろう。ぼくの解雇手当でこの家の頭金を払ったことを考えると、きみよりもぼくのほうがここに住む権利があるはずだ」

わたしは啞然とする。渦巻いていた言葉はどこかへ消えてしまった。頭のなかの大部分はわけのわからぬ雑音で占められ、とてもじゃないがカールの言葉を理解できない。

「だが、きみにだってこの家のために支払った金を返せという権利はあるし、ぼくはそれを出ししぶりはしないよ。きみにも住む場所は必要なわけだからね。しかしここはマチルダの家でもあるし、彼女の面倒をみるのはぼくだから、家の所有権を主張するのは当然の権利だ。ぼくの言い分、理解できるかい？」

頭のなかの混乱ぶりが顔に出てしまっているにちがいない。わたしは唾を呑みこみ、呼吸を繰りかえす。こっちからの回答を待っているのか、カールがじっと見つめてくる。

「あなたはわたしに出ていってほしいの？」ようやく言葉が口から出る。

「そう、そういうことをぼくは言った」

「それで、あなたがマチルダの親権者になる？」

「当然だろう。まさかきみはマチルダの面倒をみられるなんて言うつもりはないだろうね？　自分の面倒をみるので精いっぱいなのに」彼の声からは蔑みしか感じられない。そこには怒りすらない。

「でも、あの子はわたしを愛してるのよ。マチルダにはわたしが必要だわ」もはや感情を抑えられず、涙が頬を伝い落ちる。

「わかったよ、アリソン。どうやらきっちり説明してやらなくちゃならないみたいだな」

カールは肘掛け椅子の端に腰をおろし、コーヒーテーブルに身を乗りだす。わたしと目線をそろえるほうがカールにとっては話しやすいのだろうと思ったが、顔を近づけることでこっちを怯えさせているのだと考えなおす。「どこからはじめようか？」カールは大きく息を吸いこみ、紙に何かを書きはじめる。

酒を飲む――チェックマーク。

何時間もマチルダから離れている――チェックマーク。

煙草を喫う――チェックマーク。

週末も夜間もつねに働くという身勝手さ――チェックマーク。

感情面を見ても自分勝手――チェックマーク。

カールが書きだしたリストに打ちのめされると同時に、頭のなかで即座に反論する。カールが失業したからわたしが仕事に復帰せざるをえなかった。そもそもバリスタは公判の直前になって仕事を依頼されるケースが多いため、夜遅くまで準備に追われるのはあたりまえ。クライアントとのつきあいでつねに緊張し、混沌としている刑事司法制度のなかで仕事をする者として、暴力や道徳的な汚れで淀んだ空気を家に持ち帰るよりは、同僚や理解ある人といっしょにそれらを飲み下したほうがいいときもある。しかしそういったことを言葉にするまえに、カールがたたみかけてくる。

「自分のキャリアにとってこういったことは必要不可欠だったときみは言うかもしれないけどね、アリソン、それならいまごろは検察庁に入っているとか、ソリシタ事務所のお抱え弁護士になっていてもおかしくないんじゃないかな。キャリアのために家庭を犠牲にしていたんなら、そういう結果を出すのも簡単だったはずだ。だが残念ながらきみは、鬘と法服を身に着けて出廷するたび人目を引くことに酔いしれているだけだ。注目の的になっていると思いこんでね。会話の最中に、隙あらば自分が手がける案件を人に話している自分自身の姿を見てみるといい。はじめて殺人事件を担当することになったと自慢している己（おのれ）の姿を」何年ものあいだにためこんでいた憤懣がついに言葉となって、カールの口から次々に転がりでてくる。

「聞いて、カール……」

　カールが声を張りあげる。「口を閉じていてくれないかな。きみはいままでずっとしゃべってきた。今度はぼくの番だよ」

　わたしは両手を掲げ、ソファの上で脚をお尻の下にたくしこんで背を丸め、できるだけ縮こまる。

「けどね、マチルダに悪影響を及ぼさないかぎり、そんなことはどうでもよくて、ちっとも問題じゃなかったんだよ。問題はきみがひどい母親だということだ。子育てを優先させたことなど一度もないし、水泳教室に連れていったこともなければ、学校に必要なものを買ってやったこともない。時間どおりに学校へ娘を迎えにもいけないから、そんな簡単なこともまかせられない。昨日はきみのせいであやうく娘を失うところだった」

「でもわたしはあの子を愛しているの」もはやつぶやくような声になっている。「マチルダを愛しているのよ。それは考慮してもらえないの？」

「あの子の世話すらろくにできないようじゃ、考慮も何もないだろう。きみはわざと娘に害をなしているとしか思えないよ。今後はあんなことが起きるのを許すつもりはない。きみが母親には向かない人間だってことを最初から認識しておくべきだった。きみがどんな母親だかわかったときに、もうひとり子どもをつくるのをやめて正解だったよ」

カールの言葉が身体のなかを駆けめぐり、一瞬、わたしは黙りこくる。それから訊く。

「どういう意味？　〝やめて正解だった〟って。それ、いったいなんのこと？」

「パイプカットの手術を受けたってことだよ。もう一度リスクを冒すつもりはさらさらなかった。たとえきみがピルの服用に同意したとしても、きみの言葉なんかとてもじゃないが信じられないからね」カールが見つめてくる。その顔には〝まさか自分が信用されて当然の人間だとは思っていないよな？〟と書いてある。

「パ、パイプカットの手術を受けたですって？　いったいいつ？　なぜわたしに言ってくれなかったの？　わたしの意見も……」そこで口ごもる。

「マチルダが生まれた直後だ。必要なら何度でもやるよ、アリソン。いくらもたたないうちに実感したんだ、ぼくの娘の母親がきみだと思うと絶望しかないってね。ひとりだって無理なのに、きみがふたりの子どもを育てられるわけがない。いまきみは正しいことをしようとしている。たいした言い争いもせずに出ていこうとしてるんだから。週末にあの子をきみのもとにあずけてもいい。ただし、マチルダがちゃんと面倒をみてもらっているか、しっかり確認させてもらうよ」

「そんなことはさせないわよ、カール。わたしが許さない」言われっぱなしで唖然としていたけれど、ようやく反論する力が湧いてくる。

「させるとかさせないとかは関係ないんだよ、アリソン。ぼくはこれから先に起きることを話して聞かせているだけだ。行動には結果がともなう。わかるかい、行動には結果がともなうんだよ」カールは落ち着き払う一方で怒り狂っている。こんな彼はいままで見たことがない。自分の言葉にあわせてしきりにうなずいている。こういう人を相手に何を言ってもらちがあかないことは明らかだ。

「わたしにどうしてほしいの？」

カールは満足そうにうなずき、椅子に深く腰かけなおす。「ぼくはマチルダを食事に連れだす。ぼくらが留守にしているあいだに、きみは荷物をまとめて出ていってくれ。あの子にはママは仕事で出かけなければならなかったと言っておく」

「マチルダにさようならを言ってもいい？」

「それはいい考えとは思えないな。とにかくいまはだめだ。きみはかなり感情的になっている。そんなきみと会わせてマチルダを動揺させたくない。次の週末には会えるよ。数日のうちにルールを取り決めよう」

「この家にあるわたしのものはどうすればいいの？」思わず訊く。自分の所有物などどうでもいいのに。

「そのこともおいおいなんとかしよう。来週になったらいつでも来て、荷物を運びだせばいい。行動には結果がともなう、この言葉を覚えておいてくれ。こうなったのもきみの身から出た錆なんだよ」

すべてカールの思いどおりになった。わたしは上階へ行き、スーツケースに衣類を詰め、ほかのものも手あたりしだいに押しこむ。仕事に必要なものを選べと自分に命じ、法服用の洗濯済みのつけ襟と白いシャツをつかむ。法服自体は共同事務所に置いてあるので、引きずってまで持っていく必要はない。玄関ドアを開け閉めする音がしたあと、ふたりが家から離れていくにしたがってマチルダの声が遠くなっていく。わたしは夫婦のベッドルームを見まわし、ここが夫と自分の部屋であるうちに足を踏み入れるのはこれが最後だとふいに気づく。カールはいつでもわたしをベッドの端っこに押しやり、まんなかに大の字になって寝る。彼はそれを誰にもとがめられることなくできるようになる――ベッドはぜんぶ彼のものだから。一瞬、彼から受けたひどい仕打ちを思いだして打ちのめされた気分になり、息を切らしながら倒れこむようにしてベッドの端にすわる。二度とここで眠ることはなく、ぴたりとくっついてくるカールの温かさを感じることもない。そんな思いを振り払って気持ちを落ち着かせ、わたしは荷造りをつづける。

タクシーを呼び、スーツケースとともに階下におりて待つ。コヴェント・ガーデンの近くにあるトラベロッジにしばらく滞在することにする。かつては友人と呼べる人たちがいたが、しだいにマチルダと仕事とカールとパトリックしか存在しない小さな世界に自分を押しこんでしまった。校門の前で子どもを待っている親たちや、共同事務所の同僚たちとしゃべったのが何カ月もまえの出来事のように感じられる。ふとラニアに電話してみようという気になるが、それはあまりになれなれしいと思いなおす。わたしたちが言葉を交わしたのはたったの二回なのだから。スーツケースと破綻した結婚という重荷を彼女に負わせることはできない。

タクシーが到着し、すばやく乗りこむ。走っていくタクシーのなかから窓の外を眺める。どれもこれも指からこぼれ落ちていく。家も娘も夫も。愛人は、と思うけれど、いまは重要とは思えない。トラベロッジに着いてチェックインし、エレベーターが故障しているのでスーツケースをあちこちにぶつけながら三階まで階段でのぼる。部屋のなかには揚げ物のにおいがただよい、ベッドのヘッドボードには何やらべとべとしたものがくっついている。わざわざ服を脱ぐ気になれず、そのままの恰好でベッドに入って毛布にくるまり、何時間にも思えるあいだ壁を見つめ、そのうちに寝こんでしまう。夢に見るのはマチルダばかりで、わたしの前を走っているのに、つかまえようとするとするりと逃げていく。

20

午前三時に寒くて目覚める。エアコンの温度は高めに設定してあり、毛布が床に落ちている。トイレへ行ってスーツのパンツとシャツを脱ぎ、エアコンを切ってきちんとベッドに入りなおす。もう一度眠ろうとするが眠りは訪れず、頭のなかで多くの考えが浮かんでは消える。バッグから携帯電話を取りだして電源を入れ、断固としてソーシャルメディアの使用を拒む態度をあらためておけばよかったと思う。たぶんこんなときはフェイスブックみたいなものが慰めになるのだろう。〝悲しくてやりきれない〟というような近況を投稿して、世界じゅうの友人たちから温かい言葉を受けとれていたかもしれない。そこでフェイスブックの登録のページを開き、アカウントを作成しようとする間際で、無益な行動だと自分を押しとどめる。いまの自分には公開すべきものが何もないのに、過去の知り合いの情報を集めるばかりでは、やってもそれほど楽しくはないと思いなおす。

フェイスブックを眺めているあいだに多くのテキストメッセージが届いていた。すべてを消去してしまいたいという唐突な衝動を抑え、メッセージを開きつつ心の片隅で〝あれはすべてとんでもない過ちだった〟とカールが言ってきたかもしれないと期待する。〝お願いだ、戻ってきてくれ、ダーリン。ぼくもマチルダもきみが恋しい〟とか。

でも、もう手遅れなのはわかっている。そんな夢みたいなことは起きないだろう。すべてがぶち壊しになって、その大部分が自分のせい。わたしは仰向けになって天井を見つめる。煙探知機が隅のほうで赤い光を放ち、ドアの反対側では非常口のサインが光っている。そろそろすべてのことに関して自分自身に素直になる頃合いだ。わたしはマチルダを愛しているし、つねに愛してきた。でも最初のころは母親業に悪戦苦闘していた。急いで職場に復帰したけれど、もう少し時間をおくべきだったのかもしれない。たしかにカールが失業中で、わたしがお金を稼がねばならなかったとはいえ、何か手立てがあったはずだ。わたしが専業主婦だったら、たぶんカールにもっと注意を向けられただろうし、そうしたら彼のほうもわたしに背を向けることはなかっただろう。実際にはわたしは拒絶され、愛されていないと感じてしまい、ちょうどそのころ愛情や誰かとのふれあいに飢えていたわたしの日常のなかに、パトリックがするりと入りこんできて、わたしは彼をベッドのなかに招き入れ、ときには心のなかにまで……もしも、もしも、もしも……。どのように仮定しても、すべては同じ結果につながる。もしもわたしがこれほど自分勝手じゃなかったら、自分のことばかり考えずにもっと娘に目を向けていたら、今回のあらゆることは避けられたかもしれない。

足の冷たさは消えたが、冷たい何かに胃をつかまれている感覚は残り、混迷の度合いはさらに深まっていくだけのような気がしてならない。混乱がおさまるようにと願いながらまくらをかかえているうちに、ふたたび眠りに落ちる。マチルダが出てくる夢はさっきよりもさらに鮮明になるばかりだった。

電話が鳴る音で目覚める。ぐっすり眠っていたので最初は頭が混乱し、自分は自宅にいると思いこんで腕をのばして受話器を取ろうとするものの、すぐにあるべき場所には何もないと悟る。電話は鳴りやんでからまた鳴りはじめ、そこで携帯電話がまくらの下にあると気づき、上体を起こして画面を見る。

パトリック。

「アリソン、そこにいるのかい」

一瞬、言葉が出なくなる。

「アリソン、そこにいるんだろう？　ぼくの声が聞こえる？」

「ここにいるし、声も聞こえてる」

長い間。それからパトリックが話しだす。「ついに現実になってしまった」

「どういうこと？ 何が現実になったの？」

「起訴されてしまった。昨日の晩に警官がやってきて、警察署に連れていかれた。そのあとで彼らはレイプ容疑でぼくを起訴した。保釈されて帰宅したら、家の前にはカメラマンがいた。まもなくレイプの件が新聞に載る」

「どういうことよ、パトリック。そんなことにはならないとあなたは言ってたのに」緊張であごがこわばる。

「ぼくだってこんなことになるなんて思わなかったよ。それで、会ってくれるかい？ お願いだから。助けがいるんだ。きみの顔も見たい」

ノーと言ってしまいたい。ノーと言うべきだ。この件とはできるだけ距離をおかなくては。

「いいわ。オーケー、会いましょう。いまどこ？」

「きみの家の角を曲がったところにあるパブ。レストランもついている店。きみと話ができればと思って、来てみた」

パトリックが歩く姿が頭に浮かぶ。アーチウェイの店が建ち並ぶあたりを歩きまわり、安っぽいカフェへ寄ってコーヒーを飲み、〈アーチウェイ・タヴァーン〉の前をうろうろしているうちにドアが開く。わたしはその姿を頭から押しやる。「いまは家にいないの。だからコヴェント・ガーデンまで来て。四十五分後に〈ザ・ドロネー〉で会いましょう」

「そこじゃだめだよ、アリソン。あそこはちょっと……もっと地味な店のほうがいい」

そりゃそうよね、と思ったが口には出さない。なぜあの店を選んだのか、そもそもどうしてあそこがぱっと頭に浮かんだのか、自分でもよくわからない。

「ハイ・ホルボーンの〈ウェザースプーン〉で会おう。その店、知ってるかい？　いまから地下鉄で向かうよ」

　知っている。わたしは同意して電話を切る。ともかく、いまパトリックと会うにはふさわしい場所のような気がする。わたしたちの関係はキングスウェイの〈ウェザースプーン〉ではじまったのだから、同じチェーンの店で終わらせるのがいいだろう。ひとつの輪が完成するみたいで満足感さえ覚える。〝満足〟というのは語弊があるかもしれないけれど。

　ブラシで髪をとかし、スーツケースから取りだしたジーンズをはいてセーターを着る。スカーフを見つけて、首のあたりに二重に巻き、顔の下半分を隠す。パブまで歩く途中でセーターの袖を引っぱって手をすっぽり覆い、手袋がわりにする。パトリックは店の裏口付近で待っていて、顔には無精ひげを生やしている。キスするみたいに顔を寄せてくるので、わたしは後ずさる。パトリックは両手をのばしてわたしの肩をつかもうとするが、すぐに手をおろす。面と向かっているのに、わたしは彼の目は見ない。

「なかに入りたいかい？　テーブル席がたくさんある」

わたしは肩をすくめ、パトリックにつづいてなかに入る。

「あそこにすわりましょう」わたしはそう言って隅の席へ向かう。

「何を飲む？」パトリックがごくふつうに訊いてくる。

「そうね、水でいいかな。なんでもかまわない」彼が飲み物を買ってくるあいだ、わたしはセーターの擦り切れた袖口を引っぱる。

「保釈条件は？」パトリックが腰をおろすと同時に訊く。

「訴追側の証人と連絡をとるのは禁止で、自分のフラットに引っこみ、週ごとの報告を怠らないこと。それから裁判所に五万ポンド預けた」

「うわっ、すごい。訴追側の本気度がうかがえるわね」

「いや、それほどでもないよ」カールは一パイントのビールを買ってきていて、それを三分の一ほど一気に飲む。

「訴追側は新しい証拠をつかんでいるの？」

「わからない。ことのあらましはきみに話したよね。でも彼らはその話とはちがった考え方をしているみたいなんだ。ぼくが出頭するのを待たずに、昨日の晩に逮捕しにきたことを考えると。どうも妙なんだよ。何が起きたのかまったくわからない」パトリックは話をつづけつつ、ずっと携帯電話をチェックしている。

「どうしてずっと携帯を見ているの？」

「報道されたかどうか確認しているんだ」

「そう」わたしもポケットから携帯電話を取りだす。仕事がらみのテキストメッセージが二件と、共同事務所のポーリーンからの留守番電話のメッセージが一件。

パトリックが何かを言いかけるが、わたしは彼に向けて携帯電話を掲げる。「これを聞かなくちゃならないの。ポーリーンが電話をしてくるなんてめったにないから。重要なことかもしれない」パトリックは口を閉じてビールを飲む。

わたしはわざわざメッセージは聞かず、直接彼女に折り返しの電話を入れる。ポーリーンがすぐに応答する。

「アリソン、こんにちは。電話をくれてありがとう。それでね……」

「ごめんなさい、あなたのメッセージを聞いていないの。すぐに電話したほうがいいと思って。すべて順調？」

「ううん、そうでもない。これからする話、ちょっとショッキングかもしれない」

数分後、わたしは向かいの席にすわるパトリックに言葉を投げつける。「あなたってどうしようもないろくでなしね」

「いったいなんの話だい？」

「このろくでなし」

「アリソン、落ち着いてくれ。どうしたっていうんだよ」そこでもうひと口、長々とビールを飲む。パイントグラスはほぼ空になる。酒の力を借りなければ話もできないのだろう。

「いいでしょう。キャロライン・ネイピアは嘘つき。あなたは誤解され、いとも簡単にレイプ犯に仕立てあげられた。これがあなた側から見た、ことの真相よね？」

「そう、それが真相だ。きみに話したとおり」

「じゃあ、もうひとりほかの人物が週末に警察に出向いて、レイプの被害に遭ったと申し立てた件はどう説明するわけ？」

パトリックの顔から血の気が引く。「アリソン、その件ならちゃんと説明できる。すべて誤解なんだよ」

「あなたの言い分はわたしがたったいま聞かされた話と食い違う。わたしがその件を耳にするはずはないと、あなたは高をくっていたの？」

パトリックのあごが震え、目には涙があふれだす。「起訴まで持っていかれるとは思わなかったんだ」

「どっちの件？　QC勅選弁護士？　それとも研修生？」

パトリックは両手で頭をかかえ、嗚咽で肩を震わせる。「なにもかも誤解なんだよ。ぼくは彼女がほしがっていると思った。ふたりで外出した夜、ひと晩じゅうでもセックスしたがっているふうに見えた」

わたしは蔑みの色を隠しもせずにパトリックを見る。この人は研修生との一件を否定しようともしない。こんな男は殴ってやりたい。ついでに自分自身も。わたしは怒りに呑みこまれながらも、深い後悔の念にさいなまれている。研修生のアレクシアがパトリックのジョークに笑ったり、彼にぴたりとくっついて話す姿を目にして、何度、暗い妬みを抱いただろう。嫉妬に目がくらみ、パトリックはアレクシアをいいように利用してもなんとも思わない、自分本位の人間だという本質的なことを見抜けなかった。彼はアレクシアとかかわってはいけない人間だった。彼女がポーリーンに語った話に至っては、もはや言語道断としか言いようがない。先週アレクシアはパトリックがほかの案件で逮捕されたと聞き及び、自分の身に起きた出来事をポーリーンに打ち明けたのだった。

アレクシアがポーリーンに語った話によると、二カ月前にアレクシアとパトリックはいっしょに外出し、ひどく酔っぱらったという。ふたりはホロウェイ・ロードの、アレクシアが同居人とシェアしている狭いフラットに行った。そこでキスをしたが、アレクシアとしてはその先へは進まないと決めていた。パトリックのほうはそのまま終わりたくなかった。だからその先へ進んだ。アレクシアはその一件を誰にも言わなかった。というのも、仕事を依頼してくるパトリックが共同事務所にとっていかに重要な人間か、よくわかっていたからだ。その翌週にわたしは殺人事件の依頼を受けた。アレクシアによると自分の考えが正しいことをあらわす一例だという。彼女はトラブルの火種になりたくなかったし、自分の言うことなど誰も信じないと思っていた。だがアレクシアの話を聞いたポーリーンは彼女を信じてともに涙し、そのあとでアレクシアが警察に通報するという結果に至った。

わたしもアレクシアを信じる。パトリックがうちへ来たときの出来事もレイプまがいだった。いくらやめてと言っても彼はやめようとしなかったのだから。ほかのときも彼は極端な形でことに及んでいたが、わたしは現実に起きていることに意図的に目をつぶっていた。〝きみは乱暴に扱われるのが好きだろう〟が彼の殺し文句で、わたしは否定もせず、いわばわたしが『フィフティ・シェイズ・オブ・グレイ』の意気地のない主人公アナスタシアで、パトリックがちょっとレベルの落ちるクリスチャン・グレイだった。わたしは吐き気の波に襲われて喉が詰まり、席を立つはめになる。トイレへ駆けこみ、個室のドアを閉める。吐き気はおさまったが、口のなかには酸っぱいようないやな味が残り、それを吐きだす。トイレットペーパーで口を拭いては、その味が消えるまで何度も唾を吐き、そのあとは便座に頭をもたせかけて目を閉じる。永遠にここにいたい気がするが、ふたたびパトリックと対峙しなくてはならない。最後にもう一度だけ。

テーブルに戻る。パトリックはまだ泣いていて、上唇に垂れてくる鼻水を拭おうともしない。

「わたしはあなたをよく知っている」わたしは怒りをたぎらせてパトリックの横に立つ。

「よくわかっている。だからもう何もしてあげられない」

「ぼくをよく知っているなら、ぼくがレイプなんかできない人間だとわかっているはずだ。お願いだから説明させてくれ」嗚咽で言葉が途切れ途切れになる。

「意味がないからけっこうよ」わたしは立ったままでいる。「重要なのはね、パトリック、あなたがどんな人かわたしは知っているってこと」

パトリックはいまや本格的に泣いていて、鼻水や涙が首筋にまで流れ落ちている。パブには客がほとんどいないが、格子柄のシャツを着て片手に持ったグラスを拭いている、あごひげを生やしたバーテンダーの視線がこちらに向けられている。

「わたし、もう行くわね」

パトリックが涙の合間に怒りの声をあげる。「いいよ、行けよ。愛する家族、愛しのご亭主のところへ戻れよ」そう言い放って頭をかかえる。どうやら悲しみが勝ったのだと思った直後に彼は顔をあげ、全身から怒りを発散させ、血走った目でこちらを睨みつけて言う。「家へでもどこでも戻ればいいだろ」

わたしは歩き去ろうとしたが、頭のなかで何かがカチリと鳴って立ちどまり、テーブルごしにパトリックのほうへ身を乗りだす。

「わたしにはもう家がないし、娘にも会えない。夫は離婚を申請している。つまり何が言いたいかわかる？　わたしはあなたにかまっていられないの。今回のことはあなたの責任──あなたがやらかしたんだから。あなたとなんかつきあうんじゃなかった」

はじめから彼の顔は土気色だったが、さらに色を失っていく。「ほんとうなのか、アリソン。気の毒に。心からそう思うよ。何があったんだい」

「日曜日にマチルダといっしょにいたときに、あの子の行方がわからなくなって、カールがわたしにキレたの。もっとも彼が正しいんだけどね──わたしはこれまで家族をかえりみもしない、最低の母親だった。あなたとのこの関係が輪をかけた。あなたとかかわるべきじゃなかったのよ。自分自身に警告を発するべきだった。アレクシアにも警告するべきだった」怒りのあまり声がどんどん高くなっていく。彼に対して腹を立てているのと同時に、自分に対しても憤っている。パトリックという存在のためにまわりが見えなくなり、この人がほんとうはどういう人間か、少しも考えなかったのだから。

「悪かったよ、アリソン。さあ、もう一度すわってくれないか。その件について話しあおう」

「話すことは何もない」もうたくさんだ。「じゃあ、行くわね。もう二度と電話してこないで。わたしのことは放っておいて」

少しのあいだパトリックは何も言わず、そのあとで立ちあがり、わたしのとなりに並ぶ。

「アリソン、お願いだよ。ぼくたちはいいコンビだ。いまはぎくしゃくしているが、ふたりならかならず修復できる」

「あなたはふたりの女性をレイプしたとして起訴されているのよ」

「あれはそういうんじゃないんだ」口調が懇願の色を帯びる。

「パトリック、わたしはあなたを知っている、知っているのよ」

泣くまいとするが、もはや涙を抑えられない。パトリックが間近に立ち、後ずさるわたしの動きにあわせて前進し、腕をのばして肩に触れようとする。わたしは椅子を引きだして彼の動きをとめ、テーブルをまわりこんで逃げるが、パトリックはどんどん近づいてくる。さわられたくないのに、徐々に間合いを詰めてくる。

「だいじょうぶですか？」バーテンダーが声をかけてくる。

パトリックはバーテンダーを見て、グラスを手に取る。ひと口飲もうとして空になっていることに気づく。彼はグラス、わたし、バーテンダーを順に見やり、いきなりグラスを高く掲げたかと思うと、テーブルにたたきつける。グラスは粉々に割れ、破片がわたしの頬に飛んでくる。バーテンダーがすっと前に出て、パトリックが手出しできないようブロックしてくれるが、彼はすでに椅子に腰かけ、両手で頭をかかえて肩を震わせている。

「お客さん、もう出ていってください。出ていかないなら警察を呼びますよ」バーテンダーが言うと、パトリックは顔をあげて笑いだす。わたしは立ち去りたいのに、こちらが先に店から出て、彼にあとをつけられたらと思うと怖くて動けない。パトリックはもう一度わたしを見てから立ちあがり、こちらへ近づいてくる。バーテンダーがあいだに割りこむが、彼はバーテンダーを押しのけ、わたしのあごの下に手をやりキスしようと顔を寄せてくる。

「ぼくはすべてを失ってしまった。すべてを」

わたしは身を引くがパトリックはすでに手を離していて、わたしを突き飛ばしたあとパブを出ていく。

バーテンダーとふたり、黙ったまま立ちつくす。そこで自分の顔が濡れていることに気づき、手を押しあてて涙らしきものを払う。バーテンダーはいったんバーカウンターへ引っこんだあと、重ねたティッシュを持って戻ってくる。わたしは頬と目を拭い、キスされかけた口もとをごしごしこする。

「だいじょうぶですか」バーテンダーに訊かれてわたしはうなずく。「顔、血が出ていますよ」

ティッシュを見ると、バーテンダーが言ったとおり血のあとがついている。アドレナリンが出きってしまったからか、急に切れたところが痛みだす。わたしはもう一度顔にティッシュを押しあてる。

「だいじょうぶです。わたしももう帰りますね」

「お送りしましょうか？ あの男が待ち伏せしているといけないんで」とバーテンダーが言う。わたしはもう少しで彼の申し出を受けそうになるが、パトリックは待ち伏せなんかせずにもう行ってしまった、と頭のどこかで確信している。わたしは首を振って店を出る。

トラベロッジへ戻る途中、顔見知りに会わないよう、うつむいて地下鉄のホルボーン駅の前を通りすぎる。駅の反対側の新聞売り場に看板が出ているのを見つける。

業界ナンバーワンのソリシタ、レイプで起訴されるという見出しがでかでかと掲げられている。一部購入して見てみると、片手をあげて顔を隠そうとしている画像の粗いパトリックの写真が一面に掲載されている。読みはじめてみたものの、すぐに目についたゴミ箱に投げ捨てる。内容はもう充分わかっている。

トラベロッジに帰り着き、その日の残りはずっとホテルの部屋にこもってカールに電話をかけて過ごすが、いつかけても彼の携帯電話は電源が切られている。五時ごろに呼び出し音が鳴り、マチルダが出たときには心臓が跳ねあがる。電話の向こうからはっきりと聞こえるあの子の「もしもし」がわたしの耳に美しく響いたかと思うと、カールがマチルダから携帯を取りあげたらしく、ふたたび電源が切られる。それでもマチルダの声はまだわたしの耳のなかで鳴っている。

21

水曜日の午前中、マークが電話を寄こし、インナー・ロンドン刑事法院へ窃盗事件の罪状認否のために出向いてくれないかと頼んでくる——サンカルの担当だが、彼が出廷中の公判が長引いているとのこと。インナー・ロンドン刑事法院はパトリックのフラットのすぐ近くとはいえ、トラベロッジにいるのは飽き飽きしていたので、わたしは行くと答える。仕事を断りつづけるわけにもいかないし。携帯電話から聞こえてくる着信音を無視してシャワーを浴びて着替え、ようやく出かける準備が整う。エレベーターに乗りこみ、動きはじめるのを待つあいだに、携帯の画面を見て誰からの電話か確認する。

クロエが三回つづけて電話をかけてきている。わたしはキャリーバッグをエレベーターの外に引っぱりだし、疲労困憊のため息をつく。また何かあったらしい。頭のなかはすでにいっぱいなのに。カールの仕打ちに、マチルダへの思い。パトリック。空いているスペースはもうない。

「もしもし、わたしよ」ホテルのロビーを抜けて通りに出ながら電話に向かって言う。まだ早い時間で余裕があるので、歩いていくことにする。

「恐ろしいことが起きたの」とクロエが言う。

「何？」ほんとうに徒歩で行って間にあうか、わたしはまだルートを考えている。

「パトリックなんだけど」クロエが消え入りそうな声で言う。

鳥肌が立つ。「その件については話したくない。かかわりあいたくないの」

「アリソン、お願いだから聞いて。彼は死んだ。パトリックは死んだのよ。昨日の午後、ホルボーン駅で地下鉄に飛びこんだの」

わたしは立ちどまる。後ろを歩いていた人がわたしにぶつかり、あらためて横を通りすぎるときにののしりの言葉を吐く。男の人がキャリーバッグのキャスターに足を引っかける。わたしは歩道のまんなかに立ちつくし、いま聞いたことを理解しようとする。

「パトリックが死んだの、アリソン。〝すまない〟というテキストメッセージを送ってきたんだけど、わたしには理由がわからなかった」

「ほんとうなの？」

「ええ、ほんとう。昨晩、彼の所持品の財布や指輪を見て、妹さんが身元を確認したの。遺体はバラバラになって、部分的にしか残されていないらしい。もうまもなく新聞に載る」クロエが矢継ぎ早に投げつけてくる言葉は、すぐには頭に入ってこない。「アリソン。アリソン、聞こえてる？」

わたしは携帯電話を耳から離して通話を切る。何が起きたのか理解できない。また誰かが思いっきりぶつかってきて、わたしは歩道の上でよろけ、サンドイッチ店の脇の壁にぶつかる。

「だいじょうぶですか」と女性が訊いてくる。

言葉と嗚咽が入りまじって喉をふさぎ、すぐには答えることができない。彼女はわたしの肩に触れ、腕をとろうとする。相手がさらに手を貸すまえにわたしは身を引く。

「だいじょうぶです、ありがとう。ほんとうにだいじょうぶです」キャリーバッグを引きずって歩きだす。

「ほんとに？」彼女はそう声をかけてくるが、先に進むうちにその声は遠ざかり、自分のヒールが歩道をたたく音が彼女の気遣いを押しのける。〝法廷へ、法廷へ〟というリズムを刻んで歩きつづけ、こぼれる涙を袖で拭きとる。

このままでは時間に遅れそうなうえ、歩きつづける気力がなくなり、しかたなく地下鉄に乗ることにし、方向を変えてエンバンクメント駅に向かう。プラットホームで待ち、ベーカールー線の地下鉄が到着したとき、わたしはホームに入ってくる列車に引き寄せられ、目と鼻の先まで近づいたところで誰かにどなられて腕をつかまれる。その人の手を振り払いプラットホームの端に向かって走るあいだ、パトリックの身体が車輪と線路と金属にからみつく様子が頭をよぎる。係員はパトリックの肉をすべて回収できたのだろうか。それとも集めきれないものが線路に残ってホルボーン駅で地下鉄にくっつき、ネズミにとってはマクドナルドやケンタッキーフライドチキンから出るいつもの残飯よりも、はるかに食欲をそそるごちそうになっているだろうか。わたしは頭を振って現実に戻るが、乗車には間にあわず、一歩さがって列車が走り去るのを見送る。

数分後に次の地下鉄が到着し、今度は事前にパトリックの血まみれの身体を頭のどこかにしまいこむ。エレファント&キャッスル駅行きの列車のなかで車輌の端に寄りかかり、目の前の路線図に載っている駅名に目をやる。ロンドン・ブリッジ駅。ロンドン・ブリッジ、もしくはついこのあいだの、パトリックがディナーに腕を振るってふたりで楽しく過ごした夜のことは考えないようにする。わたしは気持ちを引き締めて刑事法院へ歩いていく。

着替え室はこんでいて、わたしが入っていくと静かになったような気がするが、もしかしたら神経がたかぶり、頭のなかが騒がしくなっているせいでほかの物音が聞こえなくなっているのかもしれない。共同事務所のロバートが着替え室にいて、わたしのところへやってきてこちらの肩に両手を置く。

「ひどいニュースがあるんだ、アリソン。もうすでに耳にしているかもしれないが」ロバートが声を低くして言う。

わたしはうなずく。

「きみはよく彼と組んで仕事をしていたもんな……」

身体がこわばる。間近でロバートを見るが、顔にも声にもそれ以上、何かを話そうとする気配は感じられない。表情は悲しげで、目は赤く充血している。

「ただただ信じられないだけ」とわたしは言う。

「わかるよ、アリソン。さっき何人かと話をしたんだ。サンカルとか共同事務所のほかのやつらとか、パトリックのチームの人間とか——今夜みんなでパブに集まることにした。彼を偲ぶために。〈イブニング・スタンダード〉にあんな記事が載ったけど……」

わたしはふたたびうなずく。「どこで？」

「〈ザ・ドック〉がいいかなと。きみは来られそうかい？」

「なるべく行くようにする」

ほかの共同事務所のバリスタが近づいてくる。「お邪魔してごめんなさいね。でもあなた方がパトリックについて話しているのが聞こえてきて。パトリック・ソーンダースのことでしょ?」

ロバートは脇によけて今夜の計画を彼女に話し、わたしはその隙に袋から鬘と法服を取りだして身につけ、鏡に向かってよりプロらしく見えるように化粧を直す。それから担当事案の書類を検察庁の職員から受けとり、準備不足を痛感する。事前に目を通したつもりでいたが、詳細はほとんど頭に入っていない。わたしは訴訟事件名を確認し、集中しろと自分に言い聞かせながら七番法廷へ向かう。

少なくとも自分が訴追側のバリスタとして罪状認否のために出廷することはわかっている。被告が有罪答弁をしようとする段になって、ようやく頭が法廷モードに切りかわり、検察庁が作成した事実の概要を読みあげ、誰も追加の情報を求めてこないことを願う。弁護側のバリスタは若くて熱心で、裁判官が判決前調査報告書の作成に同意した時点で——「ここで申しあげておきますがね、ミスター・ケタリッジ、わたしはすべての選択肢を考慮するつもりでいます」——弁論を終えたとばかりに椅子に腰をおろして目を閉じる。裁判官は充分な意見を聞いたのですぐに判決手続きに入れると締めくくる。

わたしは訴訟事件摘要書に判決言い渡しの日付を書き入れ署名する。法服を脱いでいるとロバートが戻ってきて、わたしたちはいっしょにバスに乗りこむ。彼はパトリックについてしゃべるのをやめられないらしく、その声はこちらの忍耐力をすり減らす。このままでは今日の残りの時間を路上に倒れこみ、わめきちらして過ごすことになりかねない。「こうなったら申し立てが正しかったことを願うばかりだな」とロバートは言う。「もちろんレイプ事件など起きてはいけないんだが、起訴されたことを苦にパトリックが自殺したあげく、申し立て自体が虚偽だったりしたら……」ふとわたしは考える。いまバスを降りてロバートに背を向けなければ、この男をぶん殴るか、こいつにゲロを吐きかけるだろうと。わたしは立ちあがり、彼を押しのけて無理やり通路へ出ながらキャリーバッグのキャスターで彼の足を踏みつける。それから新鮮な空気が吸いたいとかなんとか小声で言って、ウォータールー橋を渡りきったところでバスを降りる。

橋のまんなかまで歩いて戻り、立ちどまってテムズを見おろし、その先のロンドン・アイとウエストミンスター宮殿を見やる。ロンドンでいちばんの眺め。まえにパトリックはそう言っていた。今度は向きを変えてブラックフライアーズの向こうのロンドン橋とタワー・ブリッジを見やる。タワー・ブリッジの右側にある自分のフラットにパトリックはいるはずだ。青白い顔をして身の潔白を信じ、無実を訴えているかもしれない。人間の断片となってどこかのモルグにいるのではなく。

ふたたび向きを変えてテムズを見おろす。どうしてここには隅をねじでとめられ、自殺予防のホットラインの番号が彫られた銅製のプレートがないのだろう。ほかの橋にはあるのに。とはいえ、ここにパトリックがいてプレートがあったとしても、あまり役に立ったとは思えない。彼と話をすることも、もっとくわしい説明を聞くことも拒否したわたしと同様になんの役にも立たなかっただろう。

ひとりの男性がわたしのとなりで立ちどまり、こちらを見る。少しのあいだ彼を睨みつけたあと、この人は心配しているのだ、と気づく。長いこと同じ場所に立ちつくし、川面をじっと見つめていたわたしを気遣ってくれたのだと。

「ちがいます、そういうんじゃありません」わたしは背中を丸めて歩き去る。彼はただ見つめるという行為でわたしがパトリックに示したよりもっと多くの心遣いを示してくれた。共同事務所へと歩いて戻るあいだ、その事実がわたしに重くのしかかる。

事務所に戻ってすぐにポーリーンと顔をあわせる。

「二、三日休みをとりなさいってアレクシアに言ったの」とポーリーンは言う。「絶対に彼女の落ち度ではないのに、アレクシアはものすごく責任を感じている。わたしたちは彼女に気を配って、カウンセリングを受けさせたほうがいいかどうか、様子を見守らなきゃならないわね」

「気の毒に。早くいつもの彼女に戻ってくれるといいんだけど。折を見て、元気を出してって伝えてくれる？　あと、助けが必要だったらいつでも言ってねって」

ポーリーンがうなずく。「言っておく。彼女、あなたがどう思うか、すごく気にしていた。アリソンはあなたの味方よって安心させようとしたけれど、そうは思っていないみたいだった。正直なところ、アレクシアはあなたのことがあんまり好きじゃないようね。でもとにかくいまは難しいときだから」

腹を蹴られたような気分。自分ではつねに仲間として接してきたつもりだったが、いまになって自分の迂闊さに気づき、こちらの身勝手な愚かさがもたらしたダメージを実感する。ふとべつの考えが頭に浮かぶ。

「アレクシアがなぜそう思うのかわかる気がするけど、わたしだってこの数日でずいぶんたくさんのことを学んだのよ。必要だったらなんでもわたしに頼ってくれてかまわない。彼女にそう伝えて。でもねポーリーン、わたし、ちょっと悩んでいることがあるの。このごろ発信者番号が非通知のテキストメッセージが送られてきていて。あんまりうれしくない内容の。もしかしたら……？」

ポーリーンは長い間をおき、それから口を開く。「わからない。いままで彼女から聞かされた話からすると、その可能性は否定できないわね。機会があったら彼女と話してみる。でもいまはそういう話ができる状態じゃない」

「当然よ。いいのいつでも、それほど緊急でもないから。ただ、送るのをやめてほしいと思っているだけだし」

「わかった」

「ありがとう、ポーリーン。わたしでよければ必要なサポートはなんでもさせてもらうって彼女に言っておいてね」

「そう言ってくれるとうれしいわ、アリソン。共同事務所のなかでどんなふうに研修生をサポートするか、わたしたちがしっかり考えなきゃいけないと思う——あなたは賛成してくれる？　ミーティングをおこなうつもりなんだけど」

「もちろんよ。わたしたちでもっとよくしていきましょう」

　ポーリーンと別れたあと、誰かから話しかけられたらたまらないと思い、できるだけ長く自分のオフィスにこもる。鳩尾（みぞおち）にさしこむような痛みが走り、手が震える。もう一度パトリックの留守番電話のメッセージを聞き、話しぶりから彼の心情を知ることができるかたしかめようと携帯電話に手をのばす。その途中、着信したものを自動的にぜんぶ消去していたことを思いだす。テキストメッセージも同じで、不倫と死のあいだの短い期間に、愛の言葉を避けて送られてきたものさえ消去していた。パトリックの強引さも、放っておかれたときに感じた痛みも、何時間もファックしたときにどう感じたかも覚えている。彼が死んだという事実をなかなか受け入れられない一方で、携帯電話のどこを探してもパトリックの痕跡をひとつも見つけられない。もちろん写真は一枚もなく、思い出となるものはひとつもない。忘れえぬ幸せな記憶も。そんなものはわたしたちにふさわしくなかったことはたしかだけれど。

誰かがドアをノックする。ロバート。ええ、パブには行くわ。ええ、すぐに。いいえ、それ以上のことはわからないし、ほかの誰かからも聞いていない。ロバートとわたしはドアロで立ちどまり、彼がハグしてくる。

「きみたちはとても仲がよかった」とロバートが言う。

わたしは彼を押しやり、顔をしかめる。

「いや、そういうんじゃない。へんな意味で言ったわけじゃ……。でもパトリックはきみにいい仕事をまわしてくれた」

わたしはうなずく。ロバートも。こういうときにはうなずきあうしかない。

わたしたちは一番乗りでパブに着き、ロバートが予約した地下の席の端にすわる。マデリーンの弁護を依頼された晩にすわったのと同じ席。あの晩、わたしたちはファックしてマチルダの写真が入った写真立てを割った。割ったといってもただのガラスで、割ったら不幸に見舞われるという鏡じゃない。でもあんなことはあってはならない。

わたしは安い赤のハウスワインを買い、ふたりでさっさと飲みはじめる。ロバートの顔つきは険しく、たぶんこっちも同じ表情をしているはず。心の重荷に耐え、あごをこわばらせている。共同事務所のほかのバリスタや事務職員、パトリックの事務所のソリシタたちもやってきて、次々に安いワインをボトルで買ってくる。どの銘柄にしようかと悩む時間はない——飲んで悲しみを忘れるのだから。だいぶ飲んだのにわたしはまだしっかりしていて、呂律もあやしくない。新しい情報を仕入れてきた人もいて、それがさざ波のようにみんなのあいだに広がっていく。かわいそうな地下鉄の運転手。かわいそうな女性たち。かわいそうなパトリック……

店内全体がうすぼんやりしていて、みんなの顔のまわりは光のもやがかかったように見える。まだ室内で煙草を喫えたころみたいで、頭上の電球は霧のなかで光を放っているといった感じ。わたしはロバートといっしょに上階へ行き、彼からもらった煙草を喫う。ふたりとも話す言葉が見つからない。下へ戻ると、誰かがワインと同じくらいの値段のフェイマスグラウスを買ってきていた。わたしはそのスコッチウイスキーを飲み、おかわりもするが、自分ではまだ酔っぱらっていない気がする。あたりを見まわすと、明かりが夜のなかに息づくクラゲのように仲間たちの頭に降り注いでいる。サンカルがこっちを向いて何か大切なことを言おうとしているらしいが、うす暗いなかで口を開いたままかたまっている。クロエがサンカルの近くに来たので片手をあげて挨拶すると、彼女は手を振ってテーブルの端のほうにつく。わたしはサンカルを見るが、もう口は閉じられている。ロバートがおかわりのスコッチを注いでくれ、わたしはそれを飲みながら、話すことを考えるのをやめる。

店内はまだぼんやりしていて、こういう場にふさわしくないほど静かだ。パトリックの罪は彼の自殺によって一時的に帳消しにされ、ちょっと変わった逸話が語られはじめる。性格に問題はあったけれどみんなに愛されていたとか。わたしたちは互いの思いをわかちあいながら、裁判所でのパトリックの話やクライアントにどう対処していたかといった逸話を語る。どれもべつべつの話なのだけれど、いつの間にかひとつの物語になっている。

「……そのギャングたちがさ、みんなパトリックの名刺を持っていて、それが彼に不利になる証拠になってしまって……」

「グリニッジでパトリックったら地方判事のコナーに〝失せろ〟とか言っちゃって。あのときの判事の顔は見物(みもの)だったわ」

「……クライアントのひとりにナイフで脅された件、覚えているかい？　パトリックは笑うだけで、そのうちに男のほうが誰を脅しているか気づいて、ナイフをしまったんだよな……」

誰かがまたウイスキーを買ってきたが、今度はシングルモルトのラガヴーリンで、スモーキーなピートの風味が喉ごしに感じられる。逸話合戦はつづいていて、夜が更けるにつれて雰囲気は感傷的なものに変わっていく。トイレへ行こうと思って立ちあがろうとすると、ぜんぜん酔っていないはずなのに脚に力が入らず、ロバートの膝の上に倒れこんでしまう。彼はわたしを支え、笑いながら立たせてくれる。トイレまで慎重に歩いていくが、まえよりもずいぶん遠くに感じられ、おまけにまわりの壁がぐるぐるまわっている。ようやくたどりつき、便座に腰かけて足首までタイツをおろし、目を閉じればまわっている感覚も消えるだろうと期待しつつ、両手で頭をかかえる。

「アリソン。アリソン？　そこにいるの？」

クロエの声。わたしは立ちあがってタイツを引っぱりあげ「いるわよ、すぐに出る」と声をかける。仲間の輪の外に出たことで少しだけ頭がはっきりしたようだ。目が痛くなったのでコンタクトレンズをはずすと、とたんに視界がぼやけるが痛みはなくなる。

クロエが手洗いのところで待っている。彼女が身体を寄せておずおずとハグしてきたので、わたしもハグを返す。甘ったるくて鼻につく彼女の香水のせいでむせそうになる。強烈な香りに慣れてくるうちに、二日ほど身体を洗っていないかのような汗くさい体臭が香水の下からにおってくる。そっと身体を離す。いま自分がどんなにおいを発散させているかは神のみぞ知る。わたしはハンドバッグのなかに手を突っこんで眼鏡を取りだし、それをかける。

「ひどいことになったわ。ほんとに恐ろしい」とクロエが言う。

わたしは同意してうなずく。

「少なくともパトリックは痛みは感じなかったと思う。あっという間だっただろうから。でも運転手が気の毒で……」

その様子を頭に描かないようにする。

「それでも、わたしたちは気丈に前へ進んでいかなくちゃならない。パトリックだってきっとそう望んでいる」

それならばわたしも対処できそうだ。

「マデリーンと話をした？」と訊いてみる。言葉が驚くほどはっきりと出てくる。

「ええ。彼女、ものすごく悲しんでいた」クロエは鏡に向かって口紅を引き、それからこっちを向いて笑みらしきものを浮かべる。笑みというよりも口を開いてみたといった感じで、いまのクロエにはそれで精いっぱいなのだろう。彼女の歯に口紅がついてしまっているのには言及しないでおく。「マデリーンはできるだけ早くこっちに来て、わたしたちと話をしたいそうよ」

「オーケー」

「彼女をうちのオフィスへ呼ぶつもり。彼女が来るまえに、あなたと打ち合わせができるといいけど」クロエはふたたび鏡に向かって鼻のあたりを軽くたたく。「いやだ、わたしったら」そう言って指で歯をこする。

「なんだかあわただしいわよね……」わたしも鏡に向かい、眼鏡を額の上に持ちあげて、顔の毛穴や皺に入りこんだファンデーションをこすり落とす。目はクロエと同じで充血している。青い目は潤んでいるせいでぼやけて見え、髪は額に張りついている。蛇口をひねって水を顔にかけ、すっかり目が覚めてぼんやりした頭痛を追い払ってくれと願う。

「こんなに悲しいことってない……。パトリックにはやりたいことがたくさんあって、生きがいだってうんとあったのに。もっとしっかり自制できてさえいれば。致命的な欠点だったのよね。すばらしいボスだったのに――わたし、近々、共同経営者になる予定だったの」

クロエの悲しみとわたしの罪悪感、そのすべてが痛みに変わり、わたしは疲れきってしまう。あまりにもつらくて折り合いをつけるのが難しく、いまはただ家に帰ってシャワーでウイスキーと煙草のにおいを洗い流し、マチルダを膝にのせて本を読んでやり、悲しみと裏切りと嘘で汚染されていない、あの子の温かくて清潔なにおいを吸いこみたい。でもその望みはけっして叶わない。わたしは喉のかたまりを飲み下し、香水のにおいを嗅ぎすぎないように気をつけながらもう一度クロエを抱きしめる。

「わたしたち、詳細までは知らないのよね」とわたしが言う。

「やめてよ、アリソン」そのひと言で充分にクロエの気持ちはわかる。

今回の件はもう忘れてしまいたい。「そろそろ帰るわね。長い一日だった」

クロエがもう一度ぎゅっと抱きしめてきて、わたしたちは鏡に映るふたりの抱きあった姿を見る。

「わたしったら、ほんと、ひどい顔をしてる」とクロエ。「あなたのとなりだと、とりわけひどく見える。こんな状況でも、あなたってほんときれいね」

わたしは顔をしかめる。どうやらわたしたちは同じものを見てはいないようだ——ふたりとも負けず劣らずげっそり疲れて見えるのだから。「くたびれたおばさんじゃない」とわたしは言う。「まだ立っていられるのが嘘みたい」

「わたしは本気で言ったのよ、アリソン。ほんとうにきれいな顔なんだもの。パトリックがいつも言っていた、アリソンはなんてきれいなんだろうって」クロエはもう一度だけぎゅっと抱きしめてから身体を離す。「えっと、いま伝えとかなきゃならないのは……明日うちのオフィスで会いましょう」

わたしはトイレを出てバッグを手に取る。まだ店に残っているのはほんの数人になり、ロバートとサンカルはお互いに寄りかかりあい、そのとなりにすわるマークはほとんど素面のようだ。わたしは彼らに手を振ってその場を離れ、ふらつかないようゆっくりと階段をのぼっていく。パブを出たところですっかり暗くなっていることに驚く。夜の闇のなかで街灯がオレンジ色の光を放っている。ふと携帯電話をチェックしてみると時刻はもうすぐ八時。

わたしは一歩一歩、坂をのぼり、重たいバッグを転がす。まっすぐ歩こうとするものの酔っぱらっていて、飲みすぎたらしいと気づく。クロエにかける慰めの言葉を探すことで残っていた自制心をぜんぶ使いきってしまったようだ。頭上では街灯の明かりが躍り、さっきまで雨が降っていたらしき目の前の濡れた歩道にぼんやりとした影を映しだしている。わたしはホテルに戻り、スーツを着たままベッドのなかで丸くなり、眠りに落ちる直前に今日はカールと連絡をとろうともしなかったことを思いだす。

22

翌朝十時にクロエの事務所に着く。彼女はパトリックのオフィスだった部屋に案内してくれる。

「マデリーンは有罪を申し立てるべきだと思う？」クロエが核心を衝く質問をしてくる。

「それだとちょっと簡単に負けを認めるってことになるかもしれない。わたしとしては故殺の申し立てが通ればそれでいいと思うんだけど、訴追側が乗ってくれるとは思えない。でも弁護趣意書にその旨を書いてこちらの意向を示し、あちらがどう出るか見てみようと考えてる。息子さんが証言する件についてはマデリーンは難色を示しているんだけどね」

「そうね」クロエは目の前にある書類をめくり、陳述書を見つけて読んでいるところ。彼女はパトリックのデスクについている。オフィス内はきれいに片づけられ、埃も払われている。ふだんパトリックは窓のブラインドはおろしていたけれど、いまはすべてあげられていて、部屋はまえに来たときよりもずっと明るい。

「ご主人についての彼女の話をあなたはすべて信じる？」

「それは信用できる。実際にマデリーンは傷を負っているし。医者の陳述書もそれを裏づけている」

「わたしね、マデリーンはパトリックの身に起きたことを知って、とても動揺していると思うの」クロエはそう言い、目のあたりをこする。目の下にはクマができている。疲れているようね、と言おうとしたところで、言わないでおいたほうがいいと思いなおす。疲れた表情をしているのはこっちも同じなのだから。

「少なくともパトリックは先を見とおした計画を残していた」とクロエが言う。

「計画？」

「パトリックは何かが起きたときにはわたしが彼の事案を引き継ぐよう指名していたの。役割を整理するために、一年かそこらまえに。でもこんなことが起きるなんて誰も予想していなかった」クロエはうつむいて大きく息を吸い、また目をこする。

「こんなこと、誰にも予測できないわよ」そう言いながらも、ぎこちない口調になっているのが自分でもわかる。

「先週のことだけど……」クロエはふたたび大きく息を吸い、顔をあげてわたしを見る。

「あの申し立てはほんとうだと思う？　ふたりの女性がパトリックにされたと言ってたこ

とだけど」

クロエの目つきがいきなり鋭くなり、わたしはどう答えればいいかわからなくなる。でも同時に……

「ほんとうかもしれない……わからないけど……」

クロエは首を振る。「考えてよ、アリソン。あなたならわかるはず。わたしたちふたりとも、パトリックがどんな人だったか知っているんだから」

クロエがわたしからどんな言葉を聞きたがっているのかわからない。しかたなく肩をすくめる。

「さすがにふたりそろって話をでっちあげたとは思えない」とクロエがつづける。「昨日の晩は、パトリックは無実で、シンプルに友人の死を悼もう、と自分に言い聞かせた。でも今朝目覚めたとき、やっぱり無実とは言いきれないと思った」

クロエが言いたいことはわかる。昨晩は終始にぎやかで、わたしの同僚やパトリックの同僚のみんなで彼の思い出話に花を咲かせては笑いあったりしていて、その一方でわたしは彼がやったと言われていることを思いかえしていた。

「わたしにはわからない。でもキャロラインの評判がどんなものかはあなただって知ってるでしょ。仮に彼女が話をでっちあげたとしても、その理由は見当もつかない。そんなことをしても彼女にはなんの得もないはず」とわたしは言う。

話しているあいだじゅう、膝の上で握りあわせた手を見つめる。クロエの心をかき乱したくはないが、わたしはそう思っている。話しおえると同時にわたしは顔をあげる。

「あなたの言うとおりね。ほんとうだとは思いたくないけれど……。火曜日の午後、パトリックにあることを言われたの」

地下鉄に飛びこむ直前のパトリックに会ったかどうか、わたしはクロエに訊こうとも思わなかった。

「ごめんなさい、わたし、ずっと頭が混乱していて。パトリックに最後に会ったかどうかあなたに訊くべきだったわね」とわたしは言う。

「火曜日の午前中、パトリックはぜんぜんつかまらなくて。そのあいだ彼が何をしていたのかはわからない」とクロエ。

わたしはかたく口を閉ざす。パトリックはわたしと会っていて、わたしに拒絶されたなんて、とてもじゃないが言えない。口に出したくもない。

「それですごく困った。ほかの事案で彼に訊きたいことがいくつかあったから。でもそれは自分でなんとかできた。お昼近くになってパトリックは事務所にあらわれた。それからふたりで長い時間ミーティングをして、彼がかかえていた事案をひとつひとつ見ていった。

パトリックはわたしにすべての事案についてみっちりと教えこんだの」クロエは泣きだして、頬を伝う涙を払う。

「つらい話ね」話の流れを途切れさせたくなくて、わたしはさらりと言う。

「ううん、そういうんじゃないの。パトリックはほんとうに思慮深い人だったって言いたかっただけ。すごくきっちりした人だった」

「きっちりしていた？」

「クライアントに迷惑をかけたくなかったんだと思う。わたしにすべてを教えこんでおけば、心おきなくさよならを告げられるって考えたんでしょうね。支えてくれてありがとう、力になってくれてほんとうに助かったとわたしに言って、ハグしてきた。そのあと帰っていった。事務所を出るまえにドアのところで振り向いて、責めを負うべきなのは自分だけだって言った。パトリックには自分がとことんいやな男だという自覚がつねにあったけど、いまや世界じゅうの人たちがそれを知ってしまったみたいね」泣かずに話を締めくくろうと努めたせいで、クロエはかえって自制心を失ってしまったらしく、本格的に泣きはじめた。わたしは最後にパトリックに会ったときのことを考える。ものすごく具合が悪そうだった彼に、わたしがどんなふうに背を向けたかを。

「何が最悪かわかる？　ほんとうに最悪なこと」嗚咽しながら、途切れ途切れにクロエが言う。

わたしは首を振る。

「わたし、キャロライン・ネイピアの話を信じたくなかった。当然でしょ。わたしは何年もパトリックのもとで働いてきたんだから。彼はいつでもわたしには紳士的だった。でもキャロラインの件を聞いたあとは……なんてクソ男なんだと思ってしまった。パトリックはそれに気づいていたはず。こっちからハグを返さなかったから。わたしはパトリックが話をした最後の人間で、最後の友人だったのに、ハグを返そうともしなかった」

わたしはうなだれる。彼女が求めている赦(ゆる)しを与えてあげられないから。わたしもパトリックにハグを返さなかったし、彼が最後のキスをしようとしてきても応じなかった。そしてパトリックはひとりで地下鉄のプラットホームに立ち、ひとりで飛びこむと決めた。自分の半分ほどの年のアレクシアに対して彼女の立場の弱さにつけこむことにし、〝やめて〟と言ったキャロラインの訴えを無視することにしたのもパトリック。

「みんなパトリックのせいなのよ、クロエ」とわたしは言う。「悪事をはたらいたのもパトリックで、すべてを放りだしたのも彼。あなたやキャロライン・ネイピアが申しわけないと思う必要なんかない」

「でも……」クロエが言いかけたところで、誰かが割って入ってくる。

「何がパトリックのせいなの？」マデリーンがあらわれる。クロエとわたしは跳びあがらんばかりに驚き、すばやく気持ちを引き締める。

「こんにちは」わたしは立ちあがってマデリーンに歩み寄る。握手のためにさしだした手を彼女が握る。クロエが〝ようこそ〟と呼びかける声を背後に聞きながら、わたしはマデリーンを会議室へ案内して椅子をすすめる。

わたしが先に口を開く。「わたしたち全員にとって大きなショックでした、パトリックの……」

「言わないで」マデリーンがさえぎる。「わたし、耐えられないんです。世間の人がどんなふうに言っているかは知っているけれど、パトリックはわたしにとても親切にしてくれました」わたしはマデリーンに目を向ける。いつもよりも顔がこわばり、目が充血しているのが見てとれる。マデリーン、わたし、クロエ――パトリックの親衛隊の女性三人が彼の死を嘆き悲しんでいる。まあ、そういったところ。

「そうですね。恐ろしいことが起きてしまって」

「それで、ほんとうに自殺なの？」

「そう言われていますが、死因審問もまだですし、検視報告書も提出されていません」とわたしは答える。

「〈イブニング・スタンダード〉を読んだけれど、起訴されたって話はほんとうじゃないわよね？」声は震えているが、その裏に激しさが感じられ、口調にはこれ以上この話はやめておいたほうがいいと思わせる何かがある。

「現時点では詳細はわかりません」

「あなたなら何かを知っているはずよね」マデリーンはあきらめずに言う。

「ほんとにわからないんです、マデリーン。この件ではほかの人と同じくショックを受けています」

マデリーンはいったん口を開いたあとで閉じる。こちらは彼女の問いかけにうんざりしている。

「わたしたちはあなたの事案について考えなければなりません」とわたしは言う。

「わたしの事件なんてどうでもいいのよ。何を考えるっていうの」

「ご自分でわかっているはずです。パトリックがあなたの事案にどれほど力を注いでいたか考えてください――彼はあなたがあきらめてしまうのを見たくはないはずです」なんだかいらいらする。わたしたち残された者で対応できるというのに、なぜマデリーンはパトリックがいないと無理みたいなことを言うのだろうか。彼と過ごした時間はわたしたちのなかでいちばん短く、彼のことを知っているかどうかさえあやしいのに。

「わたしもそうは思う。けれどもパトリックの支援なしで裁判を乗りきれるとは思えない」マデリーンが両手を握りあわせて言う。公平を期すために付け加えると、マデリーンは心底、動揺しているように見える。今回にかぎり着ているものは乱れがちで、ジーンズにあわせているクリーム色のシャツはしわだらけだし、片方の襟にはしみがついている。

「わたしもいますし、クロエが後任をつとめます」

「わたし、彼女は好きじゃない。ちっとも理解していないから。そもそもはじめから担当していたわけじゃない。パトリックはわたしが刑務所にいて、いちばんつらかったときに会いにきてくれた」

ふいに怒りがこみあげてくる。こんな自分勝手なクライアントに我慢しなければならないほど、多額の費用を払ってもらっていない。マデリーンにはわたしという最初からついているバリスタがいるし、初期からかかわっていないにしても、事情をちゃんと把握しているソリシタもついている。

「いいですか、マデリーン。今回のことでショックを受けているのはわかりますが、われわれは現実的に対処しなければならないんです。弁護趣意書の提出期限は今週末なんですよ。主としてあなたの事案を担当してきたのはわたしです。パトリックの死は非常に悲しいことですが、彼の死でこの先の方針が左右されることはありません」

「あなたがそんな冷たいことを言うなんて信じられない。あなたならわたしの気持ちを理解してくれると思っていたのに」一見したところ、マデリーンはパトリックの死を悼む自分に酔っているように見える。だがふいに彼女が顔をゆがめ、声を殺して泣きはじめると、怒りはどこかへ消え、わたしは恥ずかしさを覚える。もっとこの人を思いやってあげなければ。

「ごめんなさいね。わたしは感情をあまり表に出さないようにしているだけなんです。わたしだってひどいショックを受けています」とわたしは言う。

マデリーンはすっと背筋をのばす。どうやら気持ちを落ち着けたように見える。「わたしこそごめんなさい。こんなふうにしていても意味がないわね。わたしは自分がやったことを裁判にまで引きずっていきたくないの。ジェイムズを出廷させるなんて論外。あの子を守るためならなんだってする。本気で言っているのよ」

「かならずしも公判へ持ちこむ必要はないかもしれません。可能性は少ないながら、訴追側が故殺への引き下げの申し立てを受け入れてくれるかもしれないので。あなたは訴追側の精神分析の専門家と話をしなければならないでしょうけれど、あちらもこちらと同じ結論に達してくれれば……。そうでない場合でも、ジェイムズが証人として出廷するかしないかという件は、それほど大きな論争の的にならないでしょう」わたしは話しつづける。

「ジェイムズが弁護側の反対尋問を受けるという苦しい立場に立つことはないと思います」

「あの子に尋問なんか絶対に受けさせたくありません」とマデリーン。「わたしたち側の者からも、そうでない人からも。息子が証言すると考えただけで吐き気がします」

わたしはノートを手に取ってぱらぱらとめくり、次に言うべきことを考える時間を稼ぐ。「ジェイムズが訴追側の証人なのはわかっていますが、彼の供述書はこちらにとっても有益です。家庭内暴力があったことを総合的に裏づけているんですから。とりわけ最後の日にエドウィンからジェイムズに加えられた暴行は決定的です。ですので……」

「息子が証言するかもしれないと思うと悲しくなります。そんなことをさせたらあの子は壊れてしまう。立場的にはじつの母親と対立して証言するわけですから」そこでマデリーンは首を振る。「絶対に許せません。あの子を証言せざるをえない立場に追いやりたくない。嘘なんかつかせたくないんです」

「でもジェイムズは真実を語るはず、ですよね？」わたしは椅子のなかで身じろぎして言う。どうにも彼女の言うことが理解できない。じっとマデリーンを見つめると、彼女は一瞬こちらと目をあわせたあと、顔を伏せる。表情になにがしかの変化があらわれる。

「マデリーン」

マデリーンは大きく息を吸う。「ジェイムズを証言台に立たせたくありません。わたしは息子を守らなければならないんです。だからわたしは有罪を申し立てたほうがいいと思うんです」

「オーケー。あなたの意向は理解しました。でもそれについてはよく考えてほしいんです。あなたはジェイムズを守りたい。それはわかりました。裁判で証言するなんて、考えただけで恐ろしいですよね。とくに子どもにとっては。しかし……」

「たくさん。もうたくさんです！ わたしはもう心を決めているんです」マデリーンは大声をあげながら勢いよく椅子から立ちあがり、こちらに背を向けて窓辺へ行き、外を眺める。クロエが会議室に入ってきても、マデリーンは振り向きもしない。

部屋に沈黙が降り、サイレンや車のクラクションや飛行機が飛び去る音などの街のざわめきが聞こえてくる。マデリーンは埃がこびりついた窓ごしに家の屋根や中庭を眺めつづけている。

「あなたを動揺させてしまったのならすみません」とわたしは言う。「でも殺人罪に対しては無罪を申し立てるという方向でわれわれは動いてきたし、それを基にして弁護の準備をしてきました。その線に沿って進めた場合に予想される結果をすべて詳細にきっちり検証していくことが重要なんです。あなたにはそれをご理解いただく必要があります」

マデリーンが振り向き、紅潮した顔を見せる。そしてたじろぐほどのスピードで近づいてくるので、このままではわたしに衝突してしまうのではないかと一瞬考える。彼女は足をとめてまた椅子に腰をおろす。ようやく話しだしたときの声は日曜日のカールの声と同じくらい蔑みに満ちている。

「ぜんぶ完璧に理解していますよ」とマデリーン。「パトリックが説明してくれましたから。でも彼はもうここにはいない」

わたしはクロエを見やる。彼女はわたしと同様にとまどいの表情を浮かべている。

「この事件を全体的にコントロールできたのはパトリックだけでした。彼がいなくなってしまっては、もう望みはありません。それをふまえて〝予想される結果〟とやらを説明するならどうぞご勝手に。わたしは有罪を申し立てますから。おわかりになったかしら」とマデリーンは言う。

わたしは予想される結果として、殺人罪に対して有罪を申し立てても量刑の軽減はそれほど望めないこと、本人のかわりにわたしが深い後悔の念を表明しても効果はかぎられること、裁判所に提出できる証拠はどうしても制限されてしまうだろうから、今回の事件の背景には家庭内暴力があったという事実を充分に申し述べられないことを説明する。法律用語を出してひとつひとつ説明していくあいだ、わたしはほかのことに気をとられる。マデリーンは〝息子を守る〟という言葉を使っていた……。この裁判におけるパトリックの役割も気になる。ほかに経験豊富な弁護士はいるのに、なぜパトリックはわたしにマデリーンの弁護をさせることにこだわったのだろうか。もう少しのところでそうだ！　というひらめきにたどりつきそうだが、知りたくない、聞きたくないといった気持ちが心の大部分を占める。わたしが望むのは、こちらが説明した内容をマデリーンが理解したと述べ、われわれの弁護方針を退けてマデリーンが有罪答弁を選択した場合、とれる手段はかぎられてしまう旨を彼女自身が了解した証拠として、訴訟事件摘要書にサインしてもらうことだけだ。もしかしたらほかに被告となるべき人物がいるかもしれないと考えるのは、重大さにおいては計り知れず、あまりにも恐ろしい。

母親として、自分の身には絶対に起きてほしくない状況がうっすらと見えてくる。同じひとりの母親としては、いっさい口をはさまず、子どものために自己を犠牲にするという本人の希望を叶えてやるのが、自分にできる最善の道だろう。でも彼女のバリスタとしては……。正しいとは思えないというわだかまりが、自分は間違っているという思いが、心のどこかにちらりとあるのはわかっている。わたしは量刑の軽減の限度について説明するのをやめ、覚悟を決める。

「あなたは息子さんを、正確には何から守りたいんですか、マデリーン」彼女は顔をあげ、驚き顔を向けてくる。「あなたはただ、息子さんが証言台に立つことをとめたいだけですか、それともほかにもっと何かあるんですか?」

マデリーンの背後に立っているクロエも同様に驚きの表情を浮かべ、わたしがしゃべるのを制止するみたいに片手をあげる。それを無視してわたしはつづける。

「パトリックはどんな役割を果たしていたんですか。わたしにはまるで筋が通っていないように思えてならないんです。だからもっとちゃんと理解したいんですよ、いまわれわれはここでいったい何をしているのかを」

マデリーンの顔からいっさいの表情が消える。ただし目だけは怒りにたぎっている。べつの物語のなかでならわたしは間違いなく石に変わってしまうだろう。わたしは彼女の怒りに負けるものかと、目の高さを彼女にあわせて見つめかえす。こちらはもっとひどい事態を乗り越えてきたのだ。カールのこと、パトリックのこと、その他もろもろ。いまここで自分のクライアントに打ち負かされるつもりはない。たとえこれまでずっと誤った方向へ導かれていたとしても。

わたしは低い声で話しだす。「もうひとつ質問します。この場でそちらからいただく答えが最終回答になります。それ以降は、なんでもあなたの指示どおりに進めていきます。だからあなたにはこの質問や予想されるあらゆる結果について、慎重に考えていただきたい」

マデリーンはもうひと睨みしたあと視線を落とし、了解の印にうなずく。

「エドウィンを刺したのはあなたですか。それともジェイムズですか」

流れる沈黙がかつてないほどに部屋全体を覆いつくす。車の行きかう音がさっきよりも大きく聞こえてくる。クロエの息遣いや自分の足が床をこする音、脚を組んだりもとに戻したりするときのタイツがこすれあう音も。クロエが腕を掻き、その音がバイクが通りを走る音と同じくらい大きく聞こえる。マデリーンだけが静寂に包まれていて、音や動きがそこにはまったくないことがわかるほど静かだ。自分の首をまわすと関節がぽきぽき鳴り、それが耳のなかで銃声のように響く。鼓動をかぞえてみる。一、二、三――マデリーンはまだ黙っている。わたしはしゃべりたいと思うのと同時に、さきほどの問いかけを呑みこみ、喉に押しこんでしまいたいとも思う。クロエは体重を右脚から左脚、左脚から右脚へと移し、そのたびに彼女のスーツの生地がこすれあう音が面ファスナーをはがす音のように聞こえてくる。わたしはじっと息を詰める。

沈黙のなかで窒息しそうになったちょうどそのとき、マデリーンが顔をあげてもう一度見つめてくる。彼女はまっすぐにこちらの視線をとらえ、今回はわたしが目をそらす番になる。とたんに身体がカッと熱くなり、部屋から出ていきたい、逃げだしたい、この人とは会ったこともないと言い放ってしまいたいという衝動にとらわれる。マデリーンが息を吸いこむと、こちらの心拍数があがり、わたしは思わずてのひらに爪を食いこませる。

「ジェイムズです」ようやくマデリーンが口を開く。「ジェイムズがエドウィンを刺しました。自分の父親を。エドウィンは日常的にわたしを殴り、ジェイムズを痛めつけました。もっとも、あの日が最後になりましたが。我慢の限界を超えたのはわたしではなく、ジェイムズでした。母親としてこれからどうすればいいと思いますか？」吐息にも似た声だが、叫び声のようにあたりの空気を切り裂く。

沈黙が破られ、様子が一変する。クロエはテーブルに近づいて椅子にすわり、わたしは椅子を後ろへ引き、ひとつ深呼吸する。自分が聞きたがっていた回答はこれだ。これこそ筋が通る唯一の答え。

「パトリックには話してありました」マデリーンがつづける。「彼が警察署へ来たときにわたしから話しました。そこで彼は真実を知った。わたしは警察の事情聴取で黙秘をつづけた。そしてパトリックとふたりで、すべての問題を解決しようとしたんです」

「パトリックは裁判を真実と異なる方向へ進める準備をしていたんですか」とクロエが訊く。

「そういうことまでは考えていなかったと思います。ただ、わたしが助けを必要としていることを彼はわかっていました」

クロエとわたしは目配せを交わす。わたしたちふたりが気づいていた以上に、パトリックは泥沼に陥っていたにちがいない。

「そうなると、こちらが準備している内容は間違った事実を前提にしているということになります。真実が語られたいま、知らないふりはできません。ですから、われわれは選択肢を検討しなければなりません」

「どんな選択肢があるか、言ってみてください。できればどれも採用したくない、クソみたいな内容だとわかってはいますけれど」マデリーンが吐き捨てるように言う。わたしは瞬間的にショックを受ける——彼女が汚い言葉を吐くのを聞くのははじめてだから。

わたしは気持ちを集中させ、説明をはじめる。「まえに説明したとおり、あなたは殺人罪に対し有罪を申し立てることができます。あなたの量刑の軽減には限りがあり、おそらく無期懲役刑の判決が下るでしょう。あなたは無罪を申し立てることもできますが、われわれにはあなたを弁護する際のべつの弁護手段を提示できませんから、訴追側の立証にすべてをゆだねることになります。訴追側は自分たちの証拠を提示し、あなたにとって不利となる説得力のある主張を重ねていくでしょう。われわれに許されるのは、訴追側に事実誤認がある場合にそれを指摘することだけです。こちらから組み立てた仮説を提示することも、あなたの代理として弁明することもできないと思われます。訴追側が説得力のある主張ができない場合は、もしかすると、あくまでも推測の域を出ませんが、無罪という結果になるかもしれません。または、無罪の申し立てをして、われわれがこれまでに話しあってきた内容を基にして公判に臨むこともできますが、その場合はクロエとわたしはあなたの弁護人を降りるかもしれません。もしくは、新たに出てきた証拠の提示をあなたが許可してくださるなら、そのときは犯罪をおこなったのはあなたではなく、あなたの息子さんであるという事実を基にして弁護趣意書を完成させることになります。それを前提として息子さんの反対尋問をおこないます。陪審はあなたの主張を信じないかもしれませんが、とにかくその方針で弁護するしかありません」

わたしは穏やかに順序立てて話す。この状況のなかで弁護士としての矜持を保てることに安堵しながら。しかし目の前にすわるマデリーンの顔には恐怖が浮かび、わたしは胸を締めつけられる。

「アリソン、あなたはどうするつもり?」マデリーンが言う。「いったいどうするつもりなの?」

わたしは首を振る。「わかりません。すみませんが、どうすべきか申しあげられません。自分でもどうすればいいかわかりませんから」

「クロエ？」マデリーンは今度はクロエに訊くが、彼女もまた首を振るばかり。

しばらくのあいだマデリーンは黙りこみ、それからふたたび口を開く。「あなた、故殺への引き下げを申し立てるって言ってたでしょ。それはどうかしら？」

また間があく。わたしはクロエと見つめあい、言葉を介在させない会話をかつてないほど長く交わす。

「まえにあなたがわれわれに述べたことや、精神科医に語ったことを法廷でも陳述してもらうつもりでした。でもべつの話をあなたから聞いてしまったからには、以前の計画どおりにあなたに陳述してもらうことはできません」腋の下に汗じみが広がり、室内が暑くて風通しが悪いことに気づく。

「わたしが無罪を申し立てたら、あなたはわたしの弁護をしてくださる？　たとえ……」

正しい答えは何かわかっているし、わたしには弁護士としての義務があることもわかっている。ここでうなずいてしまえば、バリスタの行動規範におけるもっとも基本的なルールを破ることになる。そういった形で正義がおこなわれるのを妨げるのはわたしの仕事ではない。しかしマデリーンと息子が耐え忍んできた暴力や恐怖や怒りや心痛を思い、あらゆる年代の男たちが家族に対する虐待を繰りかえしながらも、罰を受けずにいる事実を考えると……

「打診はできます」とクロエが言う。「公判に持ちこまずにこちらの主張を受け入れてもらえるかどうか。でもそれが叶わず、あなたがジェイムズに証言させるのをあくまでも回避したいとおっしゃるなら、あなたは殺人罪に対して有罪答弁をせざるをえません。そして結果を受け入れてください」

クロエがこちらと同じ考えなのがはっきりする。少なくともわたしたちはこの線で一致している。

「うまくいかない可能性も大です」とわたしは言う。「しかしわれわれはその線で問題解決を目指すつもりです」

そのあとすぐにマデリーンは帰っていく。疲れ果てたように見えるが、目に浮かぶ不安の色はうすれているように思える。いままでかかえていた重荷をクロエとわたしに手渡し、法廷でのいちばんの解決策をわれわれが見つけてくれるだろうと期待しているのだから。

「まるで悪夢ね」わたしはクロエに言う。

「ええ。でも訊いてしまったのはあなたよ。パトリックのソリシタとしてのすぐれた点のひとつがそれだったんだなあって、ときどき思うのよね」

「それって何？」

「訊かないでおいたほうがいい質問はどれか、ちゃんとわかっていた。陳腐な決まり文句だけど〝答えを知らない質問をしてはいけない〟」

「それか〝答えを知りたくない質問をしてはいけない〟かな」

「ほんと、そうね」

わたしはノートとペンをバッグのなかにしまって立ちあがる。すごく疲れているし、いまはこれ以上マデリーンの事件について考えたくない。ふいに自分が置かれている現状が頭によみがえる。

クロエは書類を集めて束にし、ピンクのリボンで結わえたあと、ふと虚空を見つめる。それからその書類をデスクの端に積まれた山のいちばん上にどさりと置く。次にべつの束を取りだし、目を通したあとでぐいっと押しやり、その勢いに押されてべつの束が床に落ちる。

クロエは背後の棚からパトリックの卒業写真を手に取り、これこれといったふうに指さす。「パトリックを見て。ほら。仕事も、事務所の経営も、何もかも順調だったのに、パトリックにはそれだけじゃ充分じゃなかったのね。あちこちの女に手を出さずにはいられず、ファックしまくって無理強いまでして。彼はなんだって手に入れられたはずなのに、結局はろくでなしのレイプ魔として終わってしまった」クロエは反対側の壁に向かって写真を投げつける。写真は跳ねかえってきてデスクにあたり、床に散乱している書類の上に落ちる。

わたしはクロエの言葉に衝撃を受け、彼女の口からそんな文句が飛びだしたことにいったんは驚くが、すぐにおかしくなり、笑い声がもれてきたところで口を閉じる。急いで手で口を覆ったけれど、クロエには笑い声を聞かれてしまったらしい。

「いいのよ、べつに。笑って、笑って。マジでおかしいんだもの。わたしはソリシタであなたはバリスタ。ふたりしてゲームの頂点へ向かって駆けあがっているところなのに、こんな厄介ごとにつかまってる。弁護士としての資格を失うほどのリスクを冒そうっていう状況にパトリックはわたしたちを追いやった。そもそも彼がこんな事案を引き受けたから。もうほんと、頭にくる」

クロエはデスクをまわりこんで書類を拾い、束にして整え、デスクに置く。それから写真を拾いあげる。屑入れに捨ててしまうと思ったのに、彼女は口もとをゆがめてしばらく見つめてから、デスクの引き出しをあけて写真をしまいこむ。わたしはドアのところに立ちつくし、どっちに向かうか決めかねる。

「えっと、それで、このあと何をするの？」と訊いてみる。

「すぐにでも仕事に取りかかるわよ。あなた方のソリシタは死にましたって伝えなきゃならないクライアントが大勢いるし、マデリーンがばらした秘密をかかえて弁護活動を円滑に進める方法をあなたとふたりで見つけださなきゃならないし」

「すごく難しい弁護活動になると思う。ごめんなさいね、わたしが……」

クロエがため息をつく。「あなたは正しいことをしたの。マデリーンの話には矛盾点があったし、どこかの時点でいつかは行き詰まっていたと思う。どう扱うかはともかく、わたしたちには真実を知る必要があった。とくにパトリックなしで弁護をつづけるならね。でも先が思いやられる。いったいどれくらいの数の案件でパトリックがわたしたちにないしょでクライアントと共謀していたのかと考えるとね」

「わたしも同じことを考えていた。やるべき仕事が山ほどあるわね」

クロエは肩をすくめてからうなずく。わたしも肩をすくめる。今日は散々な一日だったのになんだかクロエとのあいだには一体感みたいなものが芽生え、このぶんでいくとひとつのチームができあがりそうだ。せっかくのチームをできたとたんに解消するのは惜しい。これからいくらでもいっしょに仕事ができそうなのだから。

「ふたりでなら乗り越えられると思う」とわたしは言う。「きっと解決できる。でもことがうまく進んで、実際に法廷を欺く(あざむく)ようなことになったら……、自分がバリスタとして仕事をつづけられるかどうかわからない」

クロエがしばらくのあいだわたしの発言を吟味する。「みんないつだっておんなじようなことをやってるわよ」

わたしは首を振る。「そうは思えないな。わたしたちは職業倫理というものを真剣にとらえている。ヒポクラテスの誓いではないけれど、とても大切なものとして。それが軽視されるようになったら……。自分が軽視するようになったら、もうバリスタをつづけていたくないと思う。それがあってこその法廷弁護士だもの。そう思わない？」

クロエはいまにも笑いだしそうに見える。「高潔な弁護士さまだこと」

「はい、はい、ありがと。でも本気で言ってるのよ。わたしはもう充分すぎるほど誓いを破っている。これからどうするかわからないけれど、何か手段を見つけなくちゃ。法廷で嘘をついたあげく、次の日にいつもどおり法廷へ戻るのは無理」

クロエの顔からゆっくりと笑顔が消えていく。「あなたの考えはわかった。いつでもソリシタとしてこの事務所で働いていいわよ」

今度はわたしが笑う番。「もう、ほんと、あなたって抜け目ないわね」

「そうよ、でもね、わたしはすばらしい人材がむだに消えていくのを見たくないの。あらゆる問題を解決するためにわたしの力になってくれる人がどうしたって必要になる。あなたが法廷へ行きたくないなら、わたしが行く。わたしにだって法廷弁論権はあるのよ、あまり使っていないというだけで。それか、共同事務所の誰かに弁護を依頼したっていい」

わたしはその考えにとらわれ、しばし動かずにじっくり考える。一定の勤務時間、ロンドンのどまんなかにあるオフィス。予定が立てやすい環境。

「そうよね、悪くない考えだわ。ほんと、悪くない」

握手したあと、クロエがわたしを引き寄せてハグする。

「すぐにまた連絡する」わたしは別れ際にそう言い、キャリーバッグを引いていく。「何かやってほしいことがあったら遠慮せずに言って」

23

共同事務所に向かって歩き、キングスウェイの半分くらいのところまで来たとき、キャリーバッグの動きがぎこちなくなり、キャスターが歩道の上をスムーズにまわらなくなる。引っぱれることは引っぱれるけれど、動きが悪くてだんだんいらついてくる。わたしは人びとを押しのけて、すぐ近くのパブの入口にたどりつく。歩道でバッグを逆さにしてキャスターを確認する。片方の車輪にチューインガムがべったりくっついていて、それでうまく回転しなくなってしまったようだ。ガムは灰色で見るからにべたついて不快なうえ、毛や煙草の灰なんかがまじりあっている。これなら犬の糞のほうが落としやすいだろう――糞なら洗い流せばすむのだから。いまこれをどうすべきか見当もつかない。ガムが服にくっついてかたまってしまった記憶はあるが、キャリーバッグのキャスターについたとなると話はまたべつだろう。バッグ自体は新しくもないが、ガムが貼りついたキャスター以外は充分いい状態を保っている。わたしは小さな声で悪態をつきながら逆さにしたのをもとに戻し、引っぱるのはあきらめて持ちあげ、事務所までの道をふたたび歩きはじめる。

事務所にたどりつき、オフィスへ入ってバッグを乱暴に床に置く。中身を取りだし、数週間前にやるべきだった書類の選別をしていく。どれもこれもいらないものばかり。すでに片づいている事案の書類や判例集ばかりか、空の煙草のパックや、端に茶色くなったレタスのかけらがくっついたサンドイッチの包みまでも、わたしはずっと持ち歩いていたらしい。すべての書類を機密文書用のシュレッダーに放りこみ、デスクの引き出しの奥から見つけてきたスクリュードライバーでガムをつつく。ガムはびくともせず、わたしはいらいらしながら角度を変えてかたまりを崩すつもりでスクリュードライバーを突き刺す。はじめはちっとも効果がなかったが、そのうちにかたまりは崩れ、激しく突きすぎてスクリュードライバーが手から離れて飛んでいくというアクシデントはあったものの、ガムは完全にはがれ落ちた。

バッグを起こして転がしてみる――キャスターの動きにムラはあるが、しっかりと転がる。これで充分だ。完全無欠ではないから、というだけでは捨てる理由にはならない。バッグを脇に置いて、わたしはデスクにつき、訴訟事件摘要書をぱらぱらとめくり、マデリーンの事件のメモを読む。クロエの言い分は正しく、メモの内容は首尾一貫しているとは言いがたい。マデリーンの語る内容には矛盾点があり、彼女は感情を前面に出して打ち合わせを乗りきろうとしたきらいがある。でもわたしがマデリーンだったら、べつのどんな手段をとっただろうか。エドウィンから受けた虐待の話は真実とみて間違いないし、ジェイムズを守りたいという母親としての強い気持ちも理解できる。だが話はそれだけではない。どっちに転んでもジェイムズ本人がつらい目に遭うのは変わらない。父親殺害の犯人として母親が無期懲役刑になろうと、まだ十四歳のほんの子どもであってもソーシャルワーカーや裁判所の助けを借りながら警察で取り調べを受け、あげくに公判に臨むことになろうと。父親を何度も何度も刺したのがジェイムズだとわかっていながら、自分が彼を反対尋問すると想像しただけで酸っぱいものが喉にせりあがってくる。たとえマデリーンが故殺罪に対して有罪答弁をしたとしても、刑期が短くなるとはいえ、刑務所に収監されるという結果は避けられない。すばらしい結末を迎えるすべはない。

マデリーンは〝母親として〟という言葉を使っていた。これは物ごとが順調に進んでいるときではなく、たいていの場合、保守的で抑圧的な考え方を無理やり正当化するために使われる。わたしは自分自身のことを考えるときに〝母親として〟という言葉はつねに避けてきた。でもいま意識的に自分をそういう枠のなかに押しこんでみようと思う。わたしはマデリーンで、嘘をつきつづけ、無期懲役刑の判決を受けるリスクを負ってまで自分でつくった話に固執してきた。そう考えはじめたところで、ふと自分がマデリーンに対し腹を立てていることに気づく。結局、息子を守るために何もしなかったのではないかと。

なぜ腹を立てているかを考えてみる。マデリーンは息子を守ることに失敗したと思っているからかもしれない——では自分はどうだろう。わたしはマチルダとの生活のなかで毎月、いや毎日〝母親として〟失敗していた。カールならそう言うだろう。正直な話、自分でもそう思う。たしかに母親としてうまくふるまえなかったかもしれないが、つねにマチルダを愛してきたことだけはたしかだ。よい母親になろうと努力もしてきた。できるだけ娘といっしょに過ごそうとしてきたし、料理もしたし学校へお迎えにもいった。なんであれ自分がみじめだと感じられる状況から逃げだすために飲みにいくこともなくなった。わたしはすべてを台無しにしてしまったが、もしかしたらまだ間にあうかもしれない。マチルダはわたしを愛しているし、わたしもどれだけあの子を愛しているか、自分でよくわかっている。離れて暮らすことで、ほかには何も考えられないほどの痛みにさいなまれているのだから。

では父親としてのカールはどうだろうか。本人が思っているようなよい父親だろうか。まず、わたしを追いだしたのはマチルダのためを思ってではない——自分が娘を独り占めしたいからだ。わたしはカールに言われたこと、彼がわたしとティリーとの絆を弱めようとしていたときのことを冷静になって思いだしてみる。彼はマチルダにきょうだいを与えてやる機会を奪い、わたしたち夫婦にはもう子どもはできないのだという悲しみをわたしに味わわせた。そう思うと怒りがふつふつとたぎりはじめる。マデリーンが夫から受けた虐待について語ったときの、知らないあいだにピルを服用させられていたという話を思いだす。カールがやったことはそれとほとんど変わらない。マデリーンもわたしも妻として失格だと夫から言われつづけ、それもこれも自分が悪いのだという罪悪感をずっと抱いていた。

このままカールに押しのけられたままでいるわけにはいかない。わたしはいままでろくでもない母親だったけれど、これからは心を入れかえるつもりだ。ティリーにはあの子が与えられて当然の愛情をたっぷりと注ぐし、母親としてきちんと世話もする。互いに消耗するだけのカールとの諍いや冷戦をこのままつづけるつもりはない。ティリーにとって最善のものを勝ちとるために、カールの前に立ちはだかり、闘わなければならない。

わたしはバッグを置きっぱなしにして共同事務所をあとにし、バスに間にあうよう走る。カールはいつもなら木曜日にはクライアントとの面談は入れないので、おそらく家にいるはず。マチルダはまだ学校にいるだろうから、わたしたちはふたりできっちり話しあい、解決策を見つけられるだろう。バスがエンジェルで渋滞につかまり、地下鉄に乗りかえるためにまたしても走るはめになる。わたしはマチルダのためにも、そして自分が生きなおすためにも闘うと心に決めている。いまは気に病んでいる場合でも躊躇している場合でもない。

アーチウェイ駅で地下鉄を降りて走り、わたしたちの家、わたしの家に着く。鍵を使ってなかに入ろうとしたところで思いとどまる。わたしが来たことをカールに知らせたほうが礼儀にかなっているし、適切だろう。ここは穏やかにことを進めよう。わたしはベルを鳴らし、カールがドアをあけるのを待つ。少したってもなんの物音もしないのでもう一度ベルを鳴らすと、階段をおりてくる足音が聞こえてきた。カールがドアをあけ、黙ってわたしを見つめる。

「カール、話がしたいの。かまわないわよね？」

返事はなし。

「あなたが怒っているのはわかっているけれど、解決策を考えなきゃならないでしょ。こっちはあなたの好きにさせるつもりはないから」

長い間（ま）があり、ようやくカールが口を開く。「なんの冗談かな」

「冗談なんかじゃないわ。わたしは理想的な妻でも完璧な母親でもないかもしれないけれど、少しずつそういう妻や母親に近づいていけると思う。マチルダにだって愛されているし」声がどんどん大きくなる。カールは声を落とせと身振りで伝えてくるが、わたしはかまわずつづける。「あなたにはこんなふうにわたしを追いだす権利はない。これまでとはちがって、わたしは断固、闘うわよ。あなたに家族をばらばらにさせるわけにはいかない——これからのことを話しあい、わたしたちにできることがあるかどうかたしかめなきゃならないの」

カールがまわりを見まわす。たぶんご近所のことを気にしているのだろう。妻がドアロで夫に向かってわめいているところを隣人に見られたらどう思われるだろうと。彼がとっさにドアを閉めようとしたので、わたしはさっと足をさし入れる。

「ドアロで争いたくないなら、なかに入れて、カール。わたしはどこへも行くつもりはないから」少しあいている隙間に身体を押し入れようとして、肩から体あたりしたところでカールが後ろへさがってドアが開く。わたしは玄関を入ってすぐの廊下にどさりと倒れこむ。助け起こすでもなく、カールは純粋な蔑みの表情を浮かべてこちらを見おろしている。昔のカールはどこにもいない。わたしは上体を起こし、肩をさすりながら立ちあがる。少なくとも、わたしは家のなかにいる。

カールがわたしを見て言う。「こちらへどうぞ」リビングルームを指し示す。まるではじめて訪ねてきた他人を招き入れるみたいに。ここは何年ものあいだふたりでセックスをしたり喧嘩をしたりしてきた家なのに。わたしはカールのあとについて歩きながら壁に指を走らせ、壁紙や漆喰の感触や、新しいチェストを家のなかに運びこもうとしたときにぶつけてできた穴や、階段の手すりに描いたへたくそな絵を思いだす。カールは何も言わずにテレビの前のソファを指さし、わたしがすわるあいだにいったんリビングルームを出ていき、ノートパソコンを持って戻ってくる。それからパソコンとテレビをつなぐ。

「お茶を飲むかい？　はじめるまえに水でも？」

「けっこうよ、ありがとう」

「ほんとに？　でもまあ、水を持ってきてあげるよ」カールは部屋を出ていき、水の入ったグラスを手に戻ってくる。わたしはそれを受けとってひと口飲む。テレビの画面が明るくなる。

「何をしているの？　これが何かと関係があるの？」

こちらに向きなおったカールは悲しげな顔をしている。「こんなことはしたくなかったんだよ、アリソン。でもきみのせいでこうするよりほかなかった。パイプカットのときと同じだ」

「何をしたくなかったの？」

「まあ、見てごらん」

テレビに視線を向ける。でも自分が目にしているものを理解できない。カールのパソコンの中身がテレビの画面に映っている。Ｍａｃのデスクトップにいくつかのウィンドウが開かれていて、壁紙は庭で遊ぶマチルダの写真。正面のウィンドウの内容はよくわからない。

「カール、これは何？」声にパニックの気配がまじっているのが自分でもわかる。

「よく考えてごらん。これはなんだと思う？　きみはすごくよく知っていると思うよ」

カールは正しい。わたしは知っている。でも信じられない。玄関からすぐの廊下を映した動画。わたしがいまさっき通ってきた廊下。動画は階段のいちばん下の段あたりの高さから撮られていている。

「見逃してしまったんなら、巻きもどすけど」

カールの顔を見ると、彼はにやにや笑っている。

「きみが見ているものについて説明してくれないかな。きみの感想をぜひ聞かせてもらいたいね」

「か、感想って。わたしたちがいま何を見ているか、あなただってわかっているでしょう」わたしはどうにかこうにか言葉を押しだす。

「アリソン、ぼくらがいま何を見ているか教えてくれ」カールの声には有無を言わせぬ悪意がこめられている。彼は動画を一時停止してソファのわたしのとなりにすわる。それからいきなりわたしのあごをつかみ、指を食いこませる。同時に数秒間だけ、動画を再生させる。画面上ではふたりの人間が身体を寄せ、キスして、離れる。

「これは誰だい、アリソン。ぼくらが見ているのは誰か教えてくれ」カールの指ががっちり食いこんでいるので、口を開いてしゃべることができない。彼はわたしを痛めつけているのだ。

「わ、わたし。それと……パトリック」

「パトリックって誰だい」

「わたしのソリシタ」

「ソリシタっぽくは見えないけどなあ。この男、このまえ死んだやつかい？」

「そう。でもどうして知っているの？」

「探せば見つかるさ。恥さらしの男だろ。噂によるとレイプ魔だそうじゃないか。それについて何か知ってるかい？」

首を振ってみるが、きつく押さえつけられていてうまく動かせない。

カールがふたたびしゃべりはじめる。「おもしろいよなあ、ぜんぶ〈イブニング・スタンダード〉に書いてあったよ。それはともかく。何が起きているのか引きつづき教えてくれないか。きみが着ているものについて説明してくれ」

画面を見たくないのに、カールがわたしの顔を固定していて首を動かせない。わたしは静止画像のなかの自分を見る。

「わたしが着ているのはスウェットパンツとTシャツ」

「あんまりおめかしはしなかったんだね。まあいいか、さっそくつづきを見てみよう」カールの声には驚くほどの残忍性が秘められている――彼がこんな声で話すのを一度も聞いたことがない。「これは何をしているところかな、アリソン」また動画を再生させる。

「パトリックが……パトリックが……わたしのTシャツを破いてる」

「ああ、そのようだね。下に何を着ているのか教えてくれるかい？」

カールの手につかまれて、わたしは顔を動かそうにも動かせない。彼はもう一方の手をわたしの首にあてて締めつける。さっきからもがいているうえに、パニックに陥っているせいで呼吸は浅くなっていたが、いまやほとんど息ができない。顔に血がのぼってくるのを感じ、わたしは両手で彼の手を引っぱる。カールはもう数秒ほどそのまま動かずにいてから、ようやくわたしの喉から手を離す。

「次はもっと長く同じことをしてやろう」とカールは言う。「で、下に何を着ているのか教えてくれ」

わたしは息を吸いこみ、声を落ち着かせようとする。

「まるでカエルを呑みこんだような声だな。ほら、飲むといい」カールが手渡してくる水をわたしは勢いこんで飲む。

「さあ、もう一度だ。下に何を着ているんだい？」

これ以上抵抗してもしかたがない。「何も」とわたしは答える。「わたしは何も着ていない」

「彼氏にとっては好都合だな。それで彼はいま何をしているんだい？」

「わたしのスウェットパンツを脱がせようとしてる」

「いや、それじゃない。そのまえだ。彼はきみの上半身で何をしているんだい？」

頭をうんと低くさげてそのまま身体ごと沈みこんでしまいたい。そのあとソファの下にもぐりこんで横になっていれば、残りの時間は何物にもわずらわされずにすむ。わたしは闘うために来たのに、結局は悪夢に巻きこまれてしまった。カールがまたしてもわたしの喉に手を置く。

「彼はわたしの胸を弄んでいる」

「そのようだね。素直ないい子だ。おっと、ひらめいた」カールはわたしのあごをつかんだままわたしをソファの背に押しつけ、もう一方の手でわたしのトップスをめくりあげようとする。わたしは彼を見つめ、わたしが知っているカールの面影を探すが、目の前の人物はまるで別人のよう。青ひげがついに仮面を脱いだらしい。

カールが少し後ろにずれる。「よく考えてみると、わざわざこんなことをする必要もないな。もう死ぬまで見なくてもいいくらい見たんだし」

動画の残りを見ろといわんばかりに、カールがこちらの顔を無理やり画面のほうへ向ける。わたしは心を落ち着かせ、いま見ているものについて説明しろと言われるのを待つ。パトリックが服を脱がせる、パトリックがわたしを壁のほうに向かせる、パトリックが後ろから突いてくる。しかしカールは尋ねてこない。動画が終わるとカールはわたしを放し、肘掛け椅子へ移動する。わたしはあごをさする。

「これをどこから手に入れたの？」とわたしは訊く。

「そんなことはどうでもいい。だがそれにしても、あまりうまく撮れていないなあ。そう思わないか？」

わたしは目を閉じて、自分の胸やお尻、わたしの身体に触れるパトリックの手の映像を閉めだそうとする。

「一度だけだから」とわたしは言う。

カールがうなずく。こちらが地方自治体のあり方についてささやかな意見を述べたとでもいうように。それからパソコンに向かってクリックを繰りかえす。

「ぼくが動画で見つけたかぎりでは一度だけのようだね。でもこの記録から推察するに、いままでに一回きりしかやっていないとはとても思えない」

いまテレビの画面いっぱいにあらわれているのは、わたしからパトリック、パトリックからわたしへの電話とテキストメッセージの記録。カールがそのなかのひとつをクリックすると、公判のあとに会う算段をしているメッセージの全文があらわれる。

「かなり決定的な証拠だと思うけど、どうかな?」

「どこで、いったいどこでこれぜんぶを手に入れたの?」

「ああ、そのことなら、ずいぶんと幸運に恵まれてね。さんざん酔っぱらったきみが事務所で一夜を過ごしたことがあっただろう。覚えているかい?」

わたしはうなずく。たしかに覚えている。

「それで、きみは画面を割ってしまったよね?」

もう一度うなずく。

「携帯電話の店の店員というのはとても頼りになるんだ。とくに言うことを聞かないティーンエイジの娘を持つ心配性の父親を助けるときにはね。つまり、きみの行動を追跡するために携帯電話につけておくべき機能を彼らは的確に教えてくれたんだよ。電話、テキストメッセージ、メールのやりとりがすべて、なんでもわかってしまうやつをね」

わたしはハンドバッグのなかを探して携帯電話を引っぱりだす。見かけはまったくふつうと変わらない。仮面をかぶったカールがまったくふつうに見えるのと同じで。わたしはケースをはずし、どこかおかしなところがないか裏側を見る。

「これはiPhoneよ。iPhoneをハッキングできるわけがない」

「どうやらみんなはそう思っているようだけど、じつはできるんだよ。ジェイルブレイクと言ってね、アプリをインストールする際の制限を解除すれば簡単にスパイウェアをインストールできる」

わたしは手のなかで携帯電話をひっくりかえす。「それは違法よ、カール。違法なの。こんなふうにほかの人の携帯をハッキングするなんてやってはいけないの。そうやって入手した情報は証拠として認められない」

「誰が証拠について話しているんだい？　ぼくはこれを法廷に持ちこむつもりはないよ」

「じゃあいったいそれで何をしようというの？」手がとても冷たくて、携帯電話を持っているのさえつらい。わたしは携帯をコーヒーテーブルに置き、顔をこわばらせたまま両手をこすりあわせる。

「きみが出ていかず、マチルダとぼくに干渉しつづけるなら、ぼくはこの動画をきみのアドレス帳にあるすべての連絡先へメールで送りつける」とカールが言う。「きみのむきだしの胸や陰毛、夫と娘が家を空けている隙に仕事仲間のソリシタがきみの尻を持ちあげている様子をみんなに見せてやるよ。ちょっとした騒ぎになると思うけど、どうかな？」

「それは脅迫よ。あなたはわたしを脅迫している」わたしは腕をのばしてカールのノートパソコンを奪おうとするが、カールはすばやくかわして、笑いながらパソコンを頭上に掲げる。

「そう、おそらく脅迫にあたるだろうね。じゃあ訊くが、きみは警察へ駆けこむつもりかい？　知っていると思うけど、行動には結果がともなうんだよ。アリソン、ぼくはきみを破滅させられる」

わたしはもう一度パソコンに手をのばすが、すぐにそんなことをしてもむだだと気づく。しかたなくソファにふたたび腰をおろす。

「どれくらいまえから知っていたの？」わたしはソファの隅で背中を丸め、できるだけ小さく身体を縮める。

「きみの携帯をハッキングしてからだよ」カールのほかのどんな行為よりもそう答えるときのさらりとした物言いが、自分が窮地に陥っている事実を決定づける。「ぼくが確信したのはそのときだ。だがそれ以前にも疑いは抱いていた。当然いまではきみらの関係がいつはじまったのかも知っている。ある電話のやりとりできみらはそのことを長々としゃべっていたからね」カールが通話の記録をたどっていく。わたしはマウスポインターが画面上の記録を順々になぞっていくのを見つめる。「ああ、これだ、これ」

カールが日付をダブルクリックすると、わたしとパトリックの声が部屋じゅうに流れだす。わたしは両手で耳をふさぐ。カールは声を立てて笑う。

「まあ、きみが真実に向きあえるとは思っていなかったけどね」

わたしはすべてを押しやりたくて首を振りつづける。

「そんなこと……あなたにはそんなことできっこない……。わたしはあの子の母親なのよ」

「そのことも考えた。正直なところ、それほどたいしたことじゃないと結論づけた。そもそも、きみにとってもそれほど重要なことじゃなかっただろ。あの子は傷つくかもしれないけれど、じきにそれを乗り越えるさ。人生のなかにきみがいるよりもダメージは少ないだろうからね」

「あなたがわたしにどうしてこんなひどいことができるのか理解できない。わたしたち、昔は愛しあっていたのに」

「昔はね。でもいまはちがう。きみのほうがその事実をはっきりさせたんじゃないか。きみは人にダメージを与える有害な人間なんだよ、アリソン。きわめて利己的だし。ナルシストでもある。マチルダは人生からきみを排除する必要があり、ぼくはかならずそうなるように全力を注ぐつもりだ」

衝撃がうすれはじめる。涙が流れるまま、拭うこともできない。カールが腹を立てているのは知っていたが、これほどまでにわたしを憎んでいたとは、いままでまったくわからなかった。パトリックへの通話やメッセージの記録がすべて記されている画面に目をやり、恐怖が過ぎていくにしたがって真実が身にしみてくる。

「どうして日曜日にこれらぜんぶをぶちまけなかったの？」とわたしは訊く。「なぜとっておくようなまねを？」

「見せなきゃならなくなるとは思わなかったからね。自分がどれほどひどい母親かを、きみはよく理解したとばかり思っていた。きみのせいでマチルダを失いかけた。その事実で自分が最低の母親だと自覚してくれるだろうと思っていた」

「たしかにわたしのせいでマチルダを失いかけたかもしれない」わたしは立ちあがる。「でも、あの子がまず駆け寄ってきたのはわたしのところだった。あの子が必要としているのはつねにわたしなの。わたしはいい母親じゃないかもしれないけれど、マチルダには愛されている。あなたにはマチルダからわたしを奪うことはできない」

「結局はそれがいちばんいいんだよ、アリソン。それがいちばんなんだ」

カールはテレビとノートパソコンをつないでいたケーブルを抜く。わたしはふたたびパソコンに手をのばそうとするが、カールがわたしの視線をとらえて笑う。

「必要とあらば送るため、当然バックアップはとってあるよ。きみにパソコンを奪われようが関係ない。きみにはファイルを消去できない。何かが起きたら、そのときはファイルが送られる。きみの知り合いや、きみが会ったことがある人物すべてに。そうなったとしても、それはすべてきみのせいだから」

「カール、お願い……」そう言ってはみるものの、もう手遅れだとわかっている。カールはパソコンを脇にかかえてリビングルームを出ていこうとする。

「いまから学校までマチルダを迎えにいかなきゃならないんでね。もう帰ってくれないか」

カールを見つめるが、その目は無表情で、ドアの上にある窓からさしこむ光を反射させているだけ。目にはなんの色も浮かんでおらず、かつてわたしたちが共有していた、互いを思いやる気持ちや愛情はかけらさえもうかがえない。わたしは重い足取りでドアへ向かって歩き、外へ出る。表は家のなかよりもずっと明るく、目が痛み、涙が出てくる。

門の外に出たところで、カールが大声で鍵がどうのと呼びかけてくるが、わたしは逃げるように歩道を走り、息が切れて胸が苦しくなる。タクシーが来たので手をあげてとめ、コヴェント・ガーデンまでと告げて後部座席で身体を丸め、カールが追ってこないことを願う。そのあとは何ごともなく、ホテルに到着する。部屋へ入り、反射的に携帯電話を手に取るものの、カールに監視されていることを思いだし、チェックするのはやめる。電源を切って服の山の下に突っこむ。一日の疲れがどっと出て、考えられるのはもうくたくたに疲れ果てているということだけ。いまの自分には人の目に触れないよう、ベッドカバーの下で小さくなっていることしかできないような気がする。立ちどまって靴を脱ぎ、ベッドカバーの下にもぐりこむ。すぐに眠りが訪れ、今日一日の恐怖からわたしを解放してくれる。

24

ゆっくりと目を覚ます。頭が重い。ブラインドの脇から外の光がさしこむ。通りはすでに目覚めている。手をのばして携帯電話を探すが、どこにもない。そこではたと思いだし、記憶が次々によみがえる。ベッドカバーをかぶってもう一度寝てしまおうかと考えるものの、それではなんの解決にもならない。時計を手に取り、自分が寝坊してしまったことに驚く。もうすぐ九時。わたしは起きあがってシャワーの栓をひねり、湯を浴びながら昨日の出来事をつらつらと考えてみる。

わたしにあんな仕打ちをする才能がカールにあるとは思いもしなかったが、いまは彼がどんな人物かも、やろうと決めたことをやり遂げる人だということもわかっている。彼の目に浮かぶ同様の決意をまえにも見たことがある。マチルダが三歳のころ、公園で娘を怖がらせた犬を追っぱらったときに。それと、何年かまえにわたしが地下鉄のなかで若い男性のグループにからまれたときに。あのときカールは一歩も退かなかったし、いまも退かないだろう。手段はスパイウェアに変わったが。なんとも陰湿なやり方だ。たとえその理由がマチルダへの愛情を貫くためだとしても。浮気している妻を懲らしめるためだとしても。わたしはバスルームを出て身体を乾かし、ジーンズをはく。

昨日カールに見せられた動画が頭のなかを駆けめぐる。状況をしっかり分析しろと自分に言い聞かせ、カールがどうやって動画を撮ったのか考えてみる。廊下のどこかに盗撮用の小型カメラを設置していたにちがいない。角度を思いだしてみる。動画は階段のいちばん下の段あたりの、かなり低い位置から撮影されたと思われる。わたしはホテルの部屋を見まわす。ここにもカメラが隠されているかもしれない。どこにあってもおかしくない。複数のカメラが隠されているかも。どうやら思考が暴走しはじめているようだ。

支度が整うと、すぐにコヴェント・ガーデンを突っきってアップルストアへ向かう。携帯電話は靴下に包んである。カールがカメラにも何かを仕込んでいるかもしれないから。家の廊下で彼が動画を撮影したことまではわかっているが、どうやって撮ったのか正確なところはわからない。わたしは店内に入り、外国語を話す学生たちの一団を押しわけてアップルのロゴ入りTシャツを着た店員を探す。ピアスを右耳に三つ、左耳に五つつけた、二十代とおぼしき女性の店員が近づいてくる。わたしはピアスの数をかぞえて気持ちを落ち着かせ、彼女が「何かお探しですか」と訊いてきた直後に、頭がおかしいと思われませんようにと願いながら話しはじめる。

「携帯電話にスパイウェアを仕込まれたような気がするんです」わたしは靴下をさしだして言う。

「どうしてそう思われるんですか？　携帯に何か問題でも？」彼女はそう答えるものの、靴下を受けとろうとはしない。わたしは自分がさしだしたものが不気味に見えると気づき、靴下のなかから携帯を引っぱりだす。彼女はそれを手に取って、しげしげと見る。

「スパイウェアが仕込まれているかどうか、見わける方法はありますか？」

「いえ、ないですね。というか、わたしにはごくふつうに見えますけど」

「彼はジェイルブレイクがどうのこうのと言っていました。それでスパイウェアがインストールできるとかなんとか」

「誰が言ったんですか？」彼女はそう言いながら、こっちをまじまじと見る。

「ちょっとした知り合いです。それはそうと、こちらでどうにかできますか？」

「わたしではわかりかねます。でも少しお待ちいただければ、サポートカウンターのジーニアスバーの誰かがお役に立てると思います。予約をとっておきますね」

「順番がまわってくるまで待っている時間がないの」

彼女はふたたび携帯電話を見る。「少し聞きかじっただけなので、それで問題が解決できるかどうか保証はできませんが、工場から出荷された状態にリセットすればなんとかなるかもしれません」

「手伝ってくれる？」

彼女はうなずき、スツールを指し示す。それからいくつかの手順を踏んだあと、買ったときと同様に何も入っていない状態の携帯を返してよこす。

「セットアップのやり方はご存じですか？」と訊かれて、わたしはうなずく。

「ノートパソコンを貸してもらえる？」彼女はすぐに目の前にある一台のパソコンのロックを解除する。

「これをお使いください。わたしなら、まずはパスワードを変えますね。あらゆるパスワードをぜんぶ。そういった問題がおありなら」

「まさしく、それをやろうと思ってたところ」パスコードはいつも結婚記念日の日付にしていた。カールがあっさりとロックを解除できたのも無理はない。

携帯にいくつかのアプリをダウンロードしながら、メールアカウントにログインしてパスワードを変更する。それがすむと、携帯のプロバイダーに電話をして、電話番号を変えられるか訊いてみる。返答を待つあいだにテキストメッセージが一通、送られてくる。スピーカーモードに切りかえる。

〝ぼくを閉めだすことはできても、それで何かが変わるわけじゃない。こっちにはまだ動画がある〟

カールは名前を書いていないが、そうする必要はない。そのメッセージを見ているうちに、頭のなかでカチリと鳴る音がして、昨晩あれほど衝撃を受けて疲れきっていなければ気づいたはずのことに思いあたる。わたしは考えたうえで返信を送る。

〝あなただったの？〟

すぐに返事が来る。

〝何が？〟

すでに答えはわかっているが、それでも知っておきたい。

〝送信者不明のテキストメッセージを送ってきたのはあなただった。なぜ？〟

メッセージを送ると同時に保留になっていた通話がつながり、電話番号の変更についてオペレーターが回答してくる。わたしは彼女に、変えなくてもだいじょうぶになりました、と告げる。謎の送信者の正体がわかったのだから、もう番号を変える必要はない。カールが返信を寄こす。

〝そうされて当然だろ〟

わたしはアップルストアの店員の女性に礼を言い、店をあとにする。カールの電話番号をブロックしようかと考えるが、そうしたところでなんになる？　もうすでにさんざん打撃を受けているのだから。

コヴェント・ガーデンを歩きまわり、ナイトクラブの〈スウィッシュ〉の前を過ぎ、何週間かまえに手を糞だらけにした路地を通りすぎる。キングスウェイを横断する。まわりの人はみなスーツ姿で、ブリーフケースと使い捨てのコーヒーカップを持っている。オールドウィッチへ向かう車線は渋滞していて、わたしはバスとバスのあいだを通っていく。ホルボーン駅に行き着く。パトリックが人生を終える場所として選んだ地。彼がどんな気持ちだったかわたしは理解しているだろうか。いや、わからないほうがいい。わたしはカールを失い、パトリックもなくし、そのうえ自分の評判が地に落ちる瀬戸際にある。でも、マチルダのことを考えると、前に進むしかないと思えてくる。

リンカーンズ・イン・フィールドに着くと、車の騒音が緑のなかに吸いこまれていく。わたしはカフェまで行ってコーヒーを買い、テラス席にすわる。空気は冷たいけれど空は明るい。いまのわたしには静けさのなかで心を落ち着かせることが必要だ。リンカーン法曹院の屋根を見あげ、古い伝統が重んじられ、キャンドルの火が灯されてポートワインをふるまわれた晩餐会や、セント・ポール大聖堂の首席司祭で詩人のジョン・ダンが説教をおこなったという礼拝堂を思いだす。わたしの顔がカールの目に映り、カールの顔がわたしの目に映ると、互いに相手の気持ちがはっきりとわかり、心がつうじあうと思っていたが、いまや相手の目に映るそれぞれの姿は、何もかもがゆがんで見える鏡に映っているみたいになっている。わたしはグーグルで家族法と親権の取り決めについて調べはじめるが、すぐにやめて携帯電話をテーブルに置く。法律的にはカールが間違っていることや、こちらがマチルダに対する共同親権を主張しても、裁判官がそれを妨げないことはわかっているが、わたしが異を唱えた瞬間に、カールが脅しを実行に移すこともわかっている。わたしは相反する考えに頭を悩ませながら手で顔をこする。

「アリソン」

わたしは自分の名前を呼ぶ声に気づき、あたりを見まわす。

「アリソン」

いったい誰がわたしの名を呼んでいるのだろう。一陣の風に髪が乱れて目を覆い、ことさらに声の主が見えない。

呼びかけてきた人物が近づいてきて、こちらの腕をつかむ。わたしは顔から髪を払い、その人物を見る。キャロライン・ネイピア。一瞬、足もとの地面が割れ、縁から裂け目に落ちていくような感覚に襲われる。次の瞬間にはふたたびしっかり立っている。こちらが知っていることを彼女は知らない。だいじょうぶだ。

「キャロライン。こんにちは。ごめんなさい、わたし、なんだかぼーっとしていて」

「あなたの姿が見えて、声をかけないでおこうと思ったんだけど、やっぱり話しておかなきゃならないことがあって」

まじまじとキャロラインを見つめる。あまり具合はよくなさそうで、髪は脂ぎっているし、あごのあたりにしみが浮いている。鏡をのぞきこんで自分の顔を見ているみたいだ。

「すべて順調？」自分で感じているよりも弁護士らしく冷静に聞こえるようにと願う。

「ええ、まあ順調……」キャロラインは途中で言葉を切る。「いいえ、順調じゃない。ぜんぜん。ごいっしょしてもいいかしら？」

ノーと言いたいけれど、そういうわけにもいかない。

「もちろん。いまコーヒーを飲んでいたところ」

キャロラインが正面にすわる。首にきっちりとマフラーを巻き、手には指先が出る毛糸の手袋をはめ、目の前のテーブルについた水滴をなぞっている。

「どうしてわたしがあなたと話がしたいのか、不思議に思っているでしょうね」とキャロラインが言う。

「ええ、まあ、そうね。そう思ってる」わたしは彼女と目をあわせたくなくて、庭を見渡し、風船を持った少年に視線を向ける。

「えーっと、話したいことというのはね、アリソン。もう、どう言えばいいかしら……。話というのは、その、例の件。あなたも知っている話。彼は当然、あなたに話したはず」

深い裂け目がふたたび目の前で口を開いたが、わたしは彼女の目をまっすぐに見つめる。

「あなたがなんのことを話しているのか、ほんとにまったくわからないんだけど」こう言えば、こちらの意図をわかってもらえるだろう。

「よしてよ、もう過ぎたことじゃない。パトリックはあなたに話してから、地下鉄に飛びこんだとわたしは考えてる」

わたしは思わずたじろぐ。「彼はあなたに何を言ったの？」もはや否定しても意味がない。

「パトリックはあなたと不倫しているって言ってた。自分の人生のなかであなたとの関係がもっとも大切なものだと」キャロラインは首を振る。自分の言葉に当惑しているように見える。「パトリックにはどこか孤独を感じさせるものがあったけれど、あのときのわたしは気づいていなかったと思う。お酒を飲みすぎちゃって……」

「なんてこと……」とわたしは言う。

「パトリックはレイプなんかしていないとあなたに言ったと思うけど、彼、そういうふうに言ってなかった？」

わたしは何も言わずに、同意の意味で小さくうなずく。

「実際にはレイプだった。でもわたしが告訴したことで、パトリックがあんな行動に出るとは夢にも思わなかった。そうなるとわかっていたら……」

「そうなるとわかっていても、あなたはレイプされたと警察に申し立てた？」

キャロラインは自分の手を見つめ、手袋をはずそうとする。薬指にはまった銀のシンプルな結婚指輪が見える。

「ええ、申し立てたと思う。おそらく」とキャロラインは答える。「いったいあれがなんだったのか、人それぞれで解釈はわかれるかもしれない。でもわたしには警察に告げるのが正しいことだと思えた。あとからわたしの心理療法士にぜんぶ話したら、彼ははっきりと、わたしがレイプだと思うなら、それはレイプだと言った。行動には結果がともなう——夫との関係がこじれて、わたしがひどく落ちこんでいることをパトリックは知っていた」

わたしは彼女の手を指さす。「結婚指輪をはめているけど」

「夫は理解を示してくれている。自分が原因でわたしがひどいダメージをこうむったことをいまはちゃんとわかっているの。わたしがこんな騒ぎを起こしたのも、お酒を飲んで酔っぱらったのも、らしくない行動に出たのも、すべて助けを求めていたからだってことを。夫はわたしの身に起きたことに心から同情してくれている——それで、わたしのもとに戻ってきてくれた」

「じゃあ、もう離婚するつもりはないの？」

「わからない。でもまずはいっしょにカウンセリングを受けるつもり」

「よかったわね。ほんとによかった」訊くべきかどうか迷うが、やはり黙ってはいられない。大きく息を吸ってから話しだす。「パトリックとのあいだに何があったか、話してしまいたい？」

キャロラインは顔をうつむける。「彼の責任は重いけれど、わたしのほうにもだいぶ落ち度はあったと思う。わたしはものすごく酔っぱらっていた。誰にすすめられたわけでもなくたくさんワインを飲み、公園のなかにも入っていった。パトリックとキスしたかったし、その先まで進みたかった。でもやっぱりやめておこうと考えなおした。パトリックはやめようとしなかった。彼もひどく酔っぱらっていた。わたしがやめてと言っても彼は聞く耳を持たず、そうなると選択の余地はなくなり、イエスと言うしかなかった」

わたしはキャロラインのほうに手をのばし、一瞬の間をおいて、彼女がわたしの手を取る。彼女の指はとても冷たい。キャロラインは話しつづける。

「そのあとでわたしたちは逮捕された。あんなふうに警察へ連行されるなんて、人生でもっとも屈辱に満ちた瞬間だった。そのまま警察署で一夜を明かして、目覚めたときに自分が何をすべきかわかった。レイプの被害に遭ったことを申し立てたのはそのときよ」

彼女の冷たい手のせいでこちらの手も冷たくなり、わたしはそっと手を引っこめる。

「口に出した瞬間に申し立てを撤回しようと思った。でもそのあとで心理療法士に会いにいったの。正しいことをしたという自信が自分にはなかったんだけど、彼のおかげでずいぶん気が楽になった。わたしは申し立てを取り下げようとしていたの。でも彼はわたしが正しいとわからせてくれた。あなたがレイプだと思ったのなら、それはレイプですよ、と言って。行動には結果がともなう。わたし、おんなじフレーズを何度も言っているけど、これは心理療法士のお気に入りで、すごくいい言葉だからわたしも覚えておこうと思って」

手に感じていた冷たさが腕から全身へ広がっていく。地面についている脚に思わず力が入る。耳鳴りがしてきて、キャロラインの言葉の何かを聞き逃しているような気がしてくる。

「ひどい話」パトリックが匿名性がどうのこうのと言っていたのを思いだすが、いまはそれを口にしたくない。言うべきときでもない。キャロラインの話にはもしかしたら脚色が加えられているかもしれないが、彼女は真実を語っているとわたしは思う。

「そういうこと。そういう話だったの。それでそのあとに、パトリックが自殺したって聞いた。そのまえにほかの女の子も被害を申し立てたんだったわよね。それらすべてが新聞に載って、パトリックのキャリアは終わった」キャロラインが手を口もとにあて、背を丸める。わたしはずっと同じ姿勢ですわり、手をポケットに突っこんでいる。そして口を閉じている。

「ごめんなさいね、アリソン。わたしの話なんて聞く必要もないのに」キャロラインが目を細めて見つめてくる。「あなたも具合が悪そう。きっとたいへんなんでしょうね」

彼女が嘘をついている可能性もあるが、パトリックがどんな人間だったか、わたしはよく知っている。それに、アレクシアが嘘をついていると思ったことは一瞬たりともない。パトリックはわたしといるときでさえ、いつも許容範囲ぎりぎりにふるまっていた。つねに境界線は曖昧だったけれど。わたしは息を吐きだす。

「たしかに聞く必要はないかもしれない。でも心理療法士の意見にはうなずける――あなたは正しいことをした。行動には結果がともなう」その言葉を口にしたとき、何を聞き逃していたかに気づく。

わたしはこのフレーズを知っている。昨日言われたばかりだから。キャロラインが話しているあいだも頭のなかが高速で回転する。

「さっきも言ったけれど、もし可能なら、わたしは結婚生活をつづけていくつもり。離婚となったら耐えられないかもしれない」

「わたしのほうは選択の余地はなさそう。結婚生活は破綻しているの」とわたしは言う。

「それはお気の毒に」

そこで思いつく。「わたしもセラピーを受けたほうがよさそう。わたしに、わたしたちに必要なのはセラピーかもしれない。あなたの心理療法士はなんという人？　その人、腕がいいみたいね」

「名刺があるわ」キャロラインはハンドバッグを手に取ってなかをのぞき、財布を引っぱりだす。それから名刺を一枚、引き抜いて手渡してくる。「たしかに腕はいいわよ——あなたにも適切なアドバイスをしてくれると思う」

「ありがとう」わたしは名刺を受けとり、名前を読まずにコートのポケットに突っこむ。

「まじめにセラピーのこと、考えてみる」

キャロラインが携帯電話を見る。「もう行くわね。これからサザークへ向かわなくちゃならなくて。また会えるかしら。今度はランチでもどう？」

わたしはうなずいて、いいわね、と返す。再会は実現するかもしれないが、しない気もする。キャロラインは一度わたしの肩に触れてから立ち去り、わたしは遠ざかっていく彼女の足音を聞く。

もうしばらくのあいだテーブルにつき、それから歩いて共同事務所へ戻る。ちがうと思いながらもすでに確信していて、気持ちはそのあいだを行ったり来たりしている。答えはポケットのなかの名刺に書いてある。名刺の存在を無視し、いつもと何も変わらないと自分をごまかしたいが、いつまで平静を保っていられるかは定かではない。自分のオフィスに入ってデスクにつき、深呼吸を繰りかえす。

わたしは娘を失いかけている。多くの意味で、すでに失っているとも言える。ここで意地のひとつも見せないと永遠に失ってしまう。カールに対して悪いことをしたとわかっているが、彼のわたしへの仕打ちはあまりにもひどい――わたしに嘘をつき、わたしを監視し、匿名という盾に隠れてわたしを愚弄した。そんな男にわたしの娘を育ててほしい？　学校からマチルダを連れだして、いっしょに逃げるというのはどうだろう。スコットランドの北の果ての、どこかの島まで行けばカールには見つからないかもしれない。ニュージーランドかオーストラリアでもいい――バリスタとして入国許可がおりるはず。まえに調べたことがあるからそれはわかっている。でもカールが待ったをかけてくるにちがいない。

彼はわたしの行動をとめる決定的な脅しのネタを握っているのだから。

最後にひとつ大きく息を吸い、覚悟を決める。ポケットから名刺を取りだし、読む。もう一度、読む。名刺をデスクの端と平行になるようまっすぐに置く。それの両側にてのひらを下にした手をぺたりと置いたのち、両手の関節が白くなるまで強く握りしめる。闘うときだ。

25

名刺の文字が目の前で躍る。

カール・ベイリー――心理療法士
対人関係のカウンセリング／セックス依存症治療

彼はキャロラインの心理療法士だった。彼はキャロライン・ネイピアの心理療法士で、彼女によると、パトリックを告訴するようすすめたのは彼だった。キャロラインから彼女の身に起きたことを聞かされたときにパトリックとは何者かを確実に知っていて、本来なら利益相反のためにキャロラインとはかかわりを持たず、治療にもあたるべきではないのに、彼女のカウンセリングをおこなった。レイプの件での告訴を後押ししたが、その際に自分にはパトリックを嫌う充分な理由があることを彼女には言わなかった。そこにはクライアントを支援するという目的以上のものがあったことは間違いない。彼がきわめて多くの情報を握り、自分の影響力をいかにして広げていったかを考えているうちに、ぞっとする冷たい衝撃が身体全体に広がりはじめる。

オフィスの隅に置いてあった壊れかけたキャリーバッグをつかみ、それを床に放り投げる。カバーをあけて裏地に目を走らせ、どこかに切れ目や穴があけられていないか確認する。頭に血がのぼるのを感じつつ、バッグを横に倒して外側に目を走らせる。あった。探していたものが見つかる。上のほうに穴がひとつあいている。無視できるぐらい小さいが、ある目的のためには充分大きい穴が。ふたたびバッグを起こし、両手で裏地を引きはがす。黒くて小さいものが見つかる。赤く光っている。カメラ。小型のカメラで、穴からレンズが突きだしている。しっかりはまっている場所からカメラを引っぱりだし、急いでオフィスをあとにする。

ロバートを押しやり、マークの鼻先でドアを閉め、共同事務所から走りでる。こっちへ向かってくる通行人を押しのけてバスのほうへ走る。誰かにどなられるが、無視する。バスは見あたらないが、タクシーは待っている。

「アーチウェイまでお願いします」そう頼むと運転手がアクセルを踏む。

速く走れとばかりに、わたしは床に足を踏んばる。

カールに何をされようと、もうどうでもいい。あの見るに堪えない動画をばらまかれる？　それが何？　なんだっていうの。パトリックは仕事を依頼してくるソリシタで、わたしはレイプされたわけじゃない。わたしたちは同意のうえで行動していた。世界じゅうのミレニアル世代がソーシャルメディアで自分たちの姿をさらしている――わたしがそれをやって何が悪い？　カールにわたしの娘を育てさせるわけにはいかない。たしかにわたしは気難しくて、自分のことしか考えられない人間だ。本来なら娘といっしょにいて、遊んでやったり本を読んでやったりして母親業に専念すべき時間に、嘘をついて浮気をし、酒を飲んで煙草を喫っていた。でもわたしは心がゆがんではいない。かたやカールは心が病んでいるとしか言いようがない。これまでずっと妻の浮気を知りながら何も言わず、妻の行動を監視し、妻とファックしていた男に復讐する機会を虎視眈々と狙っていたなんて。

キャロラインから彼女の身に起きたことを聞いて、カールは大喜びしたにちがいない。前のめりになって、心配して気にかけているふりをしながら。「もう一度その男の名前を言ってみてください」なんて言ったかもしれない。「なんとも恐ろしい話です。それは間違いなくレイプです。レイプですよ、絶対に」どんなダメージをパトリックに与えられるか考えながら、心のうちでほくそえんでいたはずだ。彼のアドバイス自体はあながち間違ってはいない。表面的にはキャロラインが陥っている状況を改善してあげようとしていたわけだから。ほかの誰かがレイプによる被害を申し立てることは知らなかったが、彼にとってはどうでもよかっただろう。カールは正義の鉄槌(てっつい)を下すこともせず、ちょっとした細工を施して、舞台の陰からわたしの人生の糸を操っていたのだ。

ハイバリー・コーナーで渋滞にぶつかり、わたしは逸る気持ちを抑える。カールはわたしが来ることを知らない。家にはいないかもしれない。もしいなかったら、わたしは家のなかで待ち、彼が帰ってきたらみんなにメールを送れと言ってやる。このまま家に残る、あなたにはわたしを追いだすことはできない、わたしはこれからもずっとマチルダの母親でいるつもりだし、あなたにはそれをとめることはできない、と言ってやる。彼の仕事仲間にカールが不正や利益相反をおこなったことを報告すると宣言してやる。脅迫の件、わたしの携帯に違法なスパイウェアをインストールした件、家のなかでこちらの許可なく動画を撮影した件を警察に通報してやると、一切合切言い放ってやる。カールはわたしのキャリーバッグに隠しカメラを仕込んでいた。あのバッグをわたしがいつでも持ち歩くことを知ったうえで。家じゅうにほかに何台のカメラが隠されているかは神のみぞ知る。

タクシーが家の前でとまり、わたしは仕切りごしに運転手にお金を渡し、礼を言って降りる。運転手が何かを言ってくるが、わたしは手を振り、鍵束を取りだして玄関ドアを解錠しようと格闘する。ドアはあきそうにないが、それでもいっこうにかまわない。ドアがあかないくらいであきらめはせず、玄関前の階段にすわりこんでカールがマチルダを連れて学校から帰ってくるのを待つつもりだ。そのあとはマチルダを腕のなかに抱いて保護しながら、カールを押しやって家のなかに入り、二度と娘を手離したりはしない。でもだいじょうぶ、ようやく鍵が鍵穴に入り、くいっとひねるとドアがあき、わたしは家のなかに入る。そして勢いよくバタンとドアを閉める。

いま、家のなかにいる。一瞬、耳慣れない物音が聞こえてくるが、そのあとは静かになり、どこからともなく煙草のにおいがただよってくる。リビングルームで音楽が鳴っている。

ドアの陰からなかをのぞくが、カールの姿は見えない。

カーテンが引かれていて部屋は暗い。なかを照らすのはテレビの画面が発する明かりだけで、どうやらまたカールのパソコンがテレビとつながっているらしい。コーヒーテーブルにのっているものがぼんやり見える。暗さに慣れてきた目を画面に向ける。自分が何を見ているのかたしかめるために目を凝らす。

画面上の女性は死んでいるように見える。男がひとり、女性に近づいていき、ベッドの上の彼女を腹這いにさせる。背後からカメラがズームレンズで画像を徐々に拡大していき、女性の身体が画面いっぱいに映しだされる。彼女はほとんど全裸で、身につけているのはブラとサスペンダーストッキングだけ。パンティははいていない。バックグラウンドミュージックが流れるなか、男がリズムにあわせて女性のお尻を最初はやさしく、しだいに激しく打っていく。男は声を立てて笑う。聞いたことのある声。カールの笑い声。指を広げたカールの手がカメラの前にあらわれる。指が女性の身体に挿入され、カメラが徐々に近づき焦点をあわせていく。

あごがこわばる。耳のなかでどくどく鳴る血流と同じ速さで、目の前の画像があらわれては消え、またあらわれる。わたしは手で顔を覆ったあと、その手をどけろと自分に命じる。見なくてはならないから。

いかにも満足げにカールはその女性をベッドから持ちあげ、自分の肩に彼女の腕をもたせかける。そのあとでワルツを踊りはじめ、頭を片側にぐったりと傾けている女性を右へ左へと動かす。死んだ女性を抱いて、カールが歌う。ラーラ、ララー、ラーラ、ララー……

……

わたしはカールから目が離せなくなる。

歌が終わり、カールが女性をベッドに戻す。両脚が広げられ、頭はベッドの脇からずり落ちている。女性は死んでいる。死んでいるとしか思えない。

でも、死んでいるはずがない。

死んでいるはずがない、それはわたしだから。わたしであるはずがない、わたしは画面のなかではなくここにいるのだから。そんなところにいるはずがない。あんなことをカールにさせたことは絶対にない。画面に映っているのはブライトンのホテルだが、いま見たばかりの行為をわたしはひとつも覚えていない。なぜわたしは顔をあげ、声をあげようとしないのか。いまわたしは声をあげて泣き、顔じゅうをひっかいたあとで、自分の腕で自分をきつく抱きしめ身体を前後に揺らしている。しばらくしてからわたしは我に返る。少なくともここにいて身体は無事だが、心は空転している。

音楽が耳に響く。動画からではなくステレオから聞こえてくる。大音響で、もう我慢できない。わたしはリビングの奥へと進み、ステレオを切って気をとりなおす。そのとき、彼の姿が目に入る。

カール。

カールがそこにいる。

わたしは息を吸って、吐き、気持ちを落ち着ける。わたしは死んでいない、生きている。わたしは目撃者だ。画面上のわたしではないわたしにカールが何をしたのか証言できる。

だらりとした操り人形になったわたしに彼が何をしたのかを。

明かりをつける。すぐに何か間違いが起きたことに気づく。以前にも何度もこんなことをやって、そのたびに何ごともなくすんでいたのだろうが、今回は失敗したらしい。

いまはカールが操り人形になり、半裸でソファにぐったりと身体をあずけ、首は奇妙な角度に曲がっている。横向きになった首もとに輪縄が食いこんでいて、ロープが背後の本棚にくくりつけられている。口はおかしな形にゆがみ、そこから何かが突きだしている。

一歩、近づく。カールの顔は紫色で、目は飛びだし、身体がほんのかすかにぴくっ、ぴくっと動いていて、それで彼がまだ生きているのがわかる。何かをつかもうとしているのか、コーヒーテーブルのほうに腕をのばしているが、手は届かなかったようで、窒息死への過程を中断させるまでには至っていない。

わたしは心のなかで言う。〝わたしは死んでいない。わたしは生きていて、自分を取りもどした。もう二度とあなたに操られない〟

カールはうなり、絶望の声をあげる。わたしはふたたび画面を見やる。

もしほんの少し、彼がわたしから目を離したら。

わたしはコーヒーテーブルをつかんで自分のほうへ引き寄せ、彼から離す。カールはふたたび腕をのばすものの、もう力は残っていないらしい。輪縄がかかった首をガクリとさせる。彼も重力には抗えない。煙草のにおいがするのであたりを見まわすと、灰皿がカーペットの上に落ち、吸い殻や灰が散らばっているのが目に入る。煙草のにおいにまじり、柑橘系の香りがただよっている――コーヒーテーブルの上に八分の一にカットされたブラッドオレンジがのっていて、カールは一片を口に含んでいる。

カールの戦利品である動画が繰りかえし再生されている。飲みすぎで気を失ったと思っていたすべての夜、いったい何度これと同じ光景が繰り広げられたのだろう。

いまやリビングのなかには尿のにおいがただよっている。カールの顔色は紫から青に変わっている。

時は刻々と過ぎていく。わたしはしゃがみこんで待つ。それほど長くはかからないだろう。そのあとで救急車と警察を呼べばいい。

あと一瞬でこと足りる。

五カ月後

「昨日の夜、パパの夢を見ちゃった」マチルダが朝食をとりながら言う。

「ほんと？　どんな夢だった？」とわたしは訊く。

「楽しい夢だったよ。パパと浜辺を散歩して砂のお城をつくるんだけど、パパはもう行かなくちゃならない、でもすぐに戻ってくるって言うの」

わたしはテーブルをまわりこんでマチルダをハグする。マチルダはこちらを向いてハグを返してくる。

「パパに会いたい」マチルダの声がわたしの胸のなかでくぐもる。「ほんとうの世界でもパパに会えるといいのに」

「そうね、スウィートハート、ほんとにそう」

もう少しだけ長く抱きしめてから、マチルダが身体を離す。そして朝食に戻る。ふつうの生活のなかで娘がこういうふうに悲しみを爆発させることもあるだろうとまわりの人たちから言われた。わたしはマチルダが学校に行っていないときはつねにそばにいて、この子はなんとか悲しみを乗り越えつつある。

わたしたちはいっしょに学校へ行く。

「今日の午後はサルマのうちへ行くのよね」とわたしは言う。「六時に迎えにいく。それでいい？」

「サルマのうちに行くの、大好き。あそこんちの猫、かわいいよ。うちも猫を飼っちゃだめ？」

反射的にだめと言いそうになる。以前はいつでも〝だめ〟が答えだった。そこでふと思いだす。動物を飼うのに〝だめ〟と答えていたのはカールだ。わたしは立ちどまってティリーの横にしゃがみこむ。

「それ、すごくいいアイデアかも。ママ、ちょっと調べてからわかったことを教えてあげる。たぶん、二匹いっぺんに飼いはじめるのがいいんじゃないかな。そうすれば猫たちはいつも友だちといられるから」

マチルダが喜びで顔を輝かせ、抱きついてくる。「ほんと？」

「もちろん、ほんとうよ。そうすれば猫ちゃんたちにすてきなおうちをプレゼントできるでしょ」

ティリーを学校まで見送ったあと、わたしはホルボーンまで行く。クロエはすでにオフィスに来ていて、書類仕事をしている。

「準備万端？」

「もちろん。言っとくけど、法廷で口を開くのは今回が最後よ」

「わかった、わかった。まえにも聞いた」

「今回は本気だから。これ以上つづけるつもりはないの」わたしはきっぱりと言う。わたしたちは視線をぶつけあい、そのうちにクロエが笑いながら目をそらして負けを認める。

「わかった。あなたを好きになるのは、あなたの事案の書類仕事をやっているときだけなんだけどね」

クロエにとってなんの問題もないことはわかっている。彼女は上位裁判所での弁護を担当するのが大好きだし、わたしは事務所の運営に携わり、ここで請け負った案件を管理していくことで満足している。たいていは在宅勤務——これはほんとうにありがたい。どうにか住まいを確保でき、そのうえティリーのために家にいることができるのだから。

「そのスーツ、ぶかぶかになっちゃったわね」とクロエが言う。

わたしはスカートのウエストバンドを引っぱる。ほんとにぶかぶか。カールを発見してから二十八ポンド（約十二・七キログラム）近く落ちた。カールを死なせてから……。彼のことが頭から離れないせいで、わたしは眠れず、食べ物も喉を通らない。毎晩マチルダの横にすわって寝顔を見つめ、この二年間の出来事を思いかえしながら、ちがう結末を迎えるために何ができただろうかと考える。わたしは知っておくべきだったのか、何を見落としていたのか、と何度も頭を悩ませた。手遅れになってしまうまで、カールのなかの暗い部分を一度も見たことがなかった。それが形をなしはじめて表に出てくるまで、いったいどれほどのあいだ彼のなかに隠されていたのかは、もうけっして知ることはできない。何年ものあいだわたしは彼に愛されていると信じていたけれど、いまとなってはわたしへの愛はいつ消えたのか、それともずっとわたしを憎みつづけていて、復讐のチャンスが訪れるのを待っていたのかと問いただすこともできない。

マデリーンが到着して、わたしは物思いからさめる。コーヒーをすすめるが、彼女は首を振る。オフィスのドアロに立ち、すぐ横にキャリーバッグを置いている。

「何もかも持ってきたんですね」とわたしは言う。

マデリーンがバッグを指し示す。「ええ。もう準備はできているわ」

彼女はクロエと抱きあい、そのあとわたしといっしょに中央刑事裁判所（オールド・ベイリー）まで歩いていく。建物に近づきながら、わたしは首をのばして裁判所の屋根の上に立つ正義の女神像を見やる。目隠しをされている女神像もあるけれど、ここの女神はされていない。彼女は公平に証拠の重さを測り、剣を巧みに操る。

「いよいよね」建物に入ったところでマデリーンが言う。

「マデリーン、これでよかった？　こういう経過をたどって、あなたは満足している？」

「もちろんよ。それとアリソン、ありがとう。今回の件であなたが成し遂げてくれたことと、すべての支援に対してお礼を言わせてもらうわね」

わたしたちは拘置区画の入口まで行き、そこでマデリーンは警備員に身柄を拘束される。

「法廷で会いましょう」わたしはそう言って、別れの挨拶がわりに手をあげる。

一カ月前、クロエが電話を寄こした。わたしは娘の水泳教室に付き添っていて、ティリーがクロールで泳ぐのを見守っていたが、電話を受けるために建物の外に出た。

「訴追側が申し立てを受け入れてくれるようよ」クロエは興奮もあらわに声を張りあげて言った。

「どの申し立て？」

「マデリーンのよ。彼らは申し立てを受け入れてくれる」

「冗談でしょ……ほんとなの？」

「ほんとうよ。訴追側のバリスタだった、あのクソ男のフリンが、飲酒運転で職務停止になったの。それで彼が担当していた事案はすべて、何人かのバリスタがそれぞれ引き継ぐことになったってわけ。マデリーンの件を引き継いだのはアレクサンドラ・シスレー。あなた、彼女を知ってる？」

「知ってる」そう言いながら、胸に安堵の思いがあふれた。フリンのやつ、ざまあみろ。

「彼女、とっても良識的なバリスタなの。まえに二件ほどアレクサンドラに弁護を依頼したことがある。で、とにかく、彼女は検討してくれた。訴追側の精神科医の報告書も有利にはたらくだろうって、わたし、あなたに言ったわよね？」

「そう言ってた」

「これですべてうまくいく。きっといい結果が出る」

シスレーが陳述をはじめる。われわれが同意したとおりに事実を読みあげ、こう付け加える。「被告が夫による虐待の被害者であったことは訴追側から見て明らかだと思われます」

わたしはマデリーンを見やる。肩をかすかに震わせているので泣いているとわかるが、すぐに気持ちを持ちなおしたようだ。禁固刑の判決に直面しているのに、見違えるほど晴れやかな表情で、顔はふっくらしていて首筋もすっきりしている。いまではジェイムズは安全だとわかっていて、心に重くのしかかっていたものが消えたにちがいない。

次はわたしが立ちあがる番だ。頭のなかでは故殺罪の起訴状が読みあげられたあと〝有罪です〟と答えたときのマデリーンの声が鳴り響いている。わたしの陳述に裁判官はうなずき、わたしはこう締めくくる。「裁判官殿もご承知かと思いますが、殺人罪に対し被告の自制心の喪失を認めたうえでの故殺罪への引き下げは、制定法のなかでも比較的新しい適用法かと存じます。わたしのクライアントはそれにより多大な恩恵を受けました。以前であれば裁判官殿はなすすべもなく、彼女は十中八九、殺人罪で有罪となり、無期懲役刑の判決が下されていただろうと、わたくし同様、彼女も理解しております。ですが、法の進化により、より慈悲深い裁定が可能となりました。わたしのクライアントは禁固刑に代わるものはないと理解しております。本日、彼女はその結果を覚悟したうえで出廷しております。しかし、裁判官殿にはこの罪を犯すに至った事情をご賢察いただき、わたしのクライアントの事件当夜における行為だけではなく、一連の出来事を考慮したうえでの酌量減軽をお願いいたしたく存じます」

量刑が確定したあと拘置区画の房を訪れる。いまやマデリーンは本格的に泣いていて、わたしに抱きつき、わたしの法服で鼻水を拭う。わたしは気にもとめない。

「五年」とマデリーンが言う。「五年！　それくらいならきっと生きていられる」

「もうだいじょうぶですね」

「わたしはだいじょうぶ。二日前にジェイムズとも会ったし」

「ジェイムズは元気でしたか？」

「ええ、元気で、何もかも順調です。ときどき父親が恋しくなると言っているけれど、ほかのときはとてもうれしそうに……」

「学校が休みのときは、彼はフランシーンの家で暮らすんですか？」

「ときにはそうすると思います。でもあの子、寮でとてもよい友人ができて、そのお友だちがいつでも好きなときに家に泊まってくれって言ってくださってるんです。わたしもそのご家族に会ったことがあります――お母さまはとてもすてきな方で。犬や猫や馬までいて、おうちのまわりには広いパドックや森があるんです。わたしたちがいつかは持ちたいと思っていたような家で……」

「あなただってご自分の家を持てますよ。あなたとジェイムズが暮らす、自分自身の家を。模範的に過ごしていれば、三年もたたないうちに外へ出られるでしょう」

「そうね。あなたのほうはどんな感じかしら。あなたと娘さんは」

「だいじょうぶ、わたしたちもすべて順調です」

当然、マデリーンは知っている。わたしの知り合いや昔の知り合いのなかで、例の件を知らない者はいない。カールの死のニュースは燎原の火のように広まった。〝もうひとりのスティーブン・ミリガン（一九九四年に窒息プレイによる事故で死亡した保守党議員）〟はあらゆる紙面の見出しを飾った。警察は詳細を発表しなかったけれど。

わたしはあの日をかぞえきれないほど思いかえし、心のなかでカールに問いかけ、輪縄を用意し、オレンジを切って煙草に火をつけたとき、彼が何を考えていたかを理解しようとした。手あたりしだいにあらゆる記事を読んで、そういうプレイについて調べた。自己発情窒息。脳への酸素の供給を制限することで性的な興奮を高める方法。思ったよりも一般的らしい。

世間に知られているよりも、もっと多くの死者が出ている。

それ自体は愚かな行為に思えるかもしれないが、カールの用意周到さと、いっさいの妥協がない舞台設置は不気味に感じられる。たとえば本棚をぐらつかないように補強したうえで壁に固定させるとか。ソファの上の同じ場所にすわっているかぎり、充分に首が絞まるものの窒息死はしない適切な長さになるよう、ロープをきっちりと測って少しのずれもなく切るとか。オレンジさえも用意していた——わたしがネットで見つけたのと同じ記事をカールは読んだにちがいない。しっかり研究されていたし、カール本人は危ない橋を渡ったりはしない人だった。オレンジをかじると同時に、強い香りによって意識が引きもどされ、間違いを未然に防いでいた。

何度も何度もうまくいっていたのだろう。わたしが勢いよくドアを閉めて、びっくりしたカールの首にロープが食いこむまでは。

結局、彼は首を吊られてしまった。

どうしてカールはこんなことに夢中になったのだろう。いつふつうのセックスでは満たされなくなったのだろうか。わたしはセックス依存症についての記事を読んだ――おそらくカールはこの依存症に陥り、ふつうのセックスでは刺激が足りずに興奮を味わえなくなってしまい、さらなる極限状態に自分を追いこむ必要に駆られたのだろう。あくまでも推測だが。

一方で、カールはわたしの仕事を嫌い、一家の生計をわたしの収入に頼ることを極端にいやがっていた。家庭での支配力を取りもどしたがっていた。

警察はカールのパソコンを持ち去っていった。彼らはわたしが映るほかの動画も見つけ、それを見たいかと訊いてきたが、わたしはけっこうですと答え、可能であればすべて消去してほしいと頼んだ。また、ほかの女性の動画もあると彼らは伝えてきた。警察では男性たちのカウンセリンググループに対しても捜査を進めていて、何人かがすでに逮捕されている。わたしは詳細を知りたいとは思わない。

少しも慰めにはならないが、カールがいちばん最初に撮ったレイプまがいの動画の日付は、わたしがパトリックと寝るようになる一年前。たしかにわたしは間違ったことをしていたが、カールがしていたのは最低最悪なことだった。

いまわたしは精いっぱいマチルダに償いをし、つねに〝こんなふうになりたい〟と思っていた母親になろうとしている。

「この状態のご主人をあなたは見つけたんですね？」家のなかへ警察を案内したあとにそう訊かれた。

「はい」とわたしは答えた。

「これらの場所に設置されたカメラについてはご存じでしたか？」数日後、警察官があちこちの壁にこっそりあけられた穴を指し示して訊いてきた。本や写真立ての陰に隠されていたのを、彼らが見つけたのだった。キッチンの隅にいつも置かれていた保温マグカップ自体が隠しカメラになっているものまであった。

「いいえ、知りませんでした」とわたしは答えた。

ほんとうに知らなかった。

おそらく警察では隠しカメラで録画されたものを見ただろうし、タイムスタンプも見たはずだ。たぶん彼らはカールが死ぬよりまえにわたしが家にやってきたことを知っている。少しだけまえにあらわれたことを。ほんの少しだけ早くに。そういえば、コーヒーテーブルを自分のほうへ引き寄せたあと、わたしはもとの位置に戻さなかった。彼らはカーペットに残っていたテーブルの脚のあとにも気づいたかもしれない。

おそらく。

けれども警察はけっして訊いてこなかった。わたしは絶対に話すつもりはない。

「ママ、ママ！」娘を迎えにラニアの家に着くと、マチルダが走り寄ってくる。

「楽しかった？」

「うん！」

「この子をあずかってくれてありがとう」わたしはラニアに礼を言う。「マチルダったらサルマと遊ぶのが大好きで」

「マチルダがいてくれるとこっちもうれしいわ。そうそう、彼女から聞いたんだけど、猫を飼うんですって？」

「ええ、仕事のかたがついたらすぐにでも。うまくいけば二週間後くらいかな。そういう計画を立てているの。あなたたちもぜひうちに遊びにきてね」

「楽しみにしてる」

ラニアとサルマが手を振って見送ってくれるなか、わたしたちは歩いて家へ帰る。

帰宅したあと娘に訊いてみる。「おなかへった？」

「ちょっとね。そんなにへってない。オレンジ、ある？」

「あるわよ」

わたしはオレンジをひとつ、皿にのせてテーブルに置く。それから皮をむくためのテーブルナイフを渡す。

わたしはマチルダが皮に切りこみを入れ、てっぺんのまわりに慎重な手つきで輪を描き、さらにもうふたまわり皮をむいていくのを見守る。ゆっくりだが手つきはしっかりしている。もう、どうやって皮をむくか、ちゃんとわかっている。

今回は、血は出ない。

謝　辞

わたしは大勢の人たちにお礼を言わなくてはならない。わたしのエージェントのヴェロニク・バクスター、最初からこの本を信じつづけてくれてありがとう。ヘンリー・サットン、あなたの鋭い指摘と揺るぎない支援に感謝している。わたしのすばらしい編集者、ワイルドファイアのケイト・スティーブンソンと、グランド・セントラル・パブリッシングのリンジー・ローズ、そして彼らのチームのみなさん、アレックス・クラークとエラ・ゴードンにも大いなる感謝を。ジョージナ・ムーア、アンディ・ドッズ、ジェニファー・リーチ、そしてヘッドラインとグランド・セントラルの広報チームのみなさん、激務をこなしてくれて、ほんとうにありがとう。ジェイソン・バーソロミュー、ナサニエル・アルカレス‐ステイプルトン、そしてアシェットの副次的権利チームのみなさん、海外の数多くの国や地域へわたしの本を売りこむという壮大な仕事をこなしてくれてありがとう。あなた方に生涯の夢を実現する機会を与えてもらって、感謝してもしきれない気持ちでいる。

イースト・アングリア大学の創作学科の犯罪小説コースのみなさんにも感謝を捧げたい。ローラ・ジョイス、トム・ベン、二〇一五年の同期のキャロライン・ジュネット、トレヴァー・ウッド、ケイト・シマンツ、ジェフ・スミス、スザンヌ・ムスタチッチ、マール・ナゲイト、マリー・オジー、ジェニー・ストーン、スティーヴン・コリアー、シェーン・ホーセル。それと、早い段階から支援してくれたエミリー・ペダーとジル・ドーソン、ありがとう。

ダン・ブラウンとヘレン・ホーキンスには、タイトルを考えるうえでインスピレーションをもらい、たいへん感謝している。ダニエル・マレーとリチャード・ジョブは法律関係の数多くの質問に何度も快く答えてくれた——何か誤りがあったら、それはすべてわたしの責任。わたしはバリスタについてあまり詳しくないもので……

友人や早い段階で原稿を読んでくれた人たちからも惜しみない支援をいただいた。サラ・ヒュース、ピンダ・ブライアーズ、ルイーズ・ヘアー、マクシーン・メイ‐フォン・チョン、アーニャ・ワディントン、ペトラ・ネダーフォース。ケイティ・グレイソン、サンドラ・ラビンジョ、ノーマ・ゴーント、スーザン・チノウェス‐スミス、ラッセル・マクリーン、ニール・マッカイはワインで励ましてくれて、おかげでわたしは前へ進むことができた。アマンダ・リトルとリズ・バーカーはつねに新鮮な風を送りこんでくれて、わたしは執筆にいそしむことができた。ジェニー・サン・ファン、ヴィクトリア・シンコーからはほんとうにたくさんの支援をいただいた。みなさんには心から感謝を申しあげる。ダミアン・ニコルとマット・マーティスのおかげでわたしは正しい道を休むことなく進むことができた。

そしてわたしの家族にも感謝を。両親のおかげでわたしは読書の楽しさ、犯罪小説と刑法の魅力を知ることができた。兄はつねに書くモチベーションを与えてくれた。義理の父と母はとてもいい方で、わたしが飾りつけしたものにけっして手を加えることはない。そして誰よりも夫と子どもたち、わたしにとってなくてはならない人たち。あなたたちのおかげで執筆に行き詰まってスランプに陥ったときもひと息つくことができた。あなたたちがいなかったら、わたしはこの本を書きあげることはできなかっただろう。

訳者あとがき

謎めいたプロローグではじまり、すぐに法廷弁護士(バリスタ)の仕事風景に切りかわったかと思ったら、次の場面はにぎやかな飲み会、そして……。

冒頭から多彩なシーンが次から次へと盛りこまれる本書『紅いオレンジ』(原題 *Blood Orange*)は、ロンドンを舞台にしたリーガル・スリラーである。主人公のアリソンは四十代目前、職業は刑事専門の法廷弁護士。夫のカールとひとり娘のティリーことマチルダと三人でロンドンに住んでいる。カールは心理療法士という専門職ながら、以前に失業の憂き目に遭い、いまも収入は妻のほうが多い。いわば一家の大黒柱としてロンドンの裁判所を駆けまわるアリソンのもとに、待ちに待った初の殺人事件の弁護依頼が舞いこんでくる。

依頼人はマデリーン・スミス、四十四歳。資産運用会社の共同経営者である夫のエドゥィンを自宅において刃物で刺し殺し、殺人罪で起訴されて現在保釈中。ひとり息子のジェイムズは訴追側の証人リストに載っているため、息子といえども顔をあわせることはできない。マデリーンとアリソンの橋渡し役をつとめるのが事務弁護士（ソリシタ）のパトリック。イギリスでは最初に依頼人から弁護の仕事を受けるのはソリシタであり（保釈手続きもおこなう）、バリスタはソリシタから法廷での弁護の依頼を受ける。両者はともに協議を重ねながら公判を乗りきる〝仲間〟である反面、バリスタは仕事を依頼してくるソリシタにはある意味、頭があがらない。本書にはエロティックな場面がいくつか挿入されるが、そのシーンの主役はアリソンとパトリック。ふたりは泥沼のただなかで、ある日アリソンの携帯電話に何者かから脅迫のメッセージが送られてくる。

　イギリスでは誰でも刑事訴追をおこなうことが可能という〝私人訴追主義〟が現在でもつづいていて、一九八五年に設置された検察庁（CPS）は捜査の権限も訴追の権限も有していない。刑事事件の場合、たいていは警察が私人として訴追し、法廷での弁論は依頼を受けた法廷弁護士がおこなう。つまりバリスタは訴追側、被告側の両方のための弁護活動をおこなうことになる。本書のなかでもアリソンが訴追側の弁護人として出廷し、頼りないバリスタに弁護される被告を気の毒に思うシーンがある。本書は〝バリスタという職業のお仕事小説〟としても楽しめるのではないかと思う。前日の夕方に依頼された案件を晩のうちに整理して、翌日弁護人として出廷するハードスケジュールのなか、夫婦間の問題や子育てに四苦八苦するアリソン。多忙な日常のなかで同僚と酒を飲み（ときには記憶をなくすほど）、パトリックと不倫し、家族のために料理もがんばる（カールの反応はあんまりだけれど）。じつはアリソンはタフでものすごい体力の持ち主なのではないだろうか。

物語の冒頭では飲み会やカラオケのシーンからも読みとれるとおり、アリソンは勝手気ままな鼻持ちならない女性として描かれている。ところが物語が進んでいくうちに、仕事には全力で取り組み、ひとり娘を心から愛する女性へとイメージが変わっていく。本人はきまじめで真剣なのにときには空まわりし、そのうえドジな面もあり、どことなくおかしさと親しみが湧いてくる。いつの間にか読む側としては応援したくなるキャラクターに変わっているから不思議だ。カールにしてもパトリックにしても、その印象は読みすすむうちにどんどん変わっていく。著者の巧みな人物造形にはうならされるばかりだ。

さて、二〇一九年にイギリスで刊行された本書には〝緻密なプロットで描かれたドメスティック・ノワール〟といった賛辞が多く寄せられている。本国ではリーガル・スリラーというよりも、すぐれた家庭内クライム・スリラーととらえられているのかもしれない。家庭内で妻が夫を刺し殺してしまうという内容以外にも、読むほどにドメスティック・ノワールの色合が強くなっていく。リーガル・スリラーとドメスティック・ノワールを融合させたうえに、さまざまなテーマが盛りこまれた本書をいろんな角度からお楽しみいただきたいと思う。

著者のハリエット・タイスは一九七二年十一月生まれの四十八歳。エディンバラ出身で父親は元判事。現在は金融業界で働く夫とロンドン北部で暮らし、子どもはふたり。エディンバラの学校を卒業後にオックスフォード大学に進んで英文学を専攻。そののち、元判事である父親の影響もあったのか、ロンドン大学シティ校（旧シティ大学）で法学を専攻する。約十年にわたってアリソンと同様に刑事専門のバリスタとして活動しながら、三十歳を過ぎてからフィクションを書きはじめた。もともとアガサ・クリスティーの大ファンであるという。長男が誕生したのちに法曹界を去り、イースト・アングリア大学創作学科へ進む（ちなみにカズオ・イシグロは同大学大学院の創作学科卒）。二〇一九年に刊行された本書はハリエット・タイスのデビュー作にあたる。新型コロナウィルス対策のロックダウンのさなかに多くの読者に読まれ、好評を博したとのこと。

二〇二〇年には第二作目となる *The Lies You Told* がイギリスで刊行された。内容は母と子を主人公としたダークなサイコスリラーで、母親のほうはいったん法曹界から離れたあとでバリスタに復帰、という設定らしい。この第二作にも著者本人のキャリアが色濃く反映されている。なお本書の謝辞で著者本人は〝わたしはバリスタについてあまり詳しくないもので……〟と語り、お茶目な一面をのぞかせている。

『図書館の死体』（佐藤耕士訳／ハヤカワ・ミステリ文庫）をはじめとする図書館長ジョーダン・ポティートを主人公とするシリーズの著者ジェフ・アボットは〝いまやハリエット・タイスはぼくのマストリード作家のリストに載っている〟と賛辞を贈っている。日本でも多くの読者にハリエットの作品を楽しんでいただけたら、と願っている。

二〇二一年八月

女には向かない職業

An Unsuitable Job for a Woman

P・D・ジェイムズ
小泉喜美子訳

探偵稼業は女には向かない——誰もが言ったがコーデリアの決意は固かった。最初の依頼は、突然大学を中退して命を断った青年の自殺の理由を調べるというものだった。初仕事向きの穏やかな事件に見えたが……可憐な女探偵コーデリア・グレイ登場。第一人者が、新米探偵のひたむきな活躍を描く。解説／瀬戸川猛資

ハヤカワ文庫

幻の女〈新訳版〉

Phantom Lady

ウイリアム・アイリッシュ
黒原敏行訳

妻と喧嘩し、街をさまよっていた男は、奇妙な帽子をかぶった見ず知らずの女に出会う。彼はその女を誘って食事をし、ショーを観てから別れた。帰宅後、男を待っていたのは、絞殺された妻の死体と刑事たちだった！　唯一の目撃者〝幻の女〟はいったいどこに？　新訳で贈るサスペンスの不朽の名作。解説／池上冬樹

ハヤカワ文庫

ロング・グッドバイ

The Long Goodbye

レイモンド・チャンドラー
村上春樹訳

ロング・グッドバイ
レイモンド・チャンドラー
村上春樹訳
Raymond Chandler
The Long Goodbye
早川書房

私立探偵フィリップ・マーロウは、億万長者の娘シルヴィアの夫テリー・レノックスと知り合う。あり余る富に囲まれていながら、男はどこか暗い陰を宿していた。何度か会って杯を重ねるうち、互いに友情を覚えはじめた二人。しかし、やがてレノックスは妻殺しの容疑をかけられ自殺を遂げてしまう。その裏には哀しくも奥深い真相が隠されていた。新時代の『長いお別れ』が文庫で登場

ハヤカワ文庫

くじ

The Lottery: Or, The Adventures of James Harris

シャーリイ・ジャクスン

深町眞理子訳

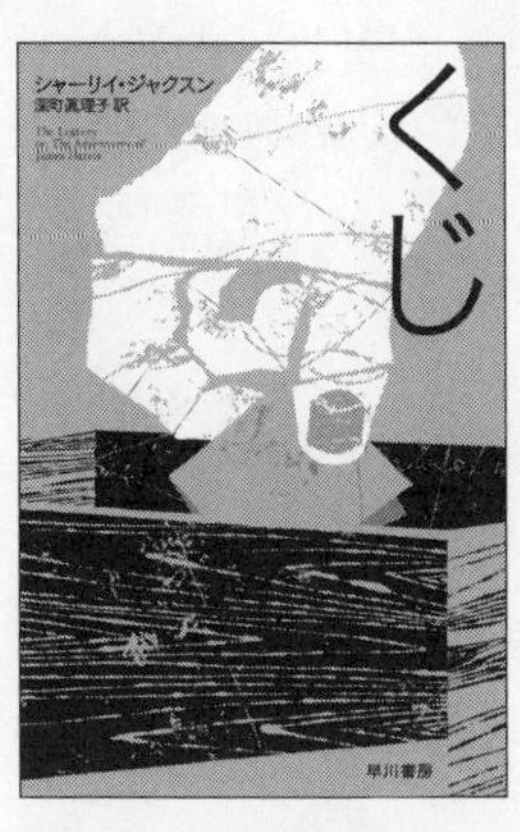

毎年恒例のくじ引きのために村の皆々が広場へと集まった。子供たちは笑い、大人たちは静かにほほえむ。この行事の目的を知りながら……。発表当時から絶大な反響を呼び、今なお読者に衝撃を与える表題作をふくむ二十二篇を収録。日々の営みに隠された黒い感情を、鬼才ジャクスンが容赦なく描いた珠玉の短篇集。

ハヤカワ文庫

訳者略歴　中央大学文学部卒業，英米文学翻訳家　訳書『ミラクル・クリーク』キム（早川書房刊），『自由研究には向かない殺人』ジャクソン，『誰かが嘘をついている』マクマナス　他

HM=Hayakawa Mystery
SF=Science Fiction
JA=Japanese Author
NV=Novel
NF=Nonfiction
FT=Fantasy

紅(あか)いオレンジ

〈HM㊾-1〉

二〇二一年九月二十日　印刷
二〇二一年九月二十五日　発行
（定価はカバーに表示してあります）

著者　ハリエット・タイス
訳者　服部京子(はっとりきょうこ)
発行者　早川浩
発行所　株式会社　早川書房
郵便番号　一〇一‐〇〇四六
東京都千代田区神田多町二ノ二
電話　〇三‐三二五二‐三一一一
振替　〇〇一六〇‐三‐四七七九九
https://www.hayakawa-online.co.jp

乱丁・落丁本は小社制作部宛お送り下さい。
送料小社負担にてお取りかえいたします。

印刷・中央精版印刷株式会社　製本・株式会社川島製本所
Printed and bound in Japan
ISBN978-4-15-184751-6 C0197

本書のコピー、スキャン、デジタル化等の無断複製は著作権法上の例外を除き禁じられています。

本書は活字が大きく読みやすい〈トールサイズ〉です。